BETTINA OWCZARSKI

Elmflüstern

VERHÄNGNISVOLLE LIEBE Kommissar Giovanni Beck erfährt von seiner Freundin Sarah Dittmann, Lehrerin an der Grundschule des hübschen Elmdörfchens Avessen, vom Verschwinden der 16-jährigen Angelina. Und schon steckt er mittendrin in einem Fall, der weder seine Seele noch sein Privatleben unberührt lassen wird.

Während der Kommissar immer tiefer in die Abgründe eines Teenagerlebens eindringt, nimmt Sarah Dittmann den jüngeren Bruder des Mädchens bei sich auf, da die Mutter der beiden Kinder unter der Last ihrer Ängste zusammengebrochen ist. Konfrontiert mit seiner Trauer und der Angst um seine Schwester, wird Sarah tiefer in den Fall verwickelt, als ihr lieb ist.

Schnell findet Giovanni Beck heraus, dass Angelina – in einem vernachlässigenden Elternhaus aufgewachsen – bei ihren Freunden nach Liebe sucht, vor allem bei dem hübschen Julian, Spross einer reichen Braunschweiger Familie. An seine eigene, unglückliche Jugend erinnert, nimmt Giovanni Beck ihre Spur auf und gerät dabei selbst in Gefahr …

Bettina Owczarski lebt mit ihrem Mann, einem ebenso leidenschaftlichen Hobby-Rockmusiker wie ihr Kommissar Giovanni Beck, und der Französischen Bulldogge Babette in einem kleinen Städtchen am Rande des Elms, in der Nähe von Braunschweig. Wie ihre Protagonistin Sarah war sie Grundschullehrerin, leitete dann ein Studienseminar für die Lehrerausbildung und widmet sich nun ganz dem Schreiben. Sie hat insgesamt drei Krimis der Elm-Reihe mit Giovanni Beck und mehrere Theaterstücke veröffentlicht.

BETTINA OWCZARSKI

Elmflüstern

KRIMINALROMAN

GMEINER

Personen und Handlung sind frei erfunden.
Ähnlichkeiten mit lebenden oder toten Personen
sind rein zufällig und nicht beabsichtigt.

Immer informiert

Spannung pur – mit unserem Newsletter informieren wir Sie
regelmäßig über Wissenswertes aus unserer Bücherwelt.

Gefällt mir!

Facebook: @Gmeiner.Verlag
Instagram: @gmeinerverlag
Twitter: @GmeinerVerlag

MIX
Papier | Fördert gute Waldnutzung
FSC® C014496

Besuchen Sie uns im Internet:
www.gmeiner-verlag.de

Im Ehnried 5, 88605 Meßkirch
Telefon 07575/2095-0
info@gmeiner-verlag.de

1. Auflage 2023

Herstellung: Julia Franze
Umschlaggestaltung: U.O.R.G. Lutz Eberle, Stuttgart
unter Verwendung eines Fotos von: © Ricardo / stock.adobe.com
Druck: GGP Media GmbH, Pößneck
Printed in Germany
ISBN 978-3-8392-0479-5

Für meine Geschwister, Martin und Silke

»Sehne nicht deine Jugend zurück, sie war ein einsamer, dunkler Ort.«

(Unbekannt)

PROLOG

Allein.

Dies war keiner der Träume, in dem sie vergeblich versuchte, die Augen zu öffnen.

Ihr vertrautes Schlafzimmer wartete nicht nur einen Wimpernschlag entfernt – ein ganzes Leben lag zwischen ihr und dem, was gestern noch ihr Zuhause gewesen war.

Wahrscheinlich ihr Leben.

Vollkommene Dunkelheit. Kein Licht, kein Geräusch. War sie noch am Leben? Sie fühlte sich so müde.

Vielleicht war sie ja schon tot. Ja, bestimmt. Ein Schluchzen stieg in ihr empor, wollte nicht akzeptieren, was sie schon wusste – dass sie sterben würde. Hier in dieser Dunkelheit, allein, ohne einen Menschen an ihrer Seite, der sie liebte.

Sie wollte sich aufsetzen, doch ihr Körper gehorchte ihr nicht, er war gelähmt, sie konnte die Hände nicht bewegen. Sie atmete rasselnd ein und schluckte. Durst. Ihr Körper wusste noch nicht, dass es keine Rolle spielte, ob er Wasser bekam. Sie würden hier sterben, sie und ihr Körper.

Wenn nur die Trauer nicht wäre. Wenn sie einfach so einschlafen könnte. Sie war so müde, und doch … Sie wollte nach Hause. Aber jetzt war es zu spät.

Sie weinte.

Dachte an ihre Familie, ihre Katze. Nie mehr. Nie mehr mit ihrem Bruder am Frühstückstisch streiten, nie mehr ihre Lieblingssongs hören. Nie mehr stundenlang mit ihrer Freundin chatten, nie mehr ihre Katze streicheln. Nie mehr.

Das war es.

Das Leben, das ihr so belanglos, so trostlos erschienen war, dahin. So früh. Vielleicht wäre sie ja noch schön geworden, wäre geliebt worden.

Sie dachte an das andere, das Schlimme. Das hatte nun auch ein Ende. Das war gut. Jetzt würden sie bereuen. Oder nicht? Vielleicht waren sie froh, dass sie weg war? Sie war ja unwichtig, nicht gut. Bestimmt schüttelten sie den Kopf und zuckten die Schultern. Typisch. Sie war schon immer zu dumm. Nun ist sie auch noch zu dumm, um am Leben zu bleiben. Geschieht ihr ganz recht.

Tränen liefen salzig über ihre Lippen, doch sie konnte sie nicht wegwischen. Auch das kümmerte sie nicht mehr.

Sie dachte an das Sommerkleid, das sie sich gerade gekauft hatte. So hübsch, zartgrüner Chiffon – sie hatte sich in ihm wie eine Fee gefühlt. Vielleicht hätte sie ja darin auch jemand schön gefunden. Vielleicht wäre sie ja darin geliebt worden. Vielleicht …

Sie seufzte und lächelte.

Da war Oma, sie winkte fröhlich. Aber Oma war doch tot? Sie konnte nicht zurückwinken, aber egal. Die nachtschwarze Dunkelheit sank tiefer und hüllte ihren Geist in wohltuende, weiche Stille.

Schlafen. Und wenn sie wieder aufwachte, wäre alles gut.

KAPITEL 1

Blut, überall war Blut. Die Leiche im Schmerz erstarrt auf dem Küchentisch. Übelkeit stieg in ihm auf und er schluckte. Er wünschte, er wäre nicht gekommen, hätte dieses Gemetzel nicht sehen müssen. Entsetzlich.

Als hinter ihm eine Tür schlug, fuhr er zusammen.

»Oh, Giovanni! Was machst du hier in der Küche?«

Asta wischte sich die blutigen Hände an der Schürze ab.

»Das frage ich mich auch gerade.«

Beck wies auf das Massaker auf dem Tisch.

»Was ... ist das?«

»Dein Abendessen, Kaninchen nach Ischitaner Art.«

Asta lachte, roh, wie er fand.

»Magst du kein Wild?«

Sie wetzte das Messer an einem Schleifstein, ein Geräusch, das Beck erschaudern ließ.

»Äh – kein frisch ermordetes. Hast du ... es selbst ...?

Beck sah die zierliche Frau vor ihm zweifelnd an. Er hatte Asta bisher immer für sehr zart besaitet gehalten.

»Nein, das war schon tot, ich habe es nur ausgenommen. Du Stadtjunge! Hast du noch nie ein Tier selbst getötet?«

Asta schüttelte die hennaroten Zöpfe.

»Was seid ihr jungen Leute nur für ein unaufrichtiges Volk. Wer nicht schlachten kann, sollte auch kein Fleisch essen.«

»Äh, ja. Mache ich auch nicht mehr.« Beck warf einen angewiderten Blick auf den unglücklichen Hasen und schüttelte sich. »Ab heute.«

Die Küchentür schlug erneut ins Schloss und er wandte sich um, froh über die Ablenkung.

Sarah wehte herein, mit einem Schwall frischer Luft, der den süßlichen Geruch des Blutes für kurze Zeit überlagerte.

»Giovanni! Du bist schon da?«

Sie eilte lächelnd auf ihn zu und drückte ihm einen zarten Kuss auf die Wange.

Er griff nach ihr und vergrub sein Gesicht in ihrer nach Sonne und Sommer duftenden kastanienbraunen Lockenpracht.

»Ja, ich hab's aber schon bereut. Hätte ich gewusst, dass deine Tante unschuldige Tiere in deiner Küche meuchelt, wäre ich später gekommen.«

Sarah blickte an ihm vorbei auf den Tisch und verzog den Mund.

»Igitt, ja. Tote Hasen sehen immer grässlich aus. Aber sie schmecken so lecker, dass ich das wunderbar verdrängen kann, wenn sie in Knoblauch auf dem Teller liegen.«

Beck war entsetzt.

»Gott, was seid ihr für grausame Weiber. Da sieht man es mal wieder, Frauen sind zu allem fähig. Morde voller Heimtücke und Verschlagenheit werden meistens von euch begangen, während wir Männer dümmlich und ehrlich unsere Opfer einfach niederholzen.«

»Ach? Das sind ja interessante Thesen, die du da aufstellst, Herr Hauptkommissar. Diesem Hasen wurde von Bauer Heinrich der Stock dümmlich und ehrlich auf den Schädel gedroschen und nicht von mir, also bitte.«

Asta trennte ein Hasenbein vom Rumpf und schüttelte den Kopf über Becks Aufstöhnen.

»Du Zimperliese.«

Sarah grinste und fuhr ihrem Liebsten tröstend durch den hellblonden Schopf.

»Das Häschen hat bestimmt ein glückliches Leben gehabt.«

»Ich möchte jetzt das Thema wechseln.« Beck wandte sich entschieden vom Küchentisch ab und fragte sich, was er heute Abend zu sich nehmen sollte. Möhrchen?

»Hat Luise schon einen Champagner offen?«

»Was glaubst du wohl? Wenn wir uns nicht beeilen, wird nicht mehr viel davon übrig sein.« Sarah zwinkerte ihm zu und zog ihn aus der Küchentür.

Sie stürmten durch die große Schlosshalle, die selbst jetzt, im Juni, eiskalt war, über den gepflasterten Hof, vorbei an dem Brunnen mit den halb nackten Putten, zum Seitenflügel. In diesen Teil des Schlosses waren Luise und Asta gezogen, als Sarah vor zwei Jahren krank vor Liebeskummer aus Berlin in das Schlösschen zurückgekehrt war, in dem sie vor 31 Jahren geboren worden war.

Beck blieb stehen, um Muffin zu streicheln, Astas Golden-Retriever-Hündin, die freudig auf ihn zugeeilt war und zur Begrüßung Geräusche von sich gab, die Beck niemals einem Hund zugeordnet hätte, bevor er Muffin kennengelernt hatte.

»Bist du sicher, dass dieser Hund normal ist?«

Er strich der selig glucksenden und quiekenden Hündin über den karamellfarbenen Kopf.

»Nein, ich bin mir absolut sicher, dass sie nicht normal ist, deshalb passt sie ja auch so gut zu uns.« Sarah stieß die Tür zur kleinen Halle des Seitenflügels auf und trat ein.

Schwer hing der Duft von Luises Parfüm in der Luft und erinnerte an den Glamour und die Dekadenz längst vergangener, glamouröser Zeiten.

Anerkennend betrachtete Beck die gelungene Inszenierung, die sich seinem Blick bot: Wie dahingegossen ruhte Sarahs Großtante Luise von Warberg auf einer Ottomane im orientalischen Stil, die platinblonden Wasserwellen dekorativ aus dem feinen Gesicht gebürstet, die blutroten Lippen in charmantem Lächeln leicht geöffnet. Zu ihren Füßen lag, ebenso dekorativ wie ihr Frauchen, Marilyn, Luises schneeweißes Malteserhündchen, das mit der ganzen Verachtung alten Adels die hereinströmende Plebs beäugte.

»Giovanni, Lieber.« Eine schneeweiße Hand winkte Beck huldvoll heran, der beflissen der königlichen Aufforderung folgte.

»Ich habe auf euch gewartet mit dem Champagner.« Luise wies in Richtung des Eiskübels, der silbern von einem zierlichen Jugendstiltischchen herüberblinkte.

»Diese Entsagungen, liebste Tante, geradezu Askese. Aber sollten wir nicht noch ein bisschen länger warten? Asta hat den Hasen noch nicht mal in der Röhre.« Sarah lächelte Beck vielsagend an.

»Papperlapapp. Es ist nach 18 Uhr und ich habe noch nicht einen Tropfen Alkohol im Blut. Wie soll ein feinsinniger Mensch ohne Drogen das Leben aushalten?«

Luise richtete sich anmutig auf und winkte Giovanni in die Richtung der Flasche.

»Sei so nett, Gio. Sarah kann ja noch warten, du trinkst doch sicher ein Gläschen mit mir, nicht wahr?«

Beck nickte ergeben und mied Sarahs Blick.

»Du bist schuld, wenn meine Leber vorzeitig den Dienst aufgibt, allerliebste Luise.« Er entkorkte die Flasche mit einem befriedigenden Knall.

»Ach, Gottchen. Sollte das der Fall sein, war sie es sowieso nicht wert. Ich bitte dich. Sei ein Mann.«

Giovanni dankte Gott dafür, dass er in Luises Jugend noch nicht als eins der zahlreichen Opfer ihres Charmes zur Verfügung gestanden hatte – das wäre zwar äußerst verlockend, aber auch sein sicherer Tod gewesen. Diese Frau hatte so einige Männer an den Rand des Wahnsinns – und einer Säuferleber – getrieben, so viel stand fest.

Er schenkte zwei Gläser ein und richtete seinen Blick fragend auf seine Liebste.

Sie schüttelte den Kopf und schnalzte mit der Zunge.

»Nein, ich bin lieber langweilig, aber länger am Leben.« Sie streckte ihrer Tante die Zunge heraus.

»Pf. Werde du erst mal …«, Luise unterbrach sich gerade noch rechtzeitig, »… so alt wie ich, und dann sehen wir weiter.«

Beck grinste und setzte sich auf ein weißes Sofa am Kamin. Er betrachtete die haarfeinen Risse im türkisfarbenen Marmor und fragte sich, wie lange die Frauen die bröckelnde Pracht noch halten konnten. Sarah sprach nie darüber, aber sie schienen über kein regelmäßiges Einkommen zu verfügen, außer Sarahs Schulleitergehalt, aus dem sie die dringend benötigten Reparaturen bestreiten konnten. Asta erhielt sicher auch hin und wieder gewisse Obolusse für ihre Massagen, Rückführungen und andere geheimnisvolle Dienstleistungen, aber viel konnte das nicht sein.

Es wäre zu schade, das Anwesen irgendwann dem Verfall überlassen zu müssen.

Er schob den Gedanken beiseite und wandte sich Erfreulicherem zu.

Sarah wickelte ihre langen Beine um die des vergoldeten Stuhls, auf dem sie saß. Sie schlang eine Haarsträhne um einen Finger und sah aus dem Fenster. Wie immer bemerkte sie seinen Blick und strahlte ihn an.

»Woran denkst du, cara mia?« Beck lächelte ihr zu.

»Ach. An nichts Besonderes. Die Schule, wie immer.« Sie zuckte entschuldigend mit einer Schulter. »Philipp, der kleine Blonde aus meiner Klasse, erinnerst du dich noch an ihn?«

Beck erinnerte sich vage an einen sommersprossigen Bengel mit strohblondem Haar.

»Vage. Hat er seine Hausaufgaben nicht gemacht?« Er zwinkerte ihr zu.

Sie lachte. »Ja, das auch.« Ihr Lächeln verblasste und die melassedunklen Augen blickten besorgt.

»Er – Philipp – hat erzählt, seine Schwester sei gestern Abend nicht nach Hause gekommen. Er war ganz aufgelöst.«

»Wie alt ist seine Schwester denn?« Beck hob das Glas in Luises Richtung und nahm einen Schluck von dem köstlichen Nass.

»16, sagt er. Ich kenne sie flüchtig, ein hübsches Ding, ein bisschen mollig vielleicht, wahrscheinlich Babyspeck. Darunter habe ich auch gelitten, sehr.« Sarah schüttelte die Locken aus dem aparten Gesicht und strich über ihre Hüften, an denen aus Becks Sicht nicht das Geringste auszusetzen war.

»Wohnt sie noch zu Hause? Haben die Eltern etwas unternommen?«

»Die Mutter. Die Kinder leben bei ihrer Mutter, ob es einen Vater dazu gibt, weiß ich nicht, der kam noch nie vor. Philipp sagt, seine Mama habe nichts getan. Angelina sei bestimmt nur bei ihrer Freundin. Unglaublich. Wie kann eine Mutter ruhig schlafen, wenn ihre Tochter nicht zu Hause ist? Ich verstehe so etwas nicht.« Sarah schüttelte den gelockten Kopf.

»Vielleicht ist sie ja inzwischen nach Hause gekommen, du hast ja sicher seit heute Mittag nicht mehr mit Philipp gesprochen, oder?« Beck setzte sein Glas ab und beschloss, sich bis zum – leider Gottes vegetarischen – Mahle zu mäßigen.

»Ja, stimmt, das ist natürlich gut möglich.« Sarah richtete sich auf und schenkte sich nun doch ein Glas Champagner ein.

»Jetzt genieß mal deinen Abend, meine Kleine.« Luise tätschelte die Hand ihrer Nichte. »Du trägst wie immer die Last der gesamten Welt auf deinen schmalen Schultern. Bestimmt sitzt das Mädel gerade gesund und munter am Abendbrottisch. Cheerio!«

Sarah öffnete den Mund, um etwas zu sagen, schloss ihn aber wieder nach einem Blick auf die hochgezogene Braue ihrer Großtante. Sie nahm einen großen Schluck und nickte Luise zu.

»Ja, du hast recht. Teenager rebellieren halt manchmal. Sicher wird Philipp morgen von ihren Schandtaten berichten.«

Die Tür zur Halle klappte und Asta wehte mit wallenden Pluderhosen herein.

»Der Hase ist bald so weit, deck schon mal den Tisch, Sarah.«

Beck stöhnte auf und stürzte seinen Champagner in einem Zug hinunter.

Gleich würden sie die Leiche hereintragen. Am besten, er nahm vorher doch noch ein Glas. Betrunken ließ sich die Obduktion bestimmt besser ertragen.

*

Ruckartig erwachte Beck und griff nach dem Alp auf seiner Brust.

»Hau ab!«

Sein Kater zischte empört und dachte gar nicht daran zu weichen.

»Wie oft habe ich dir schon gesagt, dass du in meinem Bett nichts zu suchen hast, verdammt!«

Er richtete seinen Oberkörper so weit auf, wie es der ausgewachsene Abessinierkater auf seiner Brust zuließ, und sah auf den Wecker auf seinem Nachttisch.

»Halb neun! Um Gottes willen!« Ohne weitere Rücksicht auf das Nachtlager seines Haustieres zu nehmen, schwang er die Beine aus dem Bett und stand auf. Minas fauchte und entfernte sich mit hoheitsvoll gerecktem Schwanz in Richtung Küche. Füttern musste er den auch noch! Seit er mit Sarah liiert war, kam er andauernd zu spät ins Büro, also eigentlich, seitdem er in Braunschweig wohnte. Seine Kollegen hatten einen blendenden Eindruck von ihm, so viel stand fest. Ein verpennter, eitler Fatzke – so würde ihn sein Lieblingskollege und Partner Wagner bestimmt gern – und leider auch treffend – beschreiben. Nach einer Katzendusche – haha – warf er sich in das erstbeste Hemd, das ihm aus seinem Schrank entgegenfiel, und gab dem Kater etwas Futter in den Napf, der mit einer goldenen Krone verziert war, ein Geschenk von Sarah, die diesem überkandidelten Tier auch noch den Namen eines abessinischen Kaisers gegeben hatte – Minas. Er verneigte sich und bot seiner kaiserlichen Hoheit das Morgenmahl an. Natürlich tat der so, als habe er Besseres zu tun, das gehörte zum morgendlichen Ritual, seit der Kater vor einigen Monaten beschlossen hatte, bei Beck zu wohnen. Heute hatte sein Personal aber keine Zeit für die üblichen Fisimatenten. Kopfschüttelnd griff er nach der Jeans von gestern und stieg hinein.

Er selbst würde mal wieder auf sein Frühstück verzichten müssen, aber er war ja schon in Übung, hatte er doch gestern zum Abendbrot keinen Hasen zu sich genommen. Die blutrünstigen Weiber hatten ihn zu verführen versucht, aber er war standhaft geblieben.

Müde warf er einen Blick hinunter in die Roonstraße, auf die die prächtigen Magnolienbäume nicht mehr so lange Schatten warfen, und hinterfragte mal wieder seine Work-Life-Balance. Von Balance konnte gar keine Rede sein.

Er winkte seinem Kater zu und wollte gerade die Jugendstiltür hinter sich zuknallen, als sein Telefon zu läuten begann. Mist! Sollte er rangehen? Nein. Aber wenn es etwas Dienstliches war, dringend? Genervt drückte er die Tür wieder auf und hastete zum Telefon.

»Beck?«

»Guten Morgen, Gio, Sarah hier.«

Fast hätte Beck gestöhnt. So gern er Sarah mochte, aber für Liebesgesäusel hatte er nun wirklich keinen Sinn und keine Zeit!

»Ja?«

»Oh, du bist sicher in Eile, nicht wahr? Ich habe auch gar nicht damit gerechnet, dich noch zu Hause anzutreffen, aber ich dachte, ich versuch's mal.«

»Ja, ich bin tatsächlich spät dran, tut mir leid.« Beck versuchte, ein wenig mehr Wärme in seine Stimme zu legen.

»Ja, also, ich … ich habe dir doch gestern von Philipps Schwester erzählt, nicht?«

Beck zwang sich zur Geduld. »Ja?«

»Sie ist immer noch nicht nach Hause gekommen.«

»Dann muss ihre Mutter eine Vermisstenanzeige aufgeben.« Beck betrachtete sich im Flurspiegel und bemerkte, dass er vergessen hatte, sich zu rasieren. Das auch noch.

»Das macht die nicht. Die hat viel zu viel Schiss vor der Polizei, da gab es ein, zwei Vorfälle mit Drogen früher. Kann ich nicht … Nicht, dass ich darauf dränge, aber – da muss doch was passieren!«

Nun stöhnte Beck doch. »Das erinnert mich an was.«

»Mich auch.« Sarah lachte kläglich. »Ich weiß auch nicht, wie ich immer in so etwas hineingerate.«

Über eine Vermisstenanzeige hatte Beck im letzten Jahr Sarah kennengelernt. Sie hatte ihre Freundin Claudia als vermisst gemeldet, eine Freundin, die zu diesem Zeitpunkt schon tot gewesen war, ermordet.

»Weil du nicht wegschaust, liebe Sarah, eine löbliche, aber für dich mitunter folgenreiche Eigenschaft.« Beck fuhr sich über die Stoppeln und erwog, sich nebenbei zu rasieren. Nein, das würde sie hören.

»Ja.« Sarahs Stimme klang verzagt. »Wahrscheinlich hast du genug an der Backe, auch ohne eine zusätzliche Vermisstenanzeige.«

»Na ja, ich will dir schon helfen, aber für Avessen bin ich nun wirklich nicht zuständig – das weißt du doch, oder?« Unruhig scharrte er mit seinem italienischen Lederslipper auf dem Teppichboden herum. Nun musste er aber wirklich los, sonst gab Wagner auch noch eine auf, eine Vermisstenanzeige!

»Angelina ist aber in Braunschweig verschwunden, das habe ich mir schon überlegt.« Sarah schnüffelte entrüstet.

Seine Miss Marple. Er gab auf und fügte sich seinem Schicksal.

»Weißt du was? Kannst du mich noch mal im Büro anrufen? Dann kann ich die Daten und so weiter gleich in das Programm eingeben, wäre das möglich? Oder hast du gleich wieder Unterricht?«

Sarah lachte. »Nein, du entkommst mir nicht, mein Lieblingskommissar. Ich habe eine Freistunde. Bis gleich.« Sie hauchte ihm einen Kuss in den Hörer und legte auf.

Sein Lächeln verblasste, als sein Magen so laut knurrte, dass Minas aus der Küche gerannt kam, wahrscheinlich vermutete er eine Dogge im Flur.

Hungrig, unrasiert, unausgeschlafen und jetzt noch die Sorge um einen vermissten Teenager.

Am besten, er nahm seinen Kater und legte sich wieder ins Bett.

*

»Schön, dass Sie doch noch mal vorbeischauen.« Kollege Wagner enttäuschte ihn nie.

»Ich hatte einen Herzanfall und bin unterwegs von einem Auto angefahren worden.« Am liebsten hätte Beck seinem Kollegen die Zunge herausgestreckt.

»Was?« Wagner blieb in der Tür stehen und starrte Beck perplex an.

»War nur ein Scherz. Wollte sagen – es könnte ja auch mal was passiert sein, einen Grund geben, warum ich so spät komme!«

»Könnte, ja. Ist aber nicht der Fall.« Kopfschüttelnd verließ sein fürsorglicher Kollege das Büro und Beck blieb mit seinem schlechten Gewissen allein zurück.

Jetzt erst mal einen Kaffee, damit er irgendwie doch noch in diesen Tag hineinfand. Im Vorbeigehen warf er einen Blick in den trüben Spiegel, der über dem Waschbecken in seinem Büro hing, und zuckte zusammen. Wagner musste denken, er hätte gestern Abend gesoffen, so sah er jedenfalls aus. Er zog einen Kamm aus seiner Schreibtischschublade und hielt ihn unter den Wasserstrahl. Mit dem nass geglätteten Haarschopf, der ihm mal wieder viel zu lang in die Augen fiel, sah er wie ein Pennäler aus. Schön. Aber immer noch besser als ein versoffener Penner. Er seufzte und beschloss, sich in der Mittagspause einen Einmalrasierer zu kaufen.

Der Kaffeeautomat fauchte und gab nach einem halben Becher den Geist auf. Jetzt reichte es aber mit diesem Tag!

Fluchend öffnete er den Bauch der launischen Maschine und starrte lustlos hinein. Hinter ihm schwang die Tür auf und Pumuckl, seine tüchtige Sekretärin, deren bürgerlichen Namen Cosima Levandowski kein Mensch in der Dienststelle benutzte, steckte den ampelrot gefärbten Stachelkopf heraus.

»Na, streikt sie mal wieder?«

»Ja. Wir hätten vielleicht doch kein italienisches Modell nehmen sollen. Die hat mehr Launen als eine sizilianische Opernsängerin.« Beck versetzte dem Automaten einen gehässigen Schlag und trank von seinem halben Kaffee.

»Die hat doch bloß kein Wasser, Herr Beck.« Pumuckl war herangeeilt und zeigte auf ein blinkendes Symbol. »Männer und Technik.«

»Ja, was mich betrifft, kann ich Ihnen da leider nur zustimmen – ich habe noch nie die Seele einer Kaffeemaschine verstanden.« Beck zwinkerte ihr zu.

Pumuckl versorgte die plärrende Maschine mit Wasser, nahm Beck den Becher aus der Hand und stellte ihn erneut unter den Auslass. »So, jetzt wird es gleich funktionieren.« Sie blickte ihn unter blau bemalten Augenlidern prüfend an. »Schlecht geschlafen?«

»Ne, nur zu wenig.« Beck lächelte entschuldigend.

»Also wie immer. Sie müssen mal auf Ihre Gesundheit achten!«

»Ich habe doch schon aufgehört zu rauchen, das muss reichen.« Beck stürzte sich auf den endlich fertiggestellten Kaffee wie ein Drogensüchtiger auf seine Pille Ecstasy.

Pumuckl schnalzte missbilligend mit der Zunge. »Ihr Telefon klingelt, soll ich rangehen?«

»Nein, nein, das ist wahrscheinlich … Ich gehe selbst ran, danke.« Beck hastete mit seinem schwappenden Becher in sein Büro zurück und riss den Hörer von der Station.

»Hallo?« Sarahs irritierte Stimme tönte aus der Muschel.

»Äh, ja ich bin's. Ich habe mir gerade heißen Kaffee über die Hand gegossen.« Stöhnend sank Beck auf seinen Stuhl.

Sarah unterdrückte hörbar ein Lachen und täuschte Mitgefühl vor. »Oje, du Armer. Hast du denn viel zu tun?«

»Ja. Und dank dir gleich noch etwas mehr.« Ein bisschen Gejammer konnte nicht schaden. Vielleicht zeigte die Dame dann ein wenig mehr echtes Mitleid.

»Also, ich habe noch mal bei Frau Krüger angerufen, die Kleine ist tatsächlich immer noch nicht da. So langsam ist selbst dieser Ausbund an Fürsorglichkeit beunruhigt und hat bei der Mutter der Freundin angerufen. Angelina ist aber gestern wie geplant am späten Nachmittag von ihrer Freundin aufgebrochen.«

Beck rief INPOL, das Informationssystem der Polizei, auf und bat Sarah um die genauen Daten des Mädchens, ein Foto würde er später dazu einstellen.

Das klang alles gar nicht gut. Gegen halb sechs gestern Nachmittag hatte das Mädchen die Wohnung ihrer Freundin am Neustadtring verlassen und war nie zu Hause angekommen. In ihrer Schule, dem Braunschweiger Schlossgymnasium, war sie heute auch nicht erschienen, da hatte seine Miss Marple schon angerufen. Er lächelte in den

Hörer. Vielleicht sollte er Sarah als freie Mitarbeiterin anstellen.

»Ich danke dir, Sarah. Ich kümmere mich weiter und lasse hören, wenn es etwas Neues gibt, okay?«

»Ja, unbedingt, Gio. Ich mache mir wirklich Sorgen, Angie ist so ein nettes Mädchen. Vielleicht ein bisschen zu nett.« Sarah seufzte.

»Was meinst du damit?«

»Na ja, sie ist nicht so cool, wie die Kids heute zu sein haben, verstehst du? Einfach ein liebes Ding mit wenig Unterstützung von zu Hause.«

»Ja.« Beck dachte an seine eigene Schulzeit, die er nach dem Tod seiner Mutter überwiegend im Internat verbracht hatte. Unterstützung? Wer hatte die schon. Die Eltern, die er so kannte, hatten alle ihre eigenen Probleme. Kindheit war kein Spaß. Er gedachte jedenfalls, seine Schwierigkeiten mit dem Leben keinem kleinen Jungen oder Mädchen aufzubürden. Am besten, man setzte gar keine Kinder in die Welt.

»Gio? Hallo?« Sarah klang schon wieder irritiert.

»Ja. Ich war gerade abgelenkt, muss jetzt auch Schluss machen. Wir sehen uns.« Er imitierte ein Kussgeräusch und legte nach ihrer Antwort auf.

Angelina Krüger. Was für ein Name. Gerade Eltern, die ihrem Kind sonst nicht viel zu geben hatten, griffen zu solch bombastischen Namen, die sich jedoch eher als Last entpuppen konnten. Wenn er daran dachte, wie viel Spott er sich mit seinem »überkandidelten Itakernamen« in der Schule zugezogen hatte … Er schüttelte die unguten Erinnerungen an seine Jugend ab und wandte seine Gedanken wieder dem vermissten Mädchen zu.

Angelina Krüger, 16 Jahre alt, gut in der Schule, fleißig und zuverlässig, liebte ihren kleinen Bruder und ihre Katze, hübsch, ein bisschen mollig, hatte das ganze Leben noch vor sich.

Und nun war sie verschwunden.

*

Sarah schloss die Tür hinter dem Jungen und beugte sich zu ihm hinunter.

»Mach dir nicht solche Sorgen, Philipp, Angelina taucht bestimmt bald wieder auf. Hatte eure Mama denn Ärger mit ihr?«

Philipp schüttelte heftig den weizenblonden Kopf. »Nein, eher hat Angie Ärger mit Mama.«

»Wieso denn das?« Sarah konnte es sich schon denken.

»Weil Mama immer so viel raucht und … Wein trinkt.« Philipp schielte verlegen zu Sarah hoch.

»Und dann sagt Mama immer, Angie wäre schlimmer als ihre Mutter. Dabei ist Oma gar nicht schlimm gewesen.« Seine hohe Jungenstimme brach und er scharrte mit den Füßen.

»Nein, du hast deine Oma ganz schön lieb gehabt, oder?« Sarah erinnerte sich, wie traurig Philipp im letzten Jahr gewesen war, als die geliebte Großmutter gestorben war.

Damit war ein Stützpfeiler in seinem unsicheren Kinderleben weggebrochen und nun drohte der letzte, Angelina, die große Schwester, auch noch einzustürzen. Die Mutter der beiden liebte ihre Kinder sicherlich, konnte ihnen aber aufgrund der eigenen Labilität nicht die konstante Sicherheit bieten, die Kinder brauchten. Sarah wusste das nur zu genau, hatte sie Katja Krüger doch schon mehrmals zu Gesprächen in die Schule bitten müssen, da Philipp häufig zu spät kam, unvollständig angezogen war oder nichts zu essen dabeihatte.

Das hatte sich in den letzten beiden Jahren sehr verbessert – aber nicht, weil Philipps Mutter sich geändert hatte, sondern, weil Angelina jetzt alt genug war, ihren kleinen Bruder mitzuversorgen, wenn Mama mal wieder mit ihrem Kater nicht aus den Federn kam. Traurig, aber häufig Kinderalltag. Und damit auch ihrer.

»Und wenn sie nicht wiederkommt?« Philipp schaute angestrengt aus dem Fenster, doch Sarah sah trotzdem eine Träne schimmern. »Wenn sie abgehauen ist, weil sie die Schnauze voll hat von Mama?«

»Hat sie das mal gesagt?« Sarah konnte sich das bei der gutmütigen Angie gar nicht vorstellen.

»Ja, hat sie. Aber dann wollte sie mich mitnehmen.« Philipp schniefte unglücklich.

»Na, siehste, dann ist sie bestimmt auch nicht weggelaufen.« Sarah versuchte, den Druck in ihrem Magen zu ignorieren und weiter Optimismus zu verströmen. »Angie würde dich doch nicht anschwindeln, oder doch?«

Philipp schüttelte den Kopf und schwieg.

Vor dem Fenster wurde ein schwarz gelockter Kopf sichtbar, der rhythmisch auftauchte und wieder verschwand. Offenbar versuchte der Besitzer, springend in ihr Fenster zu schauen. Sie lächelte.

»Schau mal, Farid wartet auf dich. Geh mal jetzt nach Hause. Vielleicht ist Angie ja schon da?« Was redete sie denn da? Warum Hoffnungen wecken, die wahrscheinlich doch enttäuscht wurden?

Ein Ruck ging durch den schmächtigen Jungenkörper und das kleine, sommersprossige Gesicht erhellte sich.

»Ja! Vielleicht! Ich gehe mal los.« Philipp winkte flüchtig in ihre Richtung und eilte durch die Tür, der schwarze Flummi vor dem Fenster verschwand ebenfalls.

Sarah schaute den beiden Jungen nach, die die Köpfe zusammensteckten und dann Steinchen kickten, für einen kurzen Moment in einer sorglosen Kindheitsblase geschützt. Waren Kinder jemals glücklich gewesen? Hatte es eine Zeit gegeben, in der Kinder einfach Kinder sein konnten, unbeschwert von den Sorgen der Zeit und der Erwachsenen? Wohl nicht. Hunger, Krieg und Arbeit hatten das früher verhindert, heute waren es Trennungen, Gleichgültigkeit, Überforderung und Konsum, Konsum, Konsum.

Konfuzius Dittmann hatte den Stein der Weisen gefunden. Als wenn dieses Gegrübel irgendetwas nützen würde. Ob sie es mal besser machen würde, mit ihrem Kind? Würde sie denn ein Kind haben? Und wenn ja, wann? Und mit wem? Sie war ein gutes halbes Jahr mit Giovanni zusammen, entschieden zu früh, um über diese Frage nachzudenken, zumal er in dieser Hinsicht nicht gerade aufgeschlossen wirkte. Aber woher wollte sie das eigentlich wissen? Sie hatten nie auch nur ansatzweise darüber gesprochen. Mit Karla, dem Kind ihrer ermordeten Freundin, war er damals liebevoll umgegangen – aber das hieß noch lange nicht, dass er Kinder wollte. Und schon gar nicht, dass er sie mit ihr wollte. Sie stöhnte.

Seit ihrem gemeinsamen traumhaften Urlaub in Ligurien bei seiner Nonna wirkte Giovanni irgendwie weicher, zugänglicher, als wenn sich ein Knoten in seinem Herzen gelöst hätte. Aber vielleicht wollte sie das auch nur gern so sehen? Oh – mein – Gott. Hör auf, hör auf, hör auf. Genieß den Moment, Dittmann.

Ob sie mal bei Katja Krüger vorbeischauen sollte? Oder würde das Giovanni in seinen Ermittlungen stören? Aber, wenn Angelina vielleicht wieder zu Hause wäre, dann … Oh, wie sie wieder den Moment genoss.

Einfach hoffnungslos.

*

Beck klopfte nach einer wunderbar entspannenden Fahrt durch den grünen Elm an die leuchtend blau gestrichene Haustür des Fachwerkhauses und trat einen Schritt zurück. Das Haus sah nicht so vernachlässigt aus, wie er es nach Sarahs Erzählungen erwartet hatte, jedenfalls nicht von außen, eher idyllisch. Jemand hatte die Blumenkästen, die auf den breiten Fensterbrettern standen, mit knallroten Geranien bepflanzt. Angelinas Mutter? Oder das Mädchen selbst? Die Kleine schien ja besser für die Familie zu sorgen als ihre Mutter. Mal sehen. Er lauschte. War keiner zu Hause? Aber er hatte doch vor einer halben Stunde mit Katja Krüger telefoniert und seinen Besuch angekündigt? Hatte sie sein Klopfen nicht gehört? Er suchte nach einer Türklingel, aber es gab keine. Leicht genervt klopfte er erneut, diesmal energischer.

Und siehe da, leichte Schritte näherten sich und die Tür wurde langsam geöffnet, so als hätte der Mensch, der dahinterstand, Angst vor dem, was er vorfinden würde.

Eine zierliche, erstaunlich jung wirkende Frau mit langen rotblonden Haaren erschien. Die war doch höchstens 30! Konnte sie schon eine 16-jährige Tochter haben? Sie sah mit einem scheuen Lächeln, das ihre grünen Augen nicht erreichte, zu ihm auf und schwieg.

Beck lächelte sie an und stellte sich vor. »Wir haben telefoniert, ich habe ein paar Nachfragen wegen Angelinas Verschwinden. Darf ich hereinkommen?«

Die elfenhafte Person nickte und trat einen Schritt zurück, damit Beck den schmalen, dunklen Flur betreten konnte.

Beck taperte zögernd durch den nur schwach erleuchteten Gang. Warum ging sie nicht voran?

»Wo …?«

»Geradeaus durch«, besann sich die Frau auf ihre Gastgeberpflichten und Beck folgte dem schwachen Lichtschein, der durch eine Glasscheibe in der Tür am Ende des Ganges fiel.

Er trat in eine unaufgeräumte, große Wohnküche, die im Gegensatz zum dunklen Flur trotz der Unordnung, die auf Tischen und Arbeitsflächen herrschte, hell und freundlich wirkte. Himmelblau gestrichene Wände kontrastierten mit honigfarbenen Holzschränken und kunterbunt gestrichenen Küchenstühlen.

Er blickte Katja Krüger fragend an.

»Darf ich mich setzen?«

»Natürlich, gern.« Katja Krüger wies auf den ihm am nächsten stehenden orangefarbenen Stuhl.

»Möchten … möchten Sie was trinken? Kaffee, Tee?« Sie schaute ihn kurz an und blickte dann verlegen zur Seite. Warum war sie so unsicher? Mein Gott, sie hatte eine fast erwachsene Tochter und einen recht vernünftig wirkenden Sohn. Sie wirkte aber eher wie deren schüchterne ältere Schwester. Bestimmt kam diese mädchenhafte Art bei Männern gut an, dachte Beck. Bei ziemlich vielen Männern, wenn man Sarah glauben durfte. Die beiden Kinder waren von zwei verschiedenen Vätern, aber häufig wechselnde Beziehungen waren ja trotz gemeinsamer Kinder heute generell keine Seltenheit mehr. Vorbei die Zeiten, wo man »wegen der Kinder« zusammenblieb. Kinder wurden gemacht wie früher Lebkuchenmännchen. Ich lieb dich, komm, ich mach dir ein Kind, als Rückversicherung, dass du mich auch liebst. Gruselig. Aber was wusste er schon, warum Leute Kinder bekamen?

Er beobachtete Katja Krüger beim Einschenken des Kaffees, der auf der Heizplatte einer Kaffeemaschine bereitstand. Sie trug einen sehr kurzen türkisfarbenen Minirock und darüber ein weißes, übergroßes T-Shirt, das wie zufällig von einer nackten Schulter gerutscht war. Die langen schlanken Beine steckten in glitzernden Ballerinas, die eher zu einem Teenager als zu einer erwachsenen Frau gepasst hätten. Vielleicht trugen Mutter und Tochter ja dieselben Schuhe. Die schmalen Handgelenke zierten mehrere geflochtene Armbänder, die wie die Freundschaftsarmbänder von Schulmädchen wirkten. Albern, fand Giovanni.

Er rief sich mit einem Räuspern zur Ordnung. Seine Vorurteile ließ er mal besser in der Schublade.

Anscheinend hatte Katja Krüger ihn etwas gefragt, denn sie blickte ihn mit schräg gelegtem Kopf fragend an.

»Bitte? Ja, Milch, danke.« Beck zwang sich zur Konzentration.

»Neigt Angelina zu so etwas? Nicht nach Hause zu kommen, ohne Bescheid zu sagen, meine ich.« Beck strich sich ungeduldig eine blonde Strähne aus dem Auge. Er musste unbedingt zum Friseur.

»Nein, nein, gar nicht. Dieses Kind ist so vernünftig, dass es schon fast unheimlich ist, also ich war als Teenager anders.« Sie lachte und versuchte einen koketten Augenaufschlag.

Das glaube ich dir gerne. »So? Wann hat sie denn gestern genau das Haus verlassen?«

»Vorgestern. Sie wollte Samstagabend mit Carina was losmachen, das ist ihre beste Freundin.« Die meerfarbenen Augen füllten sich mit Tränen.

»Haben Sie sie abends noch gesprochen, war irgendetwas anders als sonst? Hatten Sie Streit?«

Sie schüttelte den Kopf.

»Ich ... schlief, als sie ging. Ich hatte mich hingelegt. Mir ... mir ging es nicht so gut.« Sie biss sich auf die vollen, ungeschminkten Lippen.

»Warum ging es Ihnen nicht gut? Waren Sie krank?« Beck ließ seinen Blick stählern werden.

»Nein, ich ... hatte ... Streit mit meinem Freund, ich ...«

»Hatten Sie getrunken? War Angelina deshalb vielleicht verärgert?«

Ihr Kopf fuhr hoch und sie verengte ihre Augen misstrauisch. »Haben Sie das von Sarah Dittmann? Klar, die ist ja Ihre ... egal. Sarah kann mich nicht leiden, weil ich nicht tagein, tagaus um meine Kinder herumspringe, so stellt sie sich das nämlich vor.« Das zarte Gesicht wirkte plötzlich hart, älter.

»Und Sie nicht?« Beck versuchte die starke Abneigung, die er gegen die Frau zu entwickeln begann, zurückzudrängen. So ging das nicht. Er verurteilte vor und schloss auf Dinge, von denen er gar nichts wissen konnte.

»Nein, ich nicht. Ich liebe meine Kinder, aber ... Ich habe Angelina bekommen, da war ich selbst erst 17. Ich will auch noch was vom Leben haben, verstehen Sie?«

»Ja, das verstehe ich.« Er rechnete kurz, dann war sie tatsächlich erst 33, wenig älter als Sarah. Und wirkte viel jünger und zugleich viel älter als seine Liebste.

»Also, Angelina hat sich nicht außergewöhnlich verhalten? Wirkte sie wütend oder traurig?«

»Ach, Angie ist immer wütend oder traurig. Sie ist viel zu alt für eine 16-Jährige. Manchmal fühle ich mich, als wäre ich das junge Mädchen und nicht sie.« Sie lächelte und wartete offensichtlich auf eine entsprechende schmeichelhafte Erwiderung Becks. Die er ihr nicht gab.

»Was erwarten Sie von Ihrer Tochter?«

»Dass sie ihre Jugend genießt, Spaß hat, Herrgott noch mal! Das ist doch nicht normal, dass man von seiner Tochter ermahnt wird, wenn man sich mal ein Sektchen gönnt oder auch zwei!«

»Vielleicht könnte sie ihre Jugend mehr genießen, wenn Sie …« Beck stockte. Wohin führte dieses Gespräch? Das ging ihn alles überhaupt nichts an. Und brachte ihn auch nicht weiter in seiner Suche nach Angelina Krüger.

»Wenn ich was?!« Katja Krüger vergaß ihre mädchenhafte Pose und starrte Beck wütend an.

»Nun, das tut nichts zur Sache. Also war alles normal am Samstagabend oder -nachmittag? Wann haben Sie denn Angelina nun das letzte Mal gesehen?«

»Am Samstagmorgen, da bin ich aufgestanden, um Frühstück zu machen«, sagte sie mit einer Spur Trotz in der Stimme.

Immerhin. »Und?«

»Da war sie sehr still. Ich … ich fragte sie, was los ist, und sie sagte: ›Nichts.‹ Das sagt sie immer.«

»Hatte sie vielleicht Liebeskummer?« Plötzlich war Beck alarmiert und setzte sich auf. Suizid! Daran hatte er noch gar nicht gedacht!

»Ich weiß es nicht. Sie hat ja selten mit mir über ihre Sorgen gesprochen. Da war irgendetwas, ein Junge. Ich habe manchmal Telefongespräche mitbekommen zwischen Carina und ihr. Fragen sie die, sie wird es wissen.« Sie zuckte resigniert die Schultern und strich sich eine rotgoldene Strähne aus dem schmalen Gesicht. »Meinen Sie, ein Junge hat was mit ihrem Verschwinden zu tun?«

»Möglich ist es.« Er sagte ihr nicht, dass die meisten vermissten Teenager aus freien Stücken ihr Elternhaus verließen, in der Hoffnung auf ein besseres Leben, mehr Liebe, mehr Verständnis. Ob ihnen das ein Gleichaltriger bieten konnte, bezweifelte Beck.

»Was ist mit dem Vater des Kindes? Besteht da Kontakt?« Es kam auch vor, dass Kinder und Jugendliche von getrennt lebenden Elternteilen mitgenommen wurden.

Sie lachte bitter. »Der? Der hat sich nie für seine Tochter interessiert. Gezahlt hat er auch selten.« Sie stürzte ihren Kaffee hinunter wie Schnaps.

»Aber vielleicht hat sich Angelina für ihn interessiert? Sie ist jetzt in einem Alter, in dem Kinder nach ihrer Identität suchen, verstehen Sie?«

Hart setzte sie ihren Becher auf dem Holztisch ab und atmete tief ein.

»Ja, schon. Sie fragte mal nach ihm, vor einiger Zeit.«

»Lebt er in der Nähe?«

»In Berlin. Da, wo man am besten an Dope herankommt.« Sie verzog verächtlich ihren Mund. »Glauben Sie, sie ist zu ihrem Vater gefahren? Aber warum? Der schmeißt sie sowieso gleich wieder raus.«

»Wenn es so ist, werden wir sie sehr bald finden.«

»Und wenn nicht?« Katja Krüger sah ihn eindringlich an und wirkte das erste Mal wirklich besorgt um ihre Tochter.

»Wenn nicht, gibt es noch zahlreiche andere Möglichkeiten«, wich Beck aus. Tod, Vergewaltigung, Kindesentführung, Mädchenhandel.

Nichts, was man einer Mutter sagen mochte. Auch, wenn sie vielleicht nicht besonders mütterlich wirkte.

»Darf ich mal ihr Zimmer sehen? Vielleicht gibt es dort einen Hinweis.«

Angelinas Mutter nickte und erhob sich.

Er folgte ihr und fühlte sich plötzlich vollkommen erschöpft. Nahm denn dieser Besuch gar kein Ende? Er wollte das alles gar nicht wissen, wollte das Zimmer gar nicht sehen, in dem Angelina ihre heißen Liebeschwüre an irgendeinen pickligen, unreifen Bengel verzapft oder sich dämliche Boygroups auf YouTube reingezogen hatte.

Eine Tür wurde geöffnet und gab den Blick auf einen pinkfarbenen Mädchentraum frei, der in Beck einen leichten Würgereiz auslöste. Wie konnte man in so viel rosafarbenem Kitsch ruhig schlafen? Er würde die Frauen nie verstehen, nie.

Das kleine Zimmer war erstaunlich aufgeräumt. Hatte sie es so hinterlassen wollen?

»Hat Angelina immer solche Ordnung gehalten?«

Katja Krüger sah sich um und nickte. »Ja, immer. Von mir hat sie das nicht.« Wieder dieses unpassende, kokette Lachen.

Beck ließ das unkommentiert und trat an den kleinen weißen Schreibtisch, der am einzigen Fenster des Raumes stand. Auch hier herrschte unnatürliche Ordnung. Er zog die einzige Schublade auf und blickte hinein, als ein klägliches Greinen ihn herumfahren ließ. Auf einem rosengeblümten Sofa lag eine kleine, grau getigerte Katze, die ihn vorwurfsvoll anmaunzte.

»Na, du vermisst wohl dein Frauchen, was?«

Er ging durch das Zimmer und hielt dem Tier eine Hand zum Beschnuppern hin. Mit Katzen kannte er sich ja jetzt aus.

»Das ist Mimi, Angelinas Katze. Die beiden hängen total aneinander.« Katja Krüger kämpfte erneut mit den Tränen und gewann.

Beck wurde von der Katze für gut befunden und durfte sie streicheln. Als der kleine Körper schnurrend unter seiner Hand vibrierte, fühlte er plötzlich Traurigkeit in sich aufsteigen, warum, wusste er nicht. War es vorgezogene

Trauer um ein Mädchen, das vielleicht nie wieder dieses weiche Fell streicheln würde? Unsinn, die war wahrscheinlich nur abgehauen. »Nur« war gut.

Er wandte sich um und sah Katja Krüger an. »Ich brauche hier ein Weilchen, Sie müssen nicht dabeibleiben. Ich werde nichts mitnehmen ohne Absprache, keine Sorge.«

»Das stört mich nicht, ich kann gern hierbleiben.« Katja Krüger machte große Kinderaugen und schob die Unterlippe vor.

Bloß nicht.

»Nein, danke, ich glaube, ich nehme mir das hier lieber allein vor, gehen Sie ruhig Ihren Erledigungen nach.« Beck zwang ein verbindliches Lächeln in sein Gesicht. Trink doch noch einen.

»Gut, wenn Sie meinen.« Die Frau zwinkerte irritiert, verließ aber zögernd das Zimmer ihrer Tochter. Die Tür ließ sie offen stehen. Wahrscheinlich hatte sie Angst, dass er ein paar Haarspangen mitgehen ließ.

Er kehrte dem Kätzchen auf dem Sofa den Rücken und schaute in die Schreibtischschublade. Vielleicht hatte sie ein Tagebuch geführt, junge Mädchen machten so was ja. Warum auch immer. Wozu das Elend noch aufschreiben? Das manifestierte es doch nur.

Ein Spiegel – rosa, ein Lippenstift – rosa, ein altes Handy – rosa … Er musste lachen. Das gab's doch nicht. Handy?

Irritiert hielt er inne und dachte nach. Na klar, sie mussten ihr Handy orten, wo hatte sie es das letzte Mal benutzt? Und wann? Er ließ sich in der Küche von der Mutter die Handynummer des Mädchens geben und zog sein eigenes Gerät heraus – natürlich hoffnungslos veraltet, aber immerhin nicht rosa. Im Hörer bellte es – Wagner war dran. Beck gab eine entsprechende Anweisung und legte wieder auf.

Ein paar Fotos, Angelina mit einer blonden, überschlanken Freundin in kunstvoll zerrissenen Jeans, die wahrscheinlich eher dem Schönheitsideal ihrer Generation entsprach als die rothaarige, etwas pummelige Angelina, die in ihrer Teenagerkluft noch ein wenig verkleidet wirkte. Die musste erst noch aus dem Pubertätskokon schlüpfen, befand Giovanni. Die Schönheit, die darunter schlummerte, konnte sie selbst jetzt garantiert nicht sehen. So weit kannte er die Frauen.

Sarah hatte auch ständig etwas an ihrem Aussehen zu bemäkeln, Mängel, die er überhaupt nicht sehen konnte. Er fand sie wunderschön mit ihren rostbraunen Wuschellocken, die sie hasste, und ihren dunklen Schokoladenaugen … Nun, das gehörte jetzt nicht hierher. Amüsiert schüttelte er den Kopf über sich selbst. Kommissar Beck in Love, wer hätte das gedacht? Er nicht.

Er wandte sich wieder den Habseligkeiten des vermissten Mädchens zu und wühlte weiter in der Schublade. Ein Foto, offensichtlich ein Ausdruck aus dem Internet, das einen Jungen zeigte, blond, hübsch, ein arrogantes Lächeln auf den Lippen. Er schien sich seiner Wirkung bewusst. Ein Popstar? Er hatte keine Ahnung, wer gerade so angesagt war bei den Kids. Oder ein Schwarm der Kleinen? Er musste die Mutter fragen.

Ein Zettel, herausgerissen aus einem Schulheft, bemalt mit fantasievollen Ranken und Herzchen, durch Langeweile in einer Schulstunde inspiriert. In der Mitte ein Text:

Keiner liebt mich, Einsamkeit.
Menschen sehen mich nicht, Einsamkeit.
Das Herz tut weh, die Träne brennt.
Einsamkeit.
Wo bist du? Einsamkeit.

Hatte sie das geschrieben? Angelina? Wahrscheinlich. Der Weltschmerz eines Teenagers oder mehr? War sie vielleicht wirklich einsam gewesen, einsam unter lachenden Kindern aus glücklichen Familien? Gab es die überhaupt?

Er dachte an seine eigene Jugend, die er in Angelinas Alter im Internat verbracht hatte, und daran, wie oft er sich sehr einsam gefühlt hatte, anders als alle anderen. Alle schienen irgendwie einen Platz im Leben zu haben, jemanden, dem sie sich anvertrauen konnten, nur er nicht. Bis er Gunnar und Hartmut kennengelernt hatte, die dann seine Familie gewesen waren, denn sein Vater … Nun, auch das gehörte nicht hierher.

Aber Angelina hatte doch eine Freundin, die Freundin vom Foto, wahrscheinlich dieselbe, bei der sie gestern zu Besuch gewesen war. Er musste unbedingt mit diesem Mädchen sprechen – Carina.

Er ging hinüber zum Bett unter dem Fenster, auf dessen Laken noch der Abdruck des Mädchenkörpers sichtbar war, dem es nachts Zuflucht geboten hatte. Er hob das Kopfkissen hoch – nichts. Vorbei die Zeiten, in denen Mädchen Blumen unter dem Kopfkissen pressten oder Bilder des Liebsten aufbewahrten, um von ihm zu träumen. Er legte sich auf den Boden und sah unter das Bett. Außer Staubmäusen auch nichts. Alles, was Teenager an Geheimnissen hatten, verwahrten sie heute sicher in ihrem Smartphone.

Über dem Bett ein riesiges Poster von einem jungen Schönling, den er nicht kannte, er beugte sich vor und las den Namen des Stars, der klein am unteren Rand des Posters aufgedruckt war: »Wincent Weiss«. Nie gehört. Oder doch? Spielte der nicht auch bei den Raffteich-Konzerten, die jetzt am Wochenende starteten? Er hatte eigentlich hingehen wollen, um mal ein bisschen am Braunschweiger Kulturleben teilzunehmen. Da er aber keine der Bands kannte, hatte er den Gedanken wieder verworfen. Was sollte er alter Sack auch zwischen den ganzen Jugendlichen dort?

Er öffnete die Tür des weißen Kleiderschranks, auf dessen eine Tür ein Poster aufgeklebt war: ein unnatürlich hübsches Mädchen mit einem ebenso künstlichen Lächeln, schlank, in einem weißen Glitzerkleid und mit wehenden hellblonden Haaren, ein alter, ausgelaugter Blick unter schweren falschen Wimpern – wahrscheinlich auch irgendein Teenie-Idol. So wollte Angelina wahrscheinlich aussehen – oh Gott. Kein Wunder, dass sie laut Sarahs Einschätzung mit sich nicht zufrieden war. Wenn man so aussehen musste – wie eine Barbiepuppe? So sah niemand aus – Gott sei Dank.

In der anderen Tür war ein Spiegel eingelassen, so konnte sich das Mädchen immer hübsch mit ihrem Schönheitsideal vergleichen und schlecht dabei abschneiden. Frauen waren irgendwie Masochistinnen – zumindest was ihren Körper betraf. Welchen Torturen sie sich aussetzten, um vermeintlich hübscher zu sein! Allein diese Augenbrauenzupferei! Er betrachtete seine hellblonden, aber dichten Brauen und stellte sich vor, er müsste sie regelmäßig herausreißen, nur weil die Vogue das befahl. Unwillkürlich verkrampfte er im imaginären Schmerz sein Gesicht. Und dann erst die Bikinizone … Autsch!

Er sah die Kleider durch, die an der Stange hingen, ordentlich nach Sommer und Winter geordnet. Mädchen mussten eine vollkommen andersgeartete Pubertät durchlaufen als Jungs. Sein eigener Kleiderschrank hatte damals aus einem wüsten Haufen gewaschener und ungewaschener Klamotten bestanden, aus denen er bei Bedarf etwas halbwegs Adäquates herausgezogen hatte. Aber auch das hatte sich geändert – auch Jungen waren heute strengen

Mode- und Schönheitsvorschriften unterworfen. Sein Freund Gunnar hatte ihm erzählt, sein Sohn epiliere sich regelmäßig die Brusthaare – man stelle sich vor! Er griff sich an seine eigene, mäßig behaarte Brust und ächzte.

Unter den Kleidern reihten sich Schuhe, zum Teil mit mörderischen Absätzen. Durften die mit 16 so was schon anziehen? Ging das nicht auf die Wirbelsäule? Er hatte keine Ahnung und dankte Gott, dass er keine Tochter hatte.

Er durchsuchte die Fächer, unwillig, fühlte sich wie ein Eindringling in dieser jungen, femininen Welt. Alles duftete leicht nach einem sehr süßen, sehr blumigen Parfüm.

Unter einem flauschigen Pullover – rosa, und das zu diesen Haaren – glitten seine Finger über die glatte Oberfläche eines Papierstücks. Er zog es neugierig heraus. Ein Foto, verschwommen, wie heimlich aufgenommen, es zeigte einen erwachsenen Mann halb von der Seite, so als habe er sich im Moment des Schnappschusses gerade abwenden wollen. Soweit Beck das nach dem leicht verwackelten Bild beurteilen konnte, sah er gut aus und hatte ein einnehmendes Lachen. Wer war das? Er schien zu alt für die Kleine, Beck schätzte ihn auf Mitte 30. Er steckte das Foto in seine Tasche, zu dem anderen aus der Schublade.

Erschrocken fuhr er zusammen, als etwas Weiches um seinen Knöchel strich – die Katze. Er bückte sich, um ihr seidenweiches Fell zu streicheln. Sie sah zu ihm auf und maunzte kläglich.

»Ja, ich weiß. Ich versuche ja, sie zu finden, weißt du? Sie wird schon zurückkommen.«

Die Katze starrte mit türkisfarbenen Augen unverwandt, ohne zu blinzeln, wie es nur Katzen konnten. Die schrägen Augen schienen seinen eigenen Zweifel widerzuspiegeln.

Würde sie zurückkommen?

KAPITEL 2

Unschlüssig trat Beck vor der Haustür des schlichten Mietshauses am Neustadtring von einem Bein auf das andere. In diesen Häusern einer Wohnungsbaugesellschaft wohnten Studenten und Menschen, die nicht viel mehr zum Leben hatten als jene. Der Lärm des lebhaften Verkehrs auf dem Ring erinnerte ihn daran, seiner Mutter wieder einmal für ein Erbe zu danken, das es ihm erlaubte, in einer der begehrtesten Wohngegenden Braunschweigs sein Quartier zu nehmen. Sein Gehalt trug nicht viel dazu bei.

Wie hieß Angelinas Freundin noch? Carina, ja, und dann? Keine Ahnung. Aber Mr. Superhirn schrieb sich ja nichts auf. In dem verzweifelten Versuch, seine fast 39 Jahre zu ignorieren, tat er immer noch, als sei sein Gedächtnis vom Feinsten. Die grauen Zellen bröckelten aber trotzdem, genauso wie der beklagenswert untrainierte Körper. Hm. Konzentration, bitte, Opa.

Er studierte das Klingelbrett: Müller, Meyer, Schulze – er musste grinsen. Das konnte jetzt nicht wahr sein. So hieß sie aber nicht, oder doch? Er raufte sich das Haar und glättete sie sofort wieder, als ihm einfiel, dass er gleich einen halbwegs gepflegten Eindruck machen wollte. Falls ihm dieser Scheißname endlich wieder einfiel. Warum wohnten hier auch so viele Menschen? Grässlich.

Er versuchte sich gerade mit dem Namen Dubarth anzufreunden, Carina Dubarth – klang das nicht irgendwie vertraut? –, als sein Blick auf den – natürlich – letzten Namen auf dem Klingelbrett fiel: Glückstadt, ach ja. Wie hatte er einen so auffälligen Namen vergessen können?

Entschlossen drückte er auf die Klingel und wartete. Eine Stimme schnarrte ihm entgegen und der Türsummer wurde betätigt, nachdem er sein Begehr vorgebracht hatte. Er stieg in dem engen, muffigen Treppenhaus auf der für diese Häuser typischen schlichten Steintreppe in das oberste Stockwerk und fragte sich, wie irgendjemand hier Getränkekisten oder gar Möbel nach oben transportierte, ohne einen Infarkt zu provozieren. Er musste mehr Sport treiben. Jaja.

Oben erwartete ihn eine magere, verhärmt aussehende Frau, die ihm ängstlich entgegenschaute. »Sie sind von der Polizei?«

Er nickte und versuchte möglichst unauffällig, wieder zu Atem zu kommen. »Ja. Ich bin hier, um mit Ihrer Tochter zu sprechen. Angelina Krüger ist leider immer noch nicht wieder nach Hause zurückgekehrt.«

»Oh Gott, hoffentlich ist da nichts passiert!« Mit schreckgeweiteten Augen sah die dünne Frau zu ihm auf und strich sich eine schlecht blondierte Strähne aus dem hageren Gesicht.

»Wann ist sie hier denn aufgebrochen, Frau Glückstadt?«

»Gestern Nachmittag, ich glaube, so gegen fünf. Da wollte sie nach Hause. Aber Carina weiß bestimmt mehr. Oh Gott, wie furchtbar.« Frau Glückstadt fuhr sich fahrig über das schmale Gesicht.

»Na, nun mal langsam, noch wissen wir ja nicht, ob etwas passiert ist. Wo finde ich Ihre Tochter?«

»Sie ist in ihrem Zimmer, ich geh mal voraus.« Die Frau eilte durch den schmalen Flur und öffnete eine Tür zur

Linken. Beck blieb kurz stehen, um ein Schild zu lesen, das ihm mitteilte, er solle »lieber den Kopf nicht hängen lassen, wenn er bis zum Hals in Scheiße steckte«. Würde er sich merken.

Er trat einen Schritt vor und verließ die reale Welt, um zum zweiten Mal innerhalb kurzer Zeit in einen Jungmädchentraum einzutauchen.

Eine Welt voller Gazeschleier, Herzchen, Glitter und süßlicher Parfümwolken. Inmitten dieses Hello-Kitty-Alpes eine hübsche Elfe, die ihm mit zusammengekniffenen Augen misstrauisch entgegenblickte.

»Carina? Hast du einen Moment Zeit für mich?«

»Und was, wenn nicht? Komme ich dann in den Knast?« Die Elfe blies eine rosa Kaugummikugel auf und ließ sie platzen.

»Ja, sofort. Bei Wasser und Brot. Und die Frauengefängnisse sind die schlimmsten.« Beck legte Altmännercharme in sein Lächeln, in der wahrscheinlich irrigen Hoffnung, dass der irgendwie auch noch auf 16-jährige Damen wirkte.

»Carina!« Frau Glückstadt war hinter ihm in das Zimmer getreten und rügte beflissen das Benehmen ihrer Tochter.

»Ist schon gut.« Beck setzte sich unaufgefordert auf einen Sitzsack, der dem geblümten Sofa gegenüberstand, auf dem die Blondine in dekorativ lässiger Pose flegelte. Er sank tiefer als erwartet und hoffte, dass er mit Anstand und ohne Hilfe wieder aus dieser Sitzkatastrophe auftauchen konnte.

»Wann genau ist Angelina gestern hier aufgebrochen?«

Wieder die rosa Blase. Peng. Wenn sie wüsste, wie sehr ihre sorgfältig hergestellte Attraktivität unter dieser Aktion litt, würde sie es wahrscheinlich lassen. Aber sicherlich wusste sie das, hatte nur kein Interesse, einen alten Tapergreis zu beeindrucken, sondern bewahrte sich die Präsentation ihrer Schönheit für ihre TikTok-Videos auf.

»Schätze mal, so gegen fünf, vielleicht bisschen später, ja, genau.«

»Hat sie irgendetwas gesagt, aus dem du schließen konntest, dass sie nicht nach Hause fahren wollte? Denn dort ist sie ja immer noch nicht angekommen, wie du weißt.« Beck rutschte unbehaglich auf dem Kunstledersack herum. Furchtbares Ding, es verwandelte ihn in einen würdelosen Hänger ohne Muskeln.

»Nö. Sie wollte eigentlich gleich dort mit den Hausaufgaben anfangen. Die hatten wir vergessen zu machen. Scheißmathe. Aber Angie hat's drauf mit Mathe.«

»Ist irgendetwas passiert an dem Wochenende, das ihr zusammen verbracht habt? Etwas, was Angelina ärgerlich gemacht haben könnte oder traurig?«

»Sie müssen mit mir nicht reden wie mit einem Kleinkind.« Carina setzte sich auf und strich sich die superblonden, superlangen Haare aus dem Gesicht.

»Carina!« Wieder die Mutter im vergeblichen Erziehungsversuch.

»Mama! Kann ich jetzt mal allein mit dem Kommissar reden? Geht das?«

Vertauschte Rollen, die Tochter trat wesentlich energischer auf als die Mutter und schien hier sowieso mehr von Bedeutung zu sein. Beck sah sich in dem dekorativ eingerichteten Zimmer um, in dem nichts auf irgendeinen finanziellen Mangel schließen ließ, der in dieser Wohngegend aber anzunehmen war. Beck hätte wetten können, dass der Rest der Wohnung deutlich dagegen abfiel. Dem Prinzesschen sollte es eben besser gehen als der Mama. Vielleicht war er ungerecht, aber die Kleine machte einen eher verwöhnten Eindruck. Er fand, die Eltern hatten auch ein Recht auf ein wenig Komfort. Oder war das egoistisch?

»Gehen Sie ruhig, Frau Glückstadt, manchmal sprechen Kinder freier, wenn die Eltern nicht dabei sind.« Beck lächelte der verunsicherten Frau beruhigend zu. Ganz bewusst hatte er das Wort »Kinder« gewählt, um das Mädchen auf ihren Platz zu verweisen. Wahrscheinlich würde er dafür gleich eine übergebraten bekommen.

Und richtig: »Kinder? Geht's noch? Wenn Sie Angelina und mich noch wie Kinder behandeln, liegen Sie falsch, Herr Kommissar. Wir sind fast erwachsen.«

»Dann benimm dich auch wie eine Erwachsene, Carina. Bis jetzt kann ich davon nichts bemerken.« Beck legte etwas väterliche Strenge in seinen Ton, jetzt reichte es langsam mit den Teenagerallüren. »Schließlich geht es hier um etwas Ernstes, um deine Freundin. Oder bist du nicht daran interessiert, dass sie heil wieder nach Hause kommt?«

Die Wangen des Mädchens färbten sich rot und sie richtete sich auf. »Doch, klar.«

»Also. Ist etwas passiert, was Angelina veranlasst haben könnte wegzulaufen? Hat sie dir irgendetwas anvertraut? Wollte sie noch jemand anders aufsuchen? Bitte denk daran, dass ihre Familie in großer Sorge um sie ist!«

Carina lachte auf. »Ihre Mutter in großer Sorge? Hat sie überhaupt gemerkt, dass Angie nicht da ist? Wer's glaubt.«

»Antworte bitte auf meine Frage.« Beck wurde langsam ärgerlich, obwohl er dem Mädchen insgeheim irgendwie zustimmte. Diese Mutter war nicht das Gelbe vom Ei, bestimmt nicht.

»Nö. Hat sie nicht. Etwas gesagt, meine ich.« Der Blick unter den dick getuschten Wimpern flackerte und sie sah Beck nicht an.

»Das stimmt doch nicht. Ich habe schon bessere Lügnerinnen gesehen.« Beck konnte auch ätzend.

»Mann! Ich kann hier doch nicht einfach was auslabern, was sie mir erzählt hat. Ich bin ihre BF, capisce?« Die Kleine wandte sich ab und sah aus dem Fenster, kämpfte offensichtlich um Fassung.

BF? Big Fat? Böse Fee? Ah – beste Freundin, okay.

»Ja, ich verstehe dich. Aber hier geht es darum, Angelina so schnell wie möglich zu finden, ehe …« Er brach ab, unsicher, was er dem Mädchen sagen konnte.

»Ehe? Ehe sie umgebracht wird, oder was?« Die hohe Mädchenstimme zitterte, eine Träne quoll unter den sorgfältig geschminkten Lidern hervor.

»Das wollen wir nicht hoffen. Aber ausschließen können wir so etwas bei der Polizei leider nie. Also nimm es ernst, ich bitte dich.«

Carina versuchte die verlaufene Wimperntusche mit den Fingern unter ihren Augen zu entfernen und nickte. »Okay.« Sie holte tief Luft. »Also, sie wollte noch mal bei Julian vorbei. Der ist ihre große Liebe. Aber der verarscht sie nur. Ich habe ihr gesagt, sie soll sich nicht schon wieder zum Affen machen … aber …« Sie schniefte und sah mit von Tränen glasigen Augen zu Beck auf. »Keine Chance. Die ist dermaßen in den verschossen, das ist echt krank.«

»Julian wer?« Beck kramte in seiner Manteltasche und förderte den zerknautschten Computerausdruck zutage. »Ist er das?«

Carina riss die blauen Augen auf und blickte Beck erstaunt an. »Ja, das ist er. Der Arsch.«

»Wie heißt er?«

»Von Eißen. Julian von Eißen.« Die pubertäre Coolness war von Carina abgefallen und zum Vorschein kam ein kleines Mädchen, das Angst um seine Freundin hatte. Gott sei Dank.

»Wo wohnt er?« Beck versuchte sich auf das Wesentliche zu konzentrieren. Carina nannte eine Straße im Malerviertel, eine der teuersten Wohngegenden von Braunschweig. Dort wohnte das Geld.

»Wusste er von Angelinas … Vorliebe für ihn?«

»Na klar! Der eingebildete Sack. Ich sage doch, er hat sie deshalb verarscht und sich dann mit seinen Kumpels drüber totgelacht. Und sie ist immer wieder auf ihn reingefallen. Echt peinlich.«

Beck nickte. Teenager waren wahrscheinlich die grausamsten Menschen unter der Sonne. Selbst stark verunsichert durch Pickel, TikTok und die erwachende Sexualität, hatten sie die eigene Identität noch nicht gefunden und suchten Zuflucht in Äußerlichkeiten: Schönheit, Markenklamotten, der Höhe des Taschengeldes, dem ersten Auto, Mofa (fuhr man so was überhaupt noch?) und dem technischen Equipment, das heute zu einem Teenagerleben gehörte: Smartphones und alle möglichen Social-Media-Apps … Wer nicht mithalten konnte, zählte nichts. So einfach war das.

»Und sie wollte zu ihm? Hätte er sie denn überhaupt hereingelassen? Ich meine, wo er doch anscheinend überhaupt nicht auf sie stand?« Hieß das noch so? Beck hatte keine Ahnung. Mal wieder.

Carina nahm jedoch keinen Anstoß an seiner Formulierung.

»Klar. Er ist eine Null in Mathe. Und wenn sie ihm anbietet, die Hausaufgaben für ihn zu machen, kann er sehr nett sein. So ist er. So sind sie alle.« Das Mädchen klang wie eine mehrfach geschiedene Frau Mitte 40.

»Na ja. Ihr seid in einem schwierigen Alter. Wir Männer bessern uns später, versprochen.« Beck hatte das Gefühl, eine Lanze für sein Geschlecht brechen zu müssen. So schlecht war er doch nicht. Oder?

»Blablabla. Das müssen Sie ja sagen. Sie sind ja auch ein Kerl.« Ein Lächeln schimmerte durch Carinas abgeklärte Miene.

»Meine Freundin muss meine Hausaufgaben nicht für mich machen«, versuchte Beck einen kleinen Scherz.

»Haha. Aber bestimmt lassen Sie sich von ihr bekochen oder wollen immer Sex, wenn Sie Scheiße drauf sind. Männer sind so.«

Beck spürte, wie ihm die Hitze in die Wangen stieg. Ihm fehlten die Worte. Wie war er da nur wieder hineingeraten? Er unterhielt sich mit einer 16-Jährigen über Sex? Das musste ein Ende haben. Sofort.

»Äh, nein, ich hoffe nicht. Ich danke dir für dieses Gespräch und werde meiner Freundin deine Sorgen um unsere Beziehung ausrichten.« Er stand auf und dankte Gott, dass er, ohne sich abstützen zu müssen, den Untiefen des Sitzsackes entkommen war.

Carina lachte offen, das erste Mal, seit er ihr Zimmer betreten hatte. »Das ist cool.« Sie wurde wieder ernst und stand auch auf. »Ich … bitte, finden Sie Angie. Ganz schnell.« Ihre Stimme brach und sie sah weg.

»Ja. Ich versuche alles. Versprochen.« Beck legte ihr kurz eine Hand auf die zarte Schulter und verließ das nach Kirschlutscher duftende Zimmer.

Er blieb kurz in dem engen Flur stehen und atmete tief ein. Armes Ding. Arme Dinger. Nun hatte er ein Versprechen gegeben und musste es halten. Musste alles geben, um die Kleine aufzuspüren. Aber das tat er ja sowieso. Oder nicht? Plötzlich empfand er Panik, Angst davor, das Versprechen nicht einlösen zu können. Panik war nicht sehr förderlich für eine Ermittlung und unprofessionell dazu. Er schüttelte die Beklemmung ab. Er hatte ja schließlich nicht versprochen, Angelina lebend wiederzufinden, nicht wahr?

Da war er ja wieder aus dem Schneider.

*

»Filo! Das ist ja schön, ich habe gerade an dich gedacht!« Sarah strich eine Locke hinter ihr rechtes Ohr und presste den Telefonhörer daran.

»Das sagst du immer, wenn ich anrufe.« Ihre beste Freundin Filomena schnaubte ungläubig.

»Ich denke eben ständig an dich.« Sarah feixte, weil sie wusste, was jetzt kommen würde.

Und richtig. »Ja, wenn du gerade mal nicht an den schönen Giovanni denkst – also so gut wie nie.« Filo lachte ihr heiseres Bardamenlachen, das so gar nicht zu ihrer eleganten, zerbrechlichen Erscheinung passen wollte. Aber ihr filigranes Äußeres hatte schon so manchen Mann auf die falsche Fährte gelockt, denn dahinter verbarg sich ein Herz aus Stahl.

»Ach, erzähl nicht so einen Müll, so schlimm ist es doch gar nicht mehr. Wir sind doch schon fast eine etablierte Beziehung – ein gutes halbes Jahr! Du wärst doch schon lange auf und davon!« Sarah gelang eine gute Imitation von Filos üblichem nonchalanten Tonfall.

»Ja, weil ich schlau bin. Ich komme am Wochenende

rüber zu euch in die Provinz, mal wieder Landluft atmen und so.«

»Nein! Welche Herablassung! Aber vergiss Gummistiefel und Mistgabel nicht!« Sarah konnte es sich einfach nicht verkneifen, zu oft hatte sie sich die Sticheleien wegen ihrer Entscheidung, zurück nach Hause zu ziehen, anhören müssen.

Filo kicherte. »Ne, bring ich mit. Ich muss mal raus hier, irgendwie geht mir in Berlin momentan alles auf den Zeiger, müssen die Hormone sein, hab schon ewig keinen Sex mehr gehabt. Sascha hat sich schon über meine Laune beschwert.« Der exzentrische Sascha war ihr gemeinsamer, vielgeliebter, aber anspruchsvoller Freund, der selten ein Blatt vor den hübschen Schmollmund nahm.

»Na ja, ewig ist bei dir kein dehnbarer Begriff. Ich tippe mal auf vier Wochen?«

»Na hör mal, das ist ewig. Meine Klitoris ist bestimmt schon vertrocknet.« Filo schnaubte empört.

»Und du meinst, die gute Landluft wird deine sexuelle Frustration beheben?«

»Vielleicht hat ja Giovanni auch einen hübschen Kollegen?«, trumpfte Filo auf.

Sarah dachte an Wagner und grinste. »Ja, hat er. Soll ich ihn einladen?«

»Ne, lass mal. So ein Provinzgockel hat doch eh nix drauf, der findet meine Dörrpflaume bestimmt noch nicht mal.«

Eine Vision von Wagner auf der Suche danach ließ Sarah schnell das Thema wechseln. »Stell dir vor, die kleine Krüger ist verschwunden, die Tochter von Katja.« Sarah legte eine Hand auf die plötzlich eng werdende Brust. Wenn sie bloß nicht immer gleich so überreagieren würde! Drama-Queen.

»Katja? Wer ist Katja?« Filo klang gelangweilt.

»Na, Katja Krüger, du bist doch mit ihr zur Schule gegangen, die musste doch dann abgehen, weil sie die Angelina bekam!«

»Angelina?! Wer nennt denn seine Tochter bitte Angelina? Mein Gott.«

»Ja, kitschig. Aber darum geht's doch jetzt nicht, Filo! Erinnerst du dich an Katja?«

Schweigen am anderen Ende. Filo kramte in ihrem umfangreichen mentalen Facebook. »Ach, der Schleuderhonig. Oh Gott, kein Wunder, da wäre ich als Tochter auch abgehauen.« Filo schnaubte verächtlich.

»Schleuderhonig? Was soll das denn heißen?« Nichts Gutes, wie sie ihre liebe Freundin kannte, das alte Lästermaul.

»Schleuderte überall herum und blieb ständig an einem kleben.« Filo lachte schallend. »Klasse Ausdruck eigentlich, den hatte ich ganz verdrängt.«

Sarah sagte lieber nicht, dass Filo ja selber auch ganz schön herumgeschleudert worden war – nur kleben geblieben war sie nie, das nicht.

»Und dann tat sie immer so süß und zerbrechlich, die Kerle sind reihenweise auf sie hereingefallen, mein Gott, können Männer dämlich sein. Ein großer Augenaufschlag, ein kleines Händchen auf ihrem starken Arm und schon werden sie zu Django. Das konnte sie gut, die Kati. Eklig.«

»Ach, dieser Typ Mädchen. Ne, das mochte ich auch nie. Ich habe schon damals versucht, emanzipiert rüberzukommen, was aber zusammen mit meiner Größe die Kerle eher eingeschüchtert als beeindruckt hat.« Sarah dachte an ihre Tanzstunde, die sie mit dem pickeligsten Jüngling von allen absolviert hatte, weil er der Einzige gewesen war, der sich an den großen Tollpatsch aus Avessen herangetraut hatte. Die Jungs von damals wollten immer die zarten, kleinen Blonden mit den großen, großen … Augen. Bloß nie wieder Teenager sein müssen – grauenhafte Zeit!

»Ach, jetzt fang nicht wieder mit der Mauerblümchenleier an, ich kann dir auf Anhieb mindestens fünf Knaben nennen, die damals in dich verschossen waren.«

»Ach ja? Wer soll das denn gewesen sein?« Sarah tippte sich an die Stirn.

»Allen voran dein großer Schwarm Christian Ahrendt, nicht wahr? Und du hast es nie gemerkt, dumme Nuss.«

»Ja, und jetzt sitzt er im Knast, weil er seine Schwester umgebracht hat. Eine tolle Eroberung.« Sarah dachte mit Entsetzen an das durch den Tod ihrer beider Schulfreundin überschattete Weihnachtsfest zurück.

»Hätte er Claudia nicht getötet, hättest du Giovanni nie kennengelernt. Und außerdem hat seine Verfehlung nichts mit seiner Vorliebe für dich zu tun, allerliebste Sarah. Was du auch genau weißt.« Filo stöhnte.

Wie waren sie nur von Angelinas Verschwinden auf Sarahs nicht vorhandenes Liebesleben in grauer Vorzeit gekommen? Und wieso musste eigentlich immer sie den Hofnarren geben?

»Ja, hier ist immer was los in Avessen, bloß nix Gutes.« Sarah blickte zum Fenster hinaus. Auf der vor dem Salon gelegenen, von Sonne überfluteten Schlossterrasse wälzte sich gerade Muffin wonnevoll und ausgiebig in irgendetwas Fürchterlichem. Hoffentlich musste der dämliche Hund hinterher nicht wieder gebadet werden. Doch da eilte schon Asta herbei und schimpfte ihren Liebling aus. Sie drohte ihr sogar mit dem Finger. Köstliche Szene, Muffin war das Schuldbewusstsein in Person und kroch förmlich im Staub. Nachdem es ausgiebig gerügt und sein Fell inspiziert worden war, entkam das Tier und ließ Asta allein auf der Terrasse zurück, die, pragmatisch wie immer, sogleich daran ging, die Blumenkästen auf der steinernen Balustrade auf ihren Wasserstand hin zu untersuchen. Die roten Geranien bildeten einen hübschen Kontrast zu den hellgelben Schlossmauern mit den langen dunkelgrünen Läden vor den französischen Fenstern. Die helle Fassade des sonnenbeschienenen Schlosses hob sich pittoresk vom Dunkel des verwilderten Parks ab.

»Sarah? Hallo?«

»Ja, ich bin noch dran. Habe mich gerade über Asta und Muffin amüsiert und gedacht, wie hübsch wir es doch bei allem Stress mit der alten Butze hier haben.« Sarahs Augen füllten sich zu ihrem Befremden mit Tränen. Was war denn jetzt schon wieder los? Sie war aber auch zurzeit nah am Wasser gebaut, wie peinlich.

»Ja, das habt ihr und ich habe Sehnsucht nach euch und eurer alten Butze. Am besten, ich ziehe bei euch ein.«

»Ja, klar, und deine Sommergarderobe shoppst du beim Bäcker, oder wie? Hör doch auf! Noch nicht mal zwei Wochen würde ich dir geben, bis du am Rad drehst und zurückwillst zum KaDeWe, Lafayette, Ku'damm und Bellini, du Stadtpflanze, du!«

»Ja, hast schon recht. Geht gar nicht, euer Dorf auf Dauer. Sag mal, der Vater von der Kleinen, also der Tochter von Katja Krüger – war das nicht unser Kunstlehrer? Der Referendar? Ja, klar – der Megaskandal!«

»Keine Ahnung, ich war doch nicht auf dem Schlossgymnasium, erzähl mal! Ehrlich? Oh Gott, was für ein Mistkerl.« Sarah schämte sich mal wieder für ihren Berufsstand.

»Ja, der war ja selber noch nicht alt, vielleicht 25 oder so. Sah gut aus, war aber ein komischer Schleimer, wollte unser Kumpel sein. Die Mädels haben ihn angehimmelt und die Jungs haben ihn verarscht. Und Kati musste natürlich auf ihn hereinfallen und auch noch zu dämlich zum Verhüten sein. Vielleicht war's auch Absicht, traue ich ihr auch zu. Wahrscheinlich hat sie gedacht, der heiratet sie und dann wird alles gut.«

»Was sollte denn gut werden? Ging's ihr so schlecht zu Hause? Ich weiß gar nicht mehr, die Krügers haben im Dorfleben kaum eine Rolle gespielt. Gab's da überhaupt einen Vater? Ich kann mich nur an Katjas Mutter erinnern, aber auch nur sehr vage.«

»Ne, einen Vater gab es da auch nicht, jedenfalls nicht, dass ich wüsste. Die olle Krüger galt auch als Dorfnutte, die soll angeblich ab und zu mal das Haushaltsgeld in der Horizontalen aufgebessert haben.« Filo zündete sich mit hörbarem Klicken eine Zigarette an.

»Oh Gott, ja, das habe ich verdrängt. Sündenpfuhl Avessen.« Sarah erinnerte sich wieder, mit frivolem Schauder an dem kleinen Haus vorbeigefahren zu sein. Da hatte eine »gefallene Frau« gelebt, da musste man mal genauer hinschauen, das war spannend. Und ab und zu hatte man auch einen Mann hinein- oder heraushuschen sehen. Dass die keine Angst gehabt hatten, dass sie einer sah und bei der Ehefrau verpetzte! Aber vielleicht waren es ja keine Männer aus dem Dorf gewesen.

»Arme Katja, das war bestimmt nicht einfach für sie, das hat sie doch bestimmt mitbekommen, oder?«

Filo pustete Rauch in den Hörer. »Klar, denke ich auch. Arme Sau.«

»Und jetzt ist Angelina weg. Vielleicht aus demselben

Grund? Katja ist auch nicht gerade ein Kind von Traurigkeit. Aber … Na ja, sie wird wohl nicht gegen Geld, also …« Sarah dachte an Philipp und mochte nicht aussprechen, was ihr durch den Kopf schoss.

»Gegen Geld die Beine breit machen? Warum nicht, ist doch eine bewährte Methode in der Familie.«

»Filo! Das geht mir jetzt zu weit. Wir wissen doch nichts darüber! Ich will das nicht glauben und auch nicht mehr darüber reden, die Frau hat zwei Kinder!« Sarah hätte am liebsten den Hörer aufgeknallt, manchmal ging ihr der Zynismus ihrer lieben Freundin wirklich auf die Nerven.

»Ja, schon gut«, lenkte Filo ein. »Ist ja wahrscheinlich auch gar nicht so. Kennst mich doch, ich bin halt ein böses Weib. Aber das böse Weib kommt über dich, am Samstag oder vielleicht schon am Freitag, mal sehen, wann ich aus dem Laden wegkann. Vielleicht bringe ich Sascha mit.«

»Der Laden« war das elegante Berliner Nobelkaufhaus, in dem Filo als Einkäuferin arbeitete und in dem anscheinend noch nicht mal ein Schlüpfer ohne Filos modisches Know-how bestellt werden konnte.

»Ja, ich freu mich, 13. Fee. Vergiss deine Spindel nicht. Wenn Sascha mitkommt, müsst ihr Champagner mitbringen, ich glaube nicht, dass Luises Vorräte für seinen Konsum reichen.«

Ein Schnauben und Filo war weg. Sarah schüttelte ihr weises Haupt und setzte sich auf ihr goldfarbenes Barocksofa. Arme Angelina. War das Mädchen tatsächlich weggelaufen? Vielleicht zu ihrem Vater, dem ominösen Exreferendar? Aber ob der ihr helfen konnte? Der schien ja auch nicht gerade ein Ausbund an Tugend und Beständigkeit zu sein. Wer schwängerte schon seine Schülerin? Aber war Angelina überhaupt weggelaufen? Vielleicht war sie ja ... tot?

*

Angelegentlich studierte Beck die elegante Fassade der Villa aus den 30er-Jahren im renommierten Malerviertel. Die schmale, baumbestandene Straße lag in feierabendlicher Stille, man saß beim Abendessen. Er hatte überhaupt keine Lust, den sorgfältig gepflegten Vorgarten zu betreten und diesen arroganten jungen Schnösel zu interviewen. Aber nach dem Lustprinzip ging es ja nur selten in seinem Job. Außerdem hatte er Hunger, einen Wolfshunger. Bestätigend heulte sein Magen auf. Wann hatte er das letzte Mal was gegessen? Hatte er heute überhaupt schon etwas zu sich genommen? Er konnte sich nicht erinnern.

Außerdem musste er langsam mal nach Hause, das arme Katzenvieh war den ganzen Tag schon allein. Er trug ja jetzt schwer an Verantwortung für einen überkandidelten Kater aus kaiserlichem Geblüt. Hatte er den wenigstens gefüttert? Oh Gott. Doch, ja, hatte er. Aber einen Besuch im Steakhaus konnte er sich abschminken. Dabei war es genau das, was er jetzt brauchte, ein riesiges saftiges Steak mit Pommes und irgendeiner kalorienreichen Soße. Sein Magen stimmte lautstark zu. »Ja, du kriegst jetzt aber nichts, reiß dich zusammen.« Beck stieg die von Buchskugeln gesäumten steinernen Stufen zur cremefarben lackierten Haustür empor und betätigte die Klingel. Ein harmonischer Dreiklang verhallte in den Tiefen der Villa und Schritte näherten sich, die

Tür wurde geöffnet. Ein distinguiert wirkender, großer Herr mit Lesebrille auf der Nase blickte ihn fragend an.

»Herr von Eißen?« Beck deutete eine Verbeugung an.

»Ja, der bin ich.« Der Herr tippte die Brille auf der Nase nach oben und fuhr sich durch die dekorativ ergrauten Haare.

»Beck, Kriminalpolizei. Ich müsste bitte mit Ihrem Sohn sprechen, Julian.« Beck zückte seinen Ausweis.

Von Eißen warf nur einen flüchtigen Blick darauf. »Kriminalpolizei? Um Gottes willen, was hat er denn jetzt wieder ausgefressen? Die Kripo hatten wir noch nicht im Haus.« Der Mann trat einen Schritt zurück und bat Beck mit einer Geste in die großzügige Diele hinein.

»Stellt er denn öfters etwas an, der Julian?« Beck folgte dem Hausherrn durch den hell erleuchteten Flur in einen großen, von einem gemauerten Kamin beherrschten Raum, der wegen der sommerlichen Temperaturen jedoch nicht beheizt wurde. Vor dem Kamin erhoben sich zwei Hündchen mit flauschigen Ohren und brachen in ein markerschütterndes Gebell aus.

»Kusch!« Ungehalten wedelte von Eißen mit einer Hand und die Tiere verstummten sofort, beäugten Beck jedoch misstrauisch aus irritierend großen Augen.

»Was sind das denn für Hunde?« Beck betrachtete die bunt gefleckten Tiere. Fand er diese flachgesichtigen Wesen hübsch? Nein, eher nicht.

»Cavalier King Charles Spaniel. Meine Frau hat eine Schwäche für sie.« Von Eißen dagegen nicht, das legte der leicht abschätzige Ton nahe.

»Hat er nun schon öfter ›etwas angestellt‹, Ihr Sohn? Sie deuteten das eben an.«

»Gott, nichts wirklich Schlimmes. Dummejungenstreiche, könnte man sagen.« Von Eißen wollte offensichtlich nicht ins Detail gehen und Beck beschloss, es auf sich beruhen zu lassen. Zunächst.

»Was ist denn der Grund Ihres Besuchs bei meinem Herrn Sohn?«

»Oh, entschuldigen Sie, ja. Er ist mit einem Mädchen befreundet, Angelina Krüger.«

»Ach Gott, dieses arme Luder.« Von Eißen schüttelte den Kopf. »Was ist mit ihr? Hat er sie geschwängert? Aber deshalb kommt wohl nicht die Kripo zu uns, nicht wahr? Ich hoffe, er hat sie nicht umgebracht?« Ein Zucken seines Mundwinkels deutete an, dass dies wohl ein Scherz sein sollte.

»Armes Luder? Wieso nennen Sie Angelina so?« Beck beugte sich interessiert nach vorn.

»Weil sie ganz offensichtlich in meinen Sohn verknallt ist und er ebenso offensichtlich nicht in sie. Die Mädchen haben eine Schwäche für Julian.« Von Eißen teilte diese Schwäche offensichtlich nicht.

»Ach ja? Ist er so charmant?« Beck wurde langsam neugierig auf den sagenumwobenen Julian von Eißen. Der musste ja der reinste Teeniestar sein.

»Charmant kann er sein, ja. Wenn er etwas will. Zudem gilt er allgemein als sehr gut aussehend. Das hat er von seiner Mutter.« Von Eißen lächelte.

»Angelina Krüger ist seit gestern verschwunden und sie war wohl gestern Nachmittag noch hier, bei Ihrem Sohn zu Besuch«, kam Beck auf den Grund seines Besuchs zurück. »Deshalb muss ich dringend mit ihm sprechen. Eventuell ist Julian derjenige, der sie als Letzter gesehen hat.«

»Lebend gesehen hat?« Von Eißen runzelte besorgt die Stirn. »Wollten Sie das damit sagen?«

»Das hoffe ich nicht, kann es aber auch nicht ausschließen. Würden Sie bitte Julian holen?« Beck reichte es jetzt mit dem Vorgeplänkel, Höflichkeit hin oder her.

»Ja. Ja, natürlich, sofort.« Der Mann eilte durch die Tür zum Flur davon und ließ Beck mit den glotzäugigen kleinen Monstern allein. Eins knurrte und kam näher.

Beck hob eine Hand. »Untersteh dich, die Hose ist nagelneu.«

Der Hund fiepte und zog sich zurück.

»Das will ich dir auch geraten haben, Mopsgesicht.« Fast hätte Beck dem kleinen Köter die Zunge herausgestreckt.

»Ich kann die auch nicht ab.« Eine junge Stimme an der Tür ließ Beck herumfahren.

Dort stand der Junge von dem Foto, das er in Angelinas Schublade gefunden hatte, in voller Pracht. Er sah wirklich sehr gut aus, vom blond gesträhnten, kunstvoll verstrubbelten Haar bis hin zum blendend weißen Zahnpastalächeln. Guter Friseur, guter Zahnarzt, gute Gene. Er war Beck auf Anhieb unsympathisch. Professionell wie immer, der Herr Hauptkommissar.

»Julian von Eißen?« Beck räusperte sich.

»Der bin ich.« Der Knabe deutete eine kleine, smarte Verbeugung an.

Mein Gott, er war doch noch keine 80. Beck ließ sich unaufgefordert auf einem Sessel am Kamin nieder und wies auf einen zweiten gegenüber.

Der Junge zögerte, kam dann aber der Aufforderung nach, als sein Vater hinter ihm in das Zimmer trat.

»Sie kennen Angelina Krüger?«

»Klar, Angie. Kaum zu übersehen.« Ein schiefes Lächeln, das die Mädchenherzen sicherlich reihenweise brechen ließ.

»Warum? Warum ist sie für Sie kaum zu übersehen? Finden Sie sie so hübsch?« Beck wusste genau, dass dies nicht die Antwort war, aber etwas in ihm wollte den Knaben provozieren.

Julian schnaubte durch die Nase. »Hübsch? Dazu ist sie doch viel zu fett. Ne, sie läuft mir ständig nach. Das nervt ganz schön.«

Ach ja? Wo wärst du denn mit deinem ganzen Geprotze, du kleiner Hahn im Teeniestall, wenn dir solche Mädels keine Beachtung schenken würden?

»Tatsächlich?« Beck ließ ein wenig Unglauben durchschimmern.

»Ja, da können Sie jeden fragen!« Aufgebracht setzte der Junge sich aufrecht hin.

»Nun, es reicht ja, wenn ich Sie frage. War sie gestern hier?« Beck zog eine Braue hoch und hoffte, einschüchternd auszusehen.

»Gestern? Ne. Wie kommen Sie denn darauf?!« Julian fuhr sich durch das güldene Haar und gähnte demonstrativ.

»Carina Glückstadt hat das ausgesagt. Dass Angelina vorhatte, bei Ihnen vorbeizuschauen, als sie gestern Nachmittag bei ihr aufbrach.«

»Carrie hat das gesagt? Vielleicht wollte sie das ja, aber hier war sie nicht. Das hätte ich wohl gemerkt.« Julian lachte neckisch.

»Carina hat auch erzählt, Sie hätten öfter die Hausaufgaben von Angelina machen lassen. Ist das richtig?«

Julian warf einen vorsichtigen Blick zu seinem Vater, der neben der Tür an der Wand lehnte.

»Machen lassen? Wohl kaum. Sie hat mir manchmal … ein bisschen mit Mathe geholfen, das stimmt.« Er fand zu seiner lässigen Selbstsicherheit zurück. »Ist das verboten?«

»Nein, selbstverständlich nicht. Und ansonsten verband Sie nichts mit Angelina Krüger?«

»Was soll mich denn da ›verbinden‹?« Julian legte angewiderten Nachdruck in das Wort. »Die war nicht meine Kragenweite, Mann, aber wenn sie mir unbedingt die Hausaufgaben … bei den Hausaufgaben helfen wollte – ja, klar, warum nicht? Ich will nix von der. Da kann ich echt andere haben.« Wieder der Blick zum Vater. »Wenn ich will.«

»Sie waren also nie mit Angelina im Bett?«

Der Junge fuhr hoch. »Bitte?! Was geht Sie das denn an?! Ich glaube es nicht!«

»Julian! Benimm dich, bitte!« Von Eißen trat einen Schritt nach vorn.

»Heißt das – ja?« Beck wusste nur zu gut, dass der Junge ihm am liebsten eine reingehauen hätte.

Julian antwortete nicht.

»Das heißt, Sie mögen sie nicht, haben aber trotzdem Sex mit ihr gehabt, weil sie es zuließ?«

»Ja! Na und?! Ich bin halt auch nur ein Mann, Sie wissen doch, wie es ist.« Julian warf ihm einen verschwörerischen Blick zu, der Beck anwiderte.

»Ein Mann musst du erst mal werden«, ließ sich sein Vater vernehmen und kam Beck damit zuvor.

»Ich bin volljährig« Julian schob trotzig seine Unterlippe vor und sah aus wie zwölf.

Wie ein unangenehmer, aufgemotzter und verwöhnter Zwölfjähriger, den jemand in ein Justin-Bieber-Kostüm gesteckt hatte.

»Und wie sah es mit Carina aus? War die mehr ›Ihre Kragenweite‹?« Beck wusste selbst nicht, warum er das fragte. Vielleicht machte es ihm einfach Spaß, den Jungen zu verunsichern. Pfui.

»Was hat das denn mit Angelina zu tun? Warum fragen Sie überhaupt nach Angie? Was soll das hier alles?« Der Junge warf in dramatischer Pose die Hände in die Luft.

»Angelina ist seit gestern Nachmittag verschwunden und ich hatte gehofft, Sie hätten sie noch gesehen und könnten etwas über ihren Verbleib sagen.« Beck zwang den Jungen mit seinem Blick zurück unter seine Führung.

»Echt jetzt? Gibt's nicht. Hat sie endgültig die Schnauze voll von ihrer versoffenen Alten? Cool.«

»So, cool finden Sie das? Haben Sie eine Ahnung, was einem 16-jährigen Mädchen da draußen alles zustoßen kann? Ja, haben Sie?!« Beck wurde zornig und hätte nun gern seinerseits dem Knaben eine reingehauen. Blöder kleiner Schnösel.

Julian setzte eine betroffene Miene auf und wurde ernst. »Ja, klar. Aber die wird zu ihrem Vater gefahren sein. Davon hat sie immer wieder gefaselt. Nicht, dass es mich interessiert hätte.« Julian zuckte mit einer Schulter.

Beck horchte auf. »Tatsächlich? Hat sie da Genaueres erzählt? Hatte sie Kontakt zu ihm?«

»Keine Ahnung! Ich habe Ihnen doch schon gesagt – Angelina war mir schnuppe. Ich weiß bloß, dass sie ewig Stress mit ihrer Mutter hat und sich einbildet, dass es ihr bei ihrem Vater besser gehen würde. Ich musste mir ihr Gelaber ja immer anhören bei den Hausaufgaben.«

»Ein kleiner Preis dafür, mit den perfekten Mathe-Hausarbeiten zu glänzen, finden Sie nicht? Haben Sie kein Mitgefühl mit ihr? Sie hat es ja wirklich nicht leicht, oder?«

Wieder das Schulterzucken. »Doch, klar, irgendwie schon. Aber da kann man ja eh nichts machen. Ich kann ja ihre Alte nicht zur Rehab schicken, oder?«

»Nein, aber Sie hätten ihr zuhören können, wirklich zuhören, meine ich. Ein echter Freund kann schon viel helfen. Vielleicht kommen Sie ja auch mal in eine solche Situation und sind auf die Hilfe von Freunden angewiesen?«

»Ich habe Freunde und außerdem komme ich mit meinem Leben klar.«

»Du hast Speichellecker, keine Freunde und du kommst nicht mit deinem Leben klar«, von Eißens Stimme aus dem Off. Das schien ja ein inniges Vater-Sohn-Verhältnis zu sein. Dallas in Braunschweig.

»So, also Angelina war gestern nicht hier. Sie bleiben bei Ihrer Aussage?« Beck erhob sich. Mehr war hier momentan nicht zu holen, er hatte auch keine Lust mehr auf dieses Familienidyll. Wo blieb eigentlich die Mutter? Oder gab es hier keine?

»Ja, weil sie gestern nicht hier *war!*« Genervt erhob sich Julian von Eißen ebenfalls.

»Ja, ich habe es begriffen.« Beck nickte dem Vater freundlich zu. Arme Sau, mit solch einem Sohn geschlagen zu sein, musste eine ständige Belastung sein. Aber wahrscheinlich hatte er ja auch dazu beigetragen, dass sein Sohn so ein Unsympath geworden war. Er dachte an seinen Vater, zu dem er auch nie ein gutes Verhältnis gehabt hatte. Daran war doch auch sein Vater schuld. Oder nicht? Wie musste es sein, wenn man den eigenen Sohn nicht leiden konnte, sein eigen Fleisch und Blut? Er musste mal seinen Vater danach fragen.

Er schüttelte die Traurigkeit ab, die sich plötzlich und unpassend in seiner Brust breitmachte, und verabschiedete sich.

Jetzt endlich nach Hause zu seinem Kater. Der hatte

wahrscheinlich schon Selbstmord begangen oder eine Vermisstenanzeige bei der Polizei aufgegeben. Lustig.

*

»Sag mal, wusstest du, dass die Mutter von Katja Krüger, ähm, na ja, wie soll ich das sagen …« Sarah blickte in Astas veilchenblaue Augen und kam sich plötzlich dumm vor.

»Gelegenheitsprostituierte war? Ja, das wusste ich, ich kannte Gisela doch noch von früher. Ein armes Mädel.« Asta cremte ihre Hände ein und runzelte die ansonsten immer noch vollkommen faltenfreie Stirn. »Überleg mal, die war nur zwei Jahre älter als ich – und jetzt ist sie schon tot.«

Entsetzt schob Sarah die Vorstellung von sich, ihre geliebte Asta könnte bald das Zeitliche segnen. Nicht auszudenken. »Genauso wie Katja ein armes Mädel war und Angelina jetzt eins ist. Dass manche Familien diesen Teufelskreis nie durchbrechen können! Schrecklich. Aber wie kommt man als Frau dazu, sich zu verkaufen? Das habe ich mich schon immer gefragt.«

»Na, aus Not! Du stellst Fragen.« Asta riss die blauen Augen auf und schüttelte ihre dunkelroten Zöpfe zurück. »Bei Gisela kam sicher dazu, dass sie das Gefühl hatte, es komme nicht mehr darauf an.«

»Wie meinst du das?« Sarah schlenderte zum Kühlschrank hinüber und schaute erwartungsvoll hinein. Irgendetwas Nettes bräuchte sie jetzt noch. Ein Bier? Ein Stück Schokotorte? Beides? Schnell schlug sie die Tür wieder zu.

»Die ist schon mit 13 mit den Dorfjungs rumgezogen und da lief sicher auch schon mehr, als nur Fußballbildchen zu tauschen. ›Bloß weg von zu Hause‹, lautete ihre Devise. Ihr Vater langte ordentlich zu, wenn er betrunken war, und das kam regelmäßig vor. Und da hat sie wohl woanders Zuneigung gesucht und Sex bekommen. So ist es ja häufig.«

Sarah dachte an Filo und nickte. »Ja, das stimmt. Oder Sex wird an die Stelle von Liebe gesetzt – ist ja auch irgendwie einfacher.« Sie dachte an Giovanni. Ob es bei ihm mehr als Sex war mit ihr? Sie hoffte es. In ihrem Italienurlaub hatte sie nicht daran gezweifelt, aber jetzt schien es ihr oft, als habe er sich wieder zurückgezogen. »Wer weiß, was aus mir geworden wäre, wenn du nicht gewesen wärst.« Sie lächelte ihre Ersatzmutter an. »Von Papa habe ich weiß Gott nicht viel Liebe bekommen. Und Mama war nicht mehr da.« Wie immer, wenn sie an ihren nach dem Tod der Mutter in Schmerz erstarrten Vater dachte, legte sich ein Ring aus Traurigkeit um ihr Herz.

»Ja, du hast ihn einfach zu sehr an Martha erinnert.« Asta trat neben ihre Nichte und legte tröstend eine Hand auf Sarahs Arm. »Du siehst ihr ja auch sehr ähnlich, mit deinen riesigen Augen und den schönen rötlichen Haaren.«

»Ja, ich weiß, nur die Augenfarbe, die habe ich von Papa. Ihr habt ja beide solche Strahleaugen, du und Mama. Und die breiten Hüften, die müssen auch aus Papas Ecke kommen – auf die hätte ich gut verzichten können.« Sarah betrachtete sich unzufrieden im Fensterglas und streckte sich die Zunge heraus.

»Breite Hüften? Du bist doch nicht ganz gar! Sei froh, dass du ein paar weibliche Kurven hast.« Asta schüttelte den Kopf. »Ich fand's immer furchtbar, dass ich so mager bin. Wir Frauen sind einfach nie zufrieden mit uns, so traurig das ist.«

»Aber das Fett von den Hüften hätte der liebe Gott mir mal lieber weiter oben ins BH-Körbchen packen können. Dann müsste ich nicht immer mit Wonderbras mogeln.«

Sarah schob sich den Busen nach oben und machte einen Schmollmund.

»Ach was. Was nicht da ist, kann auch nicht hängen.« Asta schlug ihr leicht auf den Hinterkopf und öffnete den Kühlschrank. »So, nun bekommst du deine Schokotorte.«

Sarah staunte. »Woher weißt du …?«

»Du hast schon als Kind gern abends noch mal was Süßes gegessen.« Asta lächelte versonnen und nahm die Folie von der Torte. »Ach, komm, ich nehm auch eins.«

Sarah schob sich ein großes Stück in den Mund. »Hmmmm. Warum ist nur alles, was so lecker ist, ungesund oder macht dick? Furchtbar, aber definitiv gut für die Seele.«

Asta zuckte mit den schmalen Schultern. »Keine Ahnung, denk einfach nicht drüber nach und genieße.«

Am Boden des Kuchentellers fielen Sarah die verschwundene Angelina wieder ein und ihr unglücklicher kleiner Bruder, den sie morgen früh in der Schule wiedersehen würde.

»Was meinst du – ist Angelina etwas zugestoßen?« Gespannt sah sie ihre Tante an, als sei sie das Orakel von Delphi.

Die zwinkerte irritiert. »Das weiß ich doch nicht! Ich kenne das Mädchen doch kaum, nur vom Sehen. Wie soll ich da wissen, was in ihr vorgeht? Vielleicht ist sie einfach nur weggelaufen. Schön hatte sie es ja nicht zu Hause. Keine Geborgenheit.«

Sarah nickte. »Ja, wahrscheinlich ist es so. Aber – da kann ihr ja auch alles Mögliche zustoßen. Ich darf gar nicht daran denken.«

»Dann denk jetzt auch nicht daran. Geh ins Bett und lies was Schönes.« Asta stand auf und tätschelte Sarahs

Kopf. »Oder soll dir Tante Asta eine Gute-Nacht-Geschichte vorlesen?«

»Ja, bitte. Aber eine mit ganz viel Sex!« Sarah grinste.

»Hör bloß damit auf. Ich weiß gar nicht mehr, was das ist. Apropos, ich habe neulich diesen Kollegen von Giovanni im Bioladen getroffen. Wie heißt er noch?«

»Wagner?« Erstaunt sah Sarah auf. »Der fällt dir beim Thema Sex ein?«

»Quatsch! Oder … vielleicht doch? Ich finde ihn nicht unattraktiv. Natürlich ist er Raucher – das geht ja gar nicht.« Asta schüttelte sich.

Sarah dachte an Gios knurrigen, graugesichtigen Kollegen Wagner mit den scharfen Falten um den Mund. Na ja – wenn man nicht voreingenommen war durch die ganzen Bürogeschichten, hatte er ein bisschen was von Mick Jagger. Sie lachte auf.

»Du und Wagner – das Traumpaar schlechthin. Was wird deine Yogagruppe dazu sagen?«

»Erst mal sind und werden wir kein Paar und zweitens ist meiner Gruppe das scheißegal.« Asta stemmte die Hände in die Hüften und sah Sarah tadelnd an.

»Wenn du ihn so anschaust, liebste Asta, bin ich mir da nicht so sicher.« Sarah kniff ein Auge zu und grinste.

»Ach komm, der Typ ist doch nun überhaupt nichts für mich.« Asta stand auf und ging zur Küchentür. »Schlaf gut, meine Süße, und träum was Schönes.«

»Mach ich. Und du träum von Wagner, dem sexy Kommissar.« Sarah machte Kussgeräusche.

Asta stöhnte. »Hätte ich bloß nichts gesagt. Aber ein bisschen sieht er ja aus wie Mick Jagger, findest du nicht?«

*

»Ja, doch, Herrgott noch mal. Halte durch!« Mit zittrigen Händen schloss Beck seine Wohnungstür auf und eilte herbei, um seinen sterbenden Kater zu retten.

»Hör auf, was sollen denn die Nachbarn denken?«

Der Kater schrie wie ein Neugeborenes und starrte Beck strafend aus orangefarbenen Riesenaugen an. Der Fluch der Bastet war Beck gewiss.

»Du hast ja recht, es tut mir auch leid. Ich habe dich ja gar nicht gewollt, du bist einfach so gekommen, schon vergessen? Also bist du selbst schuld.« Beck kramte in seinem Vorratsschrank, in dem dank Irina Kowalska, seiner überaus geschätzten Zugehfrau, überirdische Ordentlichkeit herrschte, nach den Leckerli für besondere Gelegenheiten. Dies war eine. Sein Kater würde sich wahrscheinlich sowieso scheiden lassen. Da waren sie, Gott sei Dank.

Er ging in die Hocke und hielt die Delikatesse vor das klagende Mäulchen seines Mitbewohners. Dieser warf einen scheelen Blick darauf und wandte sich muckelnd ab.

»Ja, schon klar. Du verzeihst nicht gern.«

Mit knirschenden Knien richtete er sich wieder auf und sah seinem Kater schuldbewusst hinterher. Die Katzenkekse legte er in den Napf. Er hatte einfach nicht den richtigen Beruf, um ein Haustier zu halten. Vielleicht sollte er sich eine zweite Katze …? Nein. Das war ja dann der Supergau, zwei solch greinende Tiere an der Backe.

Er zog ächzend und stöhnend wie ein alter Greis seinen Mantel aus und warf sich in seinen Ohrensessel. Und jetzt? Wie spät war es denn? Konnte er noch bei Sarah anrufen? Er blickte auf seine Armbanduhr und schüttelte den Kopf. Nein, sie lag bestimmt schon im Bett und las, irgendeine Schmonzette. So langsam kannte er sich ja aus mit ihren Gewohnheiten. Er gestattete sich ein Lächeln in Richtung Avessen.

In der Küche klapperte es. Ah, seine kaiserliche Hoheit fraß die Versöhnungskekse. Mal sehen, wie lange es noch dauerte, bis er sich herabließ, Streicheleinheiten entgegenzunehmen. Er schaute sich in seinem Wohnzimmer um und nickte. Doch, so langsam machte es sich. Nach einem knappen Jahr in Braunschweig hatte selbst er es geschafft, sich recht gemütlich einzurichten. Neben dem Sessel blitzte seine Les Paul vorwurfsvoll auf, oh wei. Er hatte schon die ganze Woche keine einzige Gitarrensaite mehr angeschlagen. Übermorgen Abend war Probe. Katze und Gitarre vernachlässigt, das gab Abzüge, bei wem auch immer. Seufzend richtete er sich auf und griff nach dem Instrument. Noch ein bisschen üben und dann in die Falle. Jawohl. Kaum hatte er die erste Saite berührt, kam seine Hoheit aus der Küche geschritten und stellte lauschend die riesigen Fledermausohren auf. Der Kater hörte gern Musik, jedenfalls setzte er sich oft in die Nähe, wenn Beck spielte, und hörte aufmerksam zu. Ein musikalisches Tier.

Beflissen eilte er auf die Katze zu, als ihm ein zusammengeknülltes weißes Papier im Flur auffiel, das ihm aus der Manteltasche gefallen sein musste. Er bog haarscharf vor dem eingeschnappten Kater ab und hob den zerknautschten Zettel auf. Was war das denn?

Eine Telefonnummer, mit Herzchen und Blümchen verziert. Wo kam das her? Geistesabwesend bückte er sich zu Minas hinunter und kraulte das Tier hinter den Ohren, was dieses huldvoll geschehen ließ. Anscheinend war man auf dem Weg zu einer Befriedung. Puh.

Die Nummer hatte eindeutig eine Frau aufgeschrieben, Männer malten keine Blümchen. Angelina? Hatte er den Zettel mit dem Foto von dem Knaben gegriffen?

Er studierte den Zettel wieder und wieder, als könnte

er ihm so eine Antwort abringen. Irgendwie kam ihm die Nummer bekannt vor. Das konnte doch gar nicht sein. Immerhin war es eine Braunschweiger Nummer, also vielleicht doch. Er holte das Telefon vom Flur und ließ sich wieder im Sessel nieder. Kurz vor elf, da rief man eigentlich niemanden mehr an, aber die Polizei durfte ja alles und war immer im Dienst. Agent 000 im Dienste Ihrer Majestät. Der Kater sprang mit einem weichen Satz auf seine Knie und rollte sich nach mehrmaligem Hin-und-her-Gewundere gemütlich ein. Ihm war verziehen.

Beck strich über das seidige, braun getigerte Fell und wählte dann die Nummer vom Zettel.

Das Freizeichen ertönte, mehrfach. Bestimmt war der Angerufene schon zu Bett gegangen wie jeder vernünftige Mensch in Braunschweig. Gerade als Beck auflegen wollte, meldete sich jemand. Knurrig, heiser.

»Ja?«

»Guten Abend, mit wem spreche ich?«

»Und ich?« Nicht ganz unberechtigt diese Frage.

»Beck, Kriminalpolizei, entschuldigen Sie bitte die späte Störung.«

»Giovanni? Willst du mich verarschen?«

Becks Hirn rappelte in Windeseile sämtliche Braunschweiger Kontakte durch und versuchte sie mit dieser verschlafenen Stimme in Verbindung zu bringen.

»Karsten?« Was machte der zweite Gitarrist seiner Band da am anderen Ende des Hörers? »Seit … seit wann hast du diese Nummer?«

»Sag mal, hast du sie noch alle? Diese Nummer habe ich, seitdem wir uns kennen! Geht's noch?«

»Äh, ja, stimmt.« Die Gedanken rasten durch Becks Gehirn wie außer Kontrolle geratene Formel-1-Rennwagen. »Ich habe die Nummer bei einem Mädchen gefunden …«

»Sag bloß? Sollten wir mit derselben Frau im Bett gewesen sein? Wie furchtbar! Weißt du eigentlich, wie spät es ist?« Karstens Stimmung wurde nicht besser.

»Nein, nein, ich habe … mit diesem Mädchen beruflich zu tun …« Beck hustete. Er war vollkommen von der Rolle. Der Kater maunzte besorgt.

»Aha. Bist du jetzt bei der Sitte, oder was?« Karsten lachte.

»Lass mich doch mal ausreden. Ich war heute in Sachen Ermittlung in einem Vermisstenfall unterwegs, ein junges Mädchen, Angelina Krüger. Kennst du sie?«

»Angelina? Ne, keine Ahnung. Und die hat meine Nummer … Moment mal! Krüger, sagst du? Angie?!« Karstens Stimme klang schlagartig hellwach und klar.

Bingo.

»Ja, Angie wird sie genannt. Du kennst sie?«

»Ich hatte mal was mit ihrer Mutter, Katja. Oh Gott. Die Vergangenheit holt dich doch immer wieder ein. Vor allem die Fehler.« Karsten stöhnte.

»Katja Krüger war ein Fehler?«

»Aber hallo. Die ist total durchgeknallt. Und außerdem säuft sie zu viel. War aber 'ne superheiße Nummer im Bett. Na ja, deshalb habe ich länger durchgehalten, als gut für mich war. Die Kinder können einem leidtun. Vor allem die Kleine, die hat ja alles voll mitgekriegt.«

»Ja? Was denn alles?«

Schweigen am anderen Ende. »Was ist überhaupt passiert? Warum suchst du nach Angie?«

»Weil sie seit gestern verschwunden ist, abgehauen oder … Schlimmeres.« Beck streichelte seinen Kater.

»Oh mein Gott, das arme Ding. Die ist bestimmt weggelaufen, würde mich nicht wundern.«

»Ja, das habe ich heute schon mal gehört. Hast du eine Ahnung, wo sie sein könnte?«

»Na, hier ist sie nicht, falls du das annehmen solltest.« Karsten lachte unfroh. »Vielleicht ist sie zu ihrem Vater gefahren? Der wohnt, glaube ich, in Berlin. Aber viel Kontakt hat sie zu dem auch nicht gehabt damals.«

»Damals? Wann warst du denn mit Katja Krüger zusammen?« Beck versuchte seinen müden Kopf auf Trab zu halten.

»Hm. Warte mal. Wann war das denn genau? Das ging vorletztes Jahr los, bis zum Sommer letzten Jahres, dann noch ein bisschen Hin und Her und im Herbst war endgültig Schluss. Anstrengende Sache war das, kann ich dir sagen.«

»Ja, das musst du mir noch genau erzählen, ich brauche jede Info über den Hintergrund und vor allem die Kontakte der Familie, die ich kriegen kann. Einen Teenager zu suchen, ist schlimmer, als die bekannte Nadel im Heuhaufen zu finden. Die kann theoretisch überall sein, jedenfalls, bis ich mehr über ihre Kontakte weiß.«

»Ja. Okay. Aber nicht am Telefon. Das würde ich dir lieber persönlich, von Angesicht zu Angesicht erzählen. Ist keine einfache Sache für mich.« Karsten räusperte sich.

Nanu? Was war denn da los?

»Ist dir morgen früh recht? Ich muss morgen auf jeden Fall nach Berlin, den Vater aufsuchen, und zwar schon vormittags, falls Angelina da ist, sollten wir möglichst wenig Zeit verlieren.«

»Kannst du den nicht anrufen?«

»Nein, lieber nicht. Wir wissen ja noch nicht, ob sie, wenn überhaupt, freiwillig dort ist.«

»Was?! Du denkst, der hat sie entführt?« Karsten

atmete hektisch in den Hörer. »Nie im Leben! Der hat sich doch nie um seine Tochter gekümmert! Soweit ich weiß«, schränkte er dann ein.

»Der häufigste Grund für das Verschwinden von Kindern ist der sogenannte ›Kindesentzug‹, bei dem ein Elternteil dem anderen die Kinder wegnimmt – widerrechtlich, versteht sich.« Beck musste immer wieder die Augen aufreißen, damit er nicht einschlief. Gott, war er müde, und gegessen hatte er auch immer noch nichts.

»Also morgen früh gegen acht, ist das okay für dich?«

Karsten stöhnte. »Wenn's sein muss. Ich habe morgen frei.«

»Na, das ist doch gut, sonst könnte ich ja morgen früh auch nicht zu dir kommen.« Beck lächelte gnadenlos. Schließlich hatte er auch keine Lust, morgen vor Tau und Tag loszufahren. Und danach noch nach Berlin. Oh, ne.

»Okay, bis dann. Leg dich wieder hin.« Ohne auf Karstens Erwiderung zu warten, legte Beck auf. Ihm reicht es für heute, aber völlig.

Er stand unter dem lautstarken Protest des Katers auf und schleppte sich in die Küche. Der übliche Blick in den Kühlschrank war dieses Mal nicht sinnlos, denn es stand eine Schüssel Geflügelsalat darin, hergestellt von den kundigen Händen seiner Zugehfrau. Irina, ich liebe dich. Gierig füllte er sich eine Riesenschüssel ab und schlang die köstliche Mahlzeit in sich hinein. Göttlich! Jetzt noch ein Bier, und die Welt war wieder in Ordnung. Er nahm das Bier mit unter die Dusche und ließ das Getränk in sich hinein-, das heiße Wasser an sich hinunterlaufen. So konnte er es aushalten.

Erst im Bett fiel ihm auf, dass er Karsten gar nicht gefragt hatte, warum seine Telefonnummer von Angelina mit Herzchen verziert worden war.

KAPITEL 3

Der Wecker schrillte erbarmungslos in einen wirren Traum, in dem Beck sich mit Karsten prügelte, weil er mit Sarah im Bett gewesen war. Das Schwein.

Benommen setzte sich Beck im Bett auf und schielte zum Fenster. Eine blasse Morgensonne quälte sich durch seine Jalousien. Das Leben war grausam. Von seniler Bettflucht war jedenfalls bei ihm noch nichts zu merken, er bekam nie genug Schlaf für seine jugendlichen Bedürfnisse.

Der Kater lag zusammengerollt auf dem zweiten Kopfkissen und zuckte mit einem Riesenohr, die Augen fest geschlossen. Der hatte es gut.

Mürrisch schälte er sich aus seinen Decken und wankte ins Bad.

Nach einer ausgiebigen Dusche und zwei starken Espressi sahen die Welt und Giovanni Beck schon ein wenig freundlicher aus.

Auf dem Weg durch das noch relativ menschenleere Braunschweig ordnete er noch einmal die bisher gesammelten, dürftigen Fakten. Hoffentlich hatte Karsten nichts mit dem Verschwinden Angelinas zu tun – das könnte unangenehm werden. Mehr als das.

Wie durch ein Wunder fuhr er auf einer grünen Welle quer durch Braunschweig – die roten Ampelteufelchen hatten seinen Arbeitsbeginn später angesetzt – und stand schneller als erwartet vor dem großen Mietshaus, in dem

Karsten lebte. Zehn Minuten vor der verabredeten Zeit, bestimmt saß sein Kumpel noch beim Frühstück. Egal, das Leben war nun mal hart. Erbarmungslos drückte er auf den Klingelknopf und grinste. Warum sollte er der einzige Musiker in Braunschweig sein, der zu nachtschlafender Zeit auf den Beinen war?

Der Summer ertönte prompt und Beck fiel zur Strafe fast in den Hausflur, weil sich die Tür abrupt öffnete. Nun war er wach.

Im dritten Stock stand die Tür zu Karstens Wohnung, die Beck nur einmal zu einer lauten und feuchten Geburtstagsfeier besucht hatte, schon einladend offen. Er trat ein und betrachtete mit einem neidvollen Stich die antike Fender Telecaster, die dekorativ in einem ebenso antiken Gitarrenständer lehnte. Auf der hatte angeblich schon Muddy Waters gespielt. Schönes Stück.

»Komm rein – ich bin in der Küche! Willste ’nen Kaffee?«

»Och, ja, einen kann ich noch.« Beck trat ein und sog gierig den würzigen Kaffeeduft ein.

Karsten stand, nur mit einem weißen Handtuch bekleidet, an der Kaffeemaschine, die lockigen Haare noch nass vom Duschen. Beim Betrachten des muskulösen Rückens fiel Beck wieder ein, dass er sich ja eigentlich noch vor dem Sommerurlaub im Fitnessstudio anmelden wollte. Beim Wollen war es bisher auch geblieben. Karsten wandte sich um und führte dabei ein beachtliches Sixpack vor. Das war ja widerlich.

»Machst du regelmäßig Sport?« Beck nahm mit einem Nicken den roten Kaffeebecher entgegen und zwang seinen Blick von Karstens Bauch aus dem Fenster. Regen, das auch noch.

»Ja, Triathlon, weißt du doch.« Karsten grinste und zeigte seinen Bizeps. Beck beschloss, dass er den zweiten Gitarristen noch nie so recht hatte leiden können, und setzte sich an den Küchentisch.

»Willst du dir nicht mal was anziehen?« Beck fühlte sich durch das hohe Muskelaufkommen belästigt.

»Wieso? Fällst du sonst über mich her, oder was?« Karsten lachte und setzte sich ebenfalls.

»Ja, möglich. So, jetzt erzähl mir mal, was so schlimm war mit Katja Krüger, dass du es mir am Telefon nicht sagen konntest.« Beck nahm einen großen Schluck von dem hervorragenden Kaffee. Er war angespannt und musste einmal tief gegen seine rebellierenden Magenwände anatmen.

Karstens Grinsen verblasste und er sah zu Boden. »Ach Gott, was heißt schon schlimm. Eher – peinlich. Peinlich, dass ich auf so was abgefahren bin, und schlimm für die Kinder, ja.«

»Du sprichst in Rätseln.« Beck sah auf die Uhr, schließlich musste er noch nach Berlin, oh Freude.

Karsten holte tief Luft und blickte Beck fest in die Augen. »Ach, die gute Katja stand auf Sado-Maso. Die hatte erst Spaß am Sex, wenn sie dabei ein bisschen vermöbelt wurde. So, nun ist es raus.«

»Und du hast sie wunschgemäß verprügelt?« Beck schob das unerfreuliche Bild von den beiden »Liebenden« weit hinten in eine dunkle Ecke seines Gehirns, in der es aber erfahrungsgemäß nicht lange bleiben würde.

»Ja, habe ich. Am Anfang fand ich es sehr befremdlich. Ich habe auch zunächst Schluss gemacht mit ihr, weil mir das zu abgefahren war.« Karsten rührte verlegen in seinem Kaffee herum. »Mann, komme ich mir blöd vor.«

»Und dann?«

»Tja, und dann fand ich es irgendwann auch geil. Irgendwie. Aber gleichzeitig auch krank. Das Blöde ist, wenn du einmal mit so was angefangen hast, kommst du davon nicht mehr runter, es war wie eine Sucht. Normaler Sex kam mir plötzlich langweilig vor.«

Beck räusperte sich. »Ich meine, wie muss ich mir das denn vorstellen? Du schlägst sie und dabei, äh, geht dir einer ab? Und ihr auch?« Gruselig.

»Ja, auch, und du machst sie allgemein runter, demütigst sie, auch in der Öffentlichkeit.«

»In der Öffentlichkeit?!« Nun war Beck doch schockiert. Es war schon was anderes, wenn Leute, die man kannte, auf sexuellen Abwegen wandelten.

Karsten schlug wieder die Augen nieder und nickte stumm. »Ja, ich bin da irgendwie reingesogen worden und kam nicht mehr raus. Hat mich fasziniert auf eine dunkle, perverse Weise. Und tut es noch. So stelle ich es mir vor, Heroin zu nehmen – du weißt genau, es ist nicht gut, aber du kannst es nicht mehr lassen.«

»Und Katja? Ich meine – leidet sie nicht auch darunter, unter dieser ... sexuellen Vorliebe? Es kann doch nicht nur schön sein, geschlagen und beschimpft zu werden.« Beck unterdrückte ein Schaudern. Könnte er auch Lust empfinden dabei, eine Frau zu verprügeln und sie ... hoffentlich nicht.

»Ne. Hinterher hat sie immer geheult. Klar.« Karsten fuhr sich durch das dunkle Haar und zwinkerte nervös. »Es ist wie ein Teufelskreis, weil du sie irgendwann wirklich verachtest, verachtest dafür, dass sie erniedrigt werden will. Und dann fällt es dir plötzlich erschreckend leicht, sie zu ... na ja.«

»Und die Kinder? Du hast gesagt, die armen Kinder?«

»Das war das Schrecklichste, dass diese kranke Frau Mutter zweier absolut liebenswerter Kinder war, die möglichst nichts von diesen … Tätigkeiten mitbekommen sollten.«

»Und haben sie das nicht?« Beck faszinierte diese Horrorstory, so wie ihn auch eine Vogelspinne faszinierte. Auf eine kranke, angewiderte Weise, in der eine Spur wohliges Entsetzen mitschwang.

»Nun ja, wir haben uns ja meistens bei mir getroffen natürlich. Aber … einmal waren wir bei Katja, die Kinder waren nicht da und Angelina ist unerwartet nach Hause gekommen. Ich weiß nicht, wie viel sie mitbekommen hat. Es verfolgt mich noch heute.«

»Hat sie sich dazu irgendwie geäußert?« Beck hatte Mühe, seinen Abscheu zu verbergen.

»Nein, nie. Sie schien mich weiterhin gern zu mögen, warum auch immer.« Karsten setzte sich zurück und sah Beck finster an. »Es ist bestimmt einfach, jetzt über mich den Stab zu brechen, was? Der kranke Perversling, der Frauen verprügelt und sich dabei einen runterholt.«

»Ihr seid erwachsen, das ist eure Sache, auch wenn ich in der Tat ein Problem habe, mir den Lustgewinn dabei vorzustellen. Aber dass ihr in Kauf genommen habt, dass die Kinder das mitbekommen und so auf eine … absolut verstörende Weise mit Sexualität konfrontiert werden, darüber breche ich den Stab, ja.«

»Du hast ja recht. Ich versteh's ja selbst nicht, auch wenn's nur das eine Mal war. Ich mochte die Kinder und habe mich gern mit ihnen abgegeben. Wir haben alle so getan, als gäbe es das nicht, das … Andere. Die dunkle Seite. Ich glaube, auch ihr Bruder mochte mich ganz gern. Waren wohl Schlimmeres gewohnt von ihrer Mutter.« Karsten sah Beck kurz an und schnell wieder weg.

Beck fielen die Herzchen wieder ein. Oh Gott. Er zog den zerknautschten Zettel aus seiner Manteltasche und legte ihn auf den Küchentisch.

»Den habe ich aus Angelinas Schreibtischschublade. Kannst du erklären, warum eine 16-Jährige deine Nummer mit Blümchen und Herzchen verziert? Sie scheint dich mehr als ein bisschen gemocht zu haben.«

Karsten starrte auf das Papier und schüttelte den Kopf. »Keine Ahnung. Ich kann dir noch nicht mal sagen, ob das ihre Handschrift ist.«

»Hast du mit ihr … geflirtet? Wie die Mutter, so die Tochter?« Beck zog innerlich den Kopf ein.

Erregt sprang Karsten auf. »Hast du sie noch alle?! Ich habe überhaupt nichts mit der Kleinen gemacht, außer ab und zu mit ihr geredet, verdammt noch mal. Ich bin kein Kinderschänder!« Das Handtuch fiel zu Boden und Beck kam in den Genuss, das beachtliche Gemächt seines Musikerkollegen betrachten zu dürfen. Er wandte den Blick ab. So viel wollte er gar nicht wissen.

Karsten raffte das Handtuch wieder über seine Blöße und wischte sich mit einer zitternden Hand über das Gesicht. »Mein Gott, wenn ich gewusst hätte, wo das alles endet, hätte ich die Pfoten von dieser Frau gelassen.«

»Wo endet das denn alles?« Beck fiel es schwer, den provozierenden Verhörtonfall beizubehalten. Schließlich war Karsten so etwas wie ein Freund. Beinahe.

»Hier, mit dir, einem Kriminalkommissar in meiner Küche. Das ist doch ein Albtraum. Aber letzten Endes geschieht es mir recht. Was lasse ich mich auch auf so was ein? Ich habe ernsthaft überlegt, ob ich 'ne Therapie mache, ohne Scheiß.«

»Ist vielleicht auch kein schlechter Gedanke, wenn du

sagst, dass du nicht so recht wieder von der Sado-Maso-Schiene loskommst.« Beck dachte daran, dass er Karsten jetzt wohl nie wieder bei der Probe treffen konnte, ohne ihn sich in Lack und Leder vorzustellen. Mit Peitsche. Wunderbar.

»Du hattest also keinen näheren Kontakt mit Angelina?«

»Nein, jedenfalls keinen, der irgendwie in die erotische Ecke gehörte und irgendwelche Herzchen rechtfertigt, das musst du mir einfach glauben. Sie hat mir manchmal ein bisschen von ihren kleinen Problemen erzählt, von der Schule, von Jungs …« Karsten nahm einen Schluck Kaffee.

»Von Jungs? Hat sie einen Julian erwähnt?« Beck betrachtete das Poster neben der Küchentür. ACDC, die fand er auch nicht so schlecht.

»Hm, kann sein. Irgendein Junge hatte ihr Herz erobert, war aber wohl nicht an ihr interessiert. Sie wollte wissen, was Jungen so an Mädchen gut finden. Ausgerechnet von dem Kerl, der ihre Mutter poppte. Ich fand's auch ein bisschen schräg, aber anscheinend hatte sie keinen anderen. Eigentlich traurig.«

»Ja, traurig. Hat sie was über ihren Vater erzählt? Etwas, was mir weiterhelfen könnte?«

»Was könnte dir denn weiterhelfen? Keine Ahnung. Sie war betrübt, dass er so wenig Interesse zeigte, an ihr und ihrem Bruder.«

»Philipp.« Beck dachte an Sarah, die sich solche Sorgen um den Kleinen machte. Zu Recht, wie er nun wusste.

»Ja, genau. Und dass sie ihn besuchen wollte, wenn sie volljährig ist. Und in Berlin leben wollte. Tja. Nun ist sie vielleicht schon eher gefahren, was?«

»Wollen wir es hoffen. Das wäre noch die angenehmste Variante, Karsten.«

»Wieso? Meinst du etwa …« Karsten zögerte.

»Ja, ich meine etwa. Zumindest ist das auch eine Möglichkeit. Viel Grund, am Leben zu hängen, hat sie nicht, meinst du nicht auch?« Beck stand auf und stellte seinen Kaffeebecher in die Spüle.

»Nein, hat sie nicht. Scheiße.« Karsten verbarg sein Gesicht in den Händen, aber Beck hatte kein Mitgefühl für seinen Kumpel. Schließlich hatte auch er zum Unglück eines unschuldigen – oder auch nicht mehr so unschuldigen – Mädchens beigetragen, und das nur aus Geilheit. Ihm war egal, wenn er selbstgerecht war. Das war einfach alles Bockmist und er wusste noch nicht, ob er Karsten jemals wieder unbefangen gegenübertreten konnte.

»So, ich muss mal los, Berlin wartet.« Er hob die Hand zum Gruß und ging zur Küchentür.

»Ja, dann bis morgen.« Karsten schaute ihm hinterher.

»Bis morgen?« Beck war irritiert.

»Morgen ist Probe.« Karsten lächelte schief.

»Ach ja.« Oh Freude.

*

Besorgt beobachtete Sarah, wie Philipp anscheinend einen wütenden Streit mit seinem besten Freund Farid ausfocht – leise zischelnd, da die Stunde noch nicht beendet war. Die beiden stritten sich sonst nie und gerade jetzt brauchte Philipp jede Unterstützung. Das war nicht gut.

Farid wandte sich ab und schob trotzig seine Unterlippe vor, während Philipp – der sanfte, freundliche Phil – ihn an sein Schienbein trat. Was war denn da los?

Entschlossen stand Sarah auf und eilte nach hinten. Inzwischen waren auch schon andere Kinder auf den Streit zwischen den beiden Unzertrennlichen aufmerksam geworden.

»Was ist denn hier los?« Sie runzelte die Stirn und sah zwischen den beiden Streithähnen hin und her.

Farid blickte mit seinen schwarzen Glutaugen zu ihr auf und tippte sich an die Stirn. »Der dreht gerade durch.«

Philipp schmiss sein Lesebuch nach seinem Freund und traf ihn genau auf die Nase. Autsch.

»Ey! Hast du sie noch alle?!« Farid richtete sich empört auf und schlug nach Philipp, Sarah fing seinen Arm jedoch vor dem Aufprall ab.

»So, Schluss damit, ihr kommt bitte beide mit vor die Tür.« Sarah schüttelte den Kopf und sah Lisa strafend an, die kichernd mit ihrer Nachbarin die Ablenkung ihrer Lehrerin nutzte.

»Ihr arbeitet alle bitte weiter an euren Aufgaben, ich bin gleich hier vor der Tür und höre alles!«

Lisa zog den Kopf ein und nickte.

Vor der Tür betrachtete Sarah die trotzig gesenkten Köpfe der beiden Jungen.

»So, nun mal raus mit der Sprache. Was ist los? Ihr seid doch sonst die besten Freunde?«

»Pffff. Das war mal.« Philipp kniff die Augen zusammen und sah Farid böse an.

»Was ist passiert?«

Schweigen und Füßescharren.

»Hallo?! Ich rede mit euch! Es muss doch etwas passiert sein, wenn ihr euch so böse seid! Hat Philipp nicht schon genug Kummer? Muss das sein?!«

Farid warf ihr einen schuldbewussten Blick zu und schwieg.

»Philipp, warum bist du so sauer? Spuck's aus. Du weißt, dass ich es für mich behalte, oder?«

Philipp warf ihr einen kurzen Blick zu und nickte.

»Der Arsch hat gesagt … hat gesagt …« Seine hohe Jungenstimme brach und er kämpfte mit den Tränen.

Sarahs Herz schmerzte vor Mitleid mit dem Kleinen und sie hätte Farid schütteln können. Unparteiisch und professionell wie immer.

»Er hat gesagt?« Sarah blickte Farid fragend an.

»Ich habe gesagt, dass sich Angelina vielleicht umgebracht hat«, brach es aus Farid heraus. »Weil sie doch so unglücklich war. Dann denkt man so was. Dass es besser wäre, wenn man tot ist. Habe ich auch.«

Sarah schluckte und strich ihm über das schwarze Haar. Farid hatte auch eine schwere Zeit hinter sich gebracht, nachdem er in Avessen von einigen Jungen verfolgt, gehänselt und regelmäßig verprügelt worden war.

»Aber dir ist doch klar, dass solche Aussagen nicht gerade hilfreich für Phil sind? Er macht sich doch sowieso schon genug Sorgen um Angelina. Du solltest ihm Mut machen und nicht Angst, Farid.«

Farid nickte und sah seinen Freund scheu von der Seite an. Der hatte sich abgewendet und nur sein angespannter, zarter Kindernacken ließ ahnen, wie sehr er um seine Fassung kämpfte.

Sarah legte ihm eine Hand auf die Schulter und drehte ihn vorsichtig zu sich herum. Er hielt den Kopf gesenkt und sah sie nicht an.

»Philipp. Farid wollte dir ganz bestimmt nicht wehtun, er hat nur blöderweise gesagt, was ihm gerade durch den Kopf ging. Hast du denn auch Angst, dass … Angelina sich etwas angetan haben könnte? Bist du deshalb so wütend geworden?«

Unter Philipps weizenblondem Pony rollte eine einsame Träne hervor und er nickte.

»Warum? Warum glaubst du das? Angie ist doch eigentlich ein ganz fröhliches Mädchen, auch wenn sie … wenn sie manchmal Ärger mit eurer Mutter hat.«

Im Klassenraum hinter ihr schäumte gerade das Leben über, das mal wieder die langweiligen Übungsaufgaben besiegt hatte.

Sarah machte die Tür auf und bellte die fröhliche Bande auf die Plätze zurück. Manchmal musste man leider eben auch langweilige Dinge tun. Sie selbst fand die Grammatikübungen auch zum Kotzen, aber was half es? Man konnte nicht immer nur bunte Bilder malen und spannende Geschichten schreiben lassen – leider.

»Weil …« Philipp schüttelte den Kopf und brach in Tränen aus. Farid streckte hilflos eine Hand nach ihm aus und ließ sie wieder sinken. Er sah Sarah an und zuckte mit einer mageren Schulter.

»Weil?« Angespannt sah Sarah von einem Jungen zum anderen.

»Ich … weil Mama immer so schnell wütend war. Und … dann hat sie geschrien und geheult.« Philipp konnte nicht weitersprechen und schlug mit der Faust gegen die Wand.

»Geschrien? Hat sie euch angeschrien?«

Philipp antwortete nicht.

»Manchmal. Aber einmal, da war Angie so wütend, dass ich dachte, sie haut jetzt ab.« Philipp sah mit wilden Augen zu Sarah auf.

»Was war denn da passiert?«

Philipp zuckte mit der Schulter. »Keine Ahnung, wollte sie mir nicht sagen.«

»Die hat sie nicht alle. Hat meine Mutter auch gesagt.« Farid hob die Hand, um sie auf die Schulter seines Freundes zu legen, aber Philipp schüttelte sie ab.

»Hör auf! Hör auf! Das geht euch gar nichts an! Das ist *meine* Mutter! Ihr Arschlöcher!« Philipp schlug so heftig gegen die Flurwand, dass Sarah seine Hand stoppte und ihn fest in den Arm nahm. Er wehrte sich gegen ihren Griff und trat an ihr Schienbein. Es tat höllisch weh, aber Sarah biss die Zähne zusammen. Es war nicht das erste Mal, dass ein Schüler ihr einen blauen Fleck verpasste, und sicher nicht das letzte Mal.

»Farid, geh mal bitte in die Klasse, es ist besser, wenn ich mit Philipp allein rede. Und bestell Kevin einen schönen Gruß, dass er gern in der Pause weiterarbeiten kann, wenn es jetzt gerade nicht geht, okay?«

Farid verzog den Mund zu einem schwachen Grinsen und verschwand im Klassenraum, in dem mit dem Öffnen der Tür sofort Totenstille herrschte. Vorübergehend.

Sarah zog den widerstrebenden Philipp zu einer kleinen Nische, in der ein ramponiertes Sofa für die Lesepause stand.

»Also, deine Mutter … war häufig wütend und das hat Angelina belastet?« Darüber musste sie später mit Giovanni reden, unbedingt.

»Ja. Aber sie sagt immer, dass sie uns liebt. Aber warum weint sie dann so oft und schreit herum?« Philipp wischte sich den Tränenrotz mit seinem Ärmel aus dem Gesicht und sah Sarah mit feuchten Augen an.

Oh Himmel.

»Na ja, ich denke, es ist nicht immer einfach für sie, so

ganz allein mit zwei Kindern. Es ist leichter, wenn sich zwei Elternteile um die Kinder kümmern können. Aber ich glaube auch, dass sie euch sehr lieb hat. So ähnlich, wie wenn du total genervt von Angelina bist, weil sie dich andauernd an die Hausaufgaben erinnert. Und du hast sie doch auch lieb, trotzdem. Verstehst du?«

»Aber ich heule dann nicht.« Philipp verzog ungläubig den Mund.

»Ja, das stimmt. Es gibt Menschen, die leichter weinen. Aber natürlich verstehe ich, dass euch das beunruhigt.« Tat sie gut daran, hier die »Erziehungsmethoden« von Katja zu beschönigen? Aber was sollte sie tun? Der Kleine war ohnehin schon vollkommen erschüttert, auch ohne dass sie seine Verunsicherung noch durch Zustimmung verstärkte.

Der Junge schnaubte. »Ich weiß, dass Mama zu viel säuft. Und dann heult sie, hat Angie auch gesagt. Ich bin doch kein Baby mehr.« Das sommersprossige Kindergesicht bekam einen harten Ausdruck, der es um Jahre älter aussehen ließ.

»Mag sein, aber sie liebt euch, glaub mir.« Sie redete hier ein oberflächliches Zeug, schrecklich. »Habt ihr denn mal mit ihr darüber gesprochen, dass euch das stört?«

Sie sollte aufhören damit, wozu sollte das führen? Es war nur so schwer, etwas Tröstliches zu finden, was sie dem Jungen sagen konnte.

»Angie hat es ihr gesagt. Sie haben sich deshalb angeschrien, oft. Ich habe mir dann immer die Ohren zugehalten.« Philipp sah zu Boden.

»Das kann ich mir vorstellen, hätte ich auch. Und du denkst, Angie war darüber so unglücklich, dass sie … sich vielleicht etwas angetan haben könnte?«

Philipp schniefte. »Ja vielleicht, aber hauptsächlich wegen den Jungs.«

»Wegen der Jungs?« Sarah schaute zur Uhr, in drei Minuten würde es klingeln und dann brach hier die Hölle los.

»Aus ihrer Schule. Die waren immer voll fies zu ihr. Im Internet und so. Und in der Schule auch. Da hat sie immer geheult.«

Mein Gott, das arme Mädel, die hatte ja überhaupt keinen Zufluchtsort für sich und ihre empfindsame Teenagerseele. Kein Wunder, dass sie weggelaufen war.

Wenn sie weggelaufen war.

*

Beck fuhr über die Avus, als sei er nie weg gewesen. Komisches Gefühl. Der Funkturm blinkte in der Sonne, als wollte er ihn grüßen. Fast ein bisschen Wehmut stieg in ihm auf, ach, Berlin, Berlin, ik liebe dir. Irgendwie ja doch.

Die zickige Stimme seiner Navifrau riss ihn aus der wehmütigen Stimmung und befahl ihm, die Autobahn in 300 Metern zu verlassen. Sehr wohl, Waltraud. So hatte seine Ex-Freundin Ayana das Navigationssystem getauft, weil sie gemeint hatte, so eine militante Stimme müsse einen entsprechenden Namen haben. Ayana – von ihr hatte er auch ewig nichts gehört und eigentlich war das gut so. Eigentlich. Aber der Herr befand sich ja gerade in einer altersgemäß sentimentalen Retrostimmung. Ob sie wohl noch in Berlin wohnte? Oder war sie schon zurückgekehrt nach Äthiopien, um dort als Ärztin zu arbeiten? Egal, das war doch völlig wumpe. Aber seine alte Wohnung war hier ganz in der Nähe, Charlottenburg. Ach. Ob er mal vorbeifahren sollte?

Vielleicht auf dem Rückweg. Jetzt ging es erst mal nach Mitte, Angelinas Papa besuchen. Beck hatte, kurz bevor er Braunschweig verlassen hatte, angerufen und der Mann hatte sich mit verschlafener, knurriger Stimme gemeldet. Also war er zumindest nicht im Urlaub oder auf der Flucht. Beck hatte unfein einfach aufgelegt, er wollte sich nicht ankündigen. Sollte Angelina dort sein, versteckte der sie womöglich oder sie haute ab.

Waltraud befahl ihm rüde, rechts abzubiegen, und er tat es folgsam. Here we are, dachte er und hielt kurz vor einem großen, heruntergekommenen Mietshaus aus der Gründerzeit an, wie es sie in Berlin so oft gab. Allerdings waren sie in Mitte schon fast alle restauriert, war dieser Stadtteil doch vom Szene-Geheimtipp zum In-Zentrum Berlins avanciert. Aber wenn Angelinas Vater sein Geld wirklich in Drogen investierte, dann hätte er keins für die Miete über, die hier sicher nicht gering ausfiel. Beck fand durch eine günstige Verschiebung des Universums einen Parkplatz ganz in der Nähe – na gut, er musste die Hütchen, die um einen Gully positioniert waren, ein klitzekleines bisschen mit der Stoßstange nach vorn schieben, aber er war halt in Berlin und nicht in Braunschweig. Hier galt ein legaler Parkplatz als ein Ereignis, das auf der Skala der Wunder ganz dicht an Jesu Verwandlung von Wasser in Wein kam.

Er arrangierte das Hütchen noch etwas gefälliger vor seiner Stoßstange und durchschritt das Torgewölbe zum Hinterhof. Er liebte die Berliner Hinterhöfe, die trotz aller Restaurierung und Begrünung immer noch etwas Zille bargen.

Im Sommer hatte er oft sein Fenster geöffnet und einfach in den Hof gelauscht: hier die zaghaften, aber perlenden Töne, die ein unwilliger Klavierschüler dem Piano unter ihm entlockte, dort ein kläffender Hund, ein weinendes Kind, das Rauschen der riesigen Kastanie und das Keifen des unvermeidlichen Berliner Hausmeisters, der die Mieter »seines« Hauses als Zumutung und Strafe Gottes empfand. Hach. Irgendwie war er doch ein Berliner geblieben.

Dabei kam er doch eigentlich nur aus dem schnöden Hannover, einer Stadt, mit der man nirgendwo einen Blumentopf gewinnen konnte. Ich bin ein Hannoveraner – das klang, als wenn er gleich die nächste Hürde im Galopp nehmen wollte. Er entschuldigte sich in Gedanken bei seiner sicher auch irgendwo wunderschönen Heimatstadt und suchte das Klingelbrett ab – wie so oft in Berlin vergeblich. Der Berliner Mieter an sich schien alles daranzusetzen, seine Existenz vor der Post, Zalando und ähnlichen Anfechtungen geheim zu halten. So waren auch hier fast alle Namen unleserlich, verwaschen vom Regen, abgekratzt oder einfach gar nicht erst geschrieben worden. Ein Postbote brauchte hier das zweite Gesicht. Er drückte auf eine Klingel, neben der im Namenszug noch ein B zu erahnen war. Sandro Brückmann, so hieß der Knabe. Vielleicht hatte er ja Glück.

Der Summer ertönte und Beck drückte gegen die schwere doppelflügelige Jugendstiltür, die im Gegensatz zum Klingelbrett gut in Schuss war. Irgendjemand schien zu Hause zu sein, ob es Angelinas Vater war, blieb zunächst dahingestellt, jedenfalls so lange, bis Beck den dritten Stock erreicht hatte.

Im ersten wurde eine Tür aufgerissen und eine fauchende Katze schoss heraus, fast wäre er auf sie getreten.

»Ach Jotte, entschuldigen Se, junger Mann, det is'

meene Minka, die is' total vonne Rolle, wa? Die Liebe, die Liebe, die macht uns alle varrickt.« Eine hutzelige, klein geschrumpfte alte Frau mit schlechtsitzenden Wickelstrümpfen strahlte ihn an und ihre blauen Augen zwinkerten ihm zu. Ja, diese Dame hatte die Liebe sicherlich kennengelernt – so vor 50 Jahren. Er zog den Hut, den er nicht aufhatte, und lächelte ihr freundlich zu.

»Das ist wahr. Sagen Sie, wohnt dort oben ein Herr Brückmann, Sandro Brückmann?«

»Ach, zum Sandro wollen Se, ja, der Junge wohnt da und is' och zu Hause. Wat wollen Se denn von dem?«

Er zwinkerte ihr zu. »Geheimnis!«

Sie lachte scheppernd und zeigte dabei eine deutlich sichtbare Zahnlücke im Oberkiefer. »Von de Bullen sind Se aber nich, wa? Dafür sind Se viel zu hübsch.«

Beck enthielt sich eines Kommentars zum letzten Teil der Frage. »Wieso? Hätte er denn Grund, vor den Bullen Angst zu haben, der Sandro?«

Das Lächeln fiel aus dem faltigen Gesichtchen. »Ne, ne, icke hab nischt jesagt. Jehen Se man hoch.« Die Tür fiel zu und ließ Beck perplex zurück. Wieder einmal hatte sein Beruf eine nette Begegnung abrupt beendet. Wo er sich doch so gern noch ein bisschen über das Balzverhalten von Katzen ausgetauscht hätte. Armer schwarzer Kater.

Durch Selbstmitleid geschwächt schleppte er sich die restlichen zwei Stockwerke nach oben und wurde von einer einladend geöffneten Wohnungstür überrascht. Offensichtlich rechnete der Wohnungseigentümer nicht mit der Kripo.

Er klopfte beherzt an die Wohnungstür, deren braune Lackierung schon bessere Tage gesehen hatte, und trat in den langen dunklen Flur.

»Hallo? Herr Brückmann?!«

Am Ende des Flurs fiel Licht durch eine geöffnete Tür. Ein lautes Klopfen aus dem dahinter liegenden Raum ließ seinen Ruf ungehört verhallen. Niemand schien sich darum zu kümmern, wer die Wohnung betreten hatte.

An der halb offenen Tür angekommen, klopfte er erneut höflich und schob sie dann zögernd auf.

Chaos, war sein erster Gedanke. Seine Augen irrten umher auf der Suche nach einem ruhigen Punkt in diesem bunten Durcheinander aus Werkzeug, Tischen, Drähten, Steinen und Müll, in dessen Mitte ein großer, braun gebrannter Mann mit langen dunkelblonden Haaren stand und ihn überrascht ansah. In seiner linken Hand hielt er einen Meißel oder etwas Ähnliches und hinter ihm stand ein riesiger Steinblock, aus dessen Front sich ein Arm wand, es wirkte, als drohte ein Mensch ihn ihm zu ertrinken. Beeindruckend. Beck zwang seinen Blick zurück in die überraschten, dunklen Augen seines unfreiwilligen Gastgebers. »Herr Brückmann?«

»Ja?! Ich hatte eigentlich mit jemand anders gerechnet …« Der Blick des Mannes huschte hinter ihn, als erwarte er, dass dieser jemand in der Tür sichtbar wurde.

»Mit Angelina?« Beck knallte ihm den Namen an den Kopf wie ein Wurfgeschoss, und so überraschte es ihn nicht, als Sandro Brückmann wie von einem Schlag getroffen zusammenzuckte.

»Angelina?! Wie kommen Sie denn darauf? Woher kennen Sie meine Tochter?« Der Mann strich sich, anscheinend ehrlich verwirrt, eine dunkelblonde Strähne aus dem markanten, hageren Gesicht.

»Haben Sie sie denn nicht erwartet? Sie wollte Sie doch besuchen, nicht wahr?« Beck starrte unbeirrt in das

Gesicht seines Gegenübers. Sag es. Sag, dass sie hier ist und ihr nichts passiert ist. Los, sag es.

»Erwartet? Nein, wirklich nicht. Ich habe Angie seit zwei Jahren nicht mehr gesehen. Da sorgt ihre Mutter schon dafür, diese kranke …« Er unterbrach sich und schloss den Mund. Ein bitteres Lächeln irrte über die schmalen, fest zusammengepressten Lippen.

»Hätten Sie Angelina denn gern gesehen?« Beck begann sich nach einem Kaffee oder wenigstens einem Glas Wasser zu sehnen. Sein Mund war wie ausgedörrt. Vielleicht wegen des Steinstaubs, der hier in der Luft lag. Der war bestimmt gesundheitsschädigend.

»Na sicher! Was denken Sie denn, schließlich ist sie mein Kind. Aber damals ist sie halt bei Katja geblieben, weil …« Er zögerte, sein Blick huschte zur Seite.

»Weil?« Beck hustete. Die staubige Luft war kaum zu ertragen.

»Na, weil ich damals eben nicht so gut für sie sorgen konnte. Ich war meinen Job los und dann … Drogen, wissen Sie. Übles Kapitel.«

»Aha. Und jetzt? Nehmen Sie keine Drogen mehr?« Beck sah sich unauffällig in dem mit grauem Staub bedeckten Wahnsinn um und entdeckte einige wirklich erstaunliche Plastiken. Die zarte Andeutung einer Frau entstieg einem Block Granit – oder etwas in der Art – und flehte um … ja, um was? Um ihr Leben wahrscheinlich. Darum ging es ja letzten Endes immer, bei allem. Gib mir mein Leben zurück.

»Nein, jetzt nicht mehr. Überrascht Sie das? Gehören Sie zu den Menschen, die automatisch annehmen, dass Künstler saufen, huren und koksen?« Das Zwinkern seiner dunklen Augen nahm seiner Bemerkung die Schärfe.

»Nein. Das denke ich nicht, ich bin selbst mit einigen Künstlern gut befreundet und weiß, dass dem nicht so ist.« Was faselte er denn da?

Brückmann dachte offensichtlich das Gleiche. »Warum erzähle ich Ihnen eigentlich das alles? Was wollen Sie denn nun hier? Und was wissen Sie von Angelina?« Sorge trat in Brückmanns Miene. Er griff in seine Hosentasche und zog ein Gummi hervor, mit dessen Hilfe er seine langen Haare zu einem Pferdeschwanz band.

»Ja, natürlich. Giovanni Beck ist mein Name. Ich komme von der Braunschweiger Kripo.« Fast hätte er sich dafür entschuldigt.

Er konnte sich nicht dagegen wehren, der Mann war ihm sympathisch. Er hatte eine Schwäche für Künstler, Tagediebe, Verbrecher und Tatverdächtige. Wahrscheinlich, weil er selbst so ein Spießer war. Staatsbeamter. Oh Gott.

»Kripo?« Brückmann wurde leichenblass und schwankte. »Ist Angie etwas passiert?!«

»Nein, nein«, beruhigte Beck schnell. »Das heißt, ich weiß es nicht. Deshalb bin ich ja hier. Sie ist seit gestern verschwunden.«

»Verschwunden?! Wie kann denn ein Mädchen einfach verschwinden? Was sagt denn die liebe Katja dazu, die treusorgende Mutter?« Die letzten Worte spuckte er Beck giftig vor die Füße, fast wäre dieser einen Schritt zurückgewichen, womöglich verätzten sie seine neuen italienischen Slipper.

»Oh, Mädchen können sehr schnell und völlig spurlos verschwinden. Leider. Sie wissen also nicht, wo sich Angelina aufhalten könnte?« Beck fühlte sein Herz schwer in die Brust sinken.

»Nein! Keine Ahnung! Diese alte Fot…« Er unterbrach sich und strich fahrig über seine Stirn. »Entschuldigung. Ich hasse Katja einfach dafür, dass sie Angelina keine gute Mutter ist.«

»Sind Sie Ihr denn ein guter Vater?« Beck hustete. Er wünschte sich einen Raumwechsel, hier bekam er noch eine Staublunge.

»Nein, natürlich nicht. Aber ich würde gern. Und sie würde auch gern zu mir kommen. Hat sie schon oft gesagt, am Telefon. Wir telefonieren oft, heimlich. Eine Schande. Ob ich es packen würde mit ihr, ist eine andere Frage.« Er lächelte schief und sah Beck fragend an.

Der zuckte mit den Schultern. »Mich dürfen Sie nicht fragen, ich habe keine Ahnung von Kindern, nicht die Spur.«

»Haben Sie keine? So als Beamter können Sie die doch ernähren.« Der Künstler lachte.

»Auch nicht viel besser als Sie, glauben Sie mir.« Opportunistisch unterschlug Beck sein nicht unbeträchtliches Privatvermögen. »Entschuldigen Sie, können wir vielleicht den Raum wechseln? Der Staub hier geht mir auf die Lunge.« Um seine Bitte zu unterstreichen, hustete Beck noch einmal kräftig.

»Klar, ich merke das gar nicht mehr, vergesse ständig meine Maske.« Brückmann eilte an Beck vorbei und wies nach links in den Flur. Nebenan öffnete sich die Tür zu einem beruhigend aufgeräumten Raum mit Sofa, Kaminofen und Bücherregalen.

»Kaffee? Tee?« Brückmann war in der Tür stehen geblieben.

»Nein, aber ein Glas Wasser wäre nett.« Beck sank auf einen roten Sessel und sah sich um, während er Brückmann in der Küche klappern hörte. Der Mann schien nicht schlecht zu verdienen mit seiner Kunst. Die Wohnung lag in einem der angesagtesten Viertel Berlins, wenn auch in einem heruntergekommenen Haus, aber die Einrichtung war hübsch, neu und gemütlich. Dass irgendein Vermieter eine solch geräuschintensive Künstlerwerkstatt im dritten Stock duldete, wunderte Beck allerdings sehr und das äußerte er auch, als der Künstler mit dem gewünschten Glas Wasser den Raum wieder betrat.

Brückmann lachte. »Ja, das war so auch nicht geplant, ich sollte eine Bude hinten im Hof bekommen, leider brach die eine Woche vor meinem Umzug zusammen und ist immer noch nicht wieder saniert. Da sie aber Teil meines Mietvertrages war, durfte ich vorübergehend das dritte Zimmer hier umfunktionieren. Direkt unter mir wohnt ein alter Herr, der ist fast taub, den stört das nicht.« Er reichte Beck das Wasser und setzte sich auf das Sofa gegenüber.

»Aber Angelina – was kann denn da passiert sein? Sie wird doch nicht … ausgerissen sein?«

»Das habe ich angenommen. Aber wohin sollte sie, wenn nicht zu Ihnen? Hätte sie noch andere Anlaufadressen als Sie? Wissen Sie da was?«

Brückmann runzelte die Stirn. Er schüttelte langsam den Kopf.

»Nein. Es sei denn … aber Quatsch, ne, da ist sie nicht.«

»Wo denn?« Beck richtete sich auf.

»Na, ich dachte, vielleicht … Sie hat sich sehr gut mit meiner jüngeren Schwester verstanden, die hat sie sogar mal an die Ostsee mitgenommen, da war sie aber noch klein. Angelina hat sie oft besucht, als ich … als ich noch süchtig war. Katja hat das geduldet, weil sie ein Fan ist.«

»Fan? Von wem?« Beck kam nicht mehr mit.

»Na von meiner Schwester. Belinda. Belinda Brückmann, nie gehört?«

»Doch. Klar, ich lese ja schließlich die Bunte beim Zahnarzt.« Das war ja ein Ding. Deutschlands bekanntestes Glamourgirl – wobei Girl inzwischen stark untertrieben sein dürfte –, Skandalnudel und Dschungelcamp-Bewohnerin war die Tante von diesem armen Ding. Beck konnte sich nur schwer vorstellen, dass diese Dame ein Quell der Geborgenheit für Angelina war, aber natürlich konnte ihr Image hier irreführend sein.

»Ich weiß, was Sie jetzt denken. Aber Belinda ist nicht so tussig, wie sie in der Presse rüberkommt, wirklich. Sie ist eigentlich eine ganz Liebe mit einem großen Herzen.« Brückmann zog eine Braue hoch, als merkte er, was für Klischees er da von sich gab.

Beck unterdrückte ein Stöhnen. Konnte er nicht mal einen Fall mit normalen Menschen bekommen? Mit normalen Mördern und Verbrechern? Er unterdrückte ein Kichern.

»Wo wohnt denn Ihre Schwester?«

»In Hamburg, aber ich kann sie ja mal anrufen. Wenn Angie nicht bei ihr ist, dann brauchen Sie doch da nicht auch noch hin.«

Das fand Beck zwar nur bedingt richtig, da Belinda ja nicht unbedingt zugeben musste, dass das Mädchen bei ihr war, aber er nickte zustimmend. Er konnte ohnehin nicht verhindern, dass Brückmann seine Schwester informierte. »Ja, bitte.« Plötzlich fühlte er sich völlig erschöpft. Alt. Er würde wohl doch nicht mehr auf Revivaltour gehen heute.

Brückmann zog das obligatorische Smartphone aus der Gesäßtasche und tastete darauf herum. Lauschend sah er Beck mit angespanntem Gesicht an.

»Hm. Sie geht nicht ran. Ich habe aber auch keine Ahnung, ob sie gerade irgendwo dreht oder so.«

»Oder so« war gut. »Oder so« hieß wahrscheinlich, ihren blanken Busen beim Playboy vorzeigen oder sich bei Big Brother während des Beischlafs ablichten lassen.

»Lassen Sie's gut sein. Aber geben Sie mir bitte ihre Geheimnummer, ich gehe mal davon aus, dass ich sonst schlecht an sie herankomme. Und sagen Sie sofort Bescheid, wenn Sie irgendetwas von Angelina hören.«

Brückmann nickte bedrückt. »Ja, natürlich. Und bitte geben Sie mir auch sofort Nachricht, wenn Sie etwas von meiner Kleinen hören, ich …« Seine Stimme brach. Er sah verlegen zu Boden.

Beck auch. Scheißgefühle immer.

»Mache ich, klar.«

Er ging Richtung Tür und sah noch einmal zurück.

Der Mann stand verloren in seinem Flur und hob geistesabwesend eine Hand zum Gruß.

»Meinen Sie … meinen Sie, ihr ist etwas Schlimmes zugestoßen?«

Beck seufzte.

»Ich hoffe nicht.«

»Aber … es ist wahrscheinlich?« Brückmanns Stimme zitterte.

Beck zögerte und nickte dann.

»Nein!« Brückmann schlug die Hände vor die Augen. »Verzeih mir, Kleine. Verzeih mir.«

Entschlossen drehte Beck sich um und ging.

Scheißjob.

*

»Wie, Sie waren in Berlin? Den Reichstag besichtigen, oder was? Warum haben Sie mich nicht mitgenommen?« Wagner war zornig, was hieß, dass er eigentlich so aussah wie immer, nur die Stimme klang etwas lauter als sonst.

»Mein Gott, wir brauchten da doch nicht beide hin, schließlich war keine Gefahr im Verzug.« Beck strich sich genervt seine Strähne zum hundertsten Mal an diesem Tag aus der Stirn. Er musste zum Frisör. Was er auch machte – Wagner hatte was zu meckern. Obwohl er ihm wirklich wenigstens hätte Bescheid sagen sollen, das stimmte schon.

»Sie hätten mir wenigstens Bescheid sagen können.« Wagner schnüffelte beleidigt.

»Gottchen! Muss ich mich jetzt auch zum Pinkeln abmelden?« Beck konnte einfach nicht zugeben, dass Wagner recht hatte. Das tat der auch nie. Mami, der fängt immer an!

»Aber, aber, meine Herren!« Viktoria Mendel stand in der Tür, die Polizeipsychologin und Becks Lieblingskollegin. Gleich hinter Wagner.

»Hat jemand Lust auf Torte? Ich habe Schwarzwälder-Kirsch und Trüffel-Sahne.« Viktoria blinzelte Beck zu, wusste sie doch um die ewigen Dispute mit Wagner.

Beck lief das Wasser im Mund zusammen. »Ich nehme Trüffel-Sahne!«

Wagner grummelte was von Schwarzwälder-Kirsch und scharrte mürrisch mit dem Fuß auf dem gammeligen Linoleum in Becks Büro herum. Klar, wenn Viktoria gesagt hätte: »Ich habe Trüffel-Sahne und Hasenköttel«, hätte Wagner Hasenköttel genommen, nur weil Beck Trüffel-Sahne nahm.

»Hast du etwa Geburtstag?« Beck kramte angestrengt in seinem lückenhaften mentalen Geburtstagskalender.

»Quatsch, Giovanni! Der letzte hat mir gereicht«, schnaubte Viktoria und warf die rabenschwarzen, zu einem eleganten Bob geschnittenen Haare zurück.

Ach ja, Beck erinnerte sich. Vicky hatte ja erst vor kurzer Zeit die Dreißiger verlassen. Und er war eingeladen gewesen. Er hüstelte. Blödmann.

»Und warum dann? Heiratest du?« Er lachte amüsiert.

»Ja, genau. Habe ich. Am Wochenende. Und das sind die Reste.« Viktoria errötete sanft und strahlte Wagner an, der unwillkürlich zurücklächelte.

»Du … du hast geheiratet?!« Becks Stimme überschlug sich und er hustete erneut. Die taffe Vicky hatte geheiratet. Unfassbar. Er hatte gar nicht gewusst, dass aus Mr. »Schauen wir mal irgendwann« Mr. Right geworden war. Wie hieß er noch gleich? Stefan, ja, doch.

»Ich … Das habe ich gar nicht mitgekriegt.« Beck stotterte in der Gegend herum, als habe eigentlich er Vicky heiraten wollen. Irgendwie war er auch fast ein bisschen eifersüchtig, obwohl er nie wirklich Ambitionen in dieser Richtung gehabt hatte. Schließlich gab es Sarah. Aber – heiraten? Nach einem halben Jahr Bekanntschaft! Länger konnte Vicky doch gar nicht mit diesem Lover zusammen sein.

»Wie lange bist du denn mit Stefan zusammen?« Beck blickte zu Wagner, der schüttelte den Kopf. Ausnahmsweise waren sie mal einer Meinung, in Missbilligung traulich vereint.

»Staffan. Er ist doch Schwede, du erinnerst dich?« Vickys Lächeln verblasste, als sie bemerkte, dass ihre Nachricht nicht auf die überschäumende Begeisterung stieß, die sie selbst augenscheinlich ob dieser Wahnsinnstat verspürte.

Beck erinnerte sich selbstverständlich nicht, was war er eigentlich für ein Ignorant? Ein Wunder, dass er überhaupt Freunde hatte.

»Ja, klar erinnere ich mich, netter Typ, dein Staffan.« Beck lächelte Viktoria an, um seine laue Erstreaktion wiedergutzumachen. Aber er verstand es einfach nicht. Die Frau war Psychologin und ausgesprochen klug. Wie konnte man sich so von seinen Gefühlen hinreißen lassen? Das war schließlich eine heftige Entscheidung, für ein ganzes Leben im besten – oder schlimmsten – Fall. Gruselig. So was machte Britney Spears – aber doch nicht Viktoria Mendel.

»Aber in Las Vegas habt ihr nicht geheiratet, oder?« Wagner lachte keuchend.

»Ne, in Reno.« Viktoria zog eine schwarze Braue hoch.

Beck lachte auf, bis ein verletzter Blick seiner Kollegin das Lachen in seine Kehle zurückzwang. »Wirklich? Na, du bist ja vielleicht eine Nummer.«

»Ja, wir wollten es so. Ohne Fragen, Kommentare oder Zeugen. Nur wir. Wir haben dann ein bisschen mit unseren Eltern nachgefeiert. Leider muss man ja irgendwann zurückkommen.« Viktoria war ganz offensichtlich verschnupft ob seiner unterkühlten Reaktion. Verständlich.

»Ich bewundere dich, ehrlich«, versuchte Beck seinen Lapsus wiedergutzumachen.

»Warum?« Viktoria warf ihm einen misstrauischen Blick zu.

»Dieser Mut, sich an jemanden zu binden, den man auch so haben könnte – der fehlt mir, glaube ich, komplett.«

Viktoria schnaubte. »Woher weißt du denn, dass du deine Sarah ›auch so haben könntest‹? Die meisten Frauen wollen irgendwann schon, dass ihr Mann wirklich zu ihnen steht, liebster Giovanni.«

»Ja, ich weiß.« Giovanni schob diesen Gedanken schnell weg. Vorerst war alles ganz prima, so wie es war. Bloß keine Hochzeitsteufel an die Wand malen.

»Also, gibt's nun Torte oder nicht?« Wagner lenkte den Blick zurück auf die wesentlichen Dinge des Lebens.

»Klar, kommt mit in mein Büro, in dieser Räuberhöhle kann einem ja der Appetit vergehen.« Viktoria winkte die beiden Beamten nach unten in das Erdgeschoss.

»Wollen Sie morgen mit nach Hamburg?«, fragte Beck. Und hast du mich dann auch wieder lieb, Papi?

»Hamburg? Wieso denn Hamburg? Ist die Kleine dort?« Wagner stiefelte eilig auf seinen O-Beinen die Treppe hinunter. Wenn's was zu essen gab, war der immer vorneweg.

»Weiß ich noch nicht. Ich erreiche die Person nicht, bei der sie sich aufhalten könnte, dabei habe ich die Geheimnummer.«

»Geheimnummer? Oh Gott, besuchen wir etwa Udo Lindenberg?« Wagner fasste sich theatralisch an die magere Brust und verdrehte die Augen.

»Ne, Belinda Brückmann. Und jetzt kommen Sie!« Beck wartete, bis sich Wagner von seinem fiktiven Herzanfall erholt hatte, und grinste. Wenn der mal jetzt nicht einen echten bekam. Belinda entsprach genau seinem einfach gestrickten Beuteschema: blond und busig.

»Die kann telefonieren?« Wagner riss die grauen Augen auf.

Beck lachte. »Das ist noch nicht erwiesen. Sie tut's ja nicht. Jedenfalls nicht mit mir.« Er kniff dem sabbernden Kollegen ein Auge und betrat das Paradies. Auf zwei schicken Glastischen standen zwei riesige Torten, die garantiert nicht »übrig geblieben« waren.

Er sank in einen der bequemen roten Clubsessel, die Viktoria sich mit nicht ganz koscheren Schachzügen in die Dienststelle hatte stellen lassen, und seufzte tief. Jetzt noch einen Kaffee und er wollte sich nie wieder über seine Arbeit beschweren.

Wagner krachte neben ihm in einen zweiten Sessel und hustete rasselnd. Diesen Sound bekam man nur mit einer

Schachtel am Tag hin und Beck war einmal mehr froh, dass er letztes Jahr den Absprung von der Fluppe geschafft hatte. Endlich clean. Allerdings war er jetzt abhängig von Pfefferminzpastillen, nun ja. Irgendeine Sucht brauchte der Mensch eben.

»Aber die sieht ihr doch gar nicht ähnlich?« Wagner hatte fertig gehustet.

»Wer?!« Beck schreckte in die Gegenwart zurück.

»Na, die Angelina! Der Belinda!«

Beck starrte seinen Kollegen fassungslos an. »Warum sollte sie?«

»Weil ich dann ihr Fahndungsfoto beim Playboy verkaufen könnte. Gott! Wenn die Brückmann heißt und der Vater von Angelina auch so heißt, dann wird wohl die gute Angelina eine Verwandte von Belinda sein. Alles klar so weit?«

»Ihnen macht auch keiner was vor.« Beck nickte Viktoria zu, die ihm grinsend ein Stück Trüffeltorte auf den Teller lud.

»Ne. Sie dürfen Watson zu mir sagen, Sherlock.«

*

Sarah lehnte sich an ihr Auto und schloss die Augen. Irgendwie war ihr heute schon den ganzen Tag so kodderig. Wahrscheinlich hätte sie den abgelaufenen Joghurt heute Morgen lieber doch nicht essen sollen. Aber dann hätte sie zum Frühstück am Daumen lutschen müssen, weil in ihrem Kühlschrank mal wieder Tabula rasa geherrscht hatte. Schlampe.

Sie sank in den lederbezogenen Sitz ihres geliebten Beetle und steuerte heimwärts. Armer Philipp, arme Angelina, arme alle. Kindheit war einfach Scheiße, wenn man es recht bedachte. Meistens wurden der Kindheit glückliche Spiele doch durch Scheidung, Streit, Schläge, Mobbing und nicht zuletzt durch die Schule komplett versaut. Sie seufzte tief.

Der heutige Abend war definitiv ein Fall für eine Riesenportion Eis und einen kitschigen Film, vorzugsweise »Notting Hill«, den hatte sie erst zehnmal gesehen. Sie konnte ihn komplett mitsprechen, Asta auch. »Ich bin auch nur ein Mädchen, das vor einem Jungen steht und ihn bittet, es zu lieben.« Hach.

Bei dem Gedanken an ihr geliebtes Stracciatella-Eis allerdings stülpte sich ihr Magen um. Scheißjoghurt. Sie zwang ihre Gedanken in eine andere Richtung. Philipp. Wie konnte sie ihm nur helfen? Keine Ahnung, zumal Giovanni es nicht besonders liebte, wenn sie ihm gute Ratschläge für seine Ermittlungen erteilte. Nur hatte sie keine. Sie war vollkommen ratlos. Ob sie mal wieder bei Katja vorbeischauen sollte?

»Mal wieder« war gut. Der letzte Besuch lag fast ein Jahr zurück und der Anlass war kein erfreulicher gewesen: Philipps fehlende Hausaufgaben. Sarah war es sehr unangenehm gewesen, einer Jugendbekanntschaft gegenüber die Schulleiterin herauskehren zu müssen. Nicht dass es Katja weiter beeindruckt hätte – die Hausaufgaben hatte dann Angelina mit ihrem kleinen Bruder gemacht. Womit sie wieder beim Thema wäre.

Sie bog in den Schlosshof ein und bremste scharf, um Marilyn nicht zu überfahren, die über die Zufahrt gewuselt kam. Einer von den Kötern hatte immer Selbstmordgelüste. Schimpfend stieg sie aus und hob ihre Schultasche aus dem Wagen. Mann, war die schwer! Kein Wunder, wenn sie die auch nie ausräumte, sondern immer noch was dazupackte.

Marilyn setzte sich und hob ein schneeweißes Pfötchen.

»Jetzt wieder einschleimen, oder wie? Du weißt genau, dass du mir nicht vor das Auto zu rennen hast!«

Marilyn zog den wuscheligen Kopf ein, der durch eine rosa Glitzerhaarspange gekrönt wurde – oh, Luise –, und machte große Welpenaugen, eine Masche, mit der sie immer durchkam, was sie auch genau wusste.

Sarah hockte sich hin und schüttelte die angebotene Pfote. »Okay, Freunde.« Der Hund lachte – jedenfalls sah es genauso aus – und schoss davon.

Sarah stand auf und taumelte. Sie konnte sich gerade noch auf den Kotflügel ihres Wagens stützen, sonst wäre sie gestürzt. Was war nur los? Wurde sie etwa krank? Das hatte gerade noch gefehlt, schließlich hatte sie schon nette Pläne für das Wochenende. Ein kleines Sommerfest im Park, ganz spontan. Laternen in den alten Bäumen und kleine Feuerschalen, um die man knutschend und Bier trinkend herumsitzen konnte. Für Filo, Giovanni und ihre Freunde im Dorf. Vielleicht konnte sie Sascha auch bequatschen, die Hauptstadt zu verlassen. Sie schloss die Augen und riss sie sofort wieder auf, da das Schwindelgefühl stärker wurde. Puh. Eine Sommergrippe? Och nö.

Astas Gesicht erschien an einem der französischen Fenster des Salons.

Sarah winkte. »Ich komme!«

Asta mit ihrem siebten Sinn merkte natürlich wieder sofort, dass ihrer Tochternichte etwas fehlte. Und richtig, da eilte sie auch schon aus der Tür des Seitenflügels.

»Was ist denn los? Geht es dir nicht gut, Kleines? Du bist ganz blass.« Besorgt musterte sie Sarah mit ihren unglaublich blauen Augen und strich ihr über den Arm. »Komm, wir gehen rein, der Tee ist fertig, der hilft immer. Bekommst du eine Erkältung?«

»Ja, ich fürchte. Wie blöd. Ich wollte am Samstag ein Sommerfest veranstalten, ein ganz kleines. Filo kommt doch. Es soll sehr warm werden.« Sarah traten die Tränen in die Augen und sie schniefte wie ein kleines Mädchen, das nicht auf den Rummel durfte, weil es die Masern bekommen hatte. Gottogott.

Luise stand schon am Tischchen und schenkte goldfarbenen Tee in die hauchdünnen chinesischen Tassen, die ihre Großmutter angeblich von Bismarck geschenkt bekommen hatte – wofür, darüber schwieg die Geschichte freundlicherweise.

Sarah sank auf einen mit gestreiftem Chintz bezogenen Barockstuhl und lächelte ihre Tanten beruhigend an.

»Geht schon wieder. Ihr kennt mich doch. Eine Mimose, der alles und jeder auf den Magen und die Seele schlägt.«

»Ist dir denn übel? Vielleicht bekommst du dieses Magen-Darm-Virus, das gerade herumgeht?« Asta bot ihr ein Stück selbst gebackenen Zitronenkuchen an, den Sarahs Magen strikt ablehnte. Blödes Virus.

»Ja, vielleicht. Aber vielleicht mache ich mir auch bloß mal wieder zu viele Sorgen. Um Philipp, dieses Mal. Ich lern's nicht mehr.« Sarah sah angestrengt an die Decke, weil ihr schon wieder die Tränen in die Augen stiegen.

Luise lächelte fein und sagte nichts.

Sarah blickte sie an und blinzelte die leidigen Tränen weg. »Was ist? Ich weiß, ich bin eine Memme.«

Luise schüttelte den platinblonden Kopf. »Nein, bist du nicht. Wenn ich nicht genau wüsste, dass du dazu viel zu vernünftig bist, dächte ich …« Sie brach ab und nahm einen Schluck Tee.

»Was?!« Asta und Sarah fragten im Chor.

»Dass du schwanger bist, liebste Großnichte.«

KAPITEL 4

»Mein Gott, jetzt fahren Sie doch nicht so dicht auf!« Beck stöhnte und latschte das Bodenblech durch, im vergeblichen Versuch zu bremsen.

»Ich fahre nicht dicht auf, der fährt so dicht vor mir her.« Wagner bewies mal wieder seine gestörte Wahrnehmung der Realität. »Wie kann man nur auf der Autobahn 100 fahren! Die hat sie doch nicht alle!« Er setzte den linken Blinker und fuhr noch näher an die unzulängliche Stoßstange des roten Kleinwagens vor ihnen.

»Das ist ein junges Mädchen, die hat bestimmt noch den Führerschein auf Probe.« Beck fuhr sich mit der schweißnassen Hand über das Gesicht. Warum war er bloß nicht allein nach Hamburg gefahren? Eine Autofahrt mit Wagner erforderte eigentlich immer einen anschließenden Aufenthalt in einem guten Nervensanatorium.

»Dann sollen sie ihn ihr wieder abnehmen. Aber ganz schnell. Wenn die jetzt schon so fährt, wie fährt die denn dann mit 60?! Zumutung, das!«

Wagner hatte das arme Mädchen endlich von der linken Spur gedrängt und gab Gas. Beck wurde zurück in seinen Sitz gedrückt, als wäre er beim Start der Apollo 13, und versuchte gleichzeitig, ein entschuldigendes Lächeln in den Wagen der jungen Frau zu werfen, die ihm einen Vogel zeigte. Verständlich, aber ungerecht. Typisch, jetzt bekam er wieder den Unmut ab, den sich eigentlich Wagner, wie so oft, redlich verdient hatte. Er seufzte tief und begrüßte die Ankündigung ihrer Abfahrt freudig. Endlich hatte das Leid ein Ende, zurück würde er fahren, und wenn er Wagner dafür narkotisieren müsste.

»Blankenese, noble Adresse.« Wagner hatte schon wieder was zum Meckern gefunden. »Was man so mit blankem Busen alles verdienen kann.« Er schnaubte missbilligend. »Irgendwas mache ich falsch im Leben.«

»Sie können ja auch mal Ihren Busen vorzeigen, vielleicht läuft's dann besser.« Beck hätte seinem Kollegen am liebsten die Zunge herausgestreckt.

»Haha.« Wagner bog so abrupt in die Elbchaussee ein, dass Beck fast mit dem Kopf gegen die Seitenscheibe geknallt wäre.

»Geht's noch?! Zurück fahre ich.« Beck tippte auf dem Navy herum, das ausgerechnet jetzt keinen Empfang meldete. Prima. »Können Sie mal Ihr Smartphone bemühen?«

»Nicht nötig. Werden wir schon finden, wo wohnt sie noch mal?«

Beck schüttelte genervt den Kopf. »Fischermeekerstraße. Jetzt wissen Sie bestimmt, wo's langgeht, nicht wahr?«

»Ja, weiß ich.« Wagner wechselte unter wildem Gehupe anderer Verkehrsteilnehmer auf die linke Spur und fuhr bei Orangerot über die Ampel.

Beck klappte den Mund auf und wieder zu. Zwecklos. Irren sollte man ihren Willen lassen.

Er riskierte einen Blick auf das altmodisch gerundete Straßenschild. Tatsächlich, Wagner war in die richtige Straße abgebogen. Aber lieber biss sich Beck die Zungenspitze ab, als ihn zu fragen, wieso er sich in Blankenese auskannte.

Wagner knallte den leidgeprüften Dienstwagen in eine eigentlich nicht vorhandene Parklücke und zog im gleichen Moment seine Zigaretten aus der Jackentasche. »So, jetzt erst mal eine durchziehen.«

Am liebsten hätte Beck auch eine geraucht, eine Zigarette danach. Wieder mal mit dem Leben davongekommen.

Er blickte an der noblen Stadtvilla empor, die sich auf einem stark terrassierten Grundstück vor ihnen in Gründerzeitmanier auftürmte, und beschloss, im nächsten Leben auch Busenwunder zu werden. »Nettes Häuschen«, bemerkte er und wischte sich den restlichen Angstschweiß von der Stirn.

»Ja, nicht schlecht. Meinen Sie, dass das ihr gehört? Oder einem ›Gönner‹? Irgend so einem alten Sack?« Wagner blies den Rauch aus den Nasenlöchern wie ein Schlachtross nach dem Kampf und feixte anzüglich.

Beck zuckte mit den Schultern. »Woher soll ich das wissen? Das werden wir vielleicht gleich erfahren.« Er blickte einem hochgewachsenen Mann entgegen, der mit knallenden Schritten in ihre Richtung kam. Die verspiegelte Sonnenbrille und die schwarze Lederjacke ließen nichts Gutes ahnen.

»Jetzt gibt's Ärger.« Beck zog schon mal den Dienstausweis aus der Brieftasche.

Der Lederjackenträger baute sich vor ihnen auf. »Darf ich mal fragen, was Sie hier herumzulungern haben?«

»Darf ich mal fragen, was Sie das angeht?« Kollege Wagner, konfliktfähig und ausgleichend wie immer.

»Security.« Der Riese spuckte ihnen das Wort vor die Füße wie giftige Galle und zeigte irgendeine blinkende Marke vor, wahrscheinlich gehörte sie seinem Rottweiler.

Beck hielt ihm im Gegenzug seine Polizeimarke vor die Nase – zugegeben, dafür musste er sich etwas nach oben recken – und sagte: »Auch Security.«

»Kripo? Was ist los? Zu wem wollen Sie hier?«

»Das geht Sie überhaupt nichts …« Wagner bekam glücklicherweise einen Hustenanfall und Beck konnte übernehmen.

»Zu Belinda Brückmann.«

»Belinda?« Der Riese lachte herzlich. »Was hat sie denn ausgefressen? Die kann doch keiner Fliege was zuleide tun.«

»Da sind wir ja beruhigt.« Beck winkte Wagner und schob sich an dem Kleiderschrank vorbei. »Ist sie denn zu Hause, die gute Miss Brückmann? Ans Telefon geht sie ja wohl eher ungern.«

»Sie hat gerade Probleme. Irgendein Idiot hat ihre Geheimnummer auf Facebook gepostet, seitdem ist auf ihrem Phone die Hölle los. Sie ist oben, ja. Gehen Sie nur durch.« Er drückte auf einem kleinen Funkgerät herum und hinter ihnen öffnete sich lautlos ein schmiedeeisernes Tor.«

»Sehr verbunden.« Beck deutete eine kleine Verbeugung an und stieg die Treppen des Grundstücks empor. Wie war das gleich noch mal mit dem Joggen im Park? Aber momentan war es einfach zu heiß.

Hinter ihm erlag Wagner anscheinend gerade der Schwindsucht. Dagegen war er ja noch richtig fit. Oben angekommen verschnaufte er kurz auf dem mit Lorbeerbäumchen geschmückten Hausstein, um nicht kurzatmig wie ein 80-jähriger Kettenraucher vor der Dame zu stehen. Also so wie Wagner.

Kaum hatte er den bronzefarbenen Klopfer in Form eines Mopses betätigt, brach ohrenbetäubendes, schrilles Gekläff hinter der Tür aus. Der Mops hatte anscheinend einen lebenden Freund. Wie schön.

»Bisou, kusch!« Eine helle Frauenstimme gebot dem gellenden Keifen Einhalt – vergeblich.

Beck widerstand der Versuchung, seinen blonden Schopf ein wenig gefälliger zu arrangieren, und setzte sein charmantestes Lächeln auf.

Die Tür öffnete sich langsam und er hielt unwillkürlich den Atem an.

Barbie lebt, war sein letzter Gedanke, ehe sich die kläffende Bestie an seinem Hosenbein vergriff.

*

Mit zitternden Händen fummelte Sarah den ersten Schwangerschaftstest aus der Verpackung und starrte auf den Beipackzettel. Darauf pinkeln, das würde sie ja gerade noch schaffen.

Sie tat wie geheißen und blieb wie erstarrt auf der Toilette sitzen. Das konnte nicht sein, völlig ausgeschlossen. Warum hörte sie auch auf Luise? Eine Frau, die selbst niemals schwanger gewesen war, woher wollte die wissen, wie man sich dann fühlte? Alles Panikmache. Schließlich nahm sie die Pille! Sie erhob sich mühsam und starrte auf das Fensterchen des Tests. Nichts. Wie lange dauerte das denn? Oder hieß das, das Ergebnis war negativ? Sie starrte in den Spiegel über ihrem antiken Waschbecken. Sah sie schwanger aus? Wenn Augenschatten auf eine Schwangerschaft hindeuteten, ja. War sie dicker geworden? Eigentlich nicht. Das fehlte auch gerade noch. Sie schob ihr T-Shirt hoch und betrachtete ihre Brüste. Genauso mickrig wie immer. Sie legte eine Hand auf ihren mehr oder weniger flachen Bauch und fühlte nach Leben. Nichts. Das Einzige, was da lebte, war der grummelnde Darm, der zurzeit alles übelnahm, was sie aß.

Ihr Blick fiel erneut auf den Test und sie erstarrte. Ein blaues Kreuz war erschienen. Was bedeutete das? Mit fliegenden Händen entknitterte sie den Beipackzettel erneut und las: *Erscheint ein blaues Kreuz im Sichtfenster des Tests, so besteht die Möglichkeit einer Schwangerschaft. Suchen*

Sie Ihren Gynäkologen oder Ihre Gynäkologin auf ... blablabla. Sie sank auf die Toilettenschüssel und stierte auf die Kacheln der gegenüberliegenden Wand. Jugendstil, sie hatte die blassrosa Seerosen immer geliebt. Ein Riss zog sich über mehrere der wunderschönen alten Fliesen.

Ein Kind? Sie fühlte nichts. Gar nichts. Keine Freude, keine Angst – nichts.

Sie riss den zweiten Test auf und wiederholte die Prozedur. Das konnte, durfte nicht sein. Giovanni und sie waren doch erst ... Giovanni! Was würde er dazu sagen? Erfreut wäre er garantiert nicht. Nichts deutete bisher darauf hin, dass er sich eine Zukunft mit Familie vorstellte. Und wenn doch, wer sagte, dass er sie sich mit ihr vorstellte? Oh Gott.

Sie trappelte unruhig mit den Füßen und wischte sich eine Träne von der Wange. Diese ewige Heulerei. Das nützte jetzt auch nichts mehr. Sie sah auf den zweiten Test und atmete tief ein. Rosa, das hieß garantiert ... ja, schwanger. Zu blöd zum Verhüten. Oder konnten sich solche Tests auch irren? Hatte sie vielleicht was falsch gemacht? Egal, sie musste jetzt sofort einen Termin bei ihrer Gynäkologin machen.

Sie warf die Tests in den Mülleimer und verdeckte sie sorgfältig mit Toilettenpapier, obwohl sie sowieso keine Chance sah, das Ergebnis vor ihren Tanten geheim zu halten. Sie blickte in den mit einem üppigen Goldrahmen verzierten Spiegel und schüttelte so heftig den Kopf, dass ihre dunkelroten Locken flogen. Dämlich, einfach nur dämlich. »Wie werde ich ihn los in zehn Tagen« – so hieß ein Film, den sie mal gesehen hatte. In zehn Tagen hatte sie es nicht geschafft, aber in zehn Monaten, nein, in sieben. Denn wenn das hier wahr wäre, wenn sie ... Mutter würde, wäre das wahrscheinlich das Ende ihrer Beziehung. Armes vaterloses Kind. Ganz in der Tradition der Familie.

Sie atmete noch einmal tief ein, straffte die Schultern und verließ die schützende Enge des Badezimmers. Natürlich lief sie in der Halle direkt in Astas Arme.

»Und?« Asta riss die veilchenblauen Augen besorgt auf.

»Was und?« Sarah versuchte unbeteiligt zu wirken, was ihr sicher nicht gelang. Sie war noch nie eine gute Schauspielerin gewesen.

»Hast du einen Test gemacht?«

Sarah stöhnte. »Woher weißt du das denn? Ich war doch extra in Königslutter in der Apotheke und nicht in unserer!«

»Na ja, wenn du morgens vor der Schule aus dem Haus stürzt, im Eiltempo zurückgerauscht kommst, über den Hof rennst, als wären dir die apokalyptischen Reiter auf den Fersen, und dann direkt im Klo verschwindest …« Asta zuckte mit den schmalen Schultern.

»Positiv. Alle beide.« Sarah sah ihre Tante ratlos an. »Oh Gott. Ich muss erst mal zu meiner Ärztin. Und außerdem brauche ich einen Kaff… Darf ich überhaupt Kaffee trinken, wenn … Ich meine …« Sie schüttelte hilflos den Kopf und fing an zu weinen. »Scheiße. Ich bin auch für alles zu dämlich.«

Asta legte einen Arm um sie und schob sie in Richtung Küche. »Na komm, es ist ja noch gar nicht sicher. Und wenn – du wolltest doch immer Kinder?«

Sarah schluchzte auf. »Ja. Aber ich wollte auch einen Vater dazu.«

Asta schnalzte mit der Zunge. »Hast du doch. Und was für einen. Gottchen, wird das ein hübsches Kind!«

»Was glaubst du, was der ›Vater‹ dazu sagt, wenn ich ihm nach gut sieben Monaten Beziehung mit einer Schwangerschaft komme? Unsere Partnerschaft ist doch noch gar nicht stabil genug für ein … ein Baby. Warum muss bei mir bloß immer alles so kompliziert sein?« Sarah sank auf ihr Küchensofa und schluchzte in ein Taschentuch, das Asta ihr gereicht hatte.

»Das Leben ist nun mal kompliziert und der Zeitpunkt für ein Baby ist selten der richtige. Anscheinend beschließen die kleinen Seelen auch im Zeitalter der Pille noch ganz allein, wann sie auf die Erde zurückkommen.« Asta streichelte über Sarahs zuckenden Rücken.

»Zurück? Ich will aber keine gebrauchte Seele, schon gar nicht in meinem Bauch.« Sarah konnte kaum sprechen, so sehr wurde sie von harten Schluchzern geschüttelt.

»Schschsch.« Asta wiegte sie hin und her wie ein kleines Mädchen. »Jetzt mache ich dir erst mal einen schönen Kaffee und schneide dir ein dickes Stück von meinem Schokoladenkuchen ab, und dann sehen wir weiter.« Sie drückte Sarah einen Kuss auf den Scheitel und stand auf.

Sarah schnäuzte in das Taschentuch und versuchte sich zu fassen. Mein Gott, ein Kind. Wenn das wirklich stimmte, würde sich ihr ganzes Leben verändern. Und Giovannis. Ihr Magen zog sich zusammen und sie bemerkte erstaunt, dass sie im Grunde keine Sorge wegen des Kindes hatte, was da vielleicht in ihr wuchs, sondern wegen Giovannis Reaktion. Sie war immer noch so furchtbar in ihn verliebt, ihr Herz würde brechen, wenn ihre Beziehung jetzt allen Glanz verlor, weil er dieses Kind nicht wollte. Er würde sie fallen lassen wie die sprichwörtliche heiße Kartoffel. Oder? Eigentlich war er ja doch verantwortungsbewusst. Sie dachte an seinen Kater, den er quasi von der Straße aufgelesen und bei sich behalten hatte wider alle Vernunft. Aber das wollte sie ja auch nicht! Dass er nur aus Verantwortungsgefühl bei ihr blieb.

Das Kind. Ein gesichtsloses, abstraktes Wesen, das vielleicht ja nur in ihrer Einbildung existierte. Wäre sie überhaupt in der Lage, ihm eine gute Mutter zu sein? Schließlich hatte sie ihre eigene Mutter früh verloren und ihr Vater hatte sie weitgehend ignoriert. So etwas wurde weitergegeben. Angelina fiel ihr ein. So konnte es enden, wenn man es nicht schaffte. Es nicht schaffte, dem Kind Liebe und Sicherheit zu geben. Ihr Kind würde als Teenager weglaufen, weil sie bestimmt eine ganz furchtbare Mutter werden würde! Erneut kamen ihr die Tränen und sie schluchzte auf.

Ein heißer Kaffeebecher schob sich in ihre rechte Hand und ein Löffel köstlich duftenden Schokoladenkuchens verschwand in ihrem vom Weinen geöffneten Mund.

»Nun weine nicht. Egal was kommt, wir schaffen das schon, wir drei Frauen. Selbst wenn dein Giovanni nicht mitmachen will. Wir sind doch stark.«

Sarah nickte zögernd und schluckte den tröstlichen Kuchen hinunter. Seine köstliche Süße brachte Bilder aus ihrer Kindheit zurück. Schokolade und Kuchen hatten Sarah oft über die Leere hinwegtrösten müssen, die Vater und Mutter in ihrem Herzen hinterlassen hatten und die dann zu Sarahs Rettung Asta ausgefüllt hatte. Asta, die mit Anfang 20 die Verantwortung für ein kleines Mädchen übernommen hatte, einfach, weil sonst niemand da gewesen war, der es hätte tun können. Und sie selbst war über 30. Da musste das doch wohl gehen? Sie dachte an all die Kinder in ihrer Schule, die von alleinerziehenden Müttern großgezogen wurden, und schluckte. Richtig gut ging das selten. Ihr Handy brummte und brachte sie in die Gegenwart zurück.

»Das ist Giovanni! Aus Hamburg! Asta, was soll ich ihm sagen?« Verzweifelt irrte ihr Blick zwischen dem Display und den mitfühlend blickenden Augen ihrer Tante hin und her.

»Nichts, Kind. Sag ihm erst mal gar nichts.«

*

Beck klappte seinen leicht herabgesunkenen Unterkiefer wieder hoch und setzte ein Lächeln auf, das wegen der ruinierten Hose wahrscheinlich nicht ganz überzeugend geriet. »Guten Tag, Beck, Kriminalpolizei Braunschweig. Dürfen wir Sie kurz sprechen?«

Jetzt sank Barbies schmollende Unterlippe nach unten und ließ blendend weiße Zähne blitzen.

»Kriminalpolizei? Ist irgendwas Schlimmes passiert?« Belinda Brückmann riss ihre ohnehin schon riesigen blauen Augen auf und presste eine Hand auf den mehr als beachtlichen Busen, den nur äußerst notdürftig ein pinkfarbenes bauchfreies Top verhüllte.

Es gab tatsächlich Frauen, die sich so anzogen. Und es gab tatsächlich Männer, die darauf reagierten. Der Urmann in Beck heulte auf und zog die Lefzen hoch.

Wagner hinter ihm keuchte, wahrscheinlich zerrte auch er an den Ketten des zivilisierten Mannes.

»Das wissen wir noch nicht genau, wir hoffen, von Ihnen Hilfreiches zu erfahren.« Beck lächelte gewinnend, als wäre er Ken. »Dürfen wir hereinkommen?«

Belinda zögerte und nickte dann. »Klar. Aber ich weiß gar nicht …« Sie griff das hechelnde, glubschäugige Köterchen fester, wofür ihr Beck dankbar war. Ein Hosenbein war immerhin noch intakt.

Sie ging auf endlos langen Beinen, die unter einem weißen, sehr kurzen, schwingenden Rock gut sichtbar präsentiert wurden, vor ihnen durch eine repräsentative kleine Halle, in der tatsächlich – Beck musste zweimal hinsehen, um sich zu vergewissern – ein pinkfarbener Kronleuchter hing. Er dachte an Sarahs antiken Lüster in der ebenso antiken Halle und schauderte.

In einem in Pastelltönen schwelgenden Wohnzimmer bot

Barbie ihnen einen Platz an. Beck sank auf ein mintfarbenes Sofa und dachte an Eiscreme. Wagner faltete seine mageren Knochen auf eine zart roséfarbene Ottomane gegenüber und kratzte sich unbehaglich den struppigen Kopf.

Die Blondine setzte sich ebenfalls mit perfekt parallel gelegten Endlosbeinen auf einen weißen Sessel und klimperte nervös mit den Nerzwimpern.

Unglaublich. Beck konnte einfach den Blick nicht von diesem in puppenhafter Makellosigkeit erstarrten Gesicht lösen. War das noch schön? Er besah sich ihren Körper. Was war echt und was war Silikon? Das Ergebnis faszinierte ihn.

Belinda Brückmann warf die langen Haare zurück und lachte. Das Lachen klang erstaunlich natürlich und warm, geradezu herzlich.

»Die Brüste sind echt, die Wangenknochen nicht, die Wimpern auch nicht und ich habe Extensions in den Haaren. Aber auch ohne Ersatzteile bin ich ganz gut geraten, glauben Sie mir.«

Beck fühlte, wie ihm Hitze in die Wangen stieg. Wie unangenehm, hatte er dermaßen gestarrt? Offensichtlich. Er räusperte sich, um zu einer Entschuldigung anzusetzen.

Belinda Brückmann winkte ab. »Lassen Sie mal, das bin ich gewöhnt. Man muss schon ein bisschen mehr als nur hübsch sein, wissen Sie, in meiner Branche. Also bin ich eben superhübsch, superblond, superschlank, superdämlich. Supertitten hatte ich sowieso schon immer, was für ein Glück. Und die Presse und meine Fans lieben mich dafür. That's Showbiz.« Sie lachte erneut. »Noch Fragen?«

Wagner hustete. Ehe er irgendetwas Furchtbares sagen konnte, ergriff Beck das Wort.

»Ja, ich verstehe. Man muss ein bisschen übertreiben, sonst fällt man nicht auf.« Oh Gott. »Ich meine, nicht, dass Sie nicht sehr gut aussähen, es ist …« Er brach ab. Er stammelte wie ein Internatsjüngling, der das erste Mal in seinem Leben einer Frau gegenüberstand. Armselig, das war er. Gut, dass Sarah das nicht hören konnte.

»Es ist nur ein bisschen viel, so im Alltag, ich weiß. Aber ich bin eben nicht für den Alltag gemacht, sehen Sie? Ich bin ein Bühnensternchen. Wenn Sie mich vor eine Kamera stellen, fange ich an zu funkeln. Im Tageslicht sieht man die Bühnenschminke.« Sie lächelte ihn an.

»Sie kennen Angelina Krüger?« Wagner krächzte wie ein alter Kolkrabe, wie immer ohne Sinn für Übergänge. Aber dieses eine Mal war Beck ihm dankbar für seine Taktlosigkeit. Er hätte beim besten Willen nicht gewusst, was er auf diese entwaffnend ehrliche Rede hätte antworten sollen. Erstaunliche Person, diese Realbarbie.

»Angelina?! Um Gottes willen – ist ihr etwa was passiert?« Belinda fuhr aus ihrem Sessel hoch und ließ dabei den Köter fallen, der sich sofort erneut auf Becks Hosenbein stürzte.

»Verd… Vieh!« Beck schüttelte das winzige Hündchen ab und wäre am liebsten auf das Sofa gesprungen, aber seine Gastgeberin eilte behände herbei und ergriff das lästige Tier. Sie warf es kurzerhand aus der Flurtür hinaus und schloss diese energisch.

»Entschuldigen Sie, er ist immer ein bisschen nervös, wenn ich Herrenbesuch habe. Eifersüchtig.«

Beck richtete sein Hosenbein und unterdrückte ein Seufzen. Die Hose konnte er komplett abschreiben. Ob er das als Dienstunfall melden konnte?

»Angelina ist verschwunden, seit Sonntag schon. Ihr Bruder sagte uns, sie habe immer ein besonders herzliches Verhältnis zu Ihnen gehabt.«

Die Superblondine ließ sich erneut in den schneeweißen Sessel sinken. »Verschwunden? Oh mein Gott. Aber das stimmt, wir haben ein gutes Verhältnis. Ich liebe dieses Mädchen und konnte nie begreifen, warum ihre Mutter …« Sie unterbrach sich und grub ihre schneeweißen Zähne in die übervolle Unterlippe.

»Es nicht tat?« Beck sah sie erwartungsvoll an.

»Ja. Nein, ich meine … Katja liebt ihre Tochter auf ihre Art bestimmt auch, aber … Ich glaube, sie weiß gar nicht, was Angie für ein Goldschatz ist. Sie verbringt auch so wenig Zeit mit ihr, dabei kann man doch mit einer Tochter so schöne Dinge tun. Ich liebe das, wenn sie mich besuchen kommt.« Barbie-Belinda lächelte versonnen und blinzelte eine glitzernde Träne weg.

»Also ist sie nicht hier?« Beck seufzte. Das sah alles nicht gut aus. Gar nicht gut. So viel Zeit war schon verstrichen, seit …

»Nein, leider nicht. Wenn ich nur wüsste, wo sie ist! Bei meinem Bruder waren Sie ja wohl schon? Ich habe doch erst letzte Woche mit ihr telefoniert. Da ging's ihr gar nicht so gut.« Belinda sah ratlos aus dem großen Fenster, das in einen italienisch anmutenden Garten zeigte.

»Warum?« Beck erhob sich und blickte ebenfalls in den Garten.

»Ach, wegen dieser Jungs. Die sie immer auf TikTok mobben. Muss ziemlich übel sein, ich hab's mir zum Teil auch angeschaut, aber sie hat ja immer gleich alles gelöscht.«

»Ja, das wurde schon erwähnt, ich glaube, von ihrer Freundin.« Beck richtete sich interessiert auf und warf Wagner einen Blick zu. Der zog eine Braue hoch.

»Ich kenne das ja auch, furchtbar ist das und man kann sich so schlecht wehren.« Belinda seufzte und zog ihr Röckchen zurecht.

»Warum lässt man's dann nicht einfach?« Wagner sprach Beck aus der Seele. »Die Social Networks, meine ich?«

Belinda riss entsetzt die superblauen Augen auf. »Um Gottes willen! Das kann sich unsereiner heute nicht leisten, da muss man präsent sein, für seine Fans. Ich habe überall eine Seite, Facebook, Instagram, Twitter, TikTok und Telegram. Das muss! Ist eine gute Möglichkeit, zwischen irgendwelchen TV-Formaten präsent zu bleiben.«

Beck fragte sich, was das für Leute waren, die sich als Fan einer Frau bezeichneten, die eigentlich nichts konnte. Sie konnte nicht singen (soweit er wusste), nicht schauspielern, nicht musizieren, nichts erfinden und ihre Schönheit kam zum Teil vom Chirurgen. Wieso war man ein Fan von so einem Menschen? Unbegreiflich. Natürlich war sie ein Hingucker, aber mehr doch auch nicht? Seltsame Welt. Aber vielleicht war es gerade der entwaffnende Gegensatz von ihrer puppenhaften Erscheinung zu ihrer bodenständigen Ehrlichkeit, die sie so beliebt machte. Neulich hatte er gehört, dass Paris Hiltons Chihuahua eine eigene Facebook-Seite hatte – dagegen schnitt Belinda Brückmann wahrscheinlich schon mal positiv ab – zumindest was Tischmanieren und Stubenreinheit betraf.

»… geweint«, drang Belindas Stimme zu Beck durch. Sie bemühte ein Papiertaschentuch, auf dem pinkfarbene Blüten aufgedruckt waren. Wahrscheinlich wurden die Tücher extra für sie hergestellt.

»Geweint? Wer? Angelina?« Beck zwang sich in die Konzentration auf seinen Fall zurück.

»Wer denn sonst?« Belinda strich eine Haarsträhne aus dem Gesicht und sah ihn erstaunt an.

»Diese Jungs, war da der Julian dabei? Julian von Eißen? Für den hat sie wohl ziemlich geschwärmt?«

»Nein, offiziell nicht, aber der war bestimmt im Hintergrund beteiligt, denn die Jungen, die immer Sprüche und fiese Fotos posteten, die waren alle mit ihm befreundet, das kann man ja sehen.«

»Warum ist bloß Angelina nicht dort ausgestiegen? Sie musste doch keine Fangemeinde pflegen?« Wagner nahm Beck erneut das Wort aus dem Mund.

»Nein. Ich habe ihr auch vorgeschlagen, ihren Account ruhen zu lassen. Aber sie wollte kein Außenseiter sein, und außerdem war ja da auch Julian ...« Belinda lächelte vielsagend. »Den hätte sie ja nicht so schön beobachten können, wenn sie nicht mehr online gewesen wäre.«

»Fiese Fotos? Was denn für Fotos?« Beck richtete seinen Blick fragend auf die Blondine.

»Ich ... weiß gar nicht, ob ich Ihnen das sagen darf, das wäre Angie sehr unangenehm.« Belinda errötete leicht und sah bedauernd zu Wagner.

»Wir sind die Guten, Frau Brückmann, uns können Sie alles sagen.« Wagner zwinkerte ihr zu und wirkte dabei fast charmant, Beck konnte es kaum glauben.

»Zumindest alles, was für unsere Ermittlungen von Bedeutung sein könnte, und ich schätze, ein solches Foto gehört dazu«, warf er ein.

Belinda Brückmann schluckte und ließ die schweren Wimpern sinken.

»Ach, da gab es so ein blödes Nacktfoto, das hatte sie mal ihrer Freundin geschickt und das ...« Sie sah Beck an und lächelte kläglich.

»Sie hat ihrer Freundin ein Nacktfoto geschickt? Wozu denn bitte das?«

Belinda zuckte mit den perfekten Schultern. »So etwas machen Teenager nun mal.«

Wagner hustete hohl. »Also, ich habe als Teenager niemandem ein Nacktfoto von mir gezeigt.«

Beck lachte laut heraus, er konnte nicht anders.

Wagner schnüffelte irritiert in seine Richtung. »Ich war auch mal jung und schön und brauchte das Geld, auch wenn man das nicht mehr sieht.«

»Dass Sie Geld brauchen, sieht man schon.« Beck gackerte immer noch und versuchte seine Fassung wiederzuerlangen und sich dem Anlass entsprechend zu benehmen. Eigentlich war hier leider überhaupt nichts zum Lachen. Gar nichts.

»Ich frage mich aber in der Tat, genauso wie mein Kollege – warum macht ein Mädchen so etwas? Damit macht sie sich doch total angreifbar!?«

»Um das Feedback zu bekommen, dass sie schön genug ist und, in Angies Fall, vor allem dünn genug. Habe ich abgenommen? Sieht man was? Damit quälen wir Frauen uns unser ganzes Leben.«

»Und ihre liebe Freundin hat es weitergegeben? Welche Freundin war das denn überhaupt? Carina?«

»Ja, Carina, eine andere hat sie ja nicht. Und angeblich haben sie Carinas Handy geklaut, diese besagte Gruppe um Julian.« Belinda schaute zweifelnd durch die endlos langen Wimpern.

»Und Carina hat nicht rein zufällig dieses Foto an Julian von Eißen herausgegeben, um diesem Frauenschwarm zu gefallen?« Beck spürte, wie Empörung in ihm aufstieg über die Illoyalität, mit der dieses Mädchen zu allem anderen noch fertigwerden musste.

»Tja, ich denke das auch, aber Angie wollte das nicht glauben. Was wäre ihr geblieben, wenn sie so etwas von Carina hätte annehmen müssen? Nichts.« Sie wischte eine Träne weg.

Beck schüttelte den Kopf. »Also, Angelina fand ein Nacktfoto von sich im Internet wieder und dann? Hat sie es entfernt?«

»Ja, natürlich, und gemeldet – aber da ist der Schaden ja dann schon angerichtet. Alle haben es gesehen. Und auch heruntergeladen. Das wird man nie wieder los.«

»Wann war das? Mit dem Foto?« Beck fühlte, wie sich sein Magen zu einer festen Kugel zusammenzog.

Belinda überlegte und runzelte mühsam die mit Botox geglättete Stirn. »Hm, also sehr lange ist das noch nicht her. Sie schrieb mir das, da kam ich gerade aus dem Big-Brother-Haus, also so vor drei Wochen etwa? Vielleicht auch ein bisschen länger?«

Brachte man sich nach drei Wochen noch wegen eines Nacktfotos um? Wenn die Häme nicht nachließ, waren drei Wochen eine verdammt quälende und endlose Zeit.

Es sprach immer mehr dafür, dass Angelina nicht weggelaufen war, sondern … tot.

*

Ziellos irrte Sarah durch das sonnenbeschienene Dorf, immer Muffins wedelndem goldgelbem Schwanz hinterher. Die Fachwerkfassaden der alten Häuser sahen so idyllisch aus wie immer und die Schunter gluckerte beschaulich über die rund gewaschenen Steine, als wollte sie sagen: »Alles ist gut.« Sarah passierte die Obermühle und dachte, dass das Dorf für ein Kind ideal war, fast überall konnte es spielen, ohne Gefahr zu laufen, überfahren zu werden. Sie hatte hier eine glückliche Kindheit verlebt, endlose Sonnentage im nahe gelegenen Freibad, Dämme bauen in der Schunter, in diversen Baumhäusern am Elmrand, bis sie sonnenverbrannt und mit zerkratzten Schienbeinen von Asta zum Abendessen nach Hause geholt worden war. Würde ihr Kind hier auch so gern leben und spielen? Heute saßen sie ja mehr am Smartphone als Hütten bauend im Wald. Sarah atmete tief ein. Sie hatte einfach weggemusst, weg von Astas besorgten Blicken und dem wissenden Lächeln von Luise.

Was sollte sie nur tun? Sie wusste, was Filo ihr raten würde. »Lass es wegmachen, Sarah, das ist doch heute kein Akt. Warte auf einen besseren Zeitpunkt.« Und genau deshalb hatte sie ihre älteste Freundin nicht angerufen. Wenn es nun keinen besseren Zeitpunkt gab? Wenn dies ihre letzte Chance auf ein Kind war? Sie war über 30! Wer sagte ihr denn, dass es nach Giovanni noch mal einen Mann geben würde, der … Sie hielt inne, als ihr auffiel, dass sie davon ausging, dass ihre Beziehung mit Gio nicht von Dauer sein würde. Tränen stiegen heiß hinter ihren Lidern auf und sie schluckte. Alles Scheiße, deine Elli.

Blind vor Tränen rannte sie in jemanden hinein, der erschrocken aufschrie.

»Sarah!«

»Huch! Entschuldigung, ich … ich habe gerade was ins Auge bekommen, tut mir leid.« Sie blinzelte und erkannte Katja Krüger, Angelinas Mutter. Das auch noch. »Hallo, Katja.« Sie pfiff Muffin zurück, die mit der üblichen »Hast du wirklich mich gemeint?«-Haltung herangeschlendert kam.

»Geht es dir nicht gut?« Katja musterte viel zu intensiv Sarahs verheulte Augen.

»Doch, doch. Und dir? Hast du etwas von Angelina gehört?« Sie hasste sich dafür, dass sie das Unglück dieser Familie als Ablenkungsmanöver benutzte.

Katjas Gesicht verfiel auf der Stelle zu dem einer sehr alten Frau. Sie blickte zu Boden und schüttelte den Kopf.

»Nein, habe ich nicht. Ich habe Angst, dass sie …« Sie schluckte und kämpfte nun selbst mit den Tränen.

»Dass sie …?« Sarah hielt den Atem an.

»Tot ist, was sonst? Was würdest du denn denken, wenn deine Tochter seit fast vier Tagen vermisst wird?« Katja weinte jetzt offen und schlug ihre Hände vor den verzerrten Mund.

Schmerzhaft zog sich Sarahs Herz zusammen und sie legte ihrer Bekannten eine Hand auf die Schulter. »Wollen wir auf einen Kaffee zu dir gehen?«

Katjas Haus lag gleich um die Ecke in einer schmalen Seitenstraße. Angelinas Mutter nickte, dankbar, wie es schien, und ging neben Sarah her. Der Hund hatte inzwischen auch bemerkt, dass es mit dem erhofften langen Spaziergang nichts wurde, und schob seine Schnauze tröstend in Katjas herabhängende Hand.

Mein Gott, war ihr nicht einmal eine Zeit allein im Wald vergönnt in ihrem Elend? Jetzt musste sie trösten, da sie selbst doch Trost brauchte. Sarah schniefte und tat sich selbst leid. Mit schwerem Herzen musterte sie das leicht heruntergekommene kleine Haus, in das Katja mit gebeugtem Rücken vorausging. Was wollte sie hier? Was hatte sie mit dem Elend dieser Familie zu tun? Sie hatte ihr eigenes, weiß Gott. Widerwillig folgte sie Katja in die unordentliche Küche. Wenn der versprochene Kaffee so schmeckte, wie die Küche aussah, dann herzlichen Glückwunsch, Sarah.

Sie schob einen Haufen ungebügelter Wäsche von einem Stuhl auf die Bank daneben und ließ sich nieder, während Katja emsig am Küchenherd hantierte.

»Und du? Was hast du für Sorgen? Katja warf einen schnellen Blick über die Schulter. »Bei euch denkt man immer, ihr könnt gar keine Sorgen haben, dort, in eurem wunderschönen Schloss.«

Sarah schnaubte. »Du meinst, in unserer wunderschönen Bruchbude? Na, aber sicher haben auch wir Sorgen – und nicht zu knapp. Und nicht zuletzt wegen ebendieser wunderschönen Bruchbude.«

»Ach?« Katja goss Wasser in den Filter und wartete, dass es durchlief. »Ist es zu teuer? Das Schloss zu unterhalten, meine ich?«

»Das auch, ja. Dass wir uns diese noble Unterkunft im Grunde gar nicht leisten können, damit lebe ich, seit ich dort geboren bin.« Sarah zuckte mit den Schultern und sah sich in der Küche um. Obwohl sie unordentlich und ein bisschen schmuddelig aussah, wirkte sie dennoch gemütlich. Am Kühlschrank waren Kinderzeichnungen und Fotos mit riesigen Magneten befestigt, darunter auch ein Foto von Angelina mit einem Kätzchen. Sie lachte in die Kamera, die Haare vom Wind zerzaust, und wirkte vollkommen glücklich. Vielleicht war sie das zu diesem Zeitpunkt ja auch gewesen. »Ich sehe mir gerade das Foto von Angie an.« Sarah konnte es nicht lassen. »Was sie doch für ein hübsches Mädchen ist. Die rötlichen Haare hat sie von dir.«

»Ja, das ist sie, wunderschön. Leider glaubt sie selbst nicht daran. Sie findet sich fett, fett, fett. Sie sieht nicht ihre weiche Haut, nicht die dunkelroten Locken, nicht ihre funkelnden dunklen Augen. Sie möchte blond und dünn sein, so wie ihre Freundin.« Katja verzog abschätzig den Mund.

»Magst du sie nicht, die Freundin?« Sarah nahm den Kaffeebecher entgegen und stellte ihn auf dem weiß lackierten Holztisch ab.

»Nein, nicht wirklich. Ich finde, dass sie Angie ausnutzt, aber das tun eigentlich alle ihre ›Freunde‹.« Katja verlieh dem Wort einen höhnischen Beiklang.

»Inwiefern nutzt die Freundin Angie aus?« Sarah wippte

mit dem Fuß und wünschte sich weg, weit weg von den Problemen anderer Leute und erst recht von ihren eigenen.

»Na ja, wenn sie eine Begleiterin zu irgendwelchen Events braucht, auf denen sie sich präsentieren will, dann ist Angie willkommen. Sowie ein hübscher Junge in das Sichtfeld kommt, stellt sie Angie auf das Abstellgleis und ist nicht mehr zu sprechen. Ich habe schon versucht, mit Angelina darüber zu sprechen, aber sie blockt, sie will das nicht hören.« Katja zuckte mit den mageren Schultern und seufzte.

Übelkeit stieg plötzlich aus Sarahs Magen auf und sie schlug unwillkürlich eine Hand vor den Mund. Bloß jetzt das nicht! Verlegen blickte sie Katja an. »Mein Magen spielt zurzeit verrückt, Entschuldigung.«

»Bist du schwanger?« Katja legte mit einer unbewussten Geste eine Hand auf ihren flachen Bauch.

»Schwanger? Wie ... Nein!« Sarah stieß ein quietschendes Lachen hervor, das unecht klang, und schüttelte den Kopf. »Nein.«

Katja warf ihr einen forschenden Blick zu und schlug dann die grünen Augen nieder. »Ich dachte nur. Weil ich auch immer solche Magenbeschwerden hatte in meinen Schwangerschaften.«

»Ach, tatsächlich? Die ganzen neun Monate?« Sarah konnte nicht an sich halten. Das wäre ja entsetzlich. Neun Monate würgend über der Toilette hängen? Obwohl das noch das geringste Übel an der Sache wäre. Wenn das Würgen aufhörte, wurde es ja erst richtig schlimm. Dann spuckte das Baby.

»... drei Monaten ist das vorbei.« Katja hielt inne und sah ihre Schulfreundin forschend an.

»Was? Ach so, ja, das sagt man so.« Sarah erhob sich. Sie musste hier raus. Freundlicherweise fiepte gerade Muffin vor der Haustür, die sie wegen Angelinas Katze draußen gelassen hatte. »So, ich muss weiter, Muffin wird schon unruhig, die braucht noch ihren Spaziergang.« Sie hob die Hand zum Gruß und wollte aus der Küche flüchten, aber Katja erhob sich ebenfalls und nahm sie in den Arm. Nanu? So dicke waren sie doch gar nicht.

»Ich danke dir, Sarah, für deine Gesellschaft. Du hast mich ein wenig abgelenkt von …« Sie brach ab und trat einen Schritt zurück.

»Es wird schon alles gut werden«, sagte Sarah lahm.

»Ja, ich hoffe es. Mach's gut, Sarah, und halt die Ohren steif.« Katja warf ihr wieder diesen forschenden Blick zu und Sarah trat den Rückzug an.

»Ich … Ja, danke, Katja. Bis bald.«

Bloß raus hier. Stand ihr etwa auf der Stirn geschrieben: »SCHWANGER«? Ungewollt, weil zu dämlich zum Verhüten? Freund los, dafür schreiendes Balg an der Backe?

Aber vielleicht war es ja gar nicht wahr. Bestimmt war es nicht wahr.

*

»Mein Gott, jetzt fahren Sie doch nicht wie ein 80-Jähriger! So kommen wir nie nach Braunschweig!« Wagner stöhnte und raufte sich das struppige graue Haar.

Beck schüttelte den Kopf und warf einen Blick auf den Tacho. 150, da fuhr er doch wohl nicht wie ein Greis? Dennoch trat er auf das Gaspedal, nur um sofort wieder abzubremsen, weil ein Lebensmüder direkt vor ihm sich spontan überlegt hatte, den russischen Lkw auch noch zu überholen, bevor der endgültig unter seiner Ladung zusammenbrach. »Arschloch! Das hat doch überhaupt keinen Zweck, hier schnell zu fahren!«

Beck seufzte laut, als Wagner beim Überholen dem Sponti den Stinkefinger zeigte.

»Darf ich Sie mal daran erinnern, dass Sie bei der Polizei arbeiten, Herr Kollege?«

»Wieso, das weiß der doch nicht.« Wagner lehnte sich befriedigt im Sitz zurück und zog eine Zigarette aus der Schachtel.

»Hier wird nicht geraucht!« Beck bekam langsam Zuckungen.

»Ja doch, ich weiß. Ich lutsche nur ein bisschen daran herum.« Wagner legte sich seine Zigarette tatsächlich zwischen die schmalen Lippen und blinzelte zufrieden.

»Sie sind total oral fixiert, wissen Sie das?«

»Besser als anal.« Wagner drohte einem rechts überholenden BMW aus Stuttgart mit der Faust. »Spinnt der? Führerschein bei Otto bestellt, was?«

Beck enthielt sich mühsam eines Kommentars.

»Wie fanden Sie die denn?« Wagner zuzelte an seiner Zigarette und warf Beck einen seiner schrägen Seitenblicke zu.

»Wen?« Beck konnte gerade noch verhindern, dass er von einem holländischen Blumenlaster an die Leitplanke gequetscht wurde, und atmete tief aus.

»Die Queen. Na, Miss Blondie natürlich. Pretty Belinda!«

»Na, wie soll ich die schon gefunden haben? Pretty eben.«

»Auf so was stehen Sie?« Wagner konnte jedes Wort, das man unbedacht in seiner Gegenwart äußerte, gegen einen wenden. »Ihre Freundin sieht aber ganz anders aus.« Aus Wagners Mund klang das, als sähe Sarah aus wie ein Scheuerlappen.

»Ja, das ist mir bekannt. Und nein, ich stehe nicht auf ›so was‹. Zu viel Plastik, aber doch ganz hübsch. So wie Barbie.«

»Ja, die würde ich auch nicht von der Bettkante stoßen. Diese Beine.« Wagner ließ ein genießerisches Schnauben hören, das Beck erschaudern ließ. »Doof ist die nicht. Das ist alles nur Show.« Wagner, der Frauenkenner.

»Ach? Sagen Sie bloß? Wie kommen Sie denn zu dieser Einsicht? Haben Sie, als ich kurz draußen war, einen IQ-Test mit ihr gemacht?« Beck teilte zwar die Meinung seines Kollegen, aber das tat ja nichts zur Sache. Schließlich hatte der quasi seine Freundin beleidigt. Sarah. Sie hatte komisch geklungen am Telefon, so gar nicht erfreut, als er anrief. War da was im Busch? Hatte er irgendetwas falsch gemacht? Das wusste Mann ja bei Frauen nie. Immer war irgendwas verkehrt, entweder hatte man ihren Po gelobt, den sie zu dick fanden, oder man hatte ihn nicht gelobt, was genauso falsch war. Frauen.

»… Abitur.«

»Wer? Sie?« Beck kehrte in den Wagen zurück und schlug aufs Geratewohl zu. In die falsche Richtung, wie er sofort merkte.

»Nein, ich nicht. Sonst hätten Sie es sich ja auch nicht auf meiner Stelle bequem machen können.« Wagners Stimme ließ Eisblumen an den Fenstern wachsen.

Das wieder. Würde diese Schuld nie abgetragen sein? Würde er auf immer und ewig der verzärtelte, reiche Internatzögling sein, der einem ehrlich arbeitenden Kriminalbeamten das Beförderungsbrot vor der Nase weggeschnappt hatte? Die Antwort lautete: Ja.

»Ist sie denn Ihr Typ?«, versuchte er plump, von sich abzulenken.

Wagner schnaubte. »Sie wollen bloß vom Thema ablenken, das weiß ich wohl. Ja, sie ist mein Typ, denken Sie mal. Welcher Mann, der noch im Saft steht, würde wohl diesen

Typ ablehnen? Die drei Bs: Busen, Beine, blond. Aber ich weiß auch, dass ich nicht ihr Typ bin, das sind wohl mal wieder Sie. Sie sind ja der Typ jeder Frau.« Wagner verzog verächtlich die Mundwinkel und blickte aus dem Fenster.

»Ja, ich kann mich kaum retten. Schrecklich, wenn man sich die Weiber mit der Fliegenpatsche vom Leib halten muss.« Beck bekam jetzt ernsthaft schlechte Laune. Was bildete sich dieser Widerling eigentlich ein, so mit seinem Vorgesetzten zu reden? Er kam sich vor wie die fesche Lola. »Frauen umschwirren mich wie Motten das Licht.«

Wagner lachte krächzend. Wie immer heiterte es ihn spontan auf, wenn er es seinem Chef gezeigt hatte.

»Schauen Sie mal, da ist einer der russischen Kamikazefahrer angehalten worden. Bestimmt hat er keinen Führerschein und ist seit 24 Stunden am Steuer. Tja, das war's jetzt. Einer weniger im Stau.«

Zufrieden schnaufend ließ er den Sicherheitsgurt schnappen, als wäre er ein Buschmesser, mit dem Wagner persönlich den Feind von der Autobahn entsorgt hatte. Beck war immer wieder erstaunt, wie sehr das Unglück anderer Menschen Wagner erheitern konnte.

»Dafür kann der auch nichts. Die werden doch alle ausgebeutet.« Er schwang sich, ganz edler Ritter, zur Verteidigung der Lkw-Fahrer aus dem ehemaligen Ostblock auf.

»Ja, dann sollen sie die bei sich zu Hause ausbeuten. Aber nicht auf unseren Autobahnen.«

Beck gab auf. Wagner ein humanistisches Menschenbild aufzuzwingen, würde nur unnötiges Blutvergießen bedeuten. Und es wäre sein Blut, das da flösse.

*

Beck wuchtete den Gitarrenkoffer aus dem Auto und schleppte sich über den Hof. Auf die Probe heute Abend hätte er entgegen seiner sonstigen Motivation wirklich gern verzichtet, da sie aber in Kürze einen Gig im »Barnaby's«, einer der angesagten Musikkneipen in Braunschweig, hatten, würden ihn die anderen steinigen, wenn er schwächelte. Auch die Tatsache, dass er gleich Karsten gegenübertreten musste, erhöhte seine Vorfreude nicht gerade. Es war ihm noch nicht mal vergönnt, heute Abend seinen aktuellen Fall zu vergessen, was ihm sonst, während er spielte, immer gelang. Er öffnete die massive Metalltür und ging schweren Schrittes den langen kalten Flur entlang, der zu ihrem Übungsraum ganz hinten in den Katakomben des Schimmelhofes führte. Ein guter Ort für einen Krimi. Die vertrauten Geräusche eines Übungsabends drangen an sein müdes Ohr: Gelächter, das Klirren von Bierflaschen, einzelne schräge Gitarrentöne mischten sich mit tiefen Männerstimmen und einer beiläufig angespielten Basedrum. Seine Laune hob sich und er ging schneller. Vielleicht wurde es ja doch noch ein netter Abend.

»Ach, sieh an, der Herr Kommissar kommt doch noch vorbei!« Panne, der leicht übergewichtige Schlagzeuger der Band, hob zum Gruß die obligatorische Bierflasche – wahrscheinlich war er mit einer geboren worden – und rülpste vernehmlich. »Na, musstest du noch ein paar Mörder einknasten unterwegs?« Paul, der Bassist, faltete seinen schlaksigen Körper auseinander und erhob sich von einem viel zu kleinen Campingstuhl.

»Ich war heute in Hamburg, war zeitlich ein bisschen knapp alles.« Beck öffnete seinen Gitarrenkoffer und hob seine Les Paul heraus. Müsste auch mal wieder geputzt werden, das Schätzchen.

»Hamburg?« Tom, ihr charismatischer Sänger, schüttelte den Kopf und feixte. »Fliehen die Braunschweiger Mörder jetzt schon bis nach Hamburg vor dir, Sherlock Beck?«

»So ähnlich.« Beck war an die ewigen Sticheleien wegen seines »Sheriff-Jobs« mehr als gewohnt und nahm es geduldig hin. So war das eben, wenn man als Büttel des Staates unter Rockmusikern verkehrte, die sich gern die Attitude des Rebellen gaben und dabei vergaßen, dass sie auch nicht gerade mit dem Verbrennen von Gitarren auf der Bühne ihr Geld verdienten. Sein Blick fiel auf Karsten, der in einer Kiste kramte und nicht hochsah. Noch einer, dem die letzte Begegnung nicht aus dem Kopf ging. Beck hätte sich auch Schöneres vorstellen können, als seine sexuellen Vorlieben vor seinen Musikerkumpels offenzulegen, auch wenn sie bei Weitem nicht so exotisch waren wie Karstens. Eher langweilig wahrscheinlich, kein Sado, kein Maso, keine Rollenspielchen. Er hatte noch nie darüber nachgedacht, aber er ging doch mal davon aus, dass seine Sarah auch nicht davon träumte, in Lack und Leder an einer Hundeleine geführt zu werden oder im Kleidchen eines Zimmermädchens flachgelegt zu werden. Obwohl – wenn er so über das Zimmermädchen nachdachte, könnte er sich dafür glatt erwärmen …

»Giovanni? Erde an Giovanni, hallo!« Tom fuchtelte mit einem Textblatt vor Becks Nase herum.

Der Kommissar riss sich aus seinen sehr kurz berockten Träumen und versuchte sich zu erinnern, was Tom gerade gesagt hatte. »Ja? Hendrix?«

»Ob du daran gedacht hast, den Text von ›The Wind Cries Mary‹ für alle zu kopieren in der Bullerei!?«

»Ne, sollte ich das?« Beck konnte sich nicht daran erinnern, aber das hieß nichts, sein Gedächtnis glich einem

Schweizer Käse, als Zeuge wäre er zu nichts zu gebrauchen gewesen. Er hatte schon oft gedacht, wenn er jemanden befragte, was er am Donnerstagabend um acht gemacht habe, dass er selbst meistens um eine Antwort verlegen gewesen wäre. Er war froh, wenn er wusste, was er heute Morgen gemacht hatte.

»Jaaaaaaa! Schon letztes Mal, da hast du es auch vergessen! Und so was sorgt für die Sicherheit der Bürger, ja ist es denn die Möglichkeit!« Tom schüttelte den Kopf und ging zum Bierkasten, um sich flüssige Nervennahrung einzuverleiben.

»Ich denke jetzt dran, versprochen.« Beck machte sich einen Knoten in sein unzuverlässiges Gehirn und hob die Hand zum Schwur. »Dann singst du heute eben einfach mal irgendwas, so wie sonst auch.« Er duckte sich, als der Kronkorken an ihm vorbeizischte.

»Ey! Ich bin absolut textsicher!« Tom hob einen Zeigefinger.

»Sagt der, der beim letzten Gig einen ganzen Vers von ›A Million Miles Away‹ lalalala singen musste. Haben wir ja erst hundertmal gespielt.« Panne lachte krächzend.

»Ja, aber schon seit hundert Jahren nicht mehr, Kinders, was wollt ihr, ich werde nächste Woche 40!« Tom mimte den taperigen Gang eines 80-Jährigen und schleppte sich hinters Mikro, nur um gleich wieder umzukehren. »Eh, ich's vergesse, Leute, wir sollen auf dem Raffteich Open Air spielen! Im Vorprogramm von Johannes Oerding!«

»Ach du Scheiße.« Panne stand hörbar auf den deutschen Pop des bekannten Sängers.

»Mann! Weißt du, wie viele Leute uns da sehen? Wir würden da nie auftreten können, wenn Ela als Vorband nicht ausfallen würde!«

»Wann wäre das denn?« Giovanni kannte die Hauruck-Engagements inzwischen, die Tom gern an Land zog, und befürchtete Schlimmstes.

»Nächste Woche Montag! Das Konzert wurde verschoben, deshalb fällt die eigentliche Vorgruppe ja auch aus, die können nicht. Nicht gerade der beste Abend, aber jede Menge Zeit, alles zu organisieren! Und? Seid ihr dabei? Dann rufe ich Rudi gleich an, der wartet auf meinen Anruf.«

Paul ließ einen Basslauf hören, der Becks Magen schwingen ließ und die Diskussion beendete. »Jau, machen wir. Lassen wir den Oerding blass aussehen.«

Panne ließ das Becken schwingen. »Na gut, wenn ihr euch unbedingt prostituieren wollt, ich bin dabei.« Er lachte krächzend.

Beck schlang den Gitarrengurt um seine Schultern und spielte die ersten Töne von Nazareths »Love Hurts« an. Seine Augen trafen sich mit Karstens, als ihm einfiel, dass er nicht sicher sein konnte, dass Karsten nichts mit dem Verschwinden von Angelina zu tun hatte. Love hurts. In der Tat.

KAPITEL 5

Beck rieb sich den müden Schädel und stöhnte. Nicht genug, dass die Probe seiner Band wieder mindestens ein bis zwei Stunden zu lange für die arbeitende Bevölkerung gedauert hatte, nein, dieses dämliche Katzenvieh hatte beschlossen, ihn eine Stunde vor der Zeit zu wecken, weil ihm das Katzenklo nicht sauber genug war. Unfassbar. Da kroch man total übermüdet im Badezimmer zu nachtschlafender Zeit herum und entfernte Katzenscheiße. Selbst gemachtes Elend. Er hatte ja diesen abessinischen Halbgott unbedingt behalten müssen. Minas der Erste, der sein Klo nicht selbst sauber machen konnte. So was konnten Könige nämlich nicht.

Er starrte blicklos aus dem Bürofenster und gähnte. Draußen war es so grau wie in seiner Seele. Deutscher Sommer.

Der Fall Angelina Krüger lastete schwer auf seiner Seele, es war, als suchte er die berühmte Nadel im Heuhaufen. Das Mädchen konnte sonst wo sein. In Hamburg, in Berlin, im Orient, verscharrt im Wald. Obwohl er Letzteres immer noch nicht glauben wollte. Seine Erfahrung sagte ihm jedoch, dass dies mit jeder Minute, die verstrich, wahrscheinlicher wurde. Die Vorstellung versetzte ihm einen Stich. Warum nur? Er kannte doch dieses Mädchen gar nicht. Lag es daran, dass seine Sarah mal wieder in diesen Fall verstrickt und emotional beteiligt war? Er sah auf die Uhr und schüttelte den Kopf. Nein, sie war jetzt in der

Schule, da rief er sie lieber nicht an. Sie hatte irgendwas von einem Sommerfest am Samstag gemurmelt. Hoffentlich wurde das Wetter noch besser. Aber so ein kleines Fest mit Bratwurst vom Grill und einem bis drei gepflegten Bierchen – die Aussicht ließ die Welt gleich etwas heller aussehen. Wie um seinen Eindruck zu bestärken, brach die Sonne plötzlich durch die deprimierende Wolkendecke, die von dem Mordsgewitter heute Nacht noch übrig geblieben war. Beck rückte seinen Schreibtischstuhl in den Sonnenstrahl und schloss die Augen. Angelina. Keine Hinweise auf ihren Aufenthaltsort, überhaupt keine. Ihre IT-Leute hatten die Social-Media-Accounts der Kleinen gefilzt und alle Kontakte, die verdächtig wirkten, herausgefiltert. Die Liste derer, die sie auf ihren Seiten dort verhöhnt hatten, war lang. Und Beck hatte nicht einmal gesehen, dass ihre sogenannte Freundin Carina sie verteidigt hatte, jedenfalls nicht in dem Verlauf ihres TikTok-Accounts, den er sich angesehen hatte. Julian von Eißen hatte sich auch fein herausgehalten, war aber, wie von Belinda Brückmann erwähnt, mit sämtlichen Peinigern des Mädchens befreundet gewesen. Die beiden würde er sich unbedingt noch mal vorknöpfen müssen, die hatten zumindest indirekt Dreck am Stecken. Die Pubertät war doch wahrlich eine Zeit der Freude und Mitmenschlichkeit. Er dachte an seine Internatszeit zurück und schüttelte sich. Er wusste noch genau, wie er sich gefühlt hatte, als irgendein Witzbold das Gerücht gestreut hatte, er sei bi. Angeblich würde er es mit einem Mädchen aus dem Heidedorf, in dem sein Internat beheimatet war, treiben (was stimmte) und mit seinem Zimmergenossen Hartmut (was nicht stimmte), wobei Ersteres in dieser Schule wahrscheinlich ungewöhnlicher gewesen war als Letzteres. Nun ja. Auf jeden Fall hatte es ihm Häme und Spott eingebracht, die damals noch nicht über die Social Networks und Chats vervielfältigt wurden, aber auch so ausgereicht hatten, um ihn zeitweise an Flucht oder Selbstmord denken zu lassen. Unvorstellbar, was los gewesen wäre, wenn die an Nacktfotos von ihm gekommen wären. Aber so einen Blödsinn machten wohl nur Mädchen. Oder? Er hatte keine Ahnung, was die Jugend von heute so umtrieb. Überhaupt waren ihm die sozialen Plattformen und die ganze Chatterei suspekt. Konnten die sich nicht anrufen? Er fand diese Mischung aus Selbstdarstellung und Anhimmelei irgendwelcher Teeniestars, die er auf diesem TikTok-Medium gesehen hatte – wer um alles in der Welt waren BTS? –, vermischt mit einer kräftigen Portion Mobbing und Zickenkrieg entsetzlich. Und das sollte Spaß machen?

Er musste mit dem Klassenlehrer der Jugendlichen sprechen. Hatten die so was überhaupt noch? Nein, wohl nicht. Tutor hieß das heute. Irgendein gleichgültiger Studienrat, der kaum wusste, wie Angelina mit Nachnamen hieß. Dennoch. Er sah auf die Uhr. Konnte er jetzt schon zur Schule fahren? Halb eins? Die hatten ja heutzutage alle Ganztagsschule. Die armen Gören. Egal. Er stand auf und ging zur Tür. Zur Not würde er eben im Lehrerzimmer warten. Er nickte Pumuckl zu und sah bei Wagner ins Zimmer, der mit finsterer Miene auf seinen Monitor starrte.

»Ich fahre zur Schule von dem Mädchen.«

Wagner fuhr herum und schlug sich den Ellenbogen an der Armlehne seines Schreibtischstuhls an.

»Verflucht noch mal!« Er rieb sich den Arm. »Können Sie nicht anklopfen?«

Beck zuckte mit den Schultern und grinste. »Das sagt der Richtige.«

»Jaja.« Wagner zog einen Flunsch. »Nichts, ich habe eben die Suchergebnisse über INPOL gesichtet, keine Leiche, kein Mädel, auf das die Beschreibung passt. Rote Haare haben ja nicht so viele. Ich muss immer an Nessie denken.« Wagner fuhr sich durch die ergrauten Borsten und sah zur Seite.

Seine Tochter Vanessa lebte bei seiner geschiedenen Frau und war das einzige Wesen, das Wagner zuweilen so etwas wie menschliche Gefühle entlockte.

»Ja, das kann ich mir vorstellen. Sie sind ja fast gleich alt, nicht wahr?«

»Fast auf den Tag.« Wagner schluckte hart. »Und wenn ich mir vorstelle, dass irgend so ein Schwein Nessie … dann, dann …« Er ballte die Hand zur Faust und brach ab.

Beck schwieg. Er wusste nicht, was er sagen sollte, konnte er sich doch nur vage vorstellen, welche Emotionen einen Vater angesichts eines solchen Falles bewegten.

»Wollen Sie mit? In die Schule, meine ich?«

Zu seiner Überraschung nickte Wagner bereitwillig und stand auf. »Ja, gern.«

Hatte der eben »gern« gesagt?

»Äh, gut. Dann mal los. Ich hoffe, dass ich den Tutor der beiden erwische. Hoffentlich ist das nicht so ein Klugscheißer.«

Wagner nickte. »Sind die Lehrer ja meistens.«

Beck enthielt sich der Antwort, wer alles nach seiner Einschätzung noch ein Klugscheißer war. Er war's nicht von ihnen beiden. Oder nur ein bisschen.

Vor der Schule verhinderte ein Gedränge von quietschbunten Kleinwagen, dass Beck einen Parkplatz fand. Vorbei die Tage, an denen Schüler mit dem Fahrrad oder mit dem Mofa zur Schule fuhren, nein, heute fuhr man mit der A-Klasse. Ts. Er tröstete sich mit dem Gedanken, dass die arme Angelina schnöde mit dem Bus gefahren war, und quetschte seinen Dienstwagen hinter einen pinkfarbenen Cinquecento. Kopfschüttelnd stieg er aus und sah in das Innere des Miniwägelchens. Da hing doch tatsächlich eine Hello-Kitty-Figur am Rückspiegel. Gott, war er froh, dass er als Junge zur Welt gekommen war, da blieben einem doch all diese pinkfarbenen Albträume zugunsten grölender, schwarz-gelber Borussia-Bekundungen erspart.

Während Wagner seine alternden Knochen mühsam aus dem Wagen beförderte, sah Beck an dem Schulgebäude empor, ein riesiger Moloch im charmanten Plastikgewand der 70er-Jahre. Und so was nannte sich Schlossgymnasium. Von »Schloss« keine Spur. Fürsten hätten sich geweigert, diesen Albtraum in Plaste auch nur zu betreten. Die Verwendung von Kotzgrün zu Ampelorange hatte man auch nur in diesem Jahrzehnt vertretbar gefunden. Ein Horror. Hier könnte er wegen ständiger Magenbeschwerden überhaupt nichts lernen. Ächzend gesellte sich Kollege Wagner zu ihm.

»Hier bin ich auch zur Schule gegangen, damals. Sieht noch genauso aus. Nur schäbiger.«

Beck betrachtete Wagners von tiefen Nasolabialfalten gezeichnetes Gesicht und versuchte sich an einem mentalen Photoshop. Vergeblich, er konnte sich den Kollegen einfach nicht als Jungen vorstellen. Ob er damals auch schon immer genölt hatte? Herr Lehrer, ich will aber die Mathearbeit nicht schreiben, ich habe schlechte Laune!

Beck stieg feixend die Waschbetonstufen hoch und dankte Gott, dass seine Schulzeit unwiderruflich vorbei war. Nein, seiner Jugend weinte er bestimmt keine Träne nach, die war auch nicht viel erbaulicher gewesen als die von Angelina. Aber wenigstens hatte er sie überlebt.

Kaum hatte er das Foyer des Gymnasiums betreten, schrillte direkt neben seinem Ohr eine Glocke los, die nicht nur Tote, sondern auch sämtliche Schüler aus dem Tiefschlaf reißen würde.

»Mein Gott!« Beck rieb sich das ertaubte Ohr. »Ich dachte, die hätten jetzt harmonische Dreiklänge!«

»Davon werden die Gören wahrscheinlich nicht wach.« Wagner grinste.

Türen sprangen knallend auf, Schritte und Stimmen erfüllten die Plastikwelt des Schulgebäudes. Ein arroganter Joe Cool, der als Erster an die Freiheit gelangt war, schlenderte lässig und Kaugummi kauend auf sie zu. Für die Frisur hatte er heute Morgen bestimmt Stunden im Bad gebraucht, wahrscheinlich länger als für seine Hausaufgaben.

»Entschuldige mal, wo geht's denn zum Lehrerzimmer?« Beck stellte sich dem Schnösel in den Weg. Der wies lässig mit einem perfekt manikürten Daumen über seine rechte Schulter und ging weiter.

Beck sah Wagner an und schüttelte sein greises Haupt. »Manieren, Manieren!«

Er ging in die Richtung, die der Knabe angedeutet hatte, Wagner folgte ihm. Über ihm knallte inzwischen Hip-Hop aus irgendwelchen Lautsprechern – Pausendisco. Wie hielt nur irgendein Mensch auf Dauer diesen Lärm aus? Kein Wunder, dass die Lehrer so viele Ferien hatten.

Eine hübsche Brünette, deren Heftstapel und obligatorische schwarze Nerdbrille sie als Lehrerin auswiesen, kreuzte ihren Weg und schlug eine Schneise in die Schülerschar. Wie machte sie das bloß? Beck ging Slalom, um den ignoranten Rüpeln auszuweichen, aber sie ging einfach geradeaus im sicheren Vertrauen, dass ihr die Jugendlichen auf ihrem Weg auswichen. Musste ein angeborenes Autoritätsgen sein. Beck betrachtete bei der Gelegenheit die netten Beine der Lehrerin und fragte sich, was wohl in den männlichen Schülern vorging, wenn sie bei der jungen Dame Lateinunterricht oder was auch immer genossen. Na, was wohl, Giovanni? Das Übliche. Lehrerin nackt auf dem Schreibtisch und …

»Hier! Herr Beck!«

Wagners metallische Stimme schnarrte durch das Stimmengewirr und Hip-Hop-Gefasel an sein malträtiertes Ohr und er wandte sich um.

Wagner stand vor einer geöffneten Tür und winkte ungeduldig. Ach, er war wohl am Lehrerzimmer vorbeigerannt. Anscheinend hatte die junge Studienrätin ein anderes Ziel und er wäre ihr fast auf die Damentoilette gefolgt.

Beck wandte sich um und lächelte entschuldigend. »Ich war in Gedanken.«

Wagner ruckte den Kopf in Richtung Lehrerin und nickte wissend.

»Die Gedanken kann ich mir vorstellen.«

Beck enthielt sich einer Antwort und schritt durch die Tür in einen großen, hellen Raum mit Fenstern bis zum Boden, vor denen Schülergruppen betont lässig herumhingen.

Er wusste nicht genau, was er von einem Lehrerzimmer erwartet hatte, jedenfalls nicht das gleiche Chaos, das draußen in der Pausenhalle tobte. Ein Kopierer ratterte, drei Kaffeemaschinen gluckerten, Lehrer unterhielten sich lautstark über die Unzulänglichkeiten ihrer Zöglinge, hier fiel gerade ein Stapel Bücher von einem vollkommen überfüllten Tisch in der Mitte des Raumes, dort rief jemand einen anderen schrill ans Telefon, ein Kollege probierte anscheinend eine geräuschintensive PowerPoint-Präsentation für die nächste Stunde aus und zwei Lehrerinnen lachten kreischend über ein Video auf einem Smartphone. Wie konnte sich hier irgendein Mensch erholen? Dagegen war ja seine Dienststelle das reinste Sanatorium!

»Gottogott!« Wagner dachte anscheinend dasselbe.

Beck trat auf die Lehrerinnen zu und lächelte sie gewinnend an. »Entschuldigen Sie, wir möchten bitte mit der Schulleitung sprechen.«

Die Angesprochene sah vom Smartphone auf und fuhr sich mit einer Hand über ihre krausen Locken.

»Ähm, ja. Das ist Frau Müller-Langenhein, aber ob die jetzt Zeit hat, weiß ich nicht.« Die Frau wies in Richtung einer giftgrünen Tür, die am Ende des Lehrerzimmers angelehnt offen stand.

»Ich frage sie einfach, vielen Dank.« Beck nickte ihr zu und ging in die angewiesene Richtung.

»Hast du den gesehen? Der sah ja aus wie Bon Jovi!«, sagte eine der beiden ein wenig zu laut. Lehrerinnen hatten wohl verlernt, leise zu sprechen. Beck rollte mit den Augen und hoffte, dass Wagner es nicht gehört hatte.

Nach dem Gegrummel in seinem Rücken war das aber wohl eine müßige Hoffnung.

Er klopfte an die grüne Tür und trat nach einer heiser gebellten Aufforderung ein.

Hinter einem mächtigen Schreibtisch thronte eine Dame, die er eher hinter dem Tresen seiner geliebten Lulu-Bar vermutet hätte. Platinblonde Wellen türmten sich über einem nicht mehr ganz jungen Gesicht mit dunkelrot schimmernden Lippen und hellblauem Lidschatten über müden Augen. Die üppigen Formen der Dame waren in ein schwarzes Kostüm gezwängt, das recht streng hätte wirken können, wäre es über einem äußerst üppigen Busen nicht beängstigend tief ausgeschnitten gewesen.

Beck klappte seinen Mund zu und trat näher.

»Frau Müller-Langenhein?«

Die Dame lehnte sich in ihrem Stuhl zurück und lächelte träge.

»Die bin ich. Womit kann ich Ihnen behilflich sein?«

Hinter ihm erstickte Wagner fast an einem Hustenanfall, er konnte es ihm nicht verdenken. Die Dame war eine Überraschung. Ob eine positive, würde man noch sehen.

»Beck, Kriminalpolizei.« Er wedelte kurz mit seinem Ausweis, sie wedelte abwehrend zurück.

»Schon gut, ich glaub's Ihnen. Wer hat dieses Mal was geklaut? Oder sind es mal wieder Drogen?« Sie stand auf und bot ihnen in einer kleinen Sitzgruppe vor dem Fenster mit einer Geste Platz an.

»Es geht um Angelina Krüger, sie …« Beck nahm Platz.

»Moment. Krüger, Angelina? Ach, 10c. Die hat was ausgefressen? Das wäre neu.« Frau Müller-Langenhein setzte sich.

»Nein, das nicht, sie ist verschwunden, seit Sonntagnachmittag.«

»Oh Gott. Ist sie ausgerissen?« Die Schulleiterin richtete sich abrupt auf, jäh aus ihrer Routine im Umgang mit jugendlichen Kleinkriminellen gerissen.

»Wenn wir das wüssten. Wie kommen Sie darauf? Darauf, dass sie weggelaufen sein könnte?«

»Nun, ich habe mal ein halbes Jahr in dieser Klasse den Mathematikunterricht übernehmen müssen, der Kollege musste zur Kur. Ich hatte nicht den besten Eindruck von

Angelinas Familienverhältnissen. Die Mutter wirkte sehr, hm, unreif. Und Angelina wirkte oft bedrückt, viel zu erwachsen für ihr Alter, das ist ja häufig die Folge. Nettes Mädchen. Ich mochte sie damals.«

»Haben Sie den Eindruck gehabt, dass das Mädchen gemobbt wurde?« Wagner löste seinen Blick von den strammen Waden der Schulleiterin und brachte sich ein.

»Ja, allerdings, den hatte ich. Ich habe versucht, dagegen anzugehen. Aber das ist ein schweres Unterfangen. Mobbing und vor allem Cyber-Mobbing und seine Auswirkungen sind Teil unserer größten Probleme in der Schule heutzutage.«

»Wie hat sich das geäußert? Oder – woran haben Sie das gemerkt?«

Die Schulleiterin blickte ihm direkt in die Augen und er verstand, warum diese Dame Chefin einer so großen Schule war. Stahl blinkte durch die blitzblaue Iris und er war versucht, dem Blick auszuweichen.

»Woran ich das gemerkt habe?« Frau Müller-Langenhein lächelte milde. »Auch wenn die Kids glauben, sie wären wahnsinnig ausgeschlafen und wir Alten hätten sowieso alle Alzheimer, so was merkt ein erfahrener Lehrer. Das Schweigen in der Klasse, wenn man den Raum betritt, das unterdrückte Kichern, die roten Wangen, die kaum verdeckte Häme und dagegen das blasse Gesicht, die gebeugte Haltung und die niedergeschlagenen Augen des Opfers. Und die blassen Wangen hatte in dieser Klasse meistens Angelina. Nicht immer, aber meistens. Ich habe sie mir mehrfach nach dem Unterricht beiseitegenommen und versucht, mit ihr darüber zu sprechen. Aber die Demütigung ist so niederschmetternd, so umfassend und die Peergroup gleichzeitig so unglaublich wichtig, dass das Gelaber einer Alten, noch dazu einer Paukerin, nicht viele Wunden heilen kann.«

»Was kann man da tun, als Lehrkraft?« Beck war ehrlich interessiert. Konnte man etwas tun?

Die Schulleiterin lehnte sich zurück und strich sich eine Strähne aus der Stirn. »Nun, man muss versuchen, die Rollen aufzulösen, Opfer, Täter, Mittäter, Zuschauer. Die meisten Menschen denken, es ist damit getan, dem Opfer durch Zuspruch oder Strafen für die Täter zu helfen – weit gefehlt.« Sie seufzte.

»Sondern?« Beck beugte sich gespannt vor. Warum hatte in seinem Internat kein Lehrer eine Ahnung davon gehabt? Da hatte es von Opfern und Tätern nur so gewimmelt. Und von Beifall klatschenden Zuschauern.

»Man muss das ganze System erfassen, das heißt alle an dem Prozess Beteiligten, sonst schließt sich die Lücke nach der Intervention des Lehrers sofort wieder, alles rutscht auf den alten Platz.«

Beck nickte. Das war vorstellbar.

»Man muss also dem Täter die Macht entziehen, das Opfer stärken und den Zuschauern die Lust am Gaffen nehmen. Kein einfaches Unterfangen – das sage ich Ihnen.«

»Nein, das denke ich mir. Würden Sie sagen, dass Angelina Krüger ein Opfer war?«

»Aber ja. Ein ganz typisches.«

»Warum?« Unbehagen senkte sich drückend auf Becks Magen und er atmete aus.

»Nun, sie befand sich am Rand der Peergroup, da ihr sowohl die Aufwertung durch materielle Statussymbole als auch ein ›cooles‹ Aussehen fehlten.« Die Schulleiterin deutete Anführungsstriche in der Luft an.

»Warum? Weil sie ein bisschen mollig ist?« Beck vermied ein Abgleiten seines Blickes in Richtung der wohl gerundeten Hüften seines Gegenübers. »Sie ist doch recht hübsch?«

»Nicht in den Augen der heutigen Jugend, Herr Beck. Dazu gehören Size Zero, glatt gebügelte Haare, die neueste Designerjeans, Gelnägel und Wimpern-Extensions. Für all das fehlte Angelina das nötige Taschengeld.« Frau Müller-Langenhein hob in einer resignierten Geste die Arme. »So ist es nun mal.«

Wagner hustete. »Schöne neue Welt.« Er dachte ganz offensichtlich an seine eigene Tochter, die in dieser Barbie-World groß werden musste.

»Ja, vor allem für ein Kind wie Angelina, das zusätzlich auch noch keinen sozialen Rückhalt hatte. Armes Ding, dabei war sie so sympathisch.«

»War?« Beck zog eine Braue hoch. »Gehen Sie davon aus, dass Angelina tot ist?«

»Oh Gott, mir war gar nicht bewusst, dass ich das gesagt habe. Nein, eigentlich hoffe ich, dass sie nur abgehauen ist. Zu ihrem Vater vielleicht?«

Beck schüttelte den Kopf. »Nein, das haben wir natürlich schon überprüft.«

Die Frau senkte den Blick und strich ihren Rock glatt. »Hm. Das klingt nicht vielversprechend. Und der gute Julian? Julian von Eißen?«

»Ja? Was ist mit ihm?« Beck richtete sich auf.

»Nun, um mal in der Mobbing-Terminologie zu bleiben – er war der Täter. Hat das Mädel ausgenutzt und ausgelacht. Ein übler Knabe. Das darf ich als professionelle Erzieherin zwar nicht sagen, ich sag's aber dennoch.«

»Ja, das sehe ich auch so, verwöhnt.«

»Sein Vater ist von den Eskapaden seines Kronprinzen

wohl herzlich genervt, glänzt in der Erziehung aber meistens durch Abwesenheit. Aber seine Mutter, eine ehemalige Schönheitskönigin«, Frau Müller-Langenhein gönnte sich ein spöttisches Lächeln, »verwöhnt ihn nach Strich und Faden. Wir haben immer mal wieder Probleme mit ihm.«

»Ach ja? Welche denn?« Beck blickte zu Wagner und der zuckte mit einer mageren Schulter.

»Er ist hier auf dem Schulhof der Leader of the Gang und das nutzt er weidlich aus. Er lässt sich Hausaufgaben schreiben, geht mit den naiven Mädchen ins Bett, die sich ihm quasi dort hineinlegen, und er mobbt gern, spielt Machtspielchen. Immer im Hintergrund, immer schlecht nachweisbar. Für die schmutzigen Geschäfte wie Prügeleien oder Erpressungen hat er seine Willis.«

»Netter Bengel.« Beck dachte an einen Jungen aus seinem Internat, an dessen Stelle er damals immer gern gewesen wäre – ein ähnlich verzogener Spross einer wohlhabenden Familie. Geld verdirbt den Charakter – hieß es nicht so? Sein eigenes Vermögen reichte wohl nicht aus, um einen Charakter zu verderben. Oder doch? War er verwöhnt? Wenn ja, von wem? Von seinem Vater bestimmt nicht, diesem gleichgültigen, kalten …

»… Verschwinden zu tun hat.«

»Was?!« Er schreckte aus den unerfreulichen Betrachtungen seiner Vergangenheit auf und sah verwirrt in die Runde. Wagner grinste, der kannte das schon, dass sein Chef zeitweise wegtrat.

Die Schulleiterin musterte ihn befremdet. »Julian! Ich glaube nicht, dass er etwas mit Angelinas Verschwinden zu tun hat.«

»Ich bin mir da nicht so sicher.« Beck dachte an einen

äußerst tragischen Fall, den er noch in Berlin bearbeitet hatte – ein Mädchen war von fünf Klassenkameraden vergewaltigt und dann getötet worden.

»Die haben doch heute keine Hemmschwelle mehr, bei all den Sex- und Ballerspielen, mit denen sie ihre Kindheit verbringen.« Ausnahmsweise sprach Wagner einmal aus, was auch Beck dachte.

Er nickte bestätigend. »Oder sehen Sie das anders, Frau Müller-Langenhein?«

»Nein, aber das ist natürlich nicht der einzige Grund. Denen fehlt heute einfach oft die Reibefläche, Rebellion gegen die Eltern, zumindest, was Normen und Verhaltensregeln der älteren Generation betrifft. Wogegen sollen sie rebellieren? Schon ihre Großeltern waren cooler als sie, haben ihre BHs verbrannt und sich bei Woodstock mit Schlamm beschmiert und Cannabis gekifft. Und ihre Eltern sind genauso jung und hip wie ihre Kids – meinen sie jedenfalls. Die dürfen alles und ihre Eltern haben für alles Verständnis, weil sie selber nie erwachsen geworden sind. Was soll eine Jugend zur Abgrenzung tun, die auf Social Media mit ihren eigenen Eltern befreundet sein muss?«

»Das kann doch keine Entschuldigung für Mobbing, Amokläufe und Mord sein!« Beck schüttelte sein alterndes Haupt.

»Nein, natürlich nicht! Aber in diese Gewaltspiele flüchten sie halt mangels einer echten Möglichkeit zur Randale. Und verlieren dabei die Grenze zur Realität, jedenfalls manche gefährdeten Kids.«

Beck nickte. »Wir würden gern nach dem Unterricht mit einigen Mitschülern von Angelina sprechen. Wäre das möglich? Vielleicht ein, zwei Mädchen und einige der Jungen, die zu Julians Gefolge gehören.«

Die Schulleiterin nickte. »Ja, das macht Sinn. Sie können in unseren kleinen Konferenzraum gehen, ich veranlasse, dass die Jugendlichen zu ihnen gebracht werden. Es wäre aber gut, wenn Sie noch warten könnten, bis die Nachmittagsfreizeit beginnt, sonst bekommen alle mit, dass was läuft. Aber erwarten Sie nicht zu viel. Es wäre möglich, dass Sie kein Wort aus ihnen herausbringen. Nicht eins.«

*

Es stimmte. Nun hatte sie es schwarz auf weiß in Form eines undefinierbaren, abstrakten Abbildes ihrer aus der Kontrolle geratenen Gebärmutter. Sie war schwanger, Tante Doktor hatte es gesagt, also musste es stimmen. Sie saß in ihrem Auto und stierte seit gefühlten Stunden auf das Foto ihres Kindes. Sie wurde Mutter. Und was noch viel schlimmer war – Giovanni wurde Vater! Nach genau sieben Monaten Beziehung, er würde überglücklich sein. Erneut begannen die Tränen zu fließen. Was sollte sie nur anfangen mit diesem Baby? Sie musste doch arbeiten. Unmöglich konnte sie Asta schon wieder ein Kind aufbürden, das nicht das ihre war, hatte sie selbst doch schon Astas gesamte Jugend in Anspruch genommen. Nein, sie würde erst mal bei dem Kind zu Hause bleiben müssen.

Sie war schon in der 14. Woche, das hieß, sie hatte es bereits nach knapp vier Monaten Beziehung geschafft, schwanger zu werden und dann noch drei Monate zu blöd zu sein, es zu merken. Ihre Ärztin hatte zwar gesagt, dass es sehr häufig vorkomme, dass Frauen ihre Schwangerschaft nicht bemerkten, zumal sie ja auch noch regelmäßige Blutungen gehabt hatte – auch das war typisch, noch nicht einmal die Vorteile einer Schwangerschaft konnte sie auskosten, aber trotzdem. Es war schon ein richtiges Baby da drin. Sie strich sich über ihren unzuverlässigen Bauch, der sich sonst schon nach dem Genuss einer Kartoffel wölbte wie ein Fässchen, aber das Wachstum eines Kindes nicht anzeigte. Der sah doch aus wie immer, oder? Sie knöpfte ihre Jeans auf und sah hinein. Ne, ganz normal dick.

Jemand klopfte an ihre Autoscheibe und sie schrak so sehr zusammen, dass sie mit ihrem Ellenbogen an die Gangschaltung knallte. »Auuuu!«

»Hallo?! Können Sie bitte wegfahren? Sie stehen auf einem Anwohnerparkplatz!«

Sie sah der älteren Dame in die wässrigen blauen Augen und hätte ihr am liebsten die Zunge herausgestreckt. Na und? Ich bin schwanger! Ich genieße Sonderrechte!

Stattdessen hoffte sie, dass die Dame nicht gesehen hatte, dass sie in ihre offene Hose geschaut hatte, und zog unauffällig ihren Parka wieder nach unten.

»Entschuldigung, ich wollte sowieso gerade fahren!« Oder musste sie jetzt sagen: »Wir wollten gerade fahren?«

Sie startete den Wagen und fuhr vorsichtig aus der Parklücke. Das Kind brauchte ja auch ein Zimmer! Oh Gott, hoffentlich erfror das nicht in dieser kalten Bude. Es musste ein Zimmer bekommen, das zusätzlich zur altersmaroden Heizung einen offenen Kamin hatte, so wie ihr Schlafzimmer.

Das kleine Gästezimmer? Das lag gleich neben ihrem Schlafzimmer und sie nutzten es sowieso kaum. Wie sie es wohl herrichten würde? Asta würde ihr bestimmt helfen, so viel war klar, ihre Tante hatte ein Händchen für Interieur. Ein himmelblaues Stubenwägelchen tauchte in ihrer Vorstellung auf und sofort traten Tränen in ihre allzeit bereiten Augen. Das musste doch mal wieder aufhören mit dieser ewigen Heulerei! Ging das etwa noch sechs Monate so weiter? Schniefend wischte sie sich die Hormontränen von den Wangen und bog auf die Landstraße nach Avessen ein. Sie passierte die Brücke über den kleinen Fluss, der am Rande des Elms fröhlich dahinplätscherte, und in diesem Moment trat die Sonne hinter den Wolken hervor, die den ganzen Vormittag den Sommerhimmel getrübt hatten. Sofort leuchtete das Grün der Buchen auf und das pinkfarbene Springkraut hob sich filigran vor dem dunkleren Hintergrund des Waldes ab. Der Ruf eines Eichelhähers drang durch ihr geöffnetes Wagenfenster und das Klopfen eines Spechtes hallte heran.

Sarahs Herz hob sich und ein Schleier wurde von ihrer Seele gezogen. Die Welt schien plötzlich bunter, leichter und froher. Es war, als riefe ihr der Wald zu: Hier ist das Leben! Das Leben ist schön! Sie lächelte und Freude über das kleine Wesen in ihr wallte auf. Trotzig hob sie das Kinn und fasste das Lenkrad fester. Giovanni konnte sie mal! Hau doch ab, du Schönling! Ich schaff das auch ohne dich!

Hoffentlich hatte das Kind Giovannis hellblonde Haare und diese wunderbaren gletscherblauen Augen. Auch hatte er so wunderbar lange Wimpern ... Sie seufzte und schob den Gedanken an ihren wunderschönen Liebhaber beiseite. Egal wie das Kind aussah, sie würde es lieben. Lieben. Lieben, lieben. Niemals sollte ihr eigenes Kind die Gleichgültigkeit erleiden, die ihr Vater ihr nach dem Tod der Mutter entgegengebracht hatte. Ihre Ärztin hatte gesagt, beim nächsten Ultraschall könne man dann ziemlich sicher sehen, ob das Kind ein Mädchen oder ein Junge war. Wie sollte sie das aushalten? Am liebsten wäre sie gleich losgezogen und hätte kleine Strampler und Hemdchen gekauft. Hach.

Aber wie das alles gehen sollte, wusste sie immer noch nicht. Und vor allem wusste sie nicht, was Giovanni dazu sagen würde. Angst senkte sich auf sie herab und umklammerte ihren Brustkorb. Sie wollte ihn noch nicht verlieren, sie war noch nicht bereit. Und sie wollte ihr Kleines nicht allein aufziehen, dieses Kind sollte einen Vater haben! Und wenn es nur am Wochenende war.

Sie fuhr in Avessen ein und trat abrupt auf die Bremse. Da winkte ein Kind. Es war Philipp! Was war denn nun wieder los? Warum saß der nicht zu Hause an seinen Hausaufgaben? Sie hielt an und fuhr an die Seite.

»Was gibt's denn, Philipp?« Ihr Atem beschleunigte sich, hoffentlich war nichts mit Angelina passiert.

»Kannst du mal mitkommen, Frau Dittmann? Mama geht's nicht gut, ich wollte eigentlich gerade zu Farid und seine Mutter fragen, ob sie kommt.« Philipp hob seine besorgten blauen Augen zu Sarah und blinzelte.

»Ist Katja krank? Was ist denn los?« Sarah winkte den Jungen neben sich in das Auto und wartete, bis er sich angeschnallt hatte.

»Ich weiß nicht, sie ist so komisch. Sie weint die ganze Zeit und steht nicht auf.«

Sarah unterdrückte ein Stöhnen. Jetzt nahm sich diese Frau auch noch ihre Depression, statt sich um ihr verbliebenes Kind zu kümmern. Mein Gott, der Kleine brauchte doch jetzt alle Zuwendung, die er bekommen konnte!

»Ist Mama krank?« Philipps Stimme zitterte.

Sarahs Herz floss über vor Mitleid mit diesem gebeutelten kleinen Bengel. »Nein, ich glaube nicht. Ich glaube, sie ist nur furchtbar traurig wegen Angelina. Mach dir keine Sorgen.«

Sie hielt vor dem kleinen Häuschen der Krügers und stieg aus.

»Hast du einen Schlüssel?«

Philipp nickte und holte ihn schon unter dem Hoodie hervor. Sarah folgte Philipp in den langen schmalen Flur.

»Sie ist im Schlafzimmer.« Philipp deutete auf die letzte Tür und ließ Sarah vorgehen.

Vorsichtig drückte Sarah die Tür auf und zuckte zurück, als sie den schweren Alkoholdunst wahrnahm, der die Luft des abgedunkelten Raums schwängerte. Unterdrücktes Schluchzen drang unter dem schweren Federbett hervor, das, der Jahreszeit nicht ganz angemessen, auf dem nur einseitig bezogenen Doppelbett lag.

Sarah ging zum Fenster, riss in gerechtem Zorn die Vorhänge auf und öffnete die Läden. Sie trat an das Bett und zog die Decke vorsichtig ein wenig beiseite. Eine vollkommen verheulte, aufgelöste Katja wurde sichtbar, mit fast schwarzen Schatten unter den Augen.

»Geht weg! Lasst mich in Ruhe! Haut ab!« Katjas hohe Stimme schrillte in hysterischem Crescendo, Sarah sah sich nach Philipp um. »Philipp, geh mal in dein Zimmer und mach Hausaufgaben, ich kümmere mich hier schon um deine Mama.«

Dieses Drama brauchte er sich nicht auch noch anzutun. Der Kleine nickte erleichtert und huschte in den Flur zurück.

Katja hatte sich wie ein Fötus im Bett zusammengekrümmt und schluchzte laut in ihr Kopfkissen.

Sarah versuchte, ihren Widerwillen im Zaum zu halten, und beugte sich hinunter. Vorsichtig legte sie Katja eine Hand auf die Schulter, fuhr aber erschrocken zurück, als diese anfing zu schreien, als habe sie ihr ein Messer in die Seite gestoßen. »Geh weg! Geh weg! Geh weg!«

Die war vollkommen durchgeknallt, da musste ein Arzt

her. Die musste eine Spritze bekommen oder irgendwas. Sie verließ fluchtartig das übel riechende Zimmer und rief ihren eigenen Hausarzt an, der im Nachbardorf praktizierte, und bat ihn, so schnell wie möglich herzukommen.

Besorgt ging sie zu Philipps Zimmertür und klopfte leise an. »Philipp? Kann ich hereinkommen?«

Keine Antwort. Vorsichtig drückte sie die Klinke hinunter und sah ins Zimmer. Der Kleine lag auf seinem Bett und hatte den Kopf unter das Kopfkissen gesteckt, die Hände an den Ohren, damit er die irren Schreie seiner Mutter nicht hören musste. Armer Kleiner, seine ganze Welt war zusammengebrochen.

Sie setzte sich auf die Bettkante und strich über Philipps mageren Rücken.

»Ich habe den Arzt angerufen, Philipp, das wird schon wieder. Sie macht sich halt große Sorgen.«

Philipp richtete sich auf und rieb sich die verweinten Augen. »Ich mache mir auch große Sorgen und schreie hier nicht so rum. Warum ist sie bloß immer so … so …?« Er schüttelte den Kopf und unterdrückte ein Schluchzen.

So wenig mütterlich? Sarah seufzte und sah sich in Philipps Zimmer um, auf der Suche nach irgendeinem Trost für den Jungen. Der Raum war freundlich und bunt eingerichtet, unaufgeräumt zwar, aber welches Zimmer eines Zehnjährigen war das nicht? Katja hatte sich hier Mühe gegeben, so viel stand fest. Auf dem Bett lag fröhliche Piratenbettwäsche und bunt gestreifte Vorhänge säumten die Sprossenfenster, die in einen ungepflegten Garten wiesen. Ein Fernseher und die obligatorische Xbox rundeten das Bild ab, Philipp war mit allem ausgestattet worden, was ein Kind heutzutage zu seinem Glück brauchte. Nur mit zuverlässiger Zuwendung nicht, aber die war ja heute sowieso Mangelware. Ihre Gedanken glitten zurück zu dem kleinen Leben, das in ihr wuchs, und unwillkürlich legte sie eine Hand auf den Bauch. Ob sie das schaffte? Es schaffte, einem Kind das Gefühl zu geben, immer auf sie zählen, immer ihrer tiefen, unverbrüchlichen Liebe sicher sein zu können? Konnte man das vermitteln, mit so einer Geschichte wie der ihren? Zweifel ließen ihre Brust eng werden und sie räusperte sich laut.

»Ist Angelina tot, Frau Dittmann? Ja, oder?« Philipp richtete sich auf und sah Sarah aus verweinten Augen an.

»Warum denkst du das?« Betroffen wich Sarah einer Antwort aus. Sie wusste es nicht. Sie hatte mal von einer Hellseherin gelesen, die in den USA half, vermisste Personen aufzuspüren. Ob es so etwas in Deutschland auch gab?

»Ich weiß nicht. Wenn sie noch leben würde, hätte sie mich doch mal anrufen können. Ihr Handy ist weg, das hat sie mit.«

Sarah dachte daran, dass auch die Polizei verzweifelt versucht hatte, dieses Handy zu orten – vergeblich, es war wohl ausgeschaltet. Kein gutes Zeichen wahrscheinlich.

»Vielleicht hat sie Angst, dass du eurer Mutter sagen würdest, wo sie ist? Weißt du, große Schwestern geben manchmal nicht so viel auf die Verschwiegenheit ihrer kleinen Brüder.«

Philipp schüttelte energisch den Kopf. »So war Angie nicht. Ich verstehe das nicht. Warum hat sie mich nicht mitgenommen? Sie hat immer gesagt, sie nimmt mich mit. Vielleicht hat's ihr einfach gereicht, dass sie sich ständig um mich kümmern musste, weil Mama …« Philipp unterbrach sich und suchte offensichtlich nach einer Formulierung, die seine Situation beschrieb, ohne seine Mutter herabzusetzen.

»Mal wieder keine Zeit für euch hatte?« Sarah half ihm, die gelegentliche Ignoranz seiner Mutter höflich zu umschreiben. Keine Zeit! Katja war arbeitslos! Nichts hätte ihrer Fürsorge für ihre zwei wunderbaren Kinder im Weg stehen sollen.

»Ja. Oder einen Freund hatte, den wir blöd fanden. Der letzte war ganz okay, Thomas. Angie mochte ihn. Sie hat sich oft mit ihm unterhalten.« Philipp zuckte mit einer mageren Schulter. Offensichtlich hatte der Mann vor seinen kritischen Augen nicht ganz so gut bestanden.

Sarah ignorierte das ungute Gefühl, das sie beschlich. Sie strich Philipp noch einmal über den Wuschelkopf, obwohl sie wusste, dass Jungs so etwas hassten, und stand auf. »Ich schau mal, ob der Arzt kommt, er wollte gleich hier sein.« Sie floh, weil sie nicht wusste, was sie diesem Kind Tröstliches sagen sollte. Es gab nichts.

Sie öffnete die Haustür in demselben Moment, in dem Dr. Pedersen die Klingel drückte.

»Ach, wie von Zauberhand öffnet sich mir die Türe.« Der Arzt lächelte sie freundlich an und strahlte eine beruhigende Normalität aus, die von seinem reizenden dänischen Akzent noch verstärkt wurde. Er war einer von den Guten, von der bunten Seite des Lebens.

Erleichtert lächelte sie zurück und reichte ihm die Hand. »Dr. Pedersen, ich bin Ihnen sehr dankbar, dass Sie so schnell gekommen sind. Es ist wirklich ein Notfall.«

Sie ging voraus, um dem Arzt den Weg zu Katjas Schlafzimmer zu weisen.

»Ja, ich habe es schon gehört, alles, schlimme Geschichte, das.«

Stumm deutete Sarah auf das Bett, unter dessen Federbett Katja wieder vollkommen verschwunden war. Sarah verließ den Raum und zog die Tür hinter sich zu. Puh. Hoffentlich brachte der das irgendwie wieder in Ordnung.

Sie trat in die Küche und setzte Milch auf. Heißer Kakao, das war immer das Trostmittel ihrer Kindheit gewesen und noch heute kochte die liebe Asta ihr einen Becher, wenn es ihr schlecht ging. Sie suchte in dem überfüllten Vorratsschrank herum, bis sie eine verstaubt aussehende Packung fand. Die Schublade quoll über von abgelaufenen Lebensmitteln, genau wie ihr eigener Vorratsschrank. Ein Wunder, dass sie noch keine Ratten in der Küche hatte, Schlampe. Das musste sich jetzt auch alles ändern, wenn sie … wenn sie die Verantwortung für ein Kind trug. Alles musste sich ändern, würde sich ändern. Sie rührte das Pulver in die heiße Milch und trug den Becher durch den Flur in das Jungenzimmer, in dem Philipp inzwischen die Xbox angeworfen hatte und Super Mario über den Bildschirm hüpfen ließ.

»Ich habe gedacht, ein Kakao tut dir vielleicht gut.« Sie setzte sich neben Philipp und sah den bunten Figuren zu, die in wilder Jagd verrückte Hindernisse nahmen.

»Oh, danke. Lecker.« Philipp nahm den Kakao entgegen und trank einen großen Schluck. Resigniert deutete er auf den Bildschirm. »Mama lässt mich immer nur solche Babyspiele spielen. Bei Farid …« Er brach ab, als ihm einfiel, dass er mit seiner Lehrerin sprach.

»Bei Farid spielt ihr Ballerspiele, die Jürgen ihm schenkt. Richtig?«

Philipp grinste und nickte. »Sie müssen jetzt nicht austicken, Frau Dittmann, wir wissen, dass wir das in Wirklichkeit nicht dürfen. Sonst laufen wir Amok, so wie die Kinder in Amerika.«

Sarah nickte. Etwas vereinfacht, aber wahr. »Ja, so ungefähr. Gewalt ist Gewalt, auch auf dem Bildschirm. Ich weiß wirklich nicht, was ihr Jungs daran so toll findet, wenn das Blut spritzt.« Sie seufzte.

»Weil Sie ein Mädchen sind. Die verstehen das eben nicht.«

Es klopfte an der Tür und Sarah sprang auf. Dr. Pedersen winkte sie aus dem Zimmer heraus. Also war wohl nicht alles gut.

»Also, Frau Krüger ist sehr, sehr … aufgebracht und schläft jetzt, ich habe ihr eine starke Beruhigungsspritze gegeben. Sie wird jetzt mehrere Stunden schlafen, aber … Sie ist auch sehr dehydriert, anscheinend trinkt sie nicht genug.«

Sarah unterdrückte das »jedenfalls kein Wasser«, das ihr auf der Zunge lag.

»Ihr Gewicht ist auch erschreckend gering, soweit ich das schätzen kann. Es wäre besser, sie käme in ein Krankenhaus, wo man sie überwachen kann. Es geht ihr psychisch und physisch gar nicht gut.« Er steckte ein Stethoskop zurück in seine schwarze Ledertasche, die genauso aussah wie die des Arztes einer Landarztserie, die Asta gerne sah. Dr. Pedersen bemerkte ihren Blick und lachte. »Vintage, hat mir meine Frau zum Geburtstag geschenkt. Wenn schon Arzt auf dem Land, hat sie gesagt, dann auch eine richtige altmodische Arzttasche. Ich liebe sie.«

Sarah strich über das vom Alter weiche Leder und lächelte mühsam.

»Hübsch, ja. Aber was ist mit Philipp? Der kann doch nicht allein hierbleiben?«

Der Arzt sah sie besorgt an. »Gibt es keine Verwandten? Einen Vater?«

Sarah zuckte mit den Schultern. »Sicher gibt es irgendwo auch einen Vater, aber ich kenne ihn nicht. Frau Krüger ist alleinerziehend. Die Oma ist vor ein paar Jahren gestorben. Da ist niemand.«

Dr. Pedersen schwieg und blickte in Richtung des Schlafzimmers, hinter dessen Tür jetzt absolute Stille herrschte. »Wenn Sie mich fragen, ist die Frau momentan nicht in einem Zustand, in dem sie ein Kind versorgen kann. Sie sind doch seine Lehrerin, nicht wahr?«

Sarah ahnte, was jetzt kommen würde. »Ja, das bin ich.«

»Dann hat er Vertrauen zu Ihnen. Könnten Sie nicht … Ich meine, nur für ein paar Tage? Ihn zu sich nehmen, meine ich?«

Zögernd ergab sich Sarah in ihr Schicksal. Was blieb ihr auch anderes übrig? Mit Unbehagen dachte sie an eine ähnliche Situation im letzten Jahr, als sie die Tochter ihrer ermordeten Freundin bei sich aufgenommen hatte. Was hatte sie nur an sich? Schon wieder eine verlorene Kinderseele, die von ihr eingesammelt wurde.

Sie nickte und sah den Arzt an. »Gut. Für ein paar Tage. Aber wenn Katja wieder einigermaßen hergestellt ist, muss sie übernehmen. Er braucht seine Mutter, auch wenn sie nicht immer … nicht immer so fürsorglich ist, wie man sich das wünschen würde.«

»Schön. Dann komme ich heute Abend zurück und rede mit Frau Krüger. Ihre Einweisung in das Krankenhaus werde ich vorbereiten, ich hoffe, sie wird zustimmen.«

Er tippte sich altmodisch an einen nicht vorhandenen Hut und schloss die schwere alte Haustür leise hinter sich.

Sarah fuhr sich durch die wirren Haare und stöhnte auf. Hier steh ich nun, ich armer Tor … Nun hatte sie eher ein Kind als gedacht.

Wie schön, da konnte sie schon mal üben.

*

»Komische Schulleiterin, wenn Sie mich fragen.« Wagner lehnte sich weit aus dem Fenster und paffte den Rauch seiner Zigarette in die laue Sommerluft.

»Ich frage Sie aber nicht.« Beck ärgerte sich über den Rauchgeruch, der selbstverständlich dennoch in das Wageninnere drang, und bog ein wenig zu schnell auf den Neustadtring ein, sodass Kollege Wagner gegen die Wagentür fiel.

»Hallo? Können Sie vielleicht mal ein bisschen sozial verträglicher fahren?« Wagner schüttelte sein ergrautes Haupt und fixierte Beck von der Seite.

»Ne, das habe ich von Ihnen gelernt. Was soll denn schon komisch gewesen sein an der Frau?«

»Jetzt fragen Sie mich ja doch!« Wagner war immer für Genauigkeit. Nervtötend, diese Klugscheißerei.

»Vielleicht wird man komisch, wenn man Tag für Tag mit diesen arroganten Gören arbeiten und ihnen Mathematik in das von einer Konsole vernebelte Hirn hämmern muss.« Beck dachte zurück an die Befragung der Schülergruppe aus Angelinas Klasse. Viel mehr als verstocktes Schweigen und genervtes Augenrollen war dabei nicht herausgekommen. Die drei Jungs, die die Schulleiterin als die Hofschranzen von Julian bezeichnet hatte, hatten schulterzuckende Unwissenheit bekundet, Julian selbst war gar nicht da gewesen, krank, so hatte es geheißen.

»Wir kommen fast bei mir vorbei. Können wir mal einen kleinen Umweg fahren? Ich habe nicht genug Zigaretten dabei.« Wagner knisterte mit seiner fast leeren Schachtel.

»Dann üben Sie sich mal schön in Selbstbeherrschung«, sprach Beck und bog brav in die Hansestraße, die zu Wagners Wohnung am Rande der Nordstadt führte. Wieso der noch vor dem Mittagessen, das sie gemeinsam bei einer für ihr gesundes und kalorienarmes Essen bekannten Fastfood-Kette einnehmen wollten, einen Zigarettennachschub brauchte, war unklar. Besser, man fügte sich, ohne zu fragen.

Wagner blies befriedigt weiterhin den Rauch über den Umweg der Außenluft in das Wageninnere. Beck hustete demonstrativ, was seinen Kollegen ungefähr so viel interessierte wie die Abholzung des Regenwaldes.

»Halten Sie! Halten!«

Beck trat unwillkürlich so scharf auf die Bremse, dass Wagners Fluppe in hohem Bogen davonflog – nicht, dass das ein Verlust gewesen wäre – und der Wagen hinter ihm mit quietschenden Reifen noch eben den Abstand wahren konnte.

Beck hob entschuldigend die Hand. »Sagen Sie mal, geht's noch? Ich …«

»Schnell, da ist sie! Ich habe sie gesehen!« Wagner wedelte wild mit einer knochigen Hand vor Becks Nase herum. »Biegen Sie da ab, links, schnell.«

»WEN denn? WEN haben Sie gesehen?« Beck bog ab und suchte mit den Augen die kleine Straße ab, die zum Hafen hinunterführte.

»Wen wohl? Marilyn Monroe natürlich! Die Krüger, Angelina! Da lief sie eben. Ich bin mir sicher! Dieses rötliche Haar, die Statur …« Wagner klang ernsthaft aufgewühlt, was normalerweise nur auftrat, wenn seine Zigaretten zur Neige gingen.

»Wo denn? Ich sehe niemanden!« Becks Augen irrten zwischen den riesigen Kränen des kleinen Braunschweiger Binnenhafens umher. Nichts.

»Jetzt sehe ich sie auch nicht mehr.« Wagner bedeutete Beck, auf den Parkplatz zu fahren, und hastete, noch bevor sein Kollege angehalten hatte, aus dem Wagen.

Er eilte davon, ohne auf Beck zu warten, der in seiner Eile, Wagner einzuholen, an der Türschwelle des Dienstwagens hängen blieb und auf den Asphalt schlug wie ein kleiner Junge auf dem Fußballplatz. Fluchend erhob er sich und lief hinter Wagner her, ohne sich seine gute Hose abzuklopfen.

Er rannte an den hohen Silos und Speichern vorbei, deren leere Frachthaken vor dunklen kleinen Luken baumelten. Möwen kreischten und zischten, in der Hoffnung, bei ihm Futter zu ergattern, haarscharf an seinem Gesicht vorbei. Hitchcock hätte es nicht besser inszenieren können. Wagner lief in einem Affenzahn vor ihm her und bog in eine enge Gasse, in der anscheinend auch die Hafenbahn fuhr, schmale Schienen zogen sich unter seinen Füßen entlang. Er hoffte nur, dass sie ihm jetzt nicht gerade entgegenkam.

Vor ihm blieb Wagner keuchend stehen und sah an der Fassade eines Speichers empor, der schon bessere Tage gesehen hatte. Seine vielen Fenster blickten wie tückisch zusammengekniffene Hexenaugen auf sie herab. Beck stieg eine schmale Metalltreppe hoch und rüttelte an der Tür. Verschlossen, natürlich.

»Sind Sie sicher, dass sie es war? Und dass sie hier, in dieser Gasse verschwunden ist?«

»Ersteres nein, Letzteres ja. Sie kann nur hier hineingegangen sein, denn sie war plötzlich von der Hauptzufahrt wie vom Erdboden verschluckt!«

Beck legte ein Ohr an die Stahltür und lauschte. Nichts. Keine Schritte, Schreie oder sonst etwas.

»War sie allein, die Person, die Sie gesehen haben?«

Wagner schüttelte den Kopf. »Nein. Es war ein Mann dabei. Er war größer als die weibliche Person und trug einen dunklen Mantel oder eine Jacke mit Kapuze. Er hatte den Arm quer über ihren Rücken gelegt, als würde er sie führen – oder vorwärtsschieben.« Wagner wischte sich über die Stirn und sah Beck an. »Ich schwör's Ihnen – sie kann es gewesen sein. Das Haar, die Größe, bisschen mollig und der Mantel war grün – genau wie Frau Krüger es sagte. Olivgrün.«

Beck nickte. Laut Personenbeschreibung hatte Angelina einen langen Parka getragen. Er hatte sich noch amüsiert, dass die wieder in waren. Jetzt fand er gerade überhaupt nichts Lustiges mehr daran.

Er sah noch einmal an der abweisenden Fassade des alten Speichers hoch und wandte sich zum Gehen. »Ich gehe zur Verwaltung. Da wird ja wohl jemand wissen, wie man in diesen Speicher kommt. Sie bleiben hier, falls die wieder rauskommen.«

Wagner nickte, ausnahmsweise ohne Widerworte.

Beck eilte den Weg zurück in Richtung seines Dienstwagens, in dessen Rücken er ein großes Gebäude ausgemacht zu haben glaubte. Ja, tatsächlich, das sah mit der typischen Glasfront ganz wie ein Verwaltungsgebäude aus. Er schritt durch die wie von Geisterhand aufschwingende Doppelflügeltür und sah sich in der Empfangshalle um. Niemand. Der Tresen schien verwaist und auch im Stockwerk darüber vernahm er keinen Laut. Das war hier ein Geisterhafen, Captain Sparrow hätte seine Freude daran gehabt.

Er schritt dennoch die Treppe hinauf – den Fahrstuhl wagte er nicht zu benutzen, wer wusste, was ihn darin erwartete – und sah sich oben in dem langen Flur um. Aufs Geratewohl klopfte er an die erste Tür, und siehe da, eine menschliche Stimme erklang. Er öffnete die Tür und tauchte in die willkommene Normalität eines Büros mit seinen Aktenordnern, Kaffee- und Staubgerüchen und einer Brünetten vor dem Monitor ein. Letztere begrüßte ihn freundlich und erhob sich.

»Wie kann ich Ihnen helfen?«

Er zückte seinen Ausweis und erläuterte sein Anliegen. Die Frau runzelte die Stirn. »Hm, der alte Speicher. Da weiß ich aber gar nicht, ob ich da jetzt an den Schlüssel komme, den hat immer unser Lagerchef und der ist im Urlaub. Warten Sie mal.« Sie ging in ein angrenzendes Büro und kramte geräuschvoll in einer Schublade. »Ich habe ihn!«

Sie kam wieder zurück und hielt triumphierend einen riesigen, leicht angerosteten Schlüssel hoch. Wenn Hogwarts einen Schlüssel gebraucht hätte, so hätte er dann wohl ausgesehen.

»Kommen Sie allein zurecht?« Die Sekretärin schaute ihn zweifelnd an. »Ich kann hier nämlich heute schlecht weg, wir sind stark unterbesetzt wegen Urlaub.«

»Ja, schon gut. Wenn wir Probleme bekommen, rufen wir die Polizei.« Beck zwinkerte ihr lächelnd zu.

»Die P… Ach, ich verstehe, Sie scherzen!« Die Frau lachte und zwinkerte zurück.

Beck winkte eilig und sah zu, dass er Land gewann. Mit diesem dämlichen Witz konnte man doch immer punkten.

Er hastete den Schienenweg zurück und sah Wagner ungeduldig und – natürlich – quarzend vor dem Speicher auf und ab gehen.

»Na endlich!«

»Da war keiner! Am gesamten Braunschweiger Hafen arbeitet nur eine einzige Frau.« Beck schraubte kurzatmig den Riesenschlüssel knirschend in ein ebensolches Schloss und öffnete die Tür. Feuchte Modrigkeit waberte aus dem

Dunkel. Er nahm seine Taschenlampe, die er immer in einer Manteltasche mit sich trug, und suchte neben der Tür nach einem Schalter. Bingo, mehrere Neonröhren flammten zuckend auf, eine verlosch gleich wieder. Feuchte Wände wurden in das kalte Licht getaucht, eine bucklige Ratte huschte in den Schatten und man hörte Wasser tropfen. Entzückend.

Tapfer wagte er sich in die riesige Halle hinein, die anscheinend nicht mehr genutzt wurde, und sah sich nach Wagner um.

»Ich komme, Chef, Sie müssen sich nicht fürchten.« Wagner lachte gemein, was sofort vom Universum mit einem rasselnden Hustenanfall bestraft wurde. Prima, wenn sich hier wirklich jemand versteckt hielt, dann wusste er spätestens jetzt, dass sich jemand näherte.

Er ging weiter hinein und sah sich um. Leere, ein paar Kisten, Schläuche …

Ein erstickter Laut ließ ihn herumfahren, bevor ein unglaublicher, explodierender Schmerz seinen Schädel bersten ließ und eine tiefe Schwärze sich über sein Bewusstsein legte.

Jetzt sterbe ich, dachte er, während alles versank.

KAPITEL 6

Abschätzig betrachtete Sarah die Risse an der Decke im kleinen Salon. Hier sollte Philipp schlafen, solange sie sich um ihn kümmern musste, und ihr kleines Würmchenkind sollte ihm ja später folgen. Gott, vorher musste sie renovieren. Wie sah das denn alles aus?

Resigniert zuckte sie mit einer Achsel und wandte sich zu Philipp um. »Tja, Phil, sicher nicht ganz das, was du dir so vorgestellt hast – WLAN hast du hier nicht, aber es ist ja auch nicht für lange!«

Ihr Schüler hatte sich schon auf das Himmelbett geworfen und probierte die Federung der Matratze aus.

»Wieso?! Ist doch geil! Spukt's hier auch?«

Sarah lachte erleichtert auf. »Nicht dass ich wüsste, es sei denn, du zählst deine alte Lehrerin im Nachthemd auch zu den Gespenstern!«

Philipp kicherte und wippte auf der knarrenden Matratze. »Nö! Du bist doch nicht gruselig, Frau Dittmann!«

Sarah lächelte geistesabwesend und betrachtete sich in dem matten, von goldenen Putten umwimmelten Spiegel, der schon das Spiegelbild einer der Maitressen des letzten deutschen Kaisers zurückgeworfen hatte, so hieß es. Sie drehte sich zur Seite und besah sich ihren Bauch. Doch, der war schon ein bisschen dicker geworden, oder?

»Ich hab Hunger!« Philipp hatte sich aufgerichtet und rieb sich seinen vollkommen flachen Bauch.

Wie auf ein Stichwort schwang die Tür auf und Asta trat in den Salon, in den Armen frische Bettwäsche. »Hunger?«

»Ja, ganz dolle, auf einmal!« Philipp gab demonstrativ ein lautes Stöhnen von sich.

Asta legte die Bettwäsche auf einem altersschwachen Ohrensessel ab und überlegte.

»Hm. Ich habe noch Pizza eingefroren, wäre das was?«

»Ja! Pizza ist toll!« Philipp hüpfte auf der Matratze herum, als gäbe es einen Preis für den höchsten Sprung.

Sarah nickte Asta zu. »Ich beziehe das Bett und du versorgst den hungrigen Wolf hier mit Nahrung.« Sie schlug schnell die Augen nieder, um Astas prüfendem Blick auszuweichen.

»Okay. Kommen Sie, Herr Krüger, wir gehen rüber in die andere Küche. Frau Dittmann hat höchstens eine Tiefkühlerbse im Gefrierfach.« Sie zwinkerte ihrer Nichte zu und verschwand im Dunkel des Flurs. Ihre ruhigen Schritte wurden gemeinsam mit Philipps schnellen Hüpfern immer leiser. Ehe die schwere Schlosstür hallend zufiel, hörte Sarah noch, wie Philipp fragte, ob er nach dem Essen mit Muffin spielen dürfe.

Erstaunlich, wie schnell er sich in sein Schicksal gefügt hatte. Sarah sank auf das Bett und betrachtete das Bettzeug, mit dem schon ihr eigenes Kinderbett bezogen worden war. Kleine Häschen und Blümchen waren wahrscheinlich nicht ganz das, was Philipp cool fand, aber etwas anderes hatten sie nicht. Mein Gott, was sie alles noch anschaffen musste, bevor dieses Kind das Licht ihrer unzulänglichen Welt erblickte! Ein Bettchen, Windeln, Strampelanzüge, Babybrei – ach nein, erst würde sie ja noch stillen und … Ihr wurde schwindelig und sie legte sich zurück.

Am Himmel des Bettes rekelten sich dicke nackte Frauen, nicht ganz das Wahre für einen zehnjährigen Jungen zum Einschlafen, aber nicht zu ändern. Das Bett musste auch verschwinden, bevor das Baby hier einzog.

Und mehr als eine Tiefkühlerbse musste sie dann auch einlagern, wenn das Kind dann später einmal Zähne bekam … Sie fuhr erschrocken zusammen, als ihr Handy schrillte, und fummelte es aus ihrer Hosentasche.

»Dittmann? Giovanni!«

Erregt setzte sie sich auf und lauschte.

»Sarah, ich bin im Krankenhaus, aber nicht erschrecken, mir geht es ganz gut, Wagner und ich sind zusammengeschlagen worden, stell dir das mal vor. Wie in einem schlechten Tatort. Wir sind wahrscheinlich die Lachnummer unserer Dienststelle. Zwei Trottel, die ungesichert einem Verdächtigen hinterherrennen.«

»Einem Verdächtigen? Aber … habt ihr Angelina gefunden? Bist du schwer verletzt?« Übelkeit wallte auf und sie schluckte.

»Ich weiß es noch nicht. Ich glaube nicht. Vielleicht eine kleine Gehirnerschütterung, ich habe einen Schlag auf den Kopf bekommen. Und ich möchte jetzt keine Witze darüber hören. Es tut ganz schön weh.«

Giovannis Stimme klang in der Tat ein wenig brüchig, als sei er eigentlich zu schwach, um zu sprechen. Hoffentlich ging es ihm wirklich einigermaßen gut! Der Vater ihres Kindes! Oh Gott.

»Oje! Das tut mir leid! Wann wirst du denn untersucht?«

»Ich hoffe bald. Ich habe keine Zeit, hier ewig herumzusitzen, außerdem muss ich nach Hause, Ihre Majestät füttern.« Beck stöhnte. »Warum habe ich mich bloß auf dieses Vieh eingelassen? Ich werde doch dieser Verantwortung in keiner Weise gerecht!«

Sarah schluckte. »Äh, na ja. Du hängst doch ganz schön an Minas, gib's zu.« Außerdem musst du bald die Verantwortung für ein Kind übernehmen, das ich dir aus Blödheit angehängt habe. »Wenn du nicht gleich nach Hause kannst, ruf mich an, dann füttere ich ihn!«

»Danke, das ist lieb. Ja, schon, ich hänge inzwischen an ihm. Ist schöner, wenn jemand herummiaut, sobald man nach Hause kommt.«

Sarahs Blick fiel auf die Kinderbettwäsche. »Stell dir vor, ich musste Philipp Krüger bei mir aufnehmen, ich konnte es nicht verhindern!«

Ihr Liebster stöhnte. »Musste das wirklich sein? Als wenn der Fall nicht schon genug persönliche Anteile hätte. Warum schreist du immer ›hier‹, wenn es um Verantwortung geht? Ist das eine Berufskrankheit?«

»Ich konnte nichts machen! Katja ist heute vom Arzt wegen Depressionen ins Krankenhaus eingewiesen worden, sie war total von der Rolle. Er hat mich direkt gefragt, ob ich Phil nehmen würde. Soll ich da vielleicht sagen, ›nein, geben Sie ihn in eine Pflegefamilie‹?« Sarah war empört. Jetzt wurde sie für ihre, wenn auch unwillige, Hilfsbereitschaft auch noch zur Rede gestellt!

»Ach so. Nein, da kommt man dann nicht raus, das hätte ich auch nicht fertiggebracht«, lenkte Beck ein.

»Ist ja nur für ein paar Tage, bis Katja zumindest körperlich wieder so weit hergestellt ist, dass sie sich um ihr Kind kümmern kann. Ich war stinksauer auf sie heute.«

»Kann ich mir vorstellen. Autsch.« Beck stöhnte in den Hörer.

»Mein Gott, wann kommt denn da endlich mal ein

Arzt?! Wenn dich einer angeschossen hätte, wärst du schon verblutet!« Sarah war gerade so schön in Rage, da konnte sie gleich weitermachen.

»Hat mich aber keiner, Gott sei Dank. Das hätte gerade noch gefehlt.«

»Und Angelina? War es ihretwegen? Seid ihr hinter ihrem … Entführer her? Was ist denn überhaupt passiert? Sag doch endlich mal was!« Ihr Blutdruck war bestimmt auf 200 gestiegen, das konnte nicht gut sein für das Kind. Sie war nicht gut für das Kind.

»Wagner glaubte, sie gesehen zu haben, und da sind wir hinterher. Umsonst, weil wir dann eins auf den Bregen bekommen haben. Tölpel.«

»Aber das heißt doch, da hatte jemand etwas zu verbergen! Das heißt doch auch, dass ihr auf der richtigen Spur wart!« Sarah hörte selbst, wie schrill ihre Stimme wurde. Nicht nur schwanger, auch noch hysterisch.

»Bleib ruhig, Sarah, noch ist nichts davon erwiesen. Wir können auch ganz einfach irgendeinem Hehler auf die Schliche gekommen sein, der den alten Speicher als Umschlagplatz oder Versteck benutzt.«

»Aber – du sagtest doch, Wagner habe Angie gesehen?« Sarah schwirrte der Kopf. Konnte irgendein Tag in ihrem Leben vielleicht mal normal verlaufen?

»Ja, das dachte er. Aber auch das muss nicht wahr sein. Wenn man an so einem Fall dran ist, ist man so sehr auf die Personen fixiert, die mit ihm zu tun haben, dass man eventuell etwas sieht, was gar nicht da ist.«

Sarah lachte. »Wenn das Wagner hören könnte, dass du ihm Halluzinationen unterstellst!«

»Das hört er. Er sitzt neben mir und jammert, dass er hier nicht rauchen darf.«

Im Hintergrund wurden Geräusche hörbar, die offenkundig Missbilligung ausdrückten. Sarah grinste. Ja, das war Wagner. Gut kannte sie ihn nicht, aber sie bezweifelte, dass sie ihn schon jemals hatte lachen sehen.

»Oh, ich muss aufhören. Ein Arzt, ein Arzt!« Beck lachte etwas kläglich und legte nach einem kurzen Abschiedsgruß auf.

Sarah sank auf die Kissen des Bettes zurück und stierte an den Himmel mit den dicken, nackten Frauen. So würde sie auch bald aussehen, nur ohne Wolke.

War das nun eine gute Sache, dass Wagner Angelina gesehen hatte? Wenn er sie gesehen hatte? Oder würde die Verfolgung durch die beiden Polizeibeamten bei dem Täter eine Panik auslösen und er würde … Angelina umbringen? Aber gab es überhaupt einen Täter? Ihr fiel ein, dass Giovanni nichts davon gesagt hatte! Vielleicht … vielleicht war sie ja doch nur weggelaufen und versteckte sich dort? Aber sie hätte doch nie und nimmer zwei Polizeibeamten auf den Schädel schlagen können? Gott, wie furchtbar das alles war. Hoffentlich nahm ihr eigener kleiner Zellhaufen dort drinnen keinen Schaden bei all dieser Aufregung.

Und hoffentlich befand sich der Vater des Zellhaufens bald in einem Zustand, in dem sie ihm mitteilen konnte, dass er bald nicht nur einen Kater zu ernähren hatte.

Oder hoffentlich doch nicht so bald.

*

Gemeinschaftlich ächzend und stöhnend bestiegen Wagner und Beck ihren Dienstwagen. Bei Beck war eine leichte Gehirnerschütterung diagnostiziert worden, bei Wagner nichts. Diesen Schädel konnte auch ein herber Schlag auf die Perücke nicht erschüttern. Aus diesem Grund fuhr Wagner, was bei Beck gleich noch ein leichtes Hirntrauma hinzufügte.

»Himmel! Sie hätten eben beinahe der alten Frau ihren Rollator von der Hand gefahren!«

»Was für 'ne alte Frau?« Wagner lachte meckernd.

Er heizte in ungebrochener Rücksichtslosigkeit den Ring entlang. Beck schloss entnervt die Augen, riss sie aber gleich wieder auf, als ihm schwindelig wurde. Das auch noch. Schwindelanfälle wie die Dämchen bei Jane Austen. Wagner machte eine Vollbremsung, die Beck im Gurt nach vorn warf.

»Au! Wollen Sie mich umbringen?« Beck bemerkte erst jetzt, dass sie in seiner Straße standen, und wandte sich erstaunt zu seinem Partner um. »Was soll das? Wir wollten doch ins Büro!«

»ICH wollte ins Büro. Sie legen sich jetzt mit Ihrer Gehirnerschütterung ins Bett, so wie der Onkel Doktor es befohlen hat, Chef.« Wagner sah aus dem Fenster und schnüffelte gereizt.

»Aber ich wollte gleich den Bericht …« Becks Kopf fing bei der Vorstellung, in seinen Computer zu starren, heftig an zu schmerzen. »Also gut, Mama. Ich nehme heute eine kleine Auszeit.« Er stieg mit einem kurzen Abschiedsgruß aus und hielt seinen hämmernden Kopf.

Wagner brauste davon, ohne sich noch einmal nach seinem sterbenden Chef umzusehen.

Beck schleppte sich die Treppe hoch und bemühte sich, nicht bei jeder Stufe, die er emporstieg, zu winseln. Der schmerzte ganz schön, dieser Kopf. Ob er nicht doch einen Schädelbasisbruch hatte? Konnte eine einfache Prellung so dermaßen wehtun? Er schloss seine schwere Wohnungstür auf und schlich in sein Apartment. Der Kater eilte herbei und gab seinem Erstaunen durch lautes Miauen Ausdruck.

»Ja, ich bin schon da. Entschuldige, wenn ich deine Siesta störe. Herrchen hat Aua.«

Der Kater gurrte und strich schmeichelnd um Becks Beine.

Stöhnend ging Beck in die Küche und nahm drei der Schmerztabletten, die ihm der Arzt mitgegeben hatte, mit viel Wasser ein. Ob er etwas essen sollte? Er öffnete den Kühlschrank und stierte hinein. Da gab es einen wunderbaren Auflauf, den Frau Kowalska, die russische Perle, ihm gestern bereitet hatte. Bei dem Gedanken an Mett und Nudeln hob sich sein Magen. Also lieber nichts essen.

Er ging schweren Schrittes in sein Schlafzimmer und legte sich auf sein selbstverständlich ungemachtes Bett. Praktischerweise waren die Jalousien noch von heute Morgen heruntergelassen, manchmal hatte es doch sein Gutes, dass er so unordentlich war. Er schob sich sein Kissen unter dem schmerzenden Kopf zurecht und dachte an den heutigen Vormittag. Konnte es wirklich möglich sein, dass jemand dort in diesem grässlichen alten Speicher Angelina versteckt hielt? Oder sie sich selbst versteckt hielt? Wenn es so gewesen war, dann war sie jetzt sicher fort. Das hatten sie gründlich versaut, wie zwei Anfänger waren sie dort hineingetölpelt. Er wagte sich gar nicht auszumalen, was Frau Stahlberg-Ballhausen, seine Chefin, dazu zu sagen hatte. Nicht viel, wie er die Lady kannte, aber umso beißender die wenigen Worte. Das konnte sie gut. Die Frau hatte etwas an sich, dass er in ihrem Büro zu einem unbeholfenen Primaner in schlecht sitzenden kurzen Hosen mutierte. Grässlich. Dabei war sie gar nicht unsympathisch, aber der Stahl, der durch den unbestreitbar vorhandenen Humor blitzte, flößte ihm Respekt ein. Aber hieß es nicht immer, als Frau müsse man doppelt so hart sein wie ein Mann, um einen Führungsposten zu ergattern? Härter als er war sie allemal.

Die Katze sprang auf seine Brust und ließ sich ekstatisch schnurrend nach mehrfachen Umdrehungen dort nieder. Vielleicht sollte er sich das Tier auf den Kopf legen, half nicht Katzenfell gegen Schmerzen?

»Was meinen Eure Majestät, hat Wagner heute die Angelina gesehen?«

Der Kater öffnete ein orangefarbenes Auge. Das hieß: Ja.

»Und wenn ja – wohin ist sie jetzt gebracht worden? Oder ist sie geflohen?«

Der Kater schüttelte den Kopf und zuckte mit einem Fledermausohr.

»Ja, ich weiß. Die kann jetzt Gott weiß wo sein. Verdammt, verdammt, verdammt!« Beck schlug mit der Faust auf die Bettdecke, was Kopf und Kater gleichermaßen übelnahmen.

Wer hatte Grund oder Gelegenheit, Angelina zu kidnappen? War sie überhaupt gekidnappt worden? War sie vielleicht freiwillig mit einem Kerl mitgegangen, der ihr ein besseres Leben versprochen hatte? Aber warum war sie dann nicht zu ihrem Vater gegangen? Ihm fiel ihr TikTok-Account ein. Den hatte die IT inzwischen wahrscheinlich durchleuchtet. Eventuell ließ sich da ein Verdächtiger finden? Er konnte sich nicht vorstellen, dass einer dieser grünen Jungs, die Angie gemobbt hatten, für eine Entführung verantwortlich war. Aber vollkommen undenkbar erschien es ihm auch nicht. Julian wirkte gelangweilt und verwöhnt genug, ein Mädchen zu seinem Amüsement zu entführen und gefangen zu halten. So etwas hatte es schon gegeben.

Aber warum sollte er, wenn er doch Angelina anscheinend jederzeit auch so haben konnte?

Beck stöhnte und streichelte das seidige Fell seines inzwischen komplett entspannten Katers.

Ob er mal im Büro anrufen sollte? Wagner hatte den Bericht inzwischen sicher fertig und vielleicht hatte er auch schon die Ergebnisse der IT auf dem Tisch. Er tastete auf seinem Nachttisch herum, als ihm einfiel, dass er sein Handy vorne in der Manteltasche gelassen hatte.

Sollte er aufstehen und den Zorn seines Katers auf sich ziehen? Der schnurrte gerade so schön und fühlte sich so warm auf seiner Brust an. Gleich, das konnte er gleich noch erledigen. Becks Lider senkten sich schwer über seinen Augen und im Übergang vom Wachen zum Schlaf waren Angelinas wehende rote Haare das Letzte, was er sah.

*

»Kennst du denn Angelinas Vater, Philipp?« Sarah saß in Astas Küche und schaufelte Pizza in sich hinein, mit dem hungrigen Jungen um die Wette. Wenn es etwas zu essen gab, war Frau Dittmann immer die Erste in der Reihe. In wenigen Monaten würde man sie zur Arbeit rollen und mit dem Flaschenzug in ihr Schlafzimmer hieven müssen. Immerhin hatte sie jetzt eine Ausrede für ihre Fresssucht.

»Ja, den kenne ich.« Philipp schüttelte seine blonde Tolle aus dem sommersprossigen Gesicht und schaute von seinem dritten Stück Pizza auf.

»Und? Wie ist er so?« Sarah schob entschlossen ihren Teller von sich, damit sie nicht auf die Idee kam, es Philipp gleichzutun und auch noch ein drittes Mal zu nehmen.

»Der ist ganz okay, finde ich. Bisschen durchgeknallt, aber irgendwie auch witzig. Der kann super Fußball spielen.« Philipp hob einen schmutzigen Daumen.

»Na, dann muss er ja nett sein.« Sarah zwinkerte ihrem Schüler zu.

Der Junge lachte. »Ne, auch sonst. Der ist gut drauf. Wenn ich Angie wäre, würde ich zu dem ziehen. Der ist lustig und bei dem kann sie machen, was sie will. Und er wohnt in Berlin, da ist doch echt was los! Und er hat Kohle. Da hätte sie bestimmt schon 'ne Vespa.«

»Eine Vespa? Wünscht sie sich eine?«

»Klar. Alle Weiber wollen doch eine.« Philipp schüttelte in überlegener Distanz zum weiblichen Geschlecht den blonden Kopf. »Ihre Freundin hat auch eine, eine rote. Ihre Mutter hat extra einen Kredit aufgenommen dafür.«

»Aber – Angelina könnte doch von ihrem Vater auch eine Vespa bekommen, wenn sie bei Katja lebt? Das verstehe ich nicht.«

»Na ja.« Philipp zog in erschreckend erwachsener Weise eine Augenbraue hoch. »Angie meint, das Geld, das ihr Papa schickt, braucht Mama für andere Dinge.« Er sah Sarah aus alten Augen an und verzog den Mund.

Sarah hielt einen ätzenden Kommentar zurück und lächelte den Kleinen mühsam an.

Klar, Katja brauchte die Kohle für ihre Trinkgelage und Zigaretten. Eine Sauerei. Dann dachte Sarah an das hübsche Zimmer, in dem Angelina lebte, und nahm einige ihrer Gedanken zurück. Nein, wohl nicht nur. Dem Mädchen ging es nicht schlecht. Und eine Vespa war eben teuer, auch der Unterhalt. Vielleicht war das trotz der Alimente, die Katja von Angies Vater kassierte, nicht drin. Sie hatte ja keine Ahnung von diesen Dingen. Noch nicht.

Sie würde sich demnächst wohl über solche Aspekte des Lebens informieren müssen, wenn sie ohne Partner, aber mit Kind dasaß. Giovanni würde Unterhalt zahlen müssen, was für eine grässliche Vorstellung. Nein, das wollte sie nicht. Wenn der das Kind nicht wollte, dann wollte sie sein Geld nicht. Aber konnte sie das einfach so entscheiden? Stand ihr das zu? Im Grunde war es das Geld des Kindes, nicht ihres. Und würde es dem Kind nicht besser gehen, wenn sie …

»Frau Dittmann? Weinst du?« Philipps besorgte Stimme brachte sie in die Gegenwart zurück und sie schrak zusammen.

»Nein, nein, ich … Meine Augen sind ein bisschen entzündet, keine Sorge. Mir geht's gut. Sie blinzelte die verräterische Träne, die ihr Selbstmitleid in ihr Auge transportiert hatte, fort und lächelte den Jungen an.

Der schaute zurück und ließ durchblicken, dass er ihr nicht glaubte. Klar, der kannte sich mit heulenden Frauen aus, der arme Kerl.

Sie räusperte sich verlegen. »Ich … Hast du schon Hausaufgaben gemacht?«

Philipp stöhnte. »Das sagt Mama auch immer, wenn sie vom Thema ablenken will. Ne, habe ich noch nicht, wann denn?«

»Ja, stimmt, blöde Frage.« Sarah zwinkerte ihm versöhnlich zu.

»Du, Frau Dittmann?« Philipp senkte den Kopf und schielte unter seinem strähnigen Pony zu Sarah hoch.

»Ja?« Was kam denn jetzt?

»Wie kann man rauskriegen, wer sein Vater ist?« Philipp faltete konzentriert einen Kassenbon, der auf dem Küchentisch herumlag, und strich ihn glatt.

Oh Gott.

»Ähm, na ja. Das ist nicht einfach, jedenfalls nicht ohne Hilfe. Hat Katja dir denn nicht gesagt, wer dein Vater ist?«

»Nein, sie … sie sagt immer, er wäre ein Arschloch und es wäre besser für mich, wenn ich ihn nicht kennenlerne.« Philipp seufzte. Er sah mit einem herzzerreißenden Blick zu Sarah auf.

Sie fügte sich in ihr Schicksal. »Ja, ich werde mal mit Katja darüber reden. Ich weiß ja selber, wie es ist, nur mit einer Elternhälfte groß zu werden, manchmal reicht das nicht, nicht wahr? Aber ich wusste wenigstens, wer meine Mutter war.«

»Meinst du, du kannst Mama überreden, mir zu sagen, wer mein Vater ist? Ich find's echt Scheiße, das nicht zu wissen. Sonst muss ich halt selber suchen, wenn ich 18 bin.« Philipp öffnete resignierend die Hände und sah dabei aus wie 40.

Sarah wollte ihm nicht sagen, dass die Suche immer schwieriger werden würde, je mehr Zeit seit seiner Geburt verstrichen war. Der Vater konnte jetzt schon sonst wo sein, in Berlin, Düsseldorf oder Timbuktu. Hoffentlich wusste Katja überhaupt noch, wie der Kerl hieß.

Die Tür ging auf, Asta schaute hinein. »Wie sieht's aus, ich habe gesehen, dass Tim und Struppi auf Netflix erschienen sind, oder ist das zu uncool?«

Dem Strahlen nach, das über Philipps Gesicht zog, war es das keineswegs. Und für Sarah sowieso nicht. Ihr kindliches Gemüt bevorzugte seit jeher Kinderfilme zur Aufmunterung. Noch nicht einmal ihrer besten Freundin Filo gegenüber gab sie zu, dass ihr liebster Seelentröster »Bambi« war. Nun ja, in den nächsten Jahren würde sie genügend Gelegenheit bekommen, sich mit solchen Seelentröstern einzudecken. Mit Alibikind.

*

Ein Schrei ließ Beck jäh sein Traumland verlassen, in dem er gerade wunderbar ein bisschen mit Sarah herumgefummelt hatte. Sein Kopf dröhnte und er starrte blicklos in das Dämmerlicht seines Schlafzimmers. Wie spät war es denn? Er richtete sich ächzend auf und sah, dass er noch die Hose von gestern trug. Sein Wecker teilte ihm mit, dass es acht Uhr war. Acht Uhr?! Er hatte sich gestern Nachmittag ins Bett gelegt! Und bis zum nächsten Morgen durchgeschlafen? Durfte man mit einer Gehirnerschütterung überhaupt einschlafen? Anscheinend. Es sei denn, er war tot. Toten tat aber der Kopf nicht so mörderisch weh. Ein erneuter gellender Schrei ließ ihn zusammenzucken. »Himmel, ja! Herrchen hat Aua, du egoistisches Vieh! Du kriegst gleich dein Frühstück, Majestät.«

Er musste ja ohnehin aufstehen, musste dringend ins Büro und hören, wie weit die Kollegen mit der Angelina-Sache waren. Und seinen Kopf Frau von Stahlberg-Ballhausen hinhalten, damit sie noch ein paar Kopfnüsse zulegte. Darauf kam es nun auch nicht mehr an.

Stöhnend wankte er in die Küche und versah Seine Königliche Hoheit mit dem schweineteuren Katzenfutter. Sein Müsli war billiger, so viel stand fest. Und dieses würde er ausnahmsweise auch einmal zu sich nehmen, denn mit diesem Schädel und einem leeren Magen arbeitete es sich nun wirklich nicht gut. Er verrührte seine Flocken und warf die Kaffeemaschine an, die spuckend und zischend zum Leben erwachte.

Der Kater schlich gelangweilt auf seinen Napf zu, als interessiere ihn sein Fressen nur sehr peripher. Dann geruhte er, mit zierlichen Häppchen seine Mahlzeit zu sich zu nehmen. Beck schüttelte den Kopf und aß sein Müsli mit deutlich weniger Drama.

Kaffee und Müsli hatten seinem malträtierten Leib gutgetan, und so schmerzte sein Kopf nur noch ein wenig, als er die Stufen zu seinem Büro erklomm. Pumuckl kam mit besorgtem Glucksen aus ihrem Büro geeilt und erkundigte sich nach seinem Befinden.

»Danke, es geht wieder. Muss ja.« Er schloss seine Bürotür auf.

»Frau Stahlberg-Ballhausen hat wohl schon nach Ihnen gefragt, Kollege Wagner wollte nicht allein hingehen.«

Beck unterdrückte ein Stöhnen. »Ja, das kann ich mir vorstellen, beides.«

»Soll ich Ihnen erst mal einen Kaffee machen, bevor Sie sich in die Höhle des Löwen schleppen?« Pumuckl zwinkerte ihm mit einem erschreckend lila bemalten Augenlid zu.

»Ach ja, gern. Mit Kaffee im Magen lässt man sich doch etwas angeregter hinrichten.«

Beck schleppte sich durch sein Büro und fuhr seinen Computer hoch.

»Na, so schlimm wird's schon nicht werden.« Pumuckl verschwand zum hinteren Ende des Flurs, in dem sich ihre neue, gemeinschaftlich angeschaffte Kaffeemaschine befand.

Beck trommelte ungeduldig auf einem Schreibtisch, während der Rechner mit behördlicher Langsamkeit versuchte, seine seit zwei Tagen ruhenden Daten hervorzukramen. Mein Gott, war dieses Ding lahmarschig.

»Na? Wieder auf dem Damm?« Wagner stand in der Tür und klopfte gegen den Türrahmen, um sich verspätet anzumelden.

»Ne. Mein Kopf tut immer noch weh, aber mit Tabletten geht's.«

»Ich habe nichts.« Wagner konnte sich ein selbstgefälliges Grinsen nicht verkneifen.

»Wo nichts ist, da kann auch nichts wehtun.« Beck hätte dem Kollegen am liebsten die Zunge herausgestreckt.

»Hier, Ihr Kaffee, Chef.« Pumuckl schob Wagner beiseite und servierte das duftende Getränk.

»Ach?! Der Chef bekommt den Kaffee auf den Tisch serviert? So läuft das hier?« Wagner schnaubte beleidigt.

»Der Chef ist immer noch angeschlagen und braucht ein bisschen Bemutterung. Hättest du eine Gehirnerschütterung, lieber Uli, hätte ich dir den Kaffee auch serviert.«

»Ein bisschen Beule habe ich aber auch.« Wagner zog einen Flunsch und strich sich über sein borstiges Haar.

»Jaja. Ihr Männer seid doch alle gleich, wenn's nach euch geht, müssen wir auf ewig die Mama spielen.« Pumuckl zog eine dünn gezupfte Braue hoch und entschwand.

»Wir sollen zur Ballhausen kommen, wenn Sie so weit sind.« Wagner verzog abschätzig seinen schmallippigen Mund.

»Ich weiß, schon gehört. Juhu.« Beck nahm einen tiefen Schluck aus seinem Becher und prustete ihn sofort wieder über den Schreibtisch.

»Verdammt, ist die Scheiße heiß!«

Wagner lachte krächzend. »Wenn Sie kalten Kaffee wollen, müssen Sie zur nächsten Dienstbesprechung gehen, Herr Beck!«

Beck rieb sich die schmerzende Lippe und stöhnte. »Ich sollte meinen Kopf zur Rundumerneuerung in der Neurologie abgeben. Hat die IT was gefunden? Bezüglich Angelinas Kontakten, meine ich?«

Wagner nickte. »Ja, da gibt es drei Kontakte, die uns nicht koscher erscheinen, aber so genau habe ich es mir auch noch nicht angesehen. Musste ja erst mal unseren Bericht fertig machen. War gar nicht so einfach, ihn nicht wie bei den ›Drei Fragezeichen‹ klingen zu lassen. Klappe zu, Kommissar schachmatt.«

»Glaube ich. Was denn für Kontakte?« Beck nahm vorsichtig einen zweiten Schluck von seinem Mördergetränk.

»Ältere Männer wohl. Also, jedenfalls wesentlich älter als sie. Aber laut Nessie bekommt man als Frau ständig Anfragen von ›geilen alten Säcken‹ auf Social Media. Sie löscht die gleich immer. Aber Angelina hat wohl mit denen gechattet. Wird nicht so einfach sein, die zu identifizieren, dazu brauchen wir einen richterlichen Beschluss.«

»Haben die einen falschen Namen angegeben?« Beck kannte sich bei dem Thema nicht aus, was wahrscheinlich ein Fehler war. Jeder Verdächtige war heute in den Social Networks unterwegs.

»Würden Sie Ihren richtigen Namen angeben, wenn Sie eine Minderjährige angraben?«

»Ne. Abgesehen davon, dass ich an kleinen Mädchen kein Interesse habe. Können Sie als Vater eigentlich noch ruhig schlafen, wenn Sie daran denken, was Nessie online so alles zustoßen kann?«

»Ne. Manchmal kontrolliere ich heimlich ihren Instagram-Account, wenn sie ihr Handy herumliegen lässt.« Wagner grinste verlegen. »Sie hat schon öfters Penisfotos und so etwas bekommen. Am Anfang war sie dann total durcheinander. Arschlöcher, perverse. Einige der Zusendungen habe ich verfolgen lassen, aber es ist eine mühselige Angelegenheit. Wenn es nach mir ginge, wäre sie auf keinem dieser Portale präsent. Ich habe ihr gesagt, sie soll kein Foto von sich als Profilbild nehmen, sondern eine fette, alte Wachtel.« Wagner lachte. »Aber das geht natürlich nicht, wenn man sein Foto extra dreimal photoshopt, damit alle Welt denkt, man sei ein Topmodel.«

»Das hat Nessie doch gar nicht nötig!« Wagners Tochter war zu einer wunderhübschen Brünetten herangewachsen, der die Jungs wahrscheinlich scharenweise hinterherliefen. Sie musste nach ihrer Mutter kommen.

»Nein, aber das sieht sie selbstverständlich anders. Sie ist zu fett, zu groß, zu irgendwas. Furchtbar. Kriegen Sie bloß keine Tochter, da verliert man die letzten Nerven, die dieser Job einem noch gelassen hat, sage ich Ihnen!«

»Ich werde es beherzigen.« Beck erhob sich und salutierte. »Auf, auf zum Gefecht. Ich hoffe, der Major hat heute gute Laune.«

»Nein, hat sie nicht, Kollege Hofmann aus Dezernat 1 ist ihr auf dem Parkplatz gegen den Wagen gefahren.« Wagner feixte.

»Sollen wir uns lieber gleich erschießen?« Beck zog das ernsthaft in Betracht. »Das würde auch gegen die Kopfschmerzen helfen.«

»Nun stellen Sie sich mal nicht so an. Sie wird Ihnen schon nicht den Kopf abreißen, auch wenn's vielleicht besser wäre.« Wagner brach in meckerndes Gelächter aus.

»Nein, weil Sie gleich allein hingehen, wenn Sie so weitermachen. Ich sage, dass Sie schuld waren. Sie mit Ihren Halluzinationen.«

»Es waren aber keine Halluzinationen. Im Nachhinein bin ich mir sicher, dass ich Angelina gesehen habe.«

Beck schüttelte den Kopf. »Beweise, lieber Kollege, Beweise.«

»Habe ich nicht. Nur mein Bauchgefühl«, Wagner deutete auf den entsprechenden Körperteil, »trügt mich selten.«

Beck hatte den guten Instinkt seines Kollegen für bestimmte Tatvorgänge schon kennengelernt und fuhr sich durch die Haare. »Das macht es noch schlimmer. Das haben wir ja gründlich versaut. Ich hatte gehofft, sie wäre niemals dort gewesen.«

Wagner nickte. »Ich auch.«

*

Auf dem Weg nach Avessen ging Beck ständig eine Melodie durch den Kopf, die er nicht zuordnen konnte. Was war das nur? Die eindringliche und monotone Tonabfolge nervte ihn und er drehte das Radio an. Sein Blick glitt über das satte Grün des Elms, durch den er gerade fuhr, und sein Herz wurde etwas leichter. Die Welt war nicht nur schlecht, es gab auch Wälder und Sonne und Sarah, die in Avessen auf ihn wartete. Erstaunlich, wie schnell das kleine Schlösschen eine Art Zuhause für ihn geworden war, fast erschreckend. War er denn so einsam gewesen? Ihm war es doch vorher auch ganz gut gegangen, oder nicht? Apropos einsam, seine Gedanken glitten zu seinem Kater in der Stadtwohnung, den er gerade wieder nach einem fürstlichen Mal und angemessenen Streicheleinheiten dort allein zurückgelassen hatte. Er hatte schon darüber nachgedacht, das Tier nach Avessen zu bringen, weil es dort einfach mehr Gesellschaft hätte als in seiner so oft verwaisten Wohnung. Aber er würde den Kater vermissen, das Maunzen, wenn er abends nach Hause kam, und das Schnurren in seinem Bett. Er hatte sich immer für jemanden gehalten, der das alles nicht brauchte, diese Kümmerei, diese Abhängigkeiten. Und nun hatte er binnen eines halben Jahres sein Herz an eine Frau und eine Katze gehängt. Sicher, er würde prima zurechtkommen, wenn die beiden wieder aus seinem Leben verschwänden, was im Falle von Sarah relativ wahrscheinlich war, er glaubte nicht an lebenslange Bindungen. Aber es wäre doch schmerzlich, mehr, als er eigentlich jemals hatte zulassen wollen. Wenn man sein Herz öffnete, trat meistens jemand mit einem Springerstiefel hinein. Besser war es, es gar nicht so weit kommen zu lassen, aber da hatte er nun nicht aufgepasst. Das war das Alter, ganz bestimmt, das machte weich und sentimental. Er passierte das Ortsschild von Avessen und bewunderte wieder einmal die idyllische Anordnung der Fachwerkhäuser an der Hauptstraße, die von der munter plätschernden Schunter begleitet wurde.

Kinder standen kreischend mit hochgekrempelten Hosen im Wasser und bauten irgendetwas, wahrscheinlich einen Staudamm. Die Sonne beschien die Szenerie und tauchte die Sommeridylle in ihr goldenes Licht, als könnte auf dieser Welt nie ein Leid geschehen. Unwillkürlich glitten seine Gedanken zurück zu Angelina, die die Sonne vielleicht nie wieder sehen würde, und er atmete tief durch. Jetzt war für ihn Feierabend, er konnte momentan nichts für sie tun, für niemanden.

Er bog am Ortsausgang ab in die Auffahrt zum Schloss und genoss den Anblick der durch das schmiedeeiserne Tor schimmernden gelben Fassade des kleinen Barockschlösschens. Einfach zauberhaft. Hinter dem Tor stand schon schwanzwedelnd Muffin, das Fell passend zur Fassade golden glänzend im Sonnenlicht. Er stieg aus und gewährte dem erfreuten Hund die angemessene Begrüßung, bevor er sich umwandte und die drei Blumensträuße aus dem Wagen holte, die er aus einem Impuls heraus für die drei Damen des Hauses unterwegs gekauft hatte. Ein bunter Sommerstrauß für Asta, elegante Lilien für Luise und natürlich Rosen für Sarah, keine roten selbstverständlich, das wäre denn doch zu plakativ, sondern wunderschöne rosafarbene, die ein bisschen altmodisch aussahen.

Er ging über den Vorplatz in Richtung Hauptgebäude, vorbei an den Putten des Brunnens, die in Stein gewordener Glückseligkeit mit dem Wasserstrahl spielten. Schlagartig wusste er, welche Melodie ihm die ganze Fahrt über durch den Kopf gegangen war: »Childhood« von Michael Jackson, ein Lied über eine verlorene Kindheit. Schatten legten sich über den Platz und er ging langsamer, versuchte die Traurigkeit wieder abzuschütteln, die ihn überfiel.

Da öffnete sich mit einem lauten Knarren die schwere Haustür und Sarah steckte ihren dunkelroten Lockenkopf heraus. »Was bringst du denn da Schönes mit?« Sie trat heraus und kam ihm entgegen. Ihr weißes Sommerkleid wehte in der leichten Brise und er dachte wieder einmal, wie hübsch sie doch war. Sie lächelte ihn an und strich sich eine Locke aus dem Gesicht. »Der Rosenkavalier, wie nett. Ist einer davon für mich?«

»Nein, für Philipp.« Er grinste und gab ihr einen Kuss, der durch die dicken Sträuße in seinem Arm etwas oberflächlicher ausfiel, als er sich das eigentlich gedacht hatte. Na ja, für Knutschereien war später noch genügend Zeit.

Er schob die Trauer beiseite und konzentrierte sich auf diesen freudvollen Gedanken.

»Hier, die Rosen sind für dich, sie passen zu deiner altmodischen Schönheit.« Wie klang das denn?

»Was soll das denn heißen? Sehe ich schon etwas angestaubt aus?« Sarah lachte kläglich und nahm ihm die Rosen ab. Sie versenkte ihre kleine Nase darin und schnupperte. »Hmmmm, die duften sogar richtig schön.«

»Nein, das soll heißen, dass du immer wie aus einer anderen Zeit wirkst, als die Mädchen noch Blumen in den Haaren hatten und wehende lange Kleider trugen.« Was faselte er denn da? Er stammelte wie ein 17-Jähriger auf seinem ersten Date.

»Oh, das hört sich schon netter an. Ich fühle mich wie Elizabeth Bennet.« Sarah lachte und drehte sich im Kreis, sodass ihr Kleid um sie herumflog. Er versuchte nach ihr zu fassen, doch sie wich aus.

»Komm rein, Mr. Darcy, wir warten mit dem Essen, Philipps Magen knurrt schon so laut, dass du es eigentlich bis hier hören müsstest.«

Unter großem Hallo wegen der Blumen betraten sie Sarahs märchenhaft anmutende Schlossküche, in deren Mitte der ausladende Eichentisch hübsch gedeckt war. Ein würziger Duft zog durch den Raum, der Beck augenblicklich das Wasser im Mund zusammenlaufen ließ. Luise hob das Champagnerglas und Asta trat mit einer großen Kasserolle an den Tisch, während Philipp ungeduldig mit den Füßen scharrte. Hier ist es gut, hier will ich sein, schoss es Beck durch den Kopf, während er auf Luise zuging, um ihr ihre Lilien zu überreichen.

*

Behaglich lehnte sich Beck in seinem Sessel zurück und blickte in das Kaminfeuer. Er nippte an seinem Rotwein und wartete auf Sarah, die Philipp zu Bett brachte. Asta und Luise waren in ihren Seitenflügel zurückgekehrt, um dort bei einer Folge von »Outlander«, einer Serie, die er nicht kannte, aber anscheinend alle Frauen zum Seufzen brachte, den Abend ausklingen zu lassen. Nun, da hatte er bessere Ideen für die weitere Abendgestaltung. Unbehaglich dachte er daran, dass neben Sarahs Schlafzimmer jetzt der Kleine schlief. Irgendwie keine erotisierende Vorstellung. Zum zweiten Mal während ihrer Beziehung wurde Sarah nun schon unfreiwillig zur Ersatzmutter, aber sie konnte ja auch mit Kindern umgehen, schon durch ihren Beruf. Er dagegen ... Er wusste oft nicht, was er mit den Kleinen reden sollte, wurde er mal mit einem allein gelassen, viele Berührungspunkte gab es da ohnehin nicht. Mit Kindern hatte er meist nur zu tun, wenn Vater oder Mutter umgebracht worden war. Ihr stummes Leid machte ihm Angst. Er dankte Gott, dass er nicht dafür verantwortlich war, solchen Kindern einen Pflegeplatz oder etwas in der Art zu suchen. Er konnte mit der Bedürftigkeit und Zutraulichkeit von Kindern schlecht umgehen, konnte die Nähe, die sie schnell herstellten, nicht annehmen. Wie hielten das Eltern aus, den ganzen Tag dieses »Mama, Papa, ich will dies, ich will das und ich habe mir wehgetan und liest du mir was vor«? Nein, ihm reichte seine Katze, die war schon fordernd genug.

Er nahm einen weiteren Schluck Wein und ließ seinen Blick zum französischen Fenster hinaus über die Terrasse in den Park schweifen. Hier sollte übermorgen Sarahs kleines Sommerfest stattfinden, zu dem, wenn er es richtig verstanden hatte, auch Filo und Sascha aus Berlin anreisen würden. Nett, er mochte die beiden alten Freunde von Sarah, auch wenn ihm schon einmal fast eine Affäre mit Sascha angehängt worden war. Er schüttelte sich. Er mochte diesen schrillen Paradiesvogel, aber nur auf angemessene Entfernung. Wenn er etwas nicht war, dann homosexuell. Sarah hatte zwar behauptet, es sei erwiesen, dass jeder Mensch einen bisexuellen Anteil hätte, aber dann war der bei ihm ganz tief in seiner Psyche vergraben, und da konnte er, bitte schön, auch für immer bleiben. Sex mit einem Mann, unvorstellbar. Was hatte der, was er nicht selbst hatte?

Er hörte Schritte auf dem Flur und richtete sich auf. Sarah kam, jetzt begann der gemütliche Teil des Abends, und wenn es nach ihm ging, würde der ganz bald ganz gemütlich in Sarahs großem Himmelbett enden.

Sarah trat ein und ging zum Kaminfeuer, um ein Scheit nachzulegen. Seufzend richtete sie sich auf und strich ihre Haare zurück. »So, der Kleine schläft, das arme Ding. Er hat mich wieder so viel gefragt, worauf ich keine Antwort weiß. Seid ihr denn irgendwie weitergekommen mit Angelina?«

Beck dachte an Wagners Bauchgefühl und schwieg.

»Giovanni?« Sarah setzte sich in den Sessel gegenüber und sah ihn alarmiert an. »Gibt es was Neues? Etwa … etwa etwas Schlimmes?«

Beck schüttelte den Kopf. »Nein, nichts Schlimmes und auch nichts wirklich Neues.«

Stimmte ja leider.

»Oh Gott, hoffentlich findet ihr sie bald. Und hoffentlich lebend. Besteht denn da überhaupt noch eine Chance?« Sarah richtete ihre angstvoll geweiteten Augen auf ihn.

Beck zögerte. »Eine Chance besteht schon …« Er fuhr sich durch die Haare. Wie gab er bloß diesem Gespräch eine angenehmere Richtung? Sein Blick fiel auf den dampfenden Becher, der vor Sarah stand. »Keinen Wein heute Abend?« Er hob auffordernd die Flasche.

»Nein, heute nicht, ich …« Sarah wandte den Blick ab und schaute aus dem Fenster.

»Bist du krank? Hast du dir den Magen verdorben an Astas italienischer Kasserolle?« Er sah sie forschend an.

»Nein, ich …« Sarah brach ab und sah ihn zweifelnd an.

»Langsam machst du mir Angst.« Giovanni stellte sein Weinglas ab und richtete sich im Sitz auf. »Ist etwas passiert? Sag mir, ob du krank bist!«

»Nein, ich bin nicht krank. Jedenfalls nicht im eigentlichen Sinn, ich …« Sie suchte nach Worten und stellte mit zitternder Hand den Becher ab.

»Sarah! Du zitterst ja, was ist los?« Langsam war Beck beunruhigt. Hatte sie eine ernsthafte Krankheit?

Sarah richtete sich auf und blickte ihn ernst an. »Giovanni, ich muss dir etwas sagen. Etwas, was dir wahrscheinlich nicht gefallen wird.«

»Ich muss dir etwas sagen« verhieß selten etwas Gutes und das bestätigte sie ja auch schon. Hatte sie einen anderen? War sie unheilbar krank? Waren sie pleite? War sie …

»Ich bin schwanger.«

Schwanger. Alles Blut wich aus Becks Gehirn und floss in den Magen, der sich in wildem Schrecken aufbäumte. »Wie, schwanger?«

»Schwanger schwanger. Mit einem Kind, deinem Kind, unserem Kind.« Sarahs Augen füllten sich mit Tränen. »Ich wusste, dass du entsetzt sein würdest.«

»Entsetzt?« Beck strich sich über die Stirn. »Ich weiß überhaupt nicht, was ich bin. Wie lange weißt du es schon?«

»Seit gestern sicher. Ich war bei meiner Frauenärztin.« Sie strich über ihren flachen Bauch und sah Beck an. »Ich wollte das auch nicht, glaub mir.«

»Wie … wie weit bist du denn? Kann man es noch …« Beck brach ab.

»Knapp vier Monate und nein, man kann es nicht mehr wegmachen, denn das wolltest du doch sagen, nicht wahr?« Sie brach in Tränen aus und stand auf. »Oh, ich wusste, dass du so reagieren würdest, ich wusste es!«

»Nun warte doch mal, ich … ich dachte, du nimmst die Pille?« Beck stand auch auf und hätte sich fast gleich wieder hingesetzt, weil ihm schwindelig wurde. Mein Gott, ER war doch nicht schwanger.

»Nehme ich ja auch, oder nahm ich ja auch!« Sarah schluchzte. »Ich weiß auch nicht, wie das passieren konnte, aber vielleicht … im März, diese Magen-Darm-Grippe, keine Ahnung.«

Beck konnte keinen klaren Gedanken fassen. »Ich weiß überhaupt nicht, was ich sagen soll, ich stehe irgendwie unter Schock.« Er ging auf sie zu, doch sie wich zurück.

»Unter Schock?« Sie lachte bitter auf. »Ja, das ist genau das, was man hören will, wenn man dem Vater seines Kindes sagt, dass man schwanger ist.«

»Sarah, ich … Versteh doch, ich muss es erst mal begreifen, ich habe es eben erst erfahren.« Beck sah sie um Verständnis heischend an, doch sie schüttelte vehement den Kopf.

»Ich habe verstanden, Gio. Du bist nicht erfreut und wahrscheinlich war es das jetzt zwischen uns. Das dachte ich mir schon. Ich will auch nichts von dir und das Kind auch nicht. Bitte geh jetzt.« Sie wandte sich ab.

»Aber Sarah, so kann ich nicht gehen, wir müssen doch darüber sprechen, ich will helfen, schließlich bin ich auch beteiligt, ich …« Beck fühlte sich, als wäre ein Panzer über ihn gerollt. Eben war noch alles in Ordnung, Rotwein, Kaminfeuer, Aussicht auf Sex und jetzt … wurde er Vater. Vater! Er!

»Helfen! Willst du uns Almosen geben, oder was? Geh doch endlich!« Sarah schrie jetzt. Er fasste sie am Arm, um sie herumzudrehen, doch sie riss sich los. »Geh!«

Er trat zurück. »Gut. Wenn du es so willst, gehe ich jetzt. Aber ich komme wieder, wenn wir uns beide etwas abgeregt haben. Du gibst mir keine Chance, Sarah. Was hast du denn erwartet? Dass ich Hurra schreie und losgehe, um Babyschühchen zu kaufen?«

Jetzt war er auch wütend. Was wollte sie denn? War er vielleicht schwanger geworden? Nein, er hatte sich an die Regeln gehalten und hatte darauf vertraut, dass sie dasselbe wollte wie er, eine nette, unkomplizierte Beziehung mit Sex und ein bisschen Herz.

Er stürmte aus der Tür, rannte über den Schlossplatz und warf sich in sein Auto. Nur fort von hier. Erst mal einen klaren Gedanken fassen. Ein Kind. Sie bekam ein Kind, ein echtes. Von ihm. Er wurde Vater. Und konnte noch nicht mal eine Katze ordentlich versorgen.

KAPITEL 7

»Hast du dich mit Giovanni gestritten, Frau Dittmann?« Besorgt hob Philipp sein kleines Gesicht, um in Sarahs Augen zu blicken.

Verdammt, also hatte er gestern Abend doch noch nicht geschlafen, oder sie waren zu laut geworden in ihrer Wut.

Sarah zögerte. »Ja, ein bisschen. Aber das kommt vor, kein Grund zur Besorgnis.« Nein, überhaupt nicht. Nur dass ihr Kind jetzt ohne Vater dastand. Lag. Schwamm.

Philipp seufzte. »Ich weiß. Ich will mal keine Frau, das gibt nur Ärger. Ich ziehe mit Farid zusammen, das haben wir schon abgemacht.«

Trotz ihres Kummers, der sie die ganze Nacht wachgehalten hatte, musste Sarah ein Lachen unterdrücken. »So? Meint ihr nicht, dass ihr euch das vielleicht noch mal anders überlegt?«

Nachdrücklich schüttelte Philipp den Kopf, sodass seine blonden Haare flogen. »Ne, sicher nicht. Kinder wollen wir auch nicht, die sind immer nur traurig, weil sich keiner um sie kümmert.«

Sarah schnappte nach Luft. Was für ein bedrückendes Resümee eines zehnjährigen Lebens. Aber wer konnte es dem Kleinen verdenken? Ein Vater, dessen Namen er noch nicht einmal kannte, geschweige denn als Präsenz in seinem Leben, eine ewig betrunkene und heulende Mutter, die die Reife einer Siebenjährigen besaß, und eine verschwundene Schwester, die, wenn sie das Schweigen

Giovannis zu diesem Thema richtig interpretierte, wahrscheinlich tot war.

Giovanni. Würde ihr Kind auch einmal nur traurig sein, weil es sich ungeliebt fühlte? Eine verbitterte, verhärmte Mutter, die keine Zeit hatte, weil sie die zum Überleben notwendige Kohle heranschaffen musste, und ein Vater, der durch gleichgültige Abwesenheit glänzte? Sie unterdrückte das Schluchzen, das sich einen Weg aus ihrer Kehle bahnen wollte, und lächelte mühsam.

»Na ja. Es gibt aber auch glückliche Kinder, Philipp, und Eltern, die sich um ihre Kinder kümmern. Du könntest dir ja auch vornehmen, es besser zu machen als … als andere Eltern.« Sie strich über ihren Bauch und sah aus dem Fenster, um die aufsteigenden Tränen zu verbergen. Lange hielt sie hier nicht mehr durch.

Schritte näherten sich in der Halle. Asta, Gott sei Dank!

»Komm, Herr Krüger, Frühstück ist fertig und dann wird es Zeit für die Schule!«

»Die kann ja nicht anfangen, ehe Frau Dittmann da ist«, krähte Philipp. »Ich kann ja gar nicht zu spät kommen!«

»Du irrst, mein Lieber, du hast in der ersten Stunde Sport und Gott sei Dank nicht bei mir, ich habe die erste Stunde frei.« Sarah hob die Hände in einer entschuldigenden Geste.

»Voll fies.« Philipp zog die Augenbrauen zusammen. »Die Kinder müssen schuften und die Lehrer dürfen zu Hause bleiben.«

Astas prüfender Blick glitt von Sarah zu Philipp. »Ist es auch voll fies, dass in meiner Küche Pfannkuchen mit Nutella auf dich warten, du armes, geschundenes Kind?«

»Jippie!« Philipp riss den Arm hoch und stürmte aus dem Salon durch die Halle Richtung Schlossplatz.

»Na, Mädchen? Dein romantischer Abend mit Gio ist wohl gründlich danebengegangen, was?«

»Ja, gründlich. Er will von dem Kind nichts wissen.« Sarahs Stimme brach und sie sah zu Boden.

»Das hat er genau so gesagt?« Asta trat einen Schritt auf Sarah zu und legte ihr eine Hand auf die Schulter.

»Sinngemäß. Erfreut hat er jedenfalls nicht reagiert.« Sarah schnüffelte und wischte eine Träne von der Wange.

»Das wäre ja auch ein bisschen zu viel verlangt, du selbst hast ja auch nicht erfreut reagiert. Was erwartest du? Wahrscheinlich hast du ihn vollkommen unvorbereitet damit überfallen, dass er Vater wird.« Asta schnalzte missbilligend mit der Zunge.

»Unvorbereitet? Wie soll ich so was denn vorbereiten, bitte schön? ›Lieber Gio, wolltest du eigentlich irgendwann mal goldige kleine Babys? Ja? Wie wunderbar, das passt ja, ich habe dir ein süßes Geheimnis anzuvertrauen, da wächst die Frucht unserer Liebe in meinem Schoß‹?« Sarah schnaubte entrüstet und schüttelte Astas Hand ab.

»Ich meinte, ihm die Botschaft an den Kopf geknallt und ausgerastet, als er nicht gleich Hurra geschrien hat, ich kenne dich, mein Mädchen. War es so?« Die liebe Asta konnte recht streng werden, wenn sie es für nötig hielt.

»Nein. Oder vielleicht ein bisschen.« Sarah schluckte. »Aber er hat auch so gar nichts Nettes dazu gesagt! Ich kam mir vor, als hätte ich das Baby allein gemacht!« Sarah ging aufgebracht im Zimmer umher.

»Sarah, reg dich ab. Wart's ab, heute Abend meldet er sich, und dann redet ihr noch mal in Ruhe drüber. Ich kann mir bei Gio überhaupt nicht vorstellen, dass er sich dieser Verantwortung nicht stellen wird.« Asta hielt Sarah fest und strich ihr begütigend über den Arm.

»Verantwortung stellen! Wie das klingt! Das ist ein Kind, kein Versorgungsfall! Er soll es gern haben und … und … und …« Sarah fiel auf den nächsten Sessel und brach endgültig in Tränen aus. »Genau so habe ich es nie gewollt, ein Kind, das keiner geplant hat und keiner gewollt. Genau wie ich selbst.«

»Nun hör mal auf, du warst gewollt, keiner hätte dich mehr lieben können als deine Mutter und auch dein Vater.«

»Ja, schon, aber für wie lange? Wir haben in dieser Familie eine Scheißtradition von abwesenden Vätern und ungeliebten Kindern, und die wollte und will ich nicht fortsetzen.« Sarah suchte vergeblich nach einem Taschentuch.

»Das wirst du auch nicht, nun warte doch mal ab. Lass ihm eine Chance, das Ganze zu begreifen und zu verarbeiten, er wird sich schon einkriegen. Und jetzt kommst du mit rüber und isst auch einen Pfannkuchen mit Nutella.« Asta hakte ihre Ziehtochter unter und zog sie mit sich.

»Das setzt bestimmt alles unheimlich an. Wenn ich jetzt auch noch fett werde, sucht Giovanni bestimmt gleich das Weite, ein ungewolltes Kind und eine fette Mutter dazu, bestimmt der Traum seines Lebens.« Sarah schniefte und streckte sich im Flurspiegel die Zunge heraus.

»Schlank wird nun mal keiner ein Kind auf die Welt bringen, kein Grund für Depressionen.« Asta tätschelte Sarahs Bauch und zog sie zur Tür hinaus.

*

Blicklos stierte Beck aus seinem Bürofenster in den sonnigen Tag. Der Parkplatz hinter dem Behördengebäude wurde auch nicht schöner, wenn man länger hinsah. Er stand neben sich, wie durch eine Glaswand vom Leben getrennt. Er hatte heute so gut wie gar nicht geschlafen, hatte sich so lange hin und her gewälzt, bis der Kater mit einem empörten Fauchen vom Bett gesprungen war und sich auf das Sofa im Wohnzimmer verzogen hatte.

Ein Kind. Er bekam ein Kind, Sarah bekam eins. Wie konnte das passieren, trotz Pille? Oder hatte sie etwa …? Nein, so weit vertraute er ihr. Konnte es womöglich einen Schaden haben? Schließlich war es ja die ganze Zeit mit Hormonen vollgedröhnt worden! Beck setzte sich auf. Das musste er googeln. Oder lieber doch nicht? Lieber nichts wissen. Hätte die Frauenärztin nicht etwas zu Sarah gesagt, wenn da ein Risiko bestand? Aber vielleicht hatte sie das ja? Er hatte ja nichts fragen können, Sarah war ja gleich ausgerastet. Zu Unrecht, wie er fand, schließlich war das Ganze ein ziemlicher Schock gewesen. Sie konnte doch nicht allen Ernstes gedacht haben, dass er begeistert reagieren würde? Ja, er mochte Sarah, sehr gern sogar, und ja, irgendwie hatte er schon auch mal gedacht, früher, dass er mal Kinder haben wollte. Aber dachten das nicht alle, nur weil es sich so gehörte? Konkret hatte er so einen Kinderwunsch nie verspürt, im Gegenteil. Diese Verantwortung! 20 Jahre und länger dafür verantwortlich sein, dass ein Mensch, sauber, genährt und glücklich war. Wenn er an seine eigene Kindheit dachte, konnte er von Glück sagen, dass Ersteres geklappt hatte, auch wenn sein Vater selbst dafür nie persönlich Sorge getragen hatte.

Sein Vater. Es war ja etwas einfacher mit ihm geworden, seit er verlobt war, die späte Liebe hatte ihn weicher gemacht. Sie konnten sich seit einiger Zeit in einem Raum aufhalten, ohne sich gegenseitig an die Gurgel zu gehen, dafür sorgte schon Maria, die italienische Opernsängerin, in die sich sein Vater verguckt hatte. Dennoch machte ihn

Giovanni dafür verantwortlich, dass er sich als Kind und Jugendlicher so heimatlos und unsicher gefühlt hatte. Er war lieber im Internat gewesen als zu Hause, wo niemand auf ihn wartete als die nette Haushälterin seines Vaters. Sie hatte sich redlich bemüht, ihm die elterliche Liebe zu ersetzen, die seit dem Tod seiner Mutter Mangelware war in der luxuriösen Villa in der hannoverschen Eilenriede. Konnte so jemand ein Kind großziehen? Jemand, der selbst nie väterliche Zuneigung und Fürsorge erfahren hatte? Wer wusste, was er diesem Kind antat? Er hatte doch keine Ahnung, wie man sich mit so einem Winzling beschäftigte! Sarah war wahrscheinlich ohne ihn besser dran. Er konnte ja noch nicht mal mit Gunnars Kindern fünf Minuten allein im Zimmer sein, ohne sich unbehaglich zu fragen, was man mit einem Achtjährigen reden konnte, ohne ihn zu langweilen.

Gunnar! Er würde seinen Freund anrufen und ihn fragen, wie es sich angefühlt hatte, als er das erste Mal Vater geworden war. Soweit sich Beck erinnerte, war die älteste Tochter auch alles andere als geplant gewesen. Ja, aber sein alter Freund und dessen Nina hatten geheiratet, was sie ohnehin irgendwann mal vorgehabt hatten. Das war anders als bei ihm und Sarah, sie kannten sich ja erst ein paar Monate. Oh Gott, in was war er da nur wieder hineingeraten?!

»Jetzt wird's interessant, Chef!« Wagner trat, wie immer ohne anzuklopfen, durch die Tür. Beck seufzte resigniert und dachte, dass es eigentlich für seinen Geschmack schon viel zu interessant war im Moment.

»Ja? Warum? Können Sie eigentlich auch anklopfen? Was, wenn ich gerade in der Nase popele, wenn Sie hereinstolpern?«

»Dann reiche ich Ihnen ein Taschentuch.« Wagner lachte knarzend. »Die IT hat zwei erwachsene Männer identifiziert, die sich mit Klein-Angelina per Chat ausgetauscht haben. Diese Perverslinge sollten wir uns mal angucken, meinen Sie nicht?«

»Doch, meine ich auch. Wohnen die in Braunschweig?«

»Der eine ja, der andere nein, in Salzgitter, also auch nicht weit. Was bringt Männer dazu, sich auf Social Media an 16-jährige Mädchen heranzuschleichen? Widerlich, so was.« Wagner wurde lauter, wohl weil er an die eigene Tochter dachte, verständlich.

Wie gut, dass Becks Kind noch sicher im Schoße der Mutter herumschwamm, da musste man sich darüber keine Sorgen machen. Höchstens darum, was geschah, wenn es auf die Welt kam. Beck blieb die Luft weg und er hustete. Er konnte da jetzt nicht drüber nachdenken. Das musste warten, er hatte ja noch neun Monate Zeit. Nein, weniger. Das war alles total surreal.

Wagner musste fahren, Beck fühlte sich wie unter Drogen. Er schlafwandelte hinter Wagner her, die Treppen hinunter und über den sonnenbeschienenen Parkplatz, der zu einer anderen Welt zu gehören schien als Beck selbst.

Wagner warf ihm beim Einsteigen einen prüfenden Blick zu. »Alles in Ordnung mit Ihnen, Chef? Sie wirken so weggetreten!«

»Ja, tatsächlich? Ich habe gerade an Kinder gedacht, äh, ich meine an die Kinder von heute. Wenn ich Vater wäre, ich würde durchdrehen. Man kann sie doch keinen Schritt machen lassen, ohne Angst haben zu müssen, dass ihnen was zustößt. Geht heute eigentlich noch irgendein Kind einfach so auf die Straße zum Fußballspielen, wie wir früher?«

Wagner startete den Wagen und schüttelte den Kopf. »Ne. Die müssen erst in ihrem Terminkalender nachsehen, ob sie in diesem Monat noch eine Stunde einschieben können zwischen Flöten und Englischnachhilfe. Auf die Straße gehen die höchstens, weil zu Hause das WLAN ausgefallen ist. Fußball spielt man heute auf der Xbox, Herr Beck, schon mal gehört?«

»Ja, habe ich. Grässlich.« Er verschwieg lieber, dass er Silvester vor zwei Jahren mit Gunnar an der Konsole seines Sohnes versackt war, bis die Frauen ihnen den Fernseher ausgestellt hatten. Vielleicht konnte er dem Kind ja zur Geburt eine schenken. Er versagte sich jeden Gedanken an dieses Kind. Vielleicht ging es ja wieder weg, wenn man es ignorierte?

Er rumste mit dem Kopf leicht gegen das Fenster, als Wagner mit seinem üblichen Kamikaze-Fahrstil von der Stadtautobahn auf die Hamburger Straße abbog. Ein großes Banner quer über der Fahrbahn kündete vom Beginn der Raffteich-Open-Air-Konzerte, bei denen er dieses Mal auch die Ehre hatte, sich präsentieren zu dürfen. Er setzte an, um Wagner davon zu berichten, brach aber gleich wieder ab. Die ätzenden Kommentare konnte er sich auch selbst geben. »Was wollen Sie denn da? Sind Sie nicht ein bisschen zu alt dafür? Wenn das mal kein Reinfall wird!«

»Können Sie mal fahren, als hätten Sie nicht den Führerschein in der Lotterie gewonnen?« Entnervt rieb sich Beck den lädierten Schädel und sah an dem Hochhaus empor, vor dem Wagner gerade in kreativer Weise Parkraum schuf. Rums, vorne gegen einen Poller, rums, hinten gegen die unschuldige Stoßstange eines Lieferwagens. »Geht's noch?!«

Wagner grunzte nur missbilligend und stieg aus, zufrieden mit seinem Werk.

»Nett hier.« Beck stieg ebenfalls aus und beglückwünschte sich, dass sein Einkommen reichte, um im idyllischen Östlichen Ringgebiet zu wohnen und nicht hier, am Schwarzen Berg. Am Klingelbrett waren einige Namen kaum noch lesbar, der gesuchte jedoch sprang ihm schreiend rot entgegen, Wissmann, als habe der Eigner gewusst, dass einmal nach ihm gesucht werden würde. Vielleicht hatte er auch bloß dem Paketdienst ein Zeichen setzen wollen.

»Wir klingeln woanders.« Wagner wusste doch immer hilfreichen Rat.

»Ach was?« Beck drückte auf zwei Klingen für das Erdgeschoss und wartete. Der Summer ertönte und die Tür sprang mit einem metallischen Ächzen auf.

»Gottogott, das Gebäude hat auch schon bessere Zeiten gesehen.« Beck trat ein und nickte einer molligen Türkin freundlich zu, die ihren bekopftuchten Kopf fragend aus der Wohnungstür steckte.

»Danke für das Öffnen, wir wollen gar nicht zu Ihnen.« Er deutete mit dem Finger nach oben.

»Was? Da klingelst du einfach bei mir? Glaubst du, ich bin Türöffner, oder was!« Die Frau hob entrüstet die Stimme, woraufhin Beck rasch den Ausweis zückte.

»Polisei!« Sie senkte ihre Stimme wieder zu einem Flüstern und riss die braunen Augen auf.

Beck legte einen Finger auf die Lippen und zwinkerte ihr zu. Sie lächelte ihn zögernd an und wich in ihre Wohnung zurück, aus deren Dunkel zwei kleine Kinder herangetapert kamen.

»Dritter Stock.« Beck ging zügig voran und grinste,

als er das Stöhnen seines sportlichen Kollegen vernahm. Solange er mit Wagner arbeitete, würde er sich immer topfit fühlen.

Oben angekommen wartete er, bis Wagner herangekeucht war, und drückte dann energisch auf die Türklingel. Erst Stille, dann näherten sich schlurfende Schritte. Beck wünschte sich plötzlich zurück nach Avessen auf den idyllischen Schlossplatz an Sarahs Seite, was wollte er hier? Hier warteten nur eine gammelige Wohnung, irgendein verkommener Typ, der im Internet kleine Mädchen anmachte, sexuelle Widerwärtigkeiten und vielleicht – der Tod.

*

»Frau Dittmann?« Philipp schlenderte heran und ließ seine Schultasche von den Schultern gleiten.

»Ja?« Sarah legte den Sitz zurück und ließ den Kleinen einsteigen.

»Wird Giovanni Angie finden?« Philipp sah ängstlich zum Autofenster hinaus.

Oh Gott. Sarah startete den Wagen und fuhr aus der Parklücke.

»Er tut jedenfalls alles Menschenmögliche, um sie zu finden, Philipp.« Sarah blickte in den Rückspiegel. Das Herz tat ihr weh, als sie den Kummer in Philipps blassem Gesicht wahrnahm und sah, wie er tapfer die Lippen zusammenpresste, um nicht weinen zu müssen. Armer kleiner Kerl. Was war das nur für eine beschissene Welt, in die sie jetzt auch noch ein Kind hineingebar? Sie unterdrückte ein Würgen. Bitte nicht jetzt, Kleines. Mama kann jetzt nicht kotzen, Mama muss Schadensbegrenzung leisten.

»Was meinst du, ist sie tot?« Philipp schniefte leise. »Ich muss abends im Bett immer an sie denken und daran, dass sie vielleicht irgendwo im Wald liegt, allein und tot, und keiner deckt sie zu.« Philipp gab auf und brach in Tränen aus.

Sarah kämpfte selbst mit den aufsteigenden Tränen und schluckte. Sollte sie anhalten? Aber nein, sie waren ja fast zu Hause, es war besser, den Jungen hineinzubringen und ihm einen Kakao zu kochen.

»Pass auf, Phil, wir gehen jetzt erst mal ins Haus und dann reden wir darüber. Du musst heute Nacht auch nicht allein schlafen, wenn du nicht möchtest, ich könnte Farid anrufen und ihn bitten, heute hier zu übernachten, das Bett ist schließlich groß genug für fünf Jungs.«

»Ehrlich? Boa, das wäre toll.« Philipp setzte sich auf und lächelte zögernd.

»Na klar, ist doch kein Ding! Ich rufe dann gleich an, aber erst mal trinken wir einen schönen Kakao und gucken, was Astas Schokoladentorte macht. Okay?« Sarah fuhr auf den Vorplatz des Schlosses und hielt an.

»Au ja.« Philipp sah schon etwas weniger zerbrechlich aus. Während die Milch warm wurde, sah Sarah auf den Schlossplatz hinaus, auf dem Philipp noch ein wenig mit Muffin spielte, die beiden hatten sich rasch angefreundet. Das war gut, dieser Hund konnte jeden aufheitern mit seinem blöden Grinsen und seinen nassen Küssen. Ob ihr Kind wohl auch so gut mit Muffin und Marilyn auskommen würde?

Zischend kochte hinter ihr die Milch über – natürlich – und sie schnellte herum, um den Topf von der Herdplatte zu reißen. Verdammter Mist, immer dieselbe Scheiße!

Na ja, für den Kakao reichte sie noch. Sie fluchte, als sie sich die Hand an dem glutheißen Stieltopf verbrannte, und hielt den brennenden Finger unter kaltes Wasser. Das arme Kind, das bekam vielleicht ein Erbgut! Einen Hang zur Selbstzerstörung und ein Abo auf zerbrochenes Porzellan. Aber vielleicht kam es ja auch nach Giovanni, dann wurde es schön, charismatisch und bindungsscheu.

Sie knallte die restliche Schokotorte auf den Tisch und rührte Kakao in die heiße Milch. Wie sollte das bloß alles gehen? Sie würde noch mal mit Giovanni reden müssen, aber nicht heute. Sonst würde sie ihm in sein schönes Gesicht schlagen, wenn er wieder so etwas sagte wie »ich will dich ja unterstützen«. Sie schnaubte verächtlich und ging zur Tür, um Philipp hereinzurufen.

*

Die schäbige, grau gestrichene Tür öffnete sich und gab den Blick auf einen dicklichen, blassen Mann in Jogginghose frei, dessen Kapuzenshirt mit dem Aufdruck »BÖHSE ONKELZ« sich über einem beachtlichen Bierbauch spannte. Schaler, muffiger Geruch ließ auf ungelüftete Räume schließen. Wunderbar.

»Herr Wissmann?«

»Ja, warum?« Der Mann zog die Hose höher und wich einen Schritt zurück.

Beck zückte seinen Ausweis. »Kriminalpolizei, wir haben ein paar Fragen an Sie, dürfen wir hereinkommen«?

»Kripo? Warum? Ich habe nichts getan!« Wissmanns Stimme schraubte sich in die Höhe.

»Das habe ich ja auch nicht gesagt.« Beck trat etwas vor. »Dürfen wir hereinkommen? Oder möchten Sie, dass wir unsere Fragen vor den Ohren Ihrer Nachbarn stellen?«

Wissmann trat zurück und lud sie mit einer Geste ein,

ihm zu folgen. Beck wäre am liebsten draußen geblieben und hätte Wagner allein hineingeschickt. Er wollte das alles nicht, wollte nicht herausfinden, dass dieses Schwein vielleicht Angie auf dem Gewissen hatte. Aber dann hätte er Medizin studieren müssen, so wie es sein lieber Herr Vater gewollt hatte. Da hätte er höchstens mal einen zu Tode operiert.

Er folgte dem widerstrebend den Weg frei machenden Mann ins Innere der Wohnung und hätte sich am liebsten seine Jacke vor die Nase gehalten, um nichts zu riechen von den Ausdünstungen der Einsamkeit und Verzweiflung, die in diesen Wänden waberten.

Eine Tür ging auf und öffnete den Blick auf ein spießiges Wohnzimmer, in dem senffarbene Kunstledersessel das Highlight bildeten. Auf einem riesigen Flachbildschirm ließ gerade, was für ein Zufall, Belinda Brückmann die Wimpern klimpern. In der muffigen beige-braunen, verbrauchten Umgebung dieser billigen Wohnlandschaft wirkte sie geradezu jungfräulich und elfenhaft. Machte sie sich eigentlich klar, auf was für geilen und dunklen Männerfantasien ihr Rühmchen fußte? Wahrscheinlich ja, denn blöd war sie ihm nicht vorgekommen.

Wissmann zog die schmuddelige Jogginghose hoch und stellte Belinda leiser. »Was wollen Sie von mir?«

»Sie sind viel online unterwegs, Herr Wissmann?« Manchmal ließ Beck die Beute ein wenig zappeln.

»Wieso?« Wissmann glotzte verständnislos.

»Unter Ihren ›Freundinnen‹ befindet sich auch ein 16-jähriges Mädchen. Finden Sie es eigentlich in Ordnung, mit Kindern herumzumachen, Herr Wissmann?«

»Was? Ich kenne keine 16-jährigen Mädchen!« Wissmann trat einen Schritt auf Beck zu.

»Was hat sie Ihnen denn erzählt, wie alt sie ist, Herr Wissmann, 18? Das wäre ja immer noch ein bisschen jung für Sie, nicht wahr?«

Wagner trat hinzu. »Aber immerhin nicht strafbar.«

Strafbar war das Anbändeln mit einer 16-Jährigen zwar leider nicht, aber ein bisschen Verunsicherung konnte hier nicht schaden.

»Strafbar? Was wollen Sie mir hier anhängen? Was weiß ich, wie alt die Frauen sind, mit denen ich im Internet ein bisschen herumflirte, die zeigen mir nicht vorher ihren Ausweis!« Wissmann schwitzte sicht- und riechbar.

»Lieber Herr Wissmann, besagtes Mädchen war sichtbar ein ganz junges Ding, jeder kann sehen, dass es sich hier um einen Teenager handelt, auch Sie. In Ihren Chats mit ihr hatte man allerdings nicht den Eindruck, dass Sie diesem Umstand Rechnung trugen, sie waren alles andere als jugendfrei.« Beck konnte den Abscheu, den er für den Mann empfand, nicht ganz verbergen.

»Ich wusste nicht, wie alt die ist, das können Sie mir nicht nachweisen! Das war ein ganz schön verdorbenes Früchtchen, die Angie.«

»Angie? Soweit ich weiß, haben wir Ihnen keinen Namen genannt. Wie kommen Sie also auf Angie? Weil Sie Ihnen vielleicht doch sofort einfällt, wenn es um ganz junge Mädchen geht, Herr Wissmann?« Beck ballte unwillkürlich die Faust in seiner Tasche und Wagner hinter ihm atmete zischend aus.

»Ich … ich wollte das ja gar nicht. Die war hinter mir her wie die Katze hinter dem Milchnapf, ich …« Wissmann geriet ins Stammeln und fuhr sich durch die fettigen Haare.

»Darf ich mal lachen? Haben Sie mal in den Spiegel geguckt?« Wagner sprach mal wieder aus, was Beck dachte.

»Was haben Sie ihr denn erzählt, wer Sie sind?«, warf Beck ein.

»Er hat ihr vorgegaukelt, ein hübscher Junge zu sein, der sich rettungslos in ihr Profilbild verguckt hat, nicht wahr, Herr Wissmann?« Wagner zischte erbost und trat dicht an Wissmann heran.

»Was für eine billige Masche, so eine Kleine anzulocken, bloß weil Sie keine in Ihrem Alter abkriegen. Oder stehen Sie vielleicht grundsätzlich auf kleine Mädchen?«

Wagner schien kurz vor dem Ausspucken zu sein, Beck griff ein.

»Herr Wissmann, Klartext. Wir verdächtigen Sie, sich mit Angelina Krüger getroffen und sie entführt zu haben.«

»Entführt? Sind Sie wahnsinnig? Ich habe die Kleine nur … nie gesehen!« Wissmanns Gesicht lief puterrot an und er suchte Halt an einem Sessel.

»Nur was? Nur vergewaltigt?« Wagner hustete.

»Vergewaltigt? Nein! Ich … gebe zu, ich habe mich einmal mit ihr getroffen, in … einem Café, aber …« Er brach ab und sah zu Boden.

»Als sie Sie gesehen hat, war die Liebe ganz schnell vorbei, was?« Wagner lachte höhnisch auf. »Was haben Sie denn gedacht?«

Wissmann schwieg und schien den Tränen nahe.

»Wer sagt uns, dass stimmt, was Sie behaupten, Herr Wissmann? Sie können sich zigmal mit ihr getroffen haben, sie kann jetzt in diesem Moment irgendwo eingesperrt sein, von Ihrer Hand, wenn sie überhaupt noch lebt.«

»Überhaupt noch lebt?« Wissmann riss alarmiert die wässrigen Augen auf. »Was wollen Sie damit sagen? Ist sie tot? Damit habe ich nichts zu tun, nichts, ich …« Wissmann stammelte sich in Panik.

»Wo waren Sie am Sonntagabend zwischen 17 und 24 Uhr?« Beck sah seinem Gegenüber unverwandt in die Augen.

»Woher soll ich das denn wissen? Sonntagabend, keine Ahnung, wahrscheinlich habe ich Fernsehen geguckt.« Wissmann begehrte auf, nicht sehr überzeugend.

»Ein bisschen genauer brauchen wir es schon, in Ihrem eigenen Interesse, strengen Sie Ihren Grips mal ein bisschen an! So lange ist das ja nicht her!« Wie so oft dachte Beck, dass er selbst auch nicht hätte sagen können, wo er am Sonntagabend gewesen war. Doch, in Avessen, bei Sarah. Da war die Welt noch in Ordnung, da war er noch nicht Vater gewesen …

»Ich habe Fernsehen geguckt, Tatort.« Wissmanns rechtes Augenlid zuckte nervös, Beck wurde ganz kribbelig davon.

Wagner lachte knarzend. »So, haben Sie das? Worum ging's da?«

»Um einen Mord im Bayreuther Festspielhaus.« Die Antwort kam wie aus der Pistole geschossen.

»Welcher Kommissar?« Beck kam sich vor wie bei Jeopardy.

»War 'ne Frau, weiß nicht mehr, wie die hieß.« Wissmann zuckte mit den schmalen Schultern.

»Das können Sie aus jeder Fernsehzeitung haben, glauben Sie bloß nicht, dass das langt!« Wagner hatte recht.

»Habe ich aber nicht!« Wissmann war augenscheinlich am Ende seiner Kraft.

Beck gab Wagner einen Wink. »Wir schauen uns jetzt mal in Ihrer Wohnung ein bisschen um. Wenn Sie nichts getan haben, stört Sie das ja sicher nicht.« Beck wartete die Antwort gar nicht ab, sondern schritt auf die Wohnzimmertür zu.

Wissmann sank auf einen seiner Plastiksessel, nur um gleich wieder hochzuschießen.

»Haben Sie einen Hausdurchsuchungsbefehl?«

Der Mann hatte eindeutig zu viel Tatort geschaut. »Nein, haben wir nicht. Wir brauchen den aber nicht, wenn Gefahr im Verzug ist.« Beck wartete. Das wirkte doch meistens. Dass das Einverständnis dann nicht ganz freiwillig kam, interessierte später niemanden mehr.

Wissmann schwitzte und dachte nach. »Na gut, wenn es sein muss, dann schauen Sie sich halt um.« Er sank in den Sessel zurück und verbarg die Augen hinter einer Hand.

Wagner stand schon in einer Zimmertür und winkte Beck zu sich. Der eilte beflissen herbei und erschrak. Im Schlafzimmer saß eine leicht bekleidete Frau mit Brüsten, die unmöglich echt sein konnten. Er schaute noch einmal hin und sah, dass gar nichts echt war an der blonden Sexbombe in weißen Spitzendessous. Es war eine Puppe. Eine geradezu unheimlich menschenähnliche Puppe, eine willige Gespielin für einsame Männer.

Er schluckte. »Mein Gott, was kostet so was? Die sieht ja aus wie echt.«

Wagner lachte. »Viele Tausend Euro … schätze ich.« Er hustete.

Beck trat zu der Puppe und fasste die langen blonden Haare an. »Fühlt sich auch echt an. Der Figur der Puppe nach dürfte er eigentlich nicht auf kleine Mädchen stehen.«

Wagner schaute unter das Bett, ein mit dunkelrotem Velours bezogener Albtraum. »Pornos, immer griffbereit, falls das Püppchen mal versagt.« Er zog einen Stapel Hefte hervor und blätterte eins auf. »Brüste, Brüste, Brüste. Sieht nicht nach einem Pädophilen aus.«

Beck dachte an Angelina. »Na ja, ein Kind in dem Sinne

war sie ja nicht mehr.« Aber er neigte dazu, Wagner zuzustimmen, Wissmann war keiner, der auf blutjunge Mädchen stand. Warum er sich dennoch an Angelina herangemacht hatte, wusste er nicht. Vielleicht einfach, weil sie jung und naiv genug war, auf eine solche Cyberanmache hereinzufallen, in der Hoffnung auf Liebe.

Er schaute in den Kleiderschrank, aus dem es genauso muffig roch wie in der gesamten Wohnung. Lüftete der nie? Der Typ schlich mit fettigen Haaren, Bierwampe und stinkenden Klamotten zu einem Date und glaubte, er würde da eine Frau abgreifen? Du lieber Gott, manche Männer beherrschten noch nicht einmal die primitivsten Regeln des Geschlechtertanzes.

Lustlos durchwühlte Beck die müffelnden Pullover und schlug die Schranktür wieder zu.

Wagner zog die Nachttischschublade auf und pfiff durch die Zähne. »Na, sieh doch mal einer an.«

»Was?« Beck eilte herbei. Wagner zog ein Bild aus der Schublade, ein schlechter Ausdruck aus dem Internet.

Angelina, verschämt lächelnd und nackt, wie Gott sie erschaffen hatte.

»Schwein.«

*

»Was kommt denn da über den Hof?« Luise stieß einen schrillen Pfiff aus, der jedem Hundetrainer Ehre gemacht hätte.

»Wo?« Sarah hob den Kopf von ihren Unterrichtsvorbereitungen für den nächsten Tag, blickte aus dem französischen Fenster zum Hof und merkte selbst, wie sich ihre Augen weiteten und der Unterkiefer herunterklappte.

Eine Erscheinung schwebte heran, in eine Wolke von platinblonden Haaren gehüllt. Pralle Brüste sprengten fast das zarte Kleidchen, das mit Mühe den Schritt bedeckte, und ein blendend weißes Lächeln strahlte auf, als Muffin, vollkommen unbeeindruckt von diesem Glanz, auf die Frau zugestürzt kam. Diese bückte sich, was das Fassungsvermögen ihres Ausschnittes an seine Grenzen brachte, und streichelte den Hund. Dann richtete sie sich auf und sah sich suchend auf dem Schlosshof um.

»Ich gehe mal raus.« Sarah blickte resigniert an sich herunter, alte Jeans und Gammel-T-Shirt, prima. Sie wusste eben einfach, wie man sich kleidete. »Das könnte die Tante von Philipp sein, ich glaube, das ist so ein Reality-Sternchen, Giovanni war neulich bei ihr.«

Sie öffnete die Tür des Seitenflügels und rief der Besucherin einen Gruß zu. »Hallo? Zu wem wollen Sie denn?« Blonde Haare flogen und das perlweiße Lächeln blitzte auf, als die Frau herumfuhr und Sarah zulächelte. Sie hob eine perfekt manikürte Hand zum Gruße und kam auf unglaublichen High Heels herangestöckelt. Wenn Sarah auch nur einen Schritt auf diesen Abstrusitäten hätte gehen müssen, hätte es ein Unglück gegeben.

»Hallo, mein Name ist Belinda Brückmann, ich bin die Tante von Philipp Krüger und habe gehört, dass er hier bei Ihnen wohnt, solange meine Schwägerin ... unpässlich ist.« Sie strich sich die silbrigen langen Strähnen aus dem Gesicht und schlug die schwer bewimperten blitzblauen Augen Richtung Sarah auf. Noch nie war diese sich unscheinbarer vorgekommen. Natürlichkeit wurde absolut überbewertet. Gleich morgen würde sie sich falsche Wimpern und neue Brüste kaufen.

»Das ist richtig. Er ist gerade mit seinem Freund irgendwo im Park verschwunden, aber ich kann ihn suchen gehen. Wollen Sie nicht hereinkommen?« Sie schob die hereindrängende, freudig wedelnde Muffin nach draußen und die misstrauisch herantrippelnde Marilyn wieder in den Salon. »Kommen Sie, die tut nichts, sie ist nur etwas wählerisch, was Besuch betrifft.« Sarah versuchte sich an einem Lächeln, das wahrscheinlich nicht halb so beeindruckend geriet wie das der Superblondine.

Was ihr selbst an Glamour fehlte, machte Luise jedoch mehr als wett, als sie in ihrem exquisiten Chiffonkleid herangeschwebt kam, um die Besucherin zu begrüßen. »Warberg, angenehm.« Eine einladende Geste wies Belinda Brückmann auf einen der mit gestreiftem Taft bezogenen Barockstühle vor dem Kamin. »Tee? Oder hätten Sie lieber einen Kaffee.« Luise hob fragend eine Augenbraue.

»Nein, danke, gar nichts.« Belinda schleuderte ihre Mähne nach hinten und setzte sich. »Ich wollte einfach nur nach Phil sehen, der arme Kleine muss ja vollkommen durch den Wind sein, Angie war doch seine Familie. Ich kann es immer noch nicht wirklich glauben, dass sie weg ist, vielleicht …« Sie unterbrach sich und schluckte.

»Sind Sie denn mit Philipp gut vertraut?« Sarah konnte sich diese Barbie nicht im innigen Umgang mit einem kleinen Jungen vorstellen.

»Oh ja, ich bin zwar nicht mit ihm verwandt, nur mit Angie, aber ich mag ihn sehr gern. Er war auch schon mal mit Angie in den Ferien bei mir und wir haben Hamburg und den Hafen unsicher gemacht. Er kennt mich gut.« Sie lächelte Sarah an und es schimmerte plötzlich eine ganz andere Person durch die polierte Fassade, warm blickende

Augen zwinkerten Sarah zu. »Ich mag Kinder, auch wenn ich nicht so aussehe.« Sie lachte herzlich und Sarah fand sie mit einem Mal sehr sympathisch.

Das Lächeln schwand und die Blondine blickte ernst von Sarah zu Luise. »Wissen Sie, ob der schnuckelige Kommissar noch etwas herausgefunden hat? Über Angie? Ich hab's in Hamburg einfach nicht mehr ausgehalten, die Vorstellung, dass sie irgendwo gefangen ist oder gar … tot, ist so irreal und gleichzeitig so … so …« Sie brach ab und kämpfte mit den Tränen.

»Ich weiß.« Sarah beugte sich vor und schenkte der Blondine nun doch eine Tasse Tee ein. »Man kann nicht glauben, dass so etwas wirklich passiert, im realen Leben, mit Menschen, die man kennt und liebt. Aber noch gebe ich die Hoffnung nicht auf, dass Angie weggelaufen ist, doch merkt, dass es zu Hause besser ist, und wohlbehalten zurückkehrt. Sie liebt doch Philipp über alles, nie würde sie ihn so ohne Weiteres allein lassen!«

Belinda nickte. »Ja, aber ist das nicht eigentlich ein schlechtes Zeichen, ein Zeichen, dass … sie vielleicht nicht zurückkehren kann?«

Sarah schluckte. »Ja, vielleicht. Giovanni darf ja nichts erzählen, ich wüsste zu gern, ob er schon eine Spur hat, irgendetwas.«

»Giovanni? Ist das der hübsche Kommissar? Kennen Sie ihn näher, Sie Glückliche?« Belinda blickte sie interessiert an.

»Ja, ich kenne ihn. Er ist …« Der Vater meines ungeborenen Kindes, meine große Liebe, der schönste Mann, mit dem ich je im Bett war. »Er ist ein Freund.«

Luise schnaubte verächtlich. Belinda blickte von Sarah zu Luise und lächelte fein. »Aha. Was meinen Sie, sollte ich wohl Philipp mitnehmen, nach Hamburg, damit er hier herauskommt, aus diesem ganzen Elend?«

Sarah schüttelte den Kopf. »Nein, lassen Sie ihn hier. Erstens würde er zu viel von der Schule versäumen und zweitens denke ich, dass eine vertraute Umgebung und vor allem sein bester Freund Farid momentan sehr wichtig sind für ihn, es wäre zu viel für ihn. Und Sie sind doch bestimmt ständig unterwegs.«

Belinda schob die beachtlichen Brüste zurück ins Kleid und schüttelte den blonden Kopf. »Nein, ich habe gerade Drehpause bis zur nächsten Staffel. Kennen Sie meine Sendung?«

»Nein, leider nicht, nur vom Hörensagen.«

Belinda lachte laut auf. »Das Hörensagen kann ich mir vorstellen. Aber ziehen Sie die Hälfte Getratsche ab, dann haben Sie meine Sendung. Eine für alle, die einem blonden Dummchen beim Einkaufen zuschauen wollen.« Sie zwinkerte entwaffnend und Sarah musste auch lachen. Die war doch wirklich nett, wer hätte das gedacht? Eine nette Barbie!

Luise hüstelte und sagte: »Ich habe die Show schon ein paarmal gesehen, netter Zeitvertreib, wenn Sie mich fragen. Gibt wirklich Schlimmeres im deutschen Fernsehen.«

Belinda lachte erneut. »Das wird wahrscheinlich mal auf meinem Grabstein stehen ›Es gab Schlimmeres‹.« Sie zuckte die schmalen Schultern und strich ihr Kleidchen zurecht.

»Kennen Sie meine Schwägerin näher? Katja?« Sie blickte unter ihren endlos langen Wimpern gespannt auf Sarah.

»Ja, ich bin mit ihr zur Schule gegangen.«

»Und? Was halten Sie von ihr? So als Mutter, meine ich?«

Sarah zögerte. »Na ja, ich …«

»Sie ist als Mutter eine schlimmere Versagerin, als es ihre eigene Mutter war, und das will was heißen. Katja ist nie erwachsen geworden, aber biologisch hat es leider gereicht, um schwanger zu werden.« Luise war wie immer nicht zimperlich. »Und nun müssen es die Kinder ausbaden. Wäre Katja ihrer Fürsorgepflicht ordentlich nachgekommen, wäre das mit Angie gar nicht passiert. Aber statt sich endlich mal am Riemen zu reißen und für ihr zweites Kind da zu sein, legt sie sich mal wieder heulend ins Bett, unfassbar. Dafür fehlt mir jedes Verständnis.« Luises helle Stimme wurde schrill vor Entrüstung.

Belinda nickte zustimmend. »Sehe ich genauso. Ich habe zwar keine Kinder und kann nicht mitreden, aber wenn ich einmal welche habe, dann sollen sie das Wichtigste in meinem Leben sein. Und nicht das nervige Ergebnis von einer Sexaffäre am Rande.« Belinda richtete ihre blauen Augen um Zustimmung heischend auf Sarah. Diese wandte den Blick ab und sah über den Hof. Hatte sie selbst nicht genau das produziert? Das nervige Ergebnis einer heißen Sexaffäre? Für Giovanni schien es ja nicht mehr zu sein. Ihre Augen füllten sich mit Tränen und sie blinzelte. Überrascht fühlte sie Belindas weiche Hand auf ihrem Arm.

»Man ist schnell ungewollt schwanger, niemand wüsste das besser als ich. Ich sollte mal lieber meinen vorlauten Mund halten.« Reumütig lächelte die Blondine Sarah zu.

Sarah schüttelte den Kopf. »Nein, nein, ich sehe das vollkommen wie Sie, wenn ich auch nicht ganz so den Stab über Katja brechen kann, in vielerlei Hinsicht gibt sie sich durchaus Mühe mit ihren Kindern, trotz ihrer eigenen Probleme. Und was meinen Sie, wie oft ich mir bei manchen Schulkindern schon gewünscht hätte, dass ich sie ihren Eltern wegnehmen könnte? Jemandem geben, der sie wirklich möchte und sie von ganzem Herzen liebt. So viele Menschen sind so in sich selbst gefangen, dass sie das gar nicht können, jemand anders lieben. Und dann suchen sie die Liebe in ihren Kindern, statt ihnen ein Zuhause zu geben.«

Belinda nickte. »Genau wie Katja. Die ist so in ihre Probleme, ihren Selbsthass verstrickt, dass da wenig Raum bleibt für ihre Kinder. Wer sich selbst nicht lieben kann, kann auch niemand anderen lieben.« Sie blickte versonnen aus dem Fenster.

Sarah staunte. So viel Tiefgang bei einer Barbie aus dem Privatfernsehen, wer hätte das gedacht? Und nicht sie war die Dumme, die ungewollt schwanger herumsaß und sich nach einem Mann verzehrte, der sie und das Kind nicht wollte.

»Ich war auch immer der Meinung, lieber keine Kinder, als bei ihnen Schaden anzurichten, weil ich gar nicht frei bin für sie. Man sollte sich gut prüfen, bevor man diese Entscheidung trifft.« Luise nahm einen Schluck Tee.

»Katja hat diese Entscheidung nie getroffen, die Kinder sind ihr einfach passiert, beide. Wenigstens beim zweiten Mal hätte sie ja wohl schlauer sein können.« Belinda rollte mit den Augen.

Sarah erhob sich abrupt. Jetzt reichte es. Ja, sie war die Dumme, die keine Entscheidung getroffen hatte, sondern einfach eine Fehlkonstruktion war, bei der die Pille nicht wirkte. Ja, sie war diejenige, die nach wenigen Monaten schwanger war von einem Mann, der nicht mehr von ihr wollte als eine nette Affäre. War es nicht Katja genauso gegangen? Wer war sie, irgendein Urteil über ihre ehemalige Schulfreundin zu fällen? Niemand, sie war kein Stück besser. Ein Staatsexamen nützte auch nichts gegen hormonell bedingte Dämlichkeit.

Sie blickte in Luises helle Augen und wäre bei dem warmen Verständnis, das sie darin las, beinahe endgültig in Tränen ausgebrochen. Luise wusste genau, was sie gerade dachte, wusste sie immer. Aber warum sagte sie dann auch so etwas?!

Luise lächelte Sarah begütigend zu und beugte sich zu Belinda. »Kennen Sie denn den Vater von Philipp?«

Belinda sah sie erstaunt an. »Sie nicht?«

Sarah und Luise schüttelten den Kopf. »Nein, noch nicht mal Philipp selbst kennt ihn.«

Belinda lachte bitter. »Ne, das ist klar. Katja hat ihn ja später gehasst wie die Pest, als er sich weigerte, mit ihr auf glückliche Familie zu machen. Dabei war das jedem von vornherein klar gewesen, dass das nicht klappt, nur Katja nicht. Typisch. Ich weiß auch gar nicht mehr, wie er hieß, aber Katja weiß es natürlich. Mein Bruder konnte ihn nicht ausstehen, aber der liebte ja auch Katja noch, warum auch immer. Der Typ kam aus Braunschweig, aus irgendeiner reichen Familie, der hat mit Katja nur gespielt. Ich dachte, Sie hätten die beiden damals vielleicht zusammen gesehen.«

Sarah verneinte. »Es wäre für Phil wirklich gut, wenn er wenigstens seinen Vater kennen würde. Vielleicht würde der ihm etwas Halt geben, jetzt in dieser Situation?«

Belinda schnaubte verächtlich. »Wohl kaum. Soweit ich mich an den erinnere, war das ein arroganter Widerling, der an nichts und niemanden dachte als an sich selbst.«

Sarah wandte sich Richtung Tür. Sie wollte dies nicht länger hören, zu deutlich waren die Parallelen zu ihrer eigenen Situation. Niemals hätte sie gedacht, dass sie sich in einem Boot mit Katja Krüger wiederfinden würde.

»Ich suche mal nach Philipp, vielleicht können Sie ja mit ihm ein Eis essen gehen oder so.«

Sie eilte zur Tür hinaus und floh in die Halle, als sie Luise sagen hörte: »Sie ist momentan ein bisschen überfordert mit allem. Die Hormone, wissen Sie.«

Hatte die sie noch alle? Was erzählte sie denn da? Bloß raus hier.

*

»Wie kommen Sie an dieses Bild?« Beck hielt Wissmann das Nacktbild von Angelina unter die Kartoffelnase.

»Ich … das war's ja.« Wissmann wischte sich den Schweiß von der glänzenden Stirn.

»Was war was?« Beck musste sich zusammenreißen, um dem Mann nicht eine reinzuhauen, von der er nie wieder aufstehen würde.

»Das Bild … ging rum im Internet … öffentlich. Ist mir untergekommen. Und da … und da …«

»Und da haben Sie gedacht, da können Sie sich mal an die Kleine ranmachen, was? Wo sie sowieso schon nackt war.« Wagner schob sich näher an Wissmann heran, offensichtlich ebenfalls in Rage.

»Na ja, ich … ich dachte, da nimmt es eine nicht so genau. Ich wusste ja nicht, wie jung sie ist.« Wissmann wich einen Schritt zurück und blickte zur Tür.

»Das sieht man doch! Sie geiler Mistbock!« Wagner brachte sein Gesicht ganz nah an Wissmanns heran.

»Herr Wagner!« Beck zog seinen Kollegen zurück. »Also haben Sie über dieses Bild Kontakt mit dem Mädchen gesucht?« Beck atmete tief durch. Ruhe bewahren, es half keinem, wenn hier noch einer von ihnen tätlich wurde.

»Ja. Ich habe einfach den User, der das gepostet hat, gefragt, wer sie war.« Wissmann sah zu Boden.

»Wer war das?« Beck fragte, obwohl er es sich schon denken konnte.

»Ach, so ein Junge, der sie von der Schule kannte, ich habe den Namen vergessen. Hören Sie mal, ich habe nichts Verbotenes getan! Ich habe das Bild nicht gemacht und auch nicht gepostet, ich habe das Mädchen noch nicht mal angefasst!« Wissmann begehrte auf wie ein in die Enge getriebenes fettes Kaninchen.

»Hätten Sie aber, wenn sie Sie gelassen hätte. Und das ist zwar nicht strafbar, aber moralisch fragwürdig.« Beck beneidete die Cowboys, die einfach einem eine in die Fresse hauen konnten, wenn ihnen nicht passte, was der sagte.

»Habe ich aber nicht.« Wissmann keuchte asthmatisch.

»Wie hieß der User?« Beck zog verächtlich die Mundwinkel herunter, er konnte nicht anders.

»Weiß ich nicht mehr.« Wissmann schielte ängstlich in Wagners Richtung.

»Wahrscheinlich wurde für diesen Post ohnehin ein Fakeprofil benutzt, garantiert von einem Speichellecker aus Julians Umfeld.« Wagner trat gegen das Tischbein vor ihm.

Beck nickte zustimmend. »Die Truppe werden wir uns noch mal genauer ansehen, darauf können Sie Gift nehmen.«

»Als Sie sich mit dem Mädchen getroffen haben, hat sie irgendetwas zu Ihnen gesagt? Darüber, was diese Jungen ihr angetan haben? Über diesen Post?«

Wissmann nickte. »Sie sagte, dass alle an der Schule nun denken, sie sei leicht zu haben, und sie könne sehen, dass ich alter … alter Sack das auch denke. Das sei sie aber nicht. Sie sagte, das Bild sei ihr geklaut worden und ich solle es vernichten, falls ich es noch hätte. Und sie sagte … sie sagte …« Wissmann brach ab und hustete.

»Was sagte sie?« Beck wollte nur noch eins. Raus hier, und zwar so schnell wie möglich. Er hatte plötzlich das Gefühl, diese abgestandene Luft, den Schweißgeruch, das Gestammel seines Gegenübers nicht eine Sekunde länger ertragen zu können, ohne sich übergeben zu müssen.

»Dass Julian oder Julius es noch bereuen würde, was er ihr angetan habe.«

»Was meinte sie damit?« Beck und Wagner sprachen unisono, der reinste Männerchor.

Wissmann zuckte mit den Schultern. »Woher soll ich das wissen? Fragen Sie wen, der sie besser kennt.«

Beck blickte zu Wagner, der nickte.

»Wir sind vorerst durch hier, Herr Wissmann, voraussichtlich werden Sie jedoch wieder von uns hören.« Beck nickte Wissmann kurz zu und eilte aus dem schäbigen Wohnzimmer. Bloß an die frische Luft, in jeder Hinsicht. Er öffnete die Wohnungstür und hörte Wagner sagen: »Viel Spaß mit Ihrer Freundin im Schlafzimmer. Die kann sich wenigstens nicht wehren.«

Er drehte die Augen gen Himmel und stöhnte.

»Musste das sein? Können Sie nicht mal sachlich bleiben?«

»Ja, musste es, und nein, kann ich nicht. Vielleicht hätte ich ihn mal nach der Firma fragen sollen, wo er die Puppe herhat. Bei mir tut sich ja sonst auch nichts mehr in dieser Hinsicht.« Wagner lachte krächzend. »Ich hätte sie ja beschlagnahmen können, wenn ich es mir recht überlege.«

»Sie wollen ... das kann nicht ...« Beck fehlten die Worte und er hoffte, dass er die Bilder, die in seinem unschuldigen Kopf entstanden waren, jemals wieder loswürde. Ansonsten hätten sie ja jetzt eine Geschenkidee für Wagners anstehendes Dienstjubiläum.

KAPITEL 8

»Papa! Papa!«

Beck fuhr hoch und katapultierte seinen fauchenden Kater in das Dämmerlicht des Schlafzimmers. Was musste der auch immer auf seiner Brust schlafen! Wahrscheinlich war das der Grund für den grässlichen Traum, aus dem ihn das Geschrei des kleinen Jungen unten auf der Straße glücklicherweise geweckt hatte. Der Kater trollte sich zischend in den Flur und er rollte seinen schmerzenden Leib schwerfällig aus dem Bett. Der Kopf tat immer noch weh, jedenfalls, wenn er stand. War das normal? Oder war irgendwas in seinem Hirn endgültig über den Deister gegangen? Durch den Schlag des Verbrechers, der vielleicht Angelina und nun auch noch seine letzte Gehirnzelle auf dem Gewissen hatte. Oder schmerzte sein Kopf vom Gedanken daran, Vater zu werden? Er stöhnte und trat an das Fenster. Durch die Lamellen der Jalousie konnte er den kleinen Jungen sehen, der mit seinem Roller gestürzt war und nun von seinem jungen Vater – bestimmt zehn Jahre jünger als Beck selbst – getröstet wurde. Wie machten die das? Wie konnte so ein junger Kerl Verantwortung für so ein kleines Wesen und sein blutendes Knie übernehmen? Er ließ die Lamellen wieder fallen und ging in die Küche, in der seine Hoheit schon greinend vor dem Kühlschrank stand.

»Himmel, ja! Erst einmal braucht Herrchen Kaffee für seine eventuell verbliebene Hirnzelle.« Beck warf die Maschine an und trank ein Glas Wasser.

Seine Gedanken glitten zu dem gestrigen Zusammenschiss durch seine Vorgesetzte und er blinzelte. Peinlich. Ob sie schon einmal etwas von Observierung gehört hätten, hatte sie gefragt, und auch schon mal etwas davon, was mit Beamten passierte, die zur Spurenverwischung beitrugen, wenn auch nur durch Unfähigkeit. Beck stellte seufzend einen Becher unter die Maschine und fütterte den Kater.

Wenigstens hatten ihn die Geschehnisse des Tages davon abgelenkt, dass er irgendwie handeln musste in Sachen Sarah und Vater... Vaterschaft. Gruselig. Er würde so ein kleines »Papa«-schreiendes Monster bekommen, das den ganzen Tag den Hals nicht vollkriegte. Heute Abend musste er unbedingt mit Gunnar telefonieren. Ach ne, heute Abend war ja Sarahs Party. Ach du Schande, sollte er da unter diesen Umständen überhaupt hingehen? Aber das musste er! Warum bloß war er gestern zu feige gewesen, bei Sarah anzurufen? Eine Nacht zu schlafen, hatte gar nichts gebracht, er war noch genauso ratlos wie vorgestern. Eins wusste er, er würde Sarah unterstützen während der Schwangerschaft und auch danach, da gab es gar kein Überlegen. Aber mehr? Eine Familie? Er dachte an seinen Vater und schüttelte sich. Dieses Erbgut hatte er in sich, diese Kälte, diese Unfähigkeit, einem kleinen Wesen Liebe zu geben. Das konnte nur in einer Katastrophe enden. Besser, gar nicht erst damit anfangen, Sarah vorzugaukeln, dass sie eine kleine glückliche Familie werden könnten. Nicht mit ihm, er war defekt.

Traurigkeit bordete aus seiner Bauchregion in sein Herz und ließ Wasser in seine Augen treten. Jetzt flennte er schon am frühen Morgen! Unwirsch wischte er sich über das nasse Gesicht und atmete tief aus. So war es nun mal, seine Kindheit konnte niemand auf Rewind drücken.

Er zuckte zusammen, als das Telefon im Flur schrillte, und hastete zum Hörer. Sarah?

»Giovanni?« Nein, ganz eindeutig nicht Sarah.

»Alexander, nanu?« Was wollte der denn, wenn man an den Teufel dachte …

»Das ist ja schön, dass ich dich noch erwische, ich dachte schon, du wärst vielleicht schon unterwegs! Hast du vielleicht Zeit für einen Kaffee? Ich bin hier zum Ärztekongress, bin kurzfristig für einen Redner eingesprungen, deshalb konnte ich nicht Bescheid sagen.«

Beck sah auf die Uhr und an sich herunter. Er war noch in der Unterhose und auch sonst sah er wahrscheinlich aus wie unter einen Güterzug gekommen.

»Wo bist du?«

»Ich stehe unten, vor deinem Haus!«

Natürlich, er hatte noch nicht mal Zeit zu duschen, um seinem eleganten, immer wie aus dem Ei gepellten Vater angemessen entgegenzutreten. Einmal mehr der Loser, was sollte es?

»Klar, komm hoch.« Er drückte auf den Summer, nachdem die Türklingel erklungen war, und raste in sein Schlafzimmer, um sich in aller Eile eine Hose und ein Hemd überzuwerfen. Er griff nach seinem neuen Hemd von Boss, das er eigentlich heute Abend auf der Party hatte anziehen wollen, und fuhr sich mit der Hand durch die in alle Richtungen strebenden blonden Haare.

Die nackten Füße in die italienischen Lederslipper steckend, die er in seinem Kurzurlaub in Italien erstanden hatte, hastete er zur Tür, als es klopfte. Gerade noch so.

Er knipste ein Lächeln an und öffnete schwungvoll die Tür, hinter der sein Vater stand, smart wie ein Model eines exklusiven Herrenausstatters, und lächelte. Mein Gott, wurde der nie älter? Oder hatte er sich selbst auch schon in seiner Klinik für Plastische Chirurgie auf den OP-Tisch gelegt?

Er streckte seinem Vater die Hand entgegen, doch der nahm ihn in den Arm und tätschelte ihm den Rücken. Huch!

»Na, habe ich dich aus dem Schlaf geklingelt?« Alexander Beck ließ seinen prüfenden Blick an der notdürftigen Kleidung seines Sohnes hinuntergleiten.

»Nein, ich habe schon längst gefrühstückt.« Immer wieder geriet er in diese Lage, sich für irgendwas zu rechtfertigen, es war zum Kotzen. Einfach mal nichts sagen.

Er bot seinem Vater einen Platz am Esstisch im – Kowalska sei Dank – halbwegs aufgeräumten Wohnzimmer an und gab einen Kaffee bei seiner Maschine in Auftrag.

Der Kater geruhte zu erscheinen und strich seinem Vater schleimend um die Beine. Ausgerechnet, sonst behandelte der jeden wie einen Alien, der hier in seine heiligen Hallen einzudringen wagte.

»Ach, deine Katze, die hatte ich ganz vergessen. Hübscher Kerl!« Der ältere Mann beugte sich zu Minas hinunter und streichelte ihn. Der Kater schlängelte um die Beine des Besuchers und ließ sich die Berührungen gern gefallen. Verräter.

Sein Vater hob die Augen zu Giovanni und lächelte ihn an. »Wie geht es dir? Du siehst gut aus!«

Ich sehe ja auch aus wie eine schlampige Version von dir. Von seiner geliebten italienischen Mutter hatte Beck leider gar nichts geerbt, jedenfalls äußerlich. »Danke, du auch. Aber das siehst du ja immer. Wie geht es Maria?« Die Konversation gestaltete sich prickelnd, ein Herz und eine Seele, sie beide.

»Danke der Nachfrage, ihr geht es hervorragend. Sie hat gerade ein Angebot von der MET zugesagt. Das ist auch ein Grund, warum ich mit dir sprechen wollte. Ich gehe wahrscheinlich mit nach Amerika für die Spielzeit.«

Unerwartete Traurigkeit machte sich in Becks Brust breit. Fing er jetzt an zu weinen, weil Papi über den großen Teich verschwand? Als wenn er jemals viel von seinem Vater gesehen hätte.

»Und deine Klinik?« Der Heilige Schrein, der immer wichtiger gewesen war als Frau und Sohn.

»Die lasse ich von Herrn Dr. Bergmann leiten solange, ich habe ihn lange genug herangezogen, nun kann er mal Verantwortung übernehmen. Vielleicht verkaufe ich sie ihm auch.« Giovannis Vater schlug ein schlankes, langes Bein über das andere.

»Du verkaufst die Klinik?« Beck war fassungslos. Was war denn mit dem passiert? Die private Klinik war das Lebenswerk seines Vaters, in das all sein Herzblut floss, sofern er welches besaß. Er kannte seinen Vater eigentlich nur in Eile, entweder auf dem Weg in die Klinik zur OP oder spät abends aus dem Haus hetzend, weil er wieder zu irgendeinem gesellschaftlichen Event zu spät kam. Schon als Junge hatte er sich geschworen, nie so zu werden. Wie gut, dass er nun einen Job mit viel Freizeit hatte.

»Ich bin noch unentschlossen, aber ja, vielleicht. Eigentlich reicht es. Ich bin jetzt über 70 und Maria hat mich daran erinnert, dass es noch mehr gibt im Leben als Skalpell und Brustimplantate. Ich möchte mit ihr reisen, mein Leben genießen, solange ich noch eins habe.« Der ältere Mann lächelte etwas verlegen.

Nicht zu fassen. »Das finde ich vernünftig, dass du dir mal was gönnst, wirklich. Maria hat einen guten Einfluss auf dich.« Während seine arme Mutter an gebrochenem Herzen gestorben war, weil ihr genau dies nie gelungen war.

Alexander Beck nickte. »Es scheint so, ja. Und bei dir? Gibt es etwas Neues?« Er sah seinem Sohn prüfend ins Gesicht.

Ja, ich werde Vater. »Ja, ich werde Vater.« Hatte er das eben wirklich gesagt? Was sollte das denn?

Alexander riss erstaunt die blauen Augen auf. »Tatsächlich? War das denn geplant?« Sofort zum Kern der Sache, wie immer.

»Nein, das war es nicht. Ich fühle mich wie vor den Kopf geschlagen, weiß es selbst erst seit vorgestern.« Was faselte er denn da? Seit wann schüttete er denn Papi sein Herz aus?

»Will deine Partnerin … Sarah, denn das Kind behalten?« Alexander setzte sich auf und strich sich die immer noch blonden Haare aus der Stirn.

»Ich denke schon. Wir … wir haben irgendwie noch nicht so richtig darüber geredet, wir …«

»Habt euch gestritten? Kann ich mir denken, ich hätte in deinem Alter auch abweisend reagiert, wenn ich ungewollt Vater geworden wäre.«

»Aber du warst Vater in meinem Alter!« Beck hörte selbst die Bitterkeit in seiner Stimme.

»Ja, aber nicht ungewollt. Wir wollten dich, Giovanni, und ich war stolz auf dich, auch wenn du das vielleicht nicht glaubst. Eigentlich wollten wir noch mehr Kinder, wenn … wenn alles anders gelaufen wäre.«

»Wenn du dich mehr um deine Familie gekümmert hättest, meinst du?« Beck starrte seinen Vater wütend an.

»Ja, das meine ich. Ich habe völlig falsche Prioritäten gesetzt damals, ich weiß das heute. Ich weiß auch, dass ich die wichtigste Zeit mit dir verpasst habe, Giovanni, und ich bereue es. Ich kann dir nicht verdenken, dass du es mir übel nimmst.«

»Bist du allein zu dieser Einsicht gekommen oder hat dir Maria das eingeredet?« Alexanders Freundin hatte einen starken Familiensinn und ein liebevolles Verhältnis zu ihren Kindern.

»Ich bin allein zu dieser Einsicht gekommen, weil ich gesehen habe, wie sie mit ihren Kindern umgeht. Und wie wir beide zueinander stehen. Und dass das meine Schuld ist. Es tut mir leid, aufrichtig.«

Schimmerte da eine Träne im Auge seines Vaters? Unmöglich, das musste das Licht sein. Dennoch fühlte Giovanni, wie die Wut aus seinem Körper schwand, und atmete tief aus.

»Du wirst also Vater, Giovanni. Mach es besser als ich. Freu dich auf das Kind, verbringe Zeit mit ihm, sieh es aufwachsen, geh mit ihm angeln, zum Fußball oder zum Popkonzert, was auch immer. Auch wenn du vielleicht nicht mit dieser Frau zusammenbleibst, dieses Kind wird dir bleiben und dich lieben, sein Leben lang, wenn du es lässt.« Sein Vater sah zur Seite und atmete tief ein.

Beck suchte nach Worten. Er wusste, dass Alexander es ehrlich meinte, tief im Inneren wusste er es, aber er war es so sehr gewohnt, die Worte seines Vaters verächtlich abzutun, weil sie ihn meistens verletzt hatten, dass es ihm schwerfiel, davon abzuweichen.

»Ich glaube, du hast recht, Alexander. Es ist das Einzige, was ich tun kann. Ich hoffe nur, dass Sarah mir meine erste Reaktion verzeihen kann. Ich mag sie wirklich gern, mehr als das, aber ... mein Gott, wir sind doch noch nicht mal ein Jahr zusammen. Wie soll ich da wissen, ob das gut geht? Ob wir eine ... Familie sein können?« Das Wort wollte ihm nicht über die Lippen.

»Das weiß du nie, auch nach zehn Jahren Beziehung. Es ist ein Weg, den ihr gemeinsam geht, und ob ihr zusammenbleibt, entscheidet letztendlich die Bereitschaft, sich miteinander zu wandeln. In dem Moment, wo der eine stehen bleibt, ist es aus. So wie es bei mir und Chiara, deiner Mama, war.« Bedauern lag in Alexanders tiefer Stimme und er hustete.

»Du meinst also, dass ich stehen bliebe, wenn ich Sarah jetzt verlasse? Wenn ich diesen Weg mit ihr nicht weitergehe?« Beck war überrascht über diese Sichtweise.

»Wenn sie es wert ist und du nicht nur eine Affäre mit ihr hast, dann ja. Wenn da mehr ist als eine Bettgeschichte, wenn dein Herz beteiligt ist. Dann wag es. Was hast du zu verlieren? In dein altes Leben kannst du immer noch zurück, wenn du das dann noch willst. Wenn du dich aber für sie entscheidest, dann tue es ganz, nicht wie ich. Ich habe mich damals nur formal entschieden, bin irgendwie doch innerlich Single geblieben und habe so gelebt. Das war ein großer Fehler, ich habe mich selbst um meine Familie gebracht.« Alexander zuckte mit den Schultern. »Kein Zweck, darüber herumzujammern. Der Einzige, der das darf, bist du.« Er blickte seinem Sohn in die Augen.

»Ich habe es mir schon lange abgewöhnt, darüber zu jammern, das bringt einen nicht weiter. Aber vielleicht hast du recht. Was habe ich zu verlieren? Ich versuch's einfach und hoffe, dass ich es irgendwie hinkriege. Oh Gott.« Er bedeckte seine Augen mit einer Hand. Irgendwie war ihm das Leben sowieso schon manchmal zu viel, und jetzt noch ein Baby und eine Frau, die von ihm erwartete, dass er sie und das Kind liebte und für beide da war?

»Ich glaube, dass du das schaffst, Giovanni. Du hast viel von der Warmherzigkeit deiner Mutter, bist liebesfähiger, als ich es damals war.« Alexander erhob sich und Beck folgte seinem Beispiel. Gott, was für eine Psychositzung. Sein Vater und er im Therapiegespräch, wie gut, dass er nach Amerika ging, dass das ja nicht einriss. Er grinste und fand sich überrascht in einer festen Umarmung seines Vaters wieder.

»Ich muss los, dringend. Ruf mal an und lass mich wissen, wie du dich entschieden hast. Es interessiert mich, was aus meinem ersten Enkel wird.«

Gott, ja, sein Vater wurde ja dann auch Großvater, kaum vorstellbar, dass irgendein Kind wagte, »Opa« zu ihm zu sagen. »Ich melde mich, bestimmt. Vielleicht kannst du mir ja Nachhilfe im Windelnwechseln geben?« Irgendwie musste er seine Emotionen wieder in den Griff kriegen.

»Nein, das kann ich leider nicht. Ein weiteres Fach, in dem ich versagt habe.« Alexander lächelte schmal und entschwand durch die Wohnungstür. Beck sah ihm hinterher, wie er die Stufen hinuntereilte, und empfand plötzlich Mitleid. Sein Vater sah sehr einsam aus, auch wenn er das ja gar nicht mehr war. Ein Leben in Einsamkeit, weil man das Wagnis, sich völlig auf einen anderen Menschen einzulassen, nicht eingehen konnte. Wollte er das? Nein, das wollte er nicht. Aber was er sonst wollte, war momentan in einem Vater-Sohn-Gefühlsdrama durcheinandergewirbelt.

Und er kam schon wieder zu spät in den Dienst. Er hastete ins Bad, um eine schnelle Dusche zu nehmen, und stolperte über seinen Kater, der ihn herrisch daran erinnerte, dass das kaiserliche Frühstück immer noch nicht serviert worden war. Während er auf seinen Dielenboden krachte, fiel ihm ein, dass ja heute Samstag war und er gar nicht pünktlich in den Dienst musste. Juhu.

*

Zweifelnd drehte sich Sarah vor dem viktorianischen halb blinden Spiegel in ihrem Zimmer. Saß das Kleid, das sie sich extra für ihr Gartenfest gekauft hatte, etwa schon stramm über dem Bauch? Unzufrieden musterte sie sich und zerrte an ihren widerspenstigen Locken.

Einmal, nur einmal wollte sie so makellos schön und perfekt aussehen wie Belinda Brückmann. Glatte blonde Haare waren schon immer ihr Traum gewesen. Und würden es bleiben, kein Frisör würde diesen Haarwust in etwas Glamouröses verwandeln können. Sie schnitt sich selbst eine Grimasse. Bäääää!

»Na, haste dich mal wieder lieb?« Einer vertrauten Stimme folgte die ebenso vertraute überschlanke Gestalt ihrer Freundin Filo, Filomena von Seiffen, eine, die dem Glamour einer Belinda Brückmann in nichts nachstand. Das schwarze Haar in einen schimmernden Bob frisiert, die grünen Augen leuchtend in einem blassen, makellosen Gesicht, die Figur eines Supermodels in ein schlichtes und unübersehbar teures Strickkleid gehüllt, trat in hassenswerter Perfektion neben Sarah und drückte ihr einen Kuss auf die Wange.

»Du bist schon da?« Sarah lächelte erfreut und brach in Tränen aus.

»Himmel! Ich weiß ja, dass wir zu früh sind, aber deshalb musst du doch nicht weinen!« Filo zog Sarah in ihre Arme und tätschelte ihr den Rücken. »Was ist los? Sind die Geigen aus dem Himmel mit Giovanni gefallen?«

Sarah schüttelte den Kopf und befreite sich aus der Umarmung. »Wir? Ist Sascha mit dir gekommen? Wo ist er?«

»Na, wo schon? Bei seiner besten Freundin Luise hängen geblieben, wahrscheinlich ist die erste Flasche Schampus schon halb hinüber.« Filo betrachtete sich kritisch in Sarahs Spiegel und strich über ihren akkurat frisierten Bob.

»Wieso siehst du eigentlich immer aus wie dem Titelbild der Vogue entstiegen? Ich hasse dich.« Sarah warf ihrer eleganten Freundin einen angewiderten Blick zu. »Du bist schöner, schlanker, größer und klüger als ich, wieso bin ich eigentlich mit dir befreundet?«

»Weil du einfach ein Vorbild brauchst, du Knalltüte.« Filo lachte. »Du hast zwar in allen Punkten recht, aber schließlich bist du ja auch nicht übel.« Sie zog Sarah erneut in ihre Arme und drückte ihr einen knallenden Kuss auf die Wange. »Spinnerin!«

Die duftende Umarmung erweckte erneut das allzeit bereite Wasser in Sarahs Augen zum Leben und sie blickte schnell nach oben. Ihr graute davor, Filomena von ihrer neuesten Heldentat zu berichten. Schwanger, das war ein Horrorszenarium für Filo, und Sarah wollte sich dieser Kritik jetzt nicht aussetzen, eigentlich niemals. Aber vielleicht gelang es ihr wenigstens, dieses Wochenende noch ohne Outing zu überstehen, sie wollte versuchen, ihre kleine Party zu genießen. Ob wohl Giovanni kommen würde? Und wenn ja, was würde sie dann tun? Ihm eine reinhauen, in Tränen ausbrechen oder beides?

Filomena schob Sarah etwas von sich und sah ihr prüfend ins Gesicht. »Was ist los? Komm, sag es Mama? Was hat er getan?«

So viel zu einem Wochenende in Frieden.

»Gar nichts hat er getan. Das ist es ja gerade. Nur dämlich geguckt und herumgestammelt. Als wäre ich allein schuld.« Sarah ließ den Tränen nun freien Lauf, es war ja jetzt sowieso egal.

»Schuld? Woran?« Filo ließ sich auf Sarahs Bett sinken und zog ihre Freundin mit sich.

»An dem Kind.« Sarah schielte schuldbewusst zu Filo hoch, am liebsten hätte sie sich schnell die Decke über den Kopf gezogen.

»DEM KIND? Willst du damit sagen, du ... bist ... schwanger?!« Filos Stimme schwang sich in ein entsetztes Crescendo empor.

»Ja, bin ich. Und jetzt bitte keine Vorträge über Verhütung und sonst irgendwelche Vorhaltungen, ich habe die Scheißpille genommen und sie hat nicht gewirkt. Wahrscheinlich hat das Kind nur ein Auge oder so, das auch noch.« Sarah schluchzte laut auf.

»Ach du Schande. Und Giovanni ist hocherfreut, klar.« Filo strich ihrer Freundin über die Locken und dachte sichtlich nach. »Willst du es behalten?«

»Weiß ich noch nicht, ich ...« Sarah hatte plötzlich Angst, ihrer Freundin die Wahrheit zu sagen.

»Das ist der Hammer. Das schaffst auch nur du, trotz Pille schwanger zu werden.« Filo schüttelte den Kopf. »Was hat er denn gesagt? Wirklich gar nichts? Obwohl ich ja verstehen kann, dass er geschockt war.«

Sarah fuhr vom Bett hoch, schlagartig wütend.

»So, du kannst ihn verstehen, ja? Kannst du dir vielleicht in deiner empathiearmen Gefühlswelt auch vorstellen, dass es für MICH ein Schock war? Denn ich bin ja die, die mit der Situation klarkommen muss, der Herr Kommissar muss ja nur zahlen, und wie wir alle wissen, wird ihm das nicht weiter schwerfallen.« Sarah brach ab und keuchte.

»Ja, schon gut. Hast ja recht. Und wie du gestrickt bist, wirst du das Kind behalten, richtig?« Filo legte beschwichtigend eine schmale Hand auf Sarahs Arm.

»Ja. Ich kann das nicht wegmachen lassen, selbst wenn es vielleicht einfacher wäre. Aber ich bin 32 und wollte immer Kinder. Wer weiß, ob ich überhaupt noch mal eins bekommen kann, nach so einer Abtreibung? Man hat ja schon schlimme Geschichten gehört. Und außerdem – ich habe ja nichts dagegen, von Giovanni ein Kind zu bekommen, auch, wenn es natürlich viel zu früh ist.« Sarah suchte in ihrer Nachttischschublade nach einem Taschentuch.

Filo nickte. »Ja, für dich ist es das Richtige, das Kind zu bekommen, das denke ich auch. Und wer weiß, vielleicht kriegt sich Giovanni ja auch noch ein? Kommt er denn heute Abend? Soll ich mal mit ihm sprechen?«

»Wehe! Ich glaube nicht, dass er kommt, und wenn doch, dann spricht niemand mit ihm außer mir. Obwohl ich ihm am liebsten immer noch eine reinhauen würde.« Sarah schnaubte.

»Glaube ich dir, allerdings solltest du ihm schon eine kleine Schockminute gönnen, seine Reaktion heißt ja nicht, dass er sich nicht um das Baby kümmern wird.«

Sarah schüttelte den Kopf. »Nein, das heißt sie nicht. Aber ich kann dir gar nicht sagen, was ich schlimmer finde, die Vorstellung, dass er verantwortungsvoll einer Verpflichtung nachkommt, aber keinerlei Liebe für das Kind empfindet, oder dass er sich gar nicht kümmert. Ich weiß nicht, ob ich das ertragen kann, wenn er das Kind alle zwei Wochen zu sich holt und ich …« Ihre Stimme brach und sie verbarg ihr Gesicht in den Händen. Sie war total in Partylaune, aber so was von.

»Warte erst mal ab. Schließlich ist er ja auch in dich verliebt. Und ich schätze ihn eigentlich nicht so ein, dass er dich jetzt fallen lässt.«

Sarah blickte auf. »Glaubst du wirklich? Dass er in mich verliebt ist, meine ich? Gesagt hat er das nie, von Liebe war noch nie die Rede zwischen uns. Alles war immer locker flockig und unkompliziert. Ich habe immer vermieden, ihn irgendwie zu bedrängen, aus lauter Angst, dass er dann irgendetwas Furchtbares tun oder sagen könnte wie ›Sarah, es war wirklich nett mit dir, aber Liebe? Die gibt es doch nur im Märchen‹. Und sag jetzt nicht, dass das wahr ist.«

»Für dich jedenfalls nicht, dass weiß ich, du glaubst daran. Und ich wünsche dir von Herzen, dass du sie findest. Ob es mit Giovanni sein wird, das werden wir sehen.«

»Juhu!« Die Tür sprang auf und es wurde bunt im Zimmer. Sascha, ihr alter Freund aus ihren Berliner Zeiten, wehte herein, eine schillernde Traumgestalt in Leder und Pelz. Er wedelte mit einer Flasche Champagner und sah sich prüfend um.

»Was ist denn hier los? Ich dachte, wir machen heute Party, Party, Party? Und ihr sitzt herum wie zwei Trauerklöße? Du liebe Güte!«

Filo bedeutete ihm mit einer Handbewegung, sich zurückzuhalten. »Sarah ist schwanger!«

»Ach du dickes Ei. Im wahrsten Sinne des Wortes.«

*

Beck hatte beschlossen, der drängenden Frage nach seiner Teilnahme an Sarahs Party auszuweichen, indem er im

Büro – so viel zu einem entspannten Wochenende – nochmals sämtliche Fakten, die sie zum Fall Angelina Krüger ermittelt hatten, zu sichten und auf eine Eingebung zu hoffen, die ihm sagen konnte, was als Nächstes zu tun sei. Viele Verdächtige, aber keine Hinweise auf eine Gewalttat.

Es bestand immer noch die Möglichkeit, dass das Mädchen sich irgendwo versteckt hielt oder entführt worden war, ins Ausland. Aber warum sollte sie sich verstecken? Und vor wem? Ihre Mutter war nicht die Fürsorge in Person, ja, aber doch andererseits auch kein Unmensch? Gab es da noch etwas, was sie übersehen hatten oder sich noch gar nicht gezeigt hatte? Er stöhnte und öffnete die Tür zu seinem Büro.

Er las noch einmal seine Stellungnahme zum bedauerlich peinlichen Vorfall im alten Speicher und schüttelte den Kopf. Das würde ihm wohl ewig nachhängen. Dass über irgendetwas in dieser Behörde Gras wuchs, darauf konnte nur ein Naivling hoffen. Dazu musste man erst in höhere Weihen aufsteigen, dann wurde alles unter den Teppich gekehrt, was ging. In den Genuss derselben würde er nun vielleicht nicht gelangen, dabei hatte er nie vorgehabt, auf dieser Stelle in Braunschweig zu versauern. Obwohl Karriere hieß, nur noch im Büro zu sitzen und Akten zu schieben, andere das Blut wegwischen zu lassen. Langweilig.

Aber immerhin hätte er dann vielleicht mehr Zeit für das Kind, diesen noch anonymen Zellklumpen in Sarahs Bauch. Ihm wurde übel und er dachte daran, was sein Freund Gunnar gesagt hatte. »Ja, es ist furchteinflößend, so ein Kind zu bekommen, ich habe noch nie so viel Angst gehabt in meinem Leben, davor, es nicht lieben zu können, nicht für es sorgen zu können, etwas falsch zu machen. Und gleichzeitig war es das Wunderbarste, was ich je erlebt habe und erleben werde. Der Moment der Geburt unseres ersten Kindes hat mich herausgehoben aus meinem Ego, plötzlich war da etwas Wichtigeres als ich selbst.«

Ob das bei ihm auch so sein würde? Dass ihm das Kind wichtiger sein würde als er sich selbst? Schwer vorstellbar. Ebenso schwer vorstellbar, dass er das Kind lieben könnte. Konnte er überhaupt lieben? Liebte er irgendwen auf dieser Welt? Er liebte ja noch nicht einmal sich selbst. Als Kind hatte er mal ein Kaninchen gehabt, die Gefühle für dieses Tier kamen noch am ehesten dem nahe, was er sich unter Liebe vorstellte. Aber da war er ein Kind gewesen, da hatte er das vielleicht noch nicht verlernt, das Lieben.

Liebte er seinen Vater? Nein. Sarah? Er mochte Sarah sehr, sehr gern, war gern mit ihr zusammen, genoss auch die Zusammenkünfte in ihrem Schlösschen mit ihren verrückten Tanten und ja, er empfand so etwas wie ein Familiengefühl für diese kleine Gemeinschaft, zu der er dazugestoßen war. Aber würde seine Welt zusammenbrechen, wenn er das morgen nicht mehr hätte? Wahrscheinlich nicht. Auch seine Berliner Kreise hatte er, weitgehend ohne eine Träne zu vergießen, hinter sich gelassen. Sicher, da war noch der eine oder andere, mit dem er ab und zu telefonierte oder ihn besuchte. Aber sein Herz hing nicht wirklich daran. Hatte er Ayana geliebt, seine Lebensgefährtin, mit der er in Berlin einige Jahre zusammengelebt hatte? Zumindest hatte er das geglaubt. Als sie ihn verlassen hatte, war es ihm einige Zeit nicht gut gegangen. Aber war das Liebe? Er dachte nur noch sehr selten an sie, dabei war es erst zwei Jahre her, dass sie gegangen war, und es hatte immerhin eine Zeit gegeben, in der er annahm, dass Ayana seine Zukunft sein würde. Vielleicht stimmte einfach etwas in ihm nicht, war kaputtgegangen, als seine Mutter starb.

Denn die hatte er geliebt, daran bestand kein Zweifel. Als sie starb, hatte der kleine Giovanni viele Tränen vergossen und er erinnerte sich noch an das Gefühl einer unsäglichen Einsamkeit, die ein Loch in sein Herz gefressen hatte, das nie wieder gefüllt worden war. Da war er, der Beweis, er konnte es oder besser: Er hatte es gekonnt, zu lieben. Aber es schien unwiederbringlich dahin zu sein, dieses Können, diese Liebesfähigkeit.

Er seufzte tief und las den Bericht über den Speichervorfall das dritte Mal. Hatten sie Angelina dort gesehen oder irgendein anderes rothaariges Mädchen in grünem Parka? Sein Bauchgefühl sagte, es hatte sich um Angelina gehandelt. Warum war sie da herumgelaufen? Und wer war der Mann neben ihr gewesen? Leider konnte Wagner sich kaum erinnern, da er sich so auf das Mädchen konzentriert hatte. Er konnte weder sagen, ob er jung, alt, blond oder dunkelhaarig gewesen war. Lediglich, dass er größer gewesen sein musste als das Mädchen, war seinem altersmüden Polizistenhirn zu entlocken gewesen. Sehr hilfreich, Wagner gab einen miesen Zeugen ab.

Er schlug die Akte zu und beschloss, noch einmal zum Hafen zu fahren. Das würde ihm höchstwahrscheinlich keine neuen Erkenntnisse bringen, aber wenigstens Luft um die blasse Nase.

Am Hafen wehte tatsächlich ein frisches Lüftchen, als er aus seinem Wagen stieg. Zusammen mit dem Möwengeschrei fühlte er sich fast ein bisschen wie am Meer, wenn er die Augen zusammenkniff und den Mittellandkanal ein wenig mental vergrößerte. Er zog seinen Trenchcoat über und marschierte los Richtung Speicher. Vielleicht hätte er lieber seinen Fahrradhelm aufsetzen sollen dieses Mal? Haha.

Unschlüssig musterte er die heruntergekommene Backsteinfassade des alten, hohen Gebäudes. Etwas Bedrohliches ging von ihm aus, als wollte der Speicher ihn davor warnen, näher zu treten. Die blinden Scheiben beobachteten ihn, lauernd, irgendwie bösartig. Beck drehte sich um und blickte über den Mittelandkanal. Ein Binnenfrachter ankerte, beladen mit zahlreichen Containern, die quietschend und krachend auf die Hafenbahn umgeladen wurden. Die großen Kräne sahen aus wie metallene Riesengiraffen aus einer nicht besonders freundlichen Zukunft. An der überdimensionalen Eingangstür war das Siegel der Tatortsicherung schon wieder entfernt, alles war eingesammelt, gesichtet und dokumentiert worden, einschließlich der demolierten Schädel zweier minderbemittelter Polizeibeamter. Er schüttelte sich, zog den großen Speicherschlüssel aus der Manteltasche, der schnarrend und widerwillig seinen Dienst erfüllte und die rostige Metalltür öffnete.

Erneut trat er in die muffige Feuchte einer großen, nicht mehr benutzten Lagerhalle. Durch die staubigen, seit Jahrzehnten ungeputzten hohen Sprossenfenster am Ende der Halle fiel milchiges Sonnenlicht auf verschmutzte Dielen. Hier und da lag ein wenig Unrat herum, wunderbare Rattennester wahrscheinlich, ansonsten die gleiche gähnende Leere wie bei den letzten beiden Besuchen. Was wollte er hier? Hier gab es nichts.

Trotz seines wachsenden Unbehagens trat er tiefer in die Halle und ging zur eisernen Treppe in der Mitte des Raumes, die mit ihren steil ansteigenden Stufen jegliche modernen Sicherheitsvorschriften Lügen strafte. Auf einer Treppe zu stürzen, dürfte in den 40er-Jahren wohl zu den geringeren Berufsrisiken eines Hafenarbeiters gehört haben. Die Arbeit in diesem alten Getreidespeicher war sicher staubig, heiß und anstrengend gewesen. Allein die Säcke nach Entladen der Schiffe hier diese steile Treppe herunterzuschleppen, hätte Becks leider wenig gestählten Leib in arge Bedrängnis gebracht.

Unbelastet von schweren Getreidesäcken stieg er vorsichtig die Treppe empor, um in den obersten Stock zu gelangen, in dem sich die Seilwinde befunden hatte, mit der die Säcke durch das schmale Fenster gewuchtet worden waren. Sie war schon lange nicht mehr in Betrieb, kein Seil hing mehr am eisernen Haken, der nutzlos geworden an die geschäftigen Tage erinnerte, als hier noch emsiges Treiben geherrscht hatte. Beck trat an das Fenster und sah auf das Hafengelände hinunter. Ganz schön hoch.

Er drehte sich um und ließ den Blick durch den stickigen Raum schweifen. Nichts außer Mäuse- oder Rattendreck.

In einer Ecke ein Abdruck, nicht mehr als eine Aussparung des allgegenwärtigen Staubes, so als habe hier vor nicht allzu langer Zeit etwas gelegen, ein länglicher Gegenstand. Ein Schlafsack? Hatte sich Angelina hier vielleicht versteckt? Aber warum und wovor? Und warum hier? Das ergab alles doch überhaupt keinen Sinn.

Er wandte sich zum Gehen ab und stutzte. Im Augenwinkel hatte er etwas erahnt und er trat näher an das Fenster. Auf der Fensterbank lag ein langes Haar, das ihm nur aufgefallen war, da es der Sonne gefiel, es auf dem dunklen Holz in einem verirrten Strahl aufleuchten zu lassen, als wollte sie sagen »Guck mal, Giovanni! Ich sehe was, was du nicht siehst!«

Nach Wagners und seinem Zusammenstoß mit dem Knüppel war der Speicher durchsucht worden, aber anscheinend nicht besonders gründlich. Giovanni war ja noch nicht in der Lage gewesen, die Sicherung selbst zu überwachen. Wenn man nicht alles selbst machte …

Wahrscheinlich hatte die Sonne vorgestern nicht geschienen, denn das Haar leuchtete eindeutig … rot.

*

Sarah warf einen letzten Blick in ihren Spiegel und war eigentlich ganz zufrieden mit dem, was sie da sah. Filo und ihre exquisiten Make-up-Utensilien hatten wahre Wunder auf ihrem verheulten Gesicht vollbracht, ihre Augen waren geheimnisvoll dunkel umschattet und ihre wirren und immer leicht zerzausten Locken waren zu einer spiegelnden, rotbraun schimmernden Mähne geglättet, die ihr fast bis zur Taille reichte. Ihr hochgeschlitztes Sommerkleid betonte ihre langen Beine, die durch neu erworbene goldene Stilettos noch länger erschienen. Gut gemacht, Sarah. Sie sah sexy aus und überhaupt nicht schwanger, wenn man von der leichten Wölbung ihres Bauches absah. Sie zog das Bäuchlein ein. Ging doch. Wenn Giovanni heute Abend kam, sollte es ihm wenigstens leidtun, dass er die Mutter seines ungeborenen Kindes sitzen ließ. Wenn er kam. Wenn er nicht kam, hätte sie auch in einem Kartoffelsack gehen können, dann wäre es ihr völlig egal, wie sie aussah. Wenn er nicht kam, was hieß das dann? Hieß es, er wollte …

»Er kommt.« Asta war hinter sie getreten und legte ihre Hände auf Sarahs Schultern. »Hundertprozentig.«

Sarah blickte ihre Tante im Spiegel an. »Woher willst du das so genau wissen? Ich bin mir da nicht so sicher.«

»Giovanni ist keiner, der gleich den Schwanz einzieht

bei der ersten kleinen Schwierigkeit.« Asta blickte prüfend in den Spiegel und zupfte an ihren feuerroten Cornrows.

Sarah lachte bitter auf. »Kleine Schwierigkeit? Ein Kind? Na, also weißt du! Schlimmer geht's ja wohl kaum.«

»Wieso, es ist doch klein. Und was kann an einem Kind schon schlimm sein? Du liebst ihn, er liebt dich, er weiß es bloß noch nicht, und nun bekommt ihr ein Kind zusammen. Früher als gedacht, aber das Schicksal sucht sich seinen Weg. Wenn er jetzt kneift, kneift er vor seinem Schicksal. Man kann nicht ewig vor jeder Verantwortung davonlaufen, dann bleibt man stehen, so widersinnig das klingt. Und dein Giovanni weiß das, Sarah, ich kann das in seinen Augen sehen. Er ist verletzt worden, das ist sicher, glaubt nicht mehr an die Liebe. Doch er ist noch nicht verloren und hier ist seine Chance, die Liebe wieder in sein Leben zu lassen. Ich denke, er wird sie ergreifen.«

»Ach, Asta. Du und deine mystische Sicht auf die Dinge. Das mag ja alles stimmen, bloß, wird er das zulassen? Es ist einfacher, weiter auf den vertrauten, sicheren Pfaden kontrollierbarer Gefühle zu wandeln, das kenne ich ja von mir selbst. Ich habe auch Angst vor dieser … dieser großen Verantwortung und wahnsinnigen Anforderung an meine Liebesfähigkeit. Was, wenn es ein echter Kotzbrocken wird, mit dem ich nicht klarkomme? Du kennst ja den Spruch ›Lehrers Kinder und Pfarrers Vieh …‹«

»… gedeihen selten oder nie.« Asta lachte und zog Sarah zur Tür hinaus. »Nun komm, die Sonne scheint, der Grill glüht schon vor, der Sekt steht kalt und Sascha hängt die Baumlaternen auf, alles wird gut.«

Als Sarah auf die festlich geschmückte Schlossterrasse trat, blinkten schon einzelne Lichter in den hohen, alten Bäumen des Schlossparks, leise Popmusik klang rhythmisch aus den Lautsprechern des alten Ghettoblasters, den Asta für ihre Yogastunden benutzte, und die Stehtische waren mit weißen Hussen umhüllt, die Sarah höchstpersönlich gestern aus der Reinigung geholt hatte. Hach. Thomas, Filos Avessener Affäre vom letzten Jahr, trat mit einer Salatschüssel in der einen und seiner Tochter an der anderen Hand eben durch das französische Fenster zum Salon und stellte die mit verlockend aussehendem Nudelsalat gefüllte Schüssel auf das aus Biertischen zusammengestellte Buffet. Astas berühmter Kartoffelsalat und die von Luise gespendeten Lachsröllchen vom besten Partyservice Königslutters verhießen angenehme Leibesfreuden zu späterer Stunde. Luise stand, in weiße Seide gehüllt, mit trügerischer Zerbrechlichkeit in ein flirtendes Gespräch mit einem Mann vertieft, der Sarah vage bekannt vorkam. »Ist das … Wagner? Hast du Herrn Wagner eingeladen?« Sie wandte sich erstaunt an Asta, die eben die ersten Nackensteaks auf den Grillrost legte, erstaunlich klassisch in ein blaues Sommerkleid gekleidet, das ihre schlanken Hüften auf das Vorteilhafteste betonte. Warum nur hatte sie nicht dieses Gen erben können? Beneidenswert.

Ihre Tante schien intensiv mit dem passgenauen Anordnen der diversen Fleischstücke beschäftigt zu sein. »Ja, ich habe dir doch erzählt, dass ich ihn neulich im Ökoladen getroffen habe, und da habe ich ihn einfach spontan eingeladen. Weil doch Giovanni auch kommt und …« Sie verstummte und eine feine Röte in ihren Wangen ließ ihre Augen noch blauer blitzen.

Sarah lachte. »Soso. Mick Jagger. Ich erinnere mich. Do you need some satisfaction?« Neckend stimmte sie den berühmten Hit der Stones an.

»Ach, sei doch still.« Asta warf ihre Zöpfe zurück und einen scheuen Seitenblick auf den Stone des Anstoßes. »Na und? Immer dieselben Leute auf unseren Partys, ist doch langweilig.«

Philipp rannte lachend und kreischend mit Farid vorbei, dessen Mutter gerade eingetroffen war, ebenfalls mit einer großen Schüssel beladen. Langsam füllten sich Buffet und Terrasse, die Sonne schien noch warm auf ihren Rücken und Filo reichte Sarah das erste Glas Sekt des Abends. »Moment mal …« Sie deutete auf das Glas in ihrer Hand und Filo schüttelte den Kopf.

»Ist alkoholfreier.« Sie zuckte bedauernd mit den Schultern und zwinkerte ihr zu.

Saschas lederbehoster, ansehnlicher Hintern wurde in den Ästen der großen Kastanie sichtbar, die direkt an der Terrasse stand, und sein ebenso ansehnlicher Rest folgte etwas abrupt mit einem Schwall von Blättern.

»Aua!« Sarahs alter Freund rappelte sich vom Boden hoch und rieb sich die Rückseite. Sein Blick fiel auf die erschrockene Freundin und er guckte leidend. »Unter Einsatz meines Lebens hänge ich deine Lampions auf, liebste Sarah, unter Einsatz meines kümmerlichen Lebens!«

Er strich sich eine pinkfarbene Strähne aus der Stirn und griff nach dem Sektglas, das ihm Luise lachend reichte. »Herzloses Weibsstück, her mit der Medizin!« Er sah in Richtung des Schlosshofes, den er von seinem Standort einsehen konnte, und zog eine pechschwarze Braue hoch. »Da, schau doch mal, wer da, hübsch wie Amor persönlich, über den Hof geflattert kommt.« Er zwinkerte Sarah anzüglich zu und deren Herz setzte aus.

Kam da etwa … Kam er doch? Ihr Herz raste und sie hätte sich am liebsten gemeinsam mit Philipp und Farid im Park versteckt. Eins, zwei, hundert, ich komme!

Sie schluckte und betrachtete sich im Glas der bodenlangen Fenster. Gut sah sie aus. Schnell irgendetwas tun, beschäftigt sein, wenn er …

»Hallo, Sarah.« Ein riesengroßer Strauß aus bunten Sommerblumen schob sich in ihr Gesichtsfeld. Keine roten Rosen, schoss es ihr durch den wirren Kopf.

»Hallo, Giovanni.«

*

»Sieht alles sehr schön aus.« Beck schwitzte stark in seinem leichten weißen Sommerhemd und wünschte sich weit fort von all diesen neugierig glotzenden Blicken der Partygäste, die bestimmt recht gut über das Geschehen zwischen ihm und Sarah informiert waren, so weit kannte er die Frauen.

Er musste sich zwingen, Sarah in die Augen zu schauen, deren Blick Vorsicht und Verletzung erkennen ließ. Das hatte er grandios vermasselt. Bis vor einer Stunde war er nicht sicher gewesen, ob es klug war hierherzukommen, ob es nicht besser gewesen wäre, am nächsten Tag allein aufzukreuzen, als unter all diese beobachtenden Augen zu treten. Doch das hatte er Sarah nicht antun wollen, er wusste, dass sie wahrscheinlich den ganzen Abend nach ihm Ausschau gehalten und nichts von ihrer kleinen Sommerparty gehabt hätte.

Zurückhaltend lächelnd nahm seine Liebste – denn das

war sie doch, seine Liebste, oder? – den Blumenstrauß entgegen und sah aus wie der Sommer persönlich mit ihren wehenden rötlichen Locken, dem hübschen Sommerkleid, das in der leichten Brise um ihre sehr ansehnlichen Kurven flatterte und ihre langen, wohlgeformten Beine sehen ließ. Unwillkürlich fiel sein Blick auf ihren Bauch. War da schon etwas zu sehen? Er vermeinte, eine leichte Rundung wahrzunehmen, die ihm vorher nicht aufgefallen war. Oh Gott, da drinnen wuchs ein Kind, sein Kind.

»Giovanni?«

Er fuhr aus seinen Überlegungen auf und räusperte sich. »Ich, ja, ich möchte nachher oder morgen gern mit dir allein sprechen, Sarah. Es … es tut mir leid, dass ich vorgestern so ablehnend reagiert habe, ich … es …« Er brach ab, vollkommen überfordert von der Situation.

»Sarah, komm, ich nehm dir die Blumen ab. Du kannst ja mit Giovanni einen kleinen Gang durch den Park machen, bis das Grillfleisch so weit ist.« Asta, wie immer der rettende Engel.

Sarah nickte mit einem fragenden Blick in Giovannis Richtung und übergab ihrer Tante den Blumenstrauß.

Giovanni bot ihr den Arm und wandte sich Richtung Park, froh, der Beobachtung der anderen zu entkommen und gleich die Gelegenheit für ein klärendes Wort mit Sarah zu bekommen. Wenn ihm denn die richtigen Worte einfielen.

»Ich …« Er brach ab, als Sarah gleichzeitig anfing zu sprechen. »Bitte, du zuerst.«

»Nein, du.« Sarah schüttelte ihre Lockenmähne zurück und wich seinem Blick aus.

Er setzte erneut an. »Ich habe ja schon gesagt, dass mir meine erste Reaktion leidtut. Ich war einfach überfordert von der Vorstellung, für ein so kleines Wesen verantwortlich zu sein. Ich habe Angst, dem nicht gerecht zu werden. Ich wollte nie Kinder, weil ich immer dachte und auch noch denke, ich könnte kein guter Vater sein. Ich habe nicht das beste Vorbild, ich weiß überhaupt nicht, wie das geht. Es ist nicht so, dass ich dir die Schuld gebe oder sauer auf dich bin, es ist nur ... Ich bin das Problem.« Er hielt inne und schaute Sarah an, in der Hoffnung, sich verständlich gemacht zu haben.

Seine Freundin schwieg und blickte in das weite Grün des Schlossparks. »Ich weiß, Giovanni. Ich war erst furchtbar wütend auf dich, habe aber meine Abreibungen von Luise und Asta schon erhalten, dass ich zu viel erwarte von dir. Ich war und bin ja selbst geschockt und überfordert und habe dieselbe Angst wie du. Wie soll jemand, der die meiste zeit seines Lebens keine Mutter hatte, eine gute Mutter sein? Aber ich hatte Asta und die war wahrscheinlich eine bessere Mutter, als viele leibliche Mütter ihren Kindern sein können. Und sie wird mir auch jetzt, wie immer, helfen und beistehen. Ich brauche deine Hilfe also nicht unbedingt. Aber ich hätte natürlich gern, dass unser Kind einen Vater hat, der sich kümmert und den es lieben darf. Und der es liebt. Was ich nicht möchte, ist ein Vater, der sich pflichtschuldig um sein Kind kümmert, weil es nun mal da ist. Das könnte ich nicht ertragen. Dann lieber gar keinen Kontakt und ein sauberes Ende. Ich könnte das nicht aushalten, dich immer wieder zu sehen und zu wissen, dass da nichts mehr ist außer Pflichtbewusstsein. Ich weiß, du wünschst dir eine unverbindliche Beziehung und ich hätte es auch lieber noch eine ganze Weile so gehalten. Das Schicksal will es anders, ich habe mir das so nicht ausgesucht, ich hoffe, du glaubst mir das. Ich habe weder die Pille abgesetzt noch es sonst irgendwie darauf angelegt, dich festzunageln. Denn auch, wenn ich in dich verliebt bin – ja, das sage ich jetzt ganz bewusst, ich habe unter diesen Umständen keine Lust mehr, um den heißen Brei herumzureden –, so will ich dich nicht um jeden Preis. Wenn du bleibst, dann freiwillig und weil deine Gefühle ähnlich sind oder es vielleicht werden könnten. Du musst jetzt dazu nichts sagen, aber ich bitte dich, ernsthaft darüber nachzudenken. Denk gründlich nach, ob du dir vorstellen kannst, mich und das Kind zu lieben. Wenn es für dich nicht möglich ist, dann bleib weg und komm nicht wieder zurück.«

Sarahs Stimme zitterte und er spürte, wie schwer es ihr fiel, die Fassung zu bewahren.

Er war tief beeindruckt von ihrer kleinen Ansprache und suchte nach angemessenen Worten. Vergeblich. Er konnte ihr hier und jetzt nicht zusagen, dass er sie und das Kind lieben würde, für immer lieben würde. Wer konnte das schon? Jeder, der so etwas versprach, log. Was war schon Liebe?

»Was ist Liebe? Glaub mir, ich frage mich das auch immer und immer wieder. Bisher kenne ich eigentlich nur Beziehungen, in denen Liebe irgendwie schieflief, zu viel oder zu wenig davon da war, sich als unbeständig oder gar bedrohlich erwies. Dennoch glaube ich daran. Ich weiß, dass niemand versprechen kann, jemanden für immer und ewig zu lieben. Nur, dass es vorstellbar ist und dass man es versuchen wird, das kann man versprechen. Eins weiß ich jedoch ganz genau: Ich werde mein Kind, unser Kind, niemals im Stich lassen, niemals zulassen, dass es sich ungeliebt und zurückgewiesen fühlt. Mit aller Kraft werde ich mich dafür einsetzen, dass es in mir und meiner Liebe ein

Zuhause findet. Das verspreche ich mir und ihm.« Sarah strich sich über ihre Andeutung eines Bäuchleins.

Beck nickte, erleichtert, dass sie ihm mit einigen ihrer Worte aus der Seele sprach. »Ja, das ist es. Wir haben beide keine guten Vorbilder gehabt, keine guten Erfahrungen mit elterlicher Liebe. Das ist es wahrscheinlich, was mich auch so panisch reagieren ließ und mich immer noch mit Angst erfüllt, dass ich mein Kind so behandeln werde, wie mein Vater mich behandelt hat. Das könnte ich mir nie verzeihen.« Zu seinem Entsetzen brach seine Stimme und er fuhr sich peinlich berührt durch die Haare.

»Ja, ich weiß. So ähnlich geht es mir ja auch. Mit dem Unterschied, dass ich weiß, dass ich dich und das Kind lieben kann und alles daransetzen werde, dass das so bleibt und die Liebe wächst, noch ist es ja nur ein zartes Pflänzchen, das gehegt und gepflegt werden muss. Und deshalb bitte ich dich noch einmal, tu nichts, was dich mit Widerwillen oder dem Gefühl erfüllt, in eine Falle geraten zu sein. Dies ist keine Falle, es ist ein Kind, das trotz Verhütung auf die Welt kommen will. Asta sagt, wenn eine Seele auf die Welt kommen will und sich ihre Eltern ausgesucht hat, dann kann man machen, was man will, sie findet einen Weg. Sehr esoterisch, ich weiß, aber genauso fühlt es sich an.«

Beck strich Sarah über den bloßen Arm. »Sarah, ich bewundere dich für deine Worte und deine Entschlossenheit. Du bist viel weiser und reifer als ich.«

Sarah lachte hell auf. »Schön wär's! Nachher, wenn du weg bist, wird alles wieder auf mich einstürzen: Hast du das Richtige gesagt? Was wird er tun? Werde ich allein damit fertig? Werde ich das Kind lieben können? Und so weiter, in einer Endlosschleife.«

»Ja, so ähnlich war es bei mir auch. Und dann gleichzeitig dieser Fall … Angelina, ein Kind, das nicht genug geliebt und behütet wird. Und die Folge ist vielleicht ihr Tod, stell dir das mal vor. Das alles wirbelt in meinem Kopf und ich brauche eigentlich Zeit und Ruhe, die ich aber gerade nicht habe.« Er zuckte mit den Schultern. Wann hätte er je Zeit und Ruhe gehabt? Er konnte sich nicht erinnern.

Sarah blieb stehen und hielt ihn am Arm fest. »Giovanni, ich bitte dich, jetzt zu gehen und nachzudenken. Ich könnte es nicht ertragen, dich den ganzen Abend anzusehen und zu überlegen, was in dir vorgeht und ob es vielleicht das letzte Mal ist, dass wir so zusammen sind, der letzte Abend, an dem noch Hoffnung besteht für mich. Bitte versteh das, ich will dich nicht ausladen, aber …« Ihre Stimme bebte und Tränen glitzerten in ihren wundervollen dunkelbraunen Augen.

Giovanni legte ihr eine Hand auf die Schulter und nickte. »Ich verstehe das vollkommen. Ich bin aber sehr froh, dass wir reden konnten, ich fühle mich, wenn auch nicht klarer im Kopf, so doch etwas erleichtert. Ich danke dir für deine Worte und dein Verständnis, was mehr ist, als ich unter den Umständen verdient habe.« Er beugte sich vor und gab ihr einen leichten Kuss auf die weiche, nach Sommer duftende Wange. Ein schmerzliches Ziehen ließ sein Herz kurz aussetzen und er wich zurück.

»Versuch trotz allem, das schöne Fest mit deiner Familie und deinen Freunden ein wenig zu genießen. Ich fahre jetzt nach Hause zu meinem missbilligenden Kater.« Er lachte etwas kläglich und hob seine Hand zum Gruß.

Sarah nickte ihm zu und blieb stehen, ließ ihn gehen. Er ging zurück zum hell erleuchteten Haus, vor dessen mit Kerzen geschmückter Terrasse die Baumlaternen in den großen alten Bäumen blinkten. Er blickte auf die kleinen Gruppen lachender Menschen, deren Stimmen, sich mit dem Abendgesang der Amsel mischten, sah Wagner – Wagner! – bei Asta stehen, anscheinend in ein intensives Gespräch vertieft. Er sah Luise im angeregten Austausch mit Sascha, sie zwinkerte ihm zu, als sie seinen Blick bemerkte. Muffin lief freudig mit dem buschigen Schwanz wedelnd auf ihn zu und er bückte sich, um ihr über das seidige goldene Fell zu streicheln. Der köstliche Geruch nach gebratenem Fleisch vermischte sich mit dem süßen Duft des Rosengartens vor der Terrasse.

Mit einem Winken ließ er die fröhliche Gesellschaft seitlich liegen und ging über den Schlosshof zu seinem Wagen, getreulich begleitet von Muffin, die sich tröstend an sein Bein schmiegte.

Ein tiefer Schmerz ließ sein Herz schwer werden, am liebsten hätte er seinen Tränen freien Lauf gelassen. Er blieb stehen, wandte sich zum Schloss zurück, das mit seiner gelblichen Fassade anmutig in der Abendsonne aufleuchtete wie eine leicht heruntergekommene Kurtisane im letzten Abglanz ihrer verblichenen Schönheit.

Sollte er umkehren? Alles zog ihn zurück, zu Sarah, zu der lustigen Gesellschaft, die er kannte und mochte, in deren Kreis er sich wohlfühlte. Zu Hause warteten nur eine dunkle Wohnung und ein greinender Kater auf ihn. Und er greinte zu Recht, selbst für den brachte er nicht genug Fürsorge auf. Nein, er konnte nicht umkehren, noch nicht, vielleicht nie.

Entschlossen ignorierte er das Ziehen seines Herzens, die aufwallende Traurigkeit und kehrte dem Schloss den Rücken.

Django war wieder allein unterwegs.

KAPITEL 9

Beck erwachte aus einem wirren Traum voller Kinder, die verhungerten, weil er vergessen hatte, sie zu füttern. Er setzte sich auf und warf dabei seinen Kater aus dem Bett, der dies mit einem missbilligenden Zischen quittierte und sich Richtung Küche trollte. War denn schon Frühstückszeit? Beck warf einen Blick auf den Wecker. Zehn Uhr! Er war erst im Morgengrauen eingeschlafen, hatte sich hin und her gewälzt, nach einer Lösung für sein Beziehungsdilemma suchend. Auch das Bier in der Lulu-Bar hatte nicht zur Klärung beigetragen, obwohl er und Klaus, der Wirt, sich einig gewesen waren, dass »Weiber« doch immer nur Probleme machten. Klaus hatte ihm vorgeschlagen, sich stattdessen ein Motorrad zu kaufen und sich den Lappwaldfüchsen, einer Bikergruppe, anzuschließen. Beck war sich jedoch nicht sicher, ob er mit einer Suzuki statt einer Sarah im Leben glücklicher gewesen wäre. Außerdem hatte er keinen Motorradführerschein, da fing es doch schon an. Genauso wenig, wie er einen Eltern-Führerschein besaß. Womit er wieder beim Thema wäre.

Ächzend hob er seinen gebrechlichen Leib aus dem Bett und schleppte sich hinter seinem Kater her. Er war viel zu alt, um noch Vater zu werden. In anderthalb Jahren wurde er 40, dann wäre das Kind ein Jahr oder so.

Noch nicht mal im Kindergarten. Ab wann konnte man ein Kind in den Kindergarten geben? Mit drei, wenn er sich an Gunnars Erzählungen recht erinnerte. Musste Sarah so lange zu Hause bleiben? Was wurde aus ihrer Schulleitertätigkeit? Ob Asta auf das Kind aufpassen würde? Aber das war ja ganz schön viel verlangt, hatte sie doch ihre Jugend schon Sarahs Aufzucht widmen müssen. Er stöhnte und warf die Kaffeemaschine an. Während das Gerät unter Schnarren und Blubbern zum Leben erwachte, ging er ins Bad und ließ in der Dusche heißes Wasser über seinen Körper rauschen, das die schmerzenden und verspannten Muskeln seiner Schultern angenehm belebte.

Nachdem er all die morgendlichen Forderungen seines Kaffeeautomaten – Wasser! Schublade leeren! Dein erstgeborenes Kind! – erfüllt hatte, kam er endlich an seinen starken Café Crema. Fast so gut wie der seiner Nonna zu Hause in Italien. Zu Hause in Italien? Hatte er das gerade gedacht? Plötzlich verspürte er eine überwältigende Sehnsucht nach der Großmutter, ihrer gemütlichen Küche, in der nahezu immer eine Tomatensoße auf dem Herd köchelte, die wärmende, südliche Sonne durch die Fenster schien und die geöffnete Küchentür einen würzigen Geruch nach Thymian, Rosmarin und Oregano aus dem Garten hereinließ.

Das letzte Mal war er mit Sarah dort gewesen und sie und seine Großmutter hatten sich auf Anhieb verstanden. »Könnte Italienerin sein«, hatte seine Nonna mit einem befriedigten Kopfnicken festgestellt, und das war das höchste Lob aus dem Mund einer überzeugten Nationalistin, die die Tedesci schon deshalb nicht mochte, weil einer davon ihr die Tochter genommen hatte. Noch heute machte sie Alexander für den frühen Tod von Becks Mutter Chiara verantwortlich.

Sarah. Was machte er nur mit Sarah? Gleich einen Schlussstrich ziehen, damit er in ihr keine Hoffnung weckte auf eine kleine glückliche Familie? Denn Hoffnung hatte sie ja, das hatte sie ganz deutlich gemacht. Wollte er das? Bei der Vorstellung, ab sofort nicht mehr Teil dieser lieb gewonnenen Gemeinschaft in dem kleinen Elmschlösschen zu sein, mit allem, was daran hing, Sarahs Freunde, die auch zu seinen geworden waren, zog Dunkelheit in seine Seele ein. Was blieb ihm dann noch? Dasselbe, was er sein ganzes Leben gehabt hatte. Sich selbst. Bloß hatte er sich denn? Wer war dieser Mann, der mit 38 1/2 Jahren nur wenige Freunde hatte, davon nicht einen in Braunschweig, einen Vater, den er … ja, was … nicht mochte, einen Kollegen, der ihn nicht mochte, eine Vorgesetzte, deren Respekt er gerade verspielt hatte, und eine Großmutter, Cousinen und Cousins in Italien, weit weg. Und, ach ja, einen Kater. Und nun eine Minibohne in Sarahs Bauch, sein zukünftiges Kind. Eine kümmerliche Bilanz eines schon recht fortgeschrittenen Lebens. Aber war das ein Grund, mit Sarah zusammenzubleiben? War er in sie verliebt oder in die Vorstellung, über sie zu einer Familie zu gehören? Überhaupt einmal zu irgendetwas zu gehören. Wenn er in dem kleinen Schlösschen war, fühlte er sich wohl, fühlte er sich zu Hause, mehr, als er es in dieser hübschen Altbauwohnung tat, es überhaupt jemals irgendwo getan hatte.

Er musste mit irgendjemandem reden, jemandem, der keine Kinder hatte und dessen ganzes Sinnen nicht immer schon auf Familie ausgerichtet war, so wie bei seinem besten Freund Gunnar. Hartmut! Hartmut, den er genau wie Gunnar im Internat kennengelernt hatte und der, ähnlich wie er, aus einer Familie kam, die das familiäre Glück nicht gerade gepachtet hatte. Hartmut war ein einsamer Wolf wie er selbst, hatte immer hier und da eine Beziehung gehabt, ebenfalls wie er selbst, und war durch seinen Beruf als viel reisender Fotojournalist wenig familienkompatibel, auch wie er selbst.

Er würde Hartmut anrufen, ihn vielleicht sogar besuchen, wenn er zufällig einmal zu Hause war. Die zwei Stunden Fahrt nach Hamburg schaffte er heute locker noch hin und zurück. Alles besser, als hier in der Bude herumzuschlaffen und zu grübeln. Aber der Kater. Konnte er den schon wieder so lange …? Nein. Also musste es beim Anruf bleiben. Er unterdrückte angesichts der vorwurfsvoll starrenden orangefarbenen Augen seines Haustieres, die wie Unheil verkündende Sonnen auf ihn gerichtet waren, ein Stöhnen. Da fing es ja schon an, angebunden durch ein bedürftiges Tier. Wie würde es erst mit Kind sein? Na ja, das würde ja wohl bei Sarah leben, wenn … Er schüttelte den Kopf und holte das Telefon vom Flur, während der zweite Kaffee des Tages von seiner Küchendiva zubereitet wurde.

Fest damit rechnend, mit einer Mailbox verbunden zu werden, während sein Freund irgendwo in einem Kriegsgebiet im Staub lag und Bombeneinschläge fotografierte, war er sehr erstaunt, nach dem zweiten Klingeln die verschlafen raspelnde Stimme seines Freundes zu hören. »Hartmut! Habe ich dich aufgeweckt?«

»Nene, bin schon eine Stunde wach. Katharina ging es nicht gut, ich habe ihr gerade einen Kamillentee gekocht.«

Katharina? Beck wühlte in seinem nicht vorhandenen Namensgedächtnis, fand aber nur eine vage Erinnerung, dass Hartmut bei ihrem letzten Telefonat eine Freundin dieses Namens erwähnt haben könnte.

»Äh, Katharina?« Lebte dieser Globetrotter etwa mit einer Frau zusammen? Das hatte es noch nie gegeben. Aber wahrscheinlich hatte er nur die Nacht bei ihr verbracht und war schon im Aufbruch.

»Ja, Katharina. Erinnerst du dich nicht? Ich bin schon seit einer Weile mit ihr zusammen, wider Erwarten hält sie es ganz gut aus mit mir und meinen Stippvisiten in Deutschland.« Hartmut lachte.

»Ich bin überrascht, dich überhaupt zu Hause anzutreffen, mein Lieber! Wirst du etwa häuslich?«

»Werde ich, stell dir vor. Ich habe schon lange die Nase voll von der Reiserei, von einem deprimierenden Kriegsgebiet in das nächste, nur Tod und Gewalt. Ich habe eine Festanstellung bei ›Unterwegs‹ angenommen, aber als Redakteur. Ich habe einen Bürojob, Mann! Ich arbeite von acht bis fünf, kannst du dir das vorstellen?« Hartmut lachte auf.

»Ne, eigentlich nicht. Aber andererseits, wir werden 40.« Beck zuckte bei der Zahl immer noch zusammen. »Ich sollte auch sehen, dass ich die Karriereleiter so weit hochklettere, dass ich nur noch Bürodienst leisten muss, aber ich kann es nicht über mich bringen. Das ist einfach zu öde, diese Aktenverschieberei.«

»Ja, gut, in deinem Job ist das wohl so. Aber ich wollte einfach mehr zu Hause sein, jetzt, wo das Kind bald kommt.«

Das Kind bald kommt? Beck wäre fast vom Stuhl gefallen. Hatte sich eigentlich die ganze Welt gegen ihn verschworen? »Du … du bekommst ein Kind?« Seine Stimme kiekste am Ende wie die eines pubertären Sängerknaben.

»Na, ich nicht, wenn man es genau nimmt, sondern Katharina, aber ja. Ich werde Vater, Alter. Ich mach mir vor Angst in die Hose, wenn ich nur das Wort ausspreche.« Im Hintergrund war eine Frauenstimme zu hören, die irgendetwas von »bald Pampers im Haus« murmelte.

»Aber du machst es? Ich meine, du willst das Kind gemeinsam mit ihr, mit … Katharina aufziehen?«

»Ja, gute Frage. Eine, mit der ich Monate schwanger gegangen bin, haha. Aber ja, ich will es. Weißt du, ein alter Freund meines Vaters ist gerade gestorben, ich bin zur Beerdigung gegangen. Ich habe ihn immer bewundert, er war mein großes Vorbild, seinetwegen bin ich Journalist geworden. Er war nie verheiratet, auf allen Kontinenten der Erde unterwegs, gelobt, bewundert, prämiert. Auf jeder Party der Mittelpunkt, an jedem Finger zehn tolle Frauen. Und dann im Altersheim gestorben, kein Mensch hat sich um ihn geschert, auf der Beerdigung außer mir nur seine Zugehfrau und ein paar Kollegen. Da bin ich echt ins Grübeln gekommen, das war eine verdammt harte Nuss. So wollte ich nicht enden, das wusste ich auf einmal. Und eine Woche später kam Katharina mit der Nachricht, dass sie schwanger ist. Tja, passte. Der Globetrotter ist angekommen.«

Beck fühlte sich verraten. War denn keiner mehr übrig, der das alte Ideal von Ungebundenheit und Freiheit lebte und verteidigte? Andererseits war das Bild, das Hartmut von dem alten Journalisten zeichnete, den Beck auf mehreren Feiern kennen und schätzen gelernt hatte, tatsächlich auch irgendwie vertraut, das war ein Zukunftsbild, das Beck immer weggeschoben hatte. Wer wurde schon alt? Und braucht man wirklich Familie, um im Alter nicht einsam zu sein? Er dachte an eine Freundin aus Berlin, schon in ihren Siebzigern, eine Schauspielerin, aus Überzeugung Single, ihr Leben lang. Und einsam war sie ganz bestimmt nicht, in ihrer mit Antiquitäten und Mitbringseln aus aller Welt vollgestopften Charlottenburger Altbauwohnung wimmelte es stets von Menschen, jung, alt, immer wohnte gerade ein junger, mittelloser Schauspielkollege bei ihr. So konnte es auch gehen. Aber solch ein Mittelpunkt des Lebens war er ja nicht, nie gewesen. Eher ein Zuschauer, der …

»Giovanni? Bist du noch da? Habe ich dich so geschockt?« Hartmut lachte rau.

»Aber … ich … Kannst du offen sprechen?« Beck fühlte sich durch die Anwesenheit der Frau in Hartmuts Nähe gehemmt.

»Ja, rede nur, Katharina ist im Bad. Du willst wissen, ob ich mich nicht eingesperrt fühle, oder? Festgelegt und gefangen in einem Spießerleben, so, wie wir es nie wollten? Ja, es gab Momente, in denen ich mich so gefühlt habe. Aber dann denke ich wieder, was hast du eigentlich vorzuweisen im Leben, Kerl? Wen interessiert es mal, welche Preise du gewonnen oder wie viele Kriege dieser Erde du bebildert und überlebt hast? Wenn du einsam und verlassen in einem Altenheim auf die Bettdecke sabberst, ist das vollkommen egal. Dann zählt nur noch, wer dich liebt und wen du liebst, wem etwas an dir liegt. Ja, ich weiß, klingt kitschig, aber so fühle ich es. Vater zu werden, hat mich geschafft, ich bin die reinste Heulsuse geworden.« Hartmut lachte erneut.

Beck schwieg. Was sollte er sagen? Zu erschlagen war er von der so vollkommen veränderten Situation seines Freundes, von dem er eigentlich Unterstützung in eine andere Richtung erwartet hatte. Mensch, Alter, zahl für das Kind, aber sieh zu, dass du da nicht reingezogen wirst, sonst endest du noch als Papa vom Dienst in dieser Provinz. So etwas hatte er erwartet und sich, um ehrlich zu sein, erhofft. Weil es einfacher war, in den alten Schienen weiterzufahren.

»Und du? Alles beim Alten, Gio? Hast du die Braunschweiger Straßen schon von Mördern gesäubert? Oder sind noch ein paar übrig?«

»Ein paar sind leider noch übrig. Und nein, nichts ist beim Alten. Ich werde auch …«, er schluckte, »… Vater.«

»Waaaaaaas? Ich werde nicht wieder! Hat dich endlich eine an die Leine gelegt, du italienische Sexbombe? Wer ist sie, die Venus persönlich? Wenn es noch nicht einmal Ayana geschafft hat, dann muss sie ja göttinnengleich sein.« Es klatschte, Hartmut hatte sich anscheinend auf die Oberschenkel geschlagen.

»Göttinnengleich? Nein, eigentlich ist sie eine ganz normale, wenn auch sehr hübsche und warmherzige Frau, und das Kind war weder von ihr noch von mir geplant.« Beck fühlte sich unwohl und bemüßigt, Sarah zu verteidigen und vor dem Spott seines Freundes zu schützen.

»Ist es noch diese Prinzessin aus dem Schloss, wie hieß sie noch, Sarah?« Hartmut konnte seine Belustigung nicht verbergen und wollte es anscheinend auch gar nicht. Wahrscheinlich war er froh, dass er nicht allein saß im Boot der frisch gebackenen Väter. Beck fuhr sich mit der Hand über seine nasse Stirn. Er konnte diesen Gedanken an seine Vaterschaft immer noch nicht ohne einen zusammengezogenen Magen und Herzbeklemmungen denken, geschweige denn aussprechen.

»Ich weiß, wie du dich fühlst, Alter. Halb in der Falle, halb auf der Flucht, aber etwas in dir wird doch angezogen von der Vorstellung. Habe ich recht?«

Beck dachte nach. War es so? Die Beschreibung kam seinen Gefühlen jedenfalls sehr nahe.

»So ähnlich, aber nicht ganz. Ich habe, wenn ich mir vorstelle, dass ich jetzt einen Schlussstrich ziehe, um Sarah keine Hoffnungen zu machen, regelrecht …« Er suchte nach Worten.

»Regelrecht Herzschmerzen, oder? Sag's ruhig. Es ist unsere Chance anzukommen, Gio, dazuzugehören. Manchmal, wenn ich in Syrien im Staub lag, da kam mir der Gedanke, dass es keinen scheren würde, wenn ich hier und jetzt verrecke, wenn ich nie wieder lebend nach Hause käme. Es ist ein Scheißgedanke, das kann ich dir sagen. Und ein hoher Preis für Unabhängigkeit. Es muss natürlich die richtige Frau sein, bei Katharina habe ich mich nie eingesperrt oder angebunden gefühlt. Sie ist genauso unabhängig wie ich, viel herumgereist, hat lange als Single gelebt und hätte das Kind auch vollkommen allein großgezogen. Sie hat gesagt, ›Hartmut, gib diesem Kind die Chance, dich zu lieben, seinen Vater zu kennen, ein Teil von dir zu sein. Aber ich brauche dich nicht. Ich liebe dich, aber ich brauche dich nicht zur Unterstützung, weder finanziell noch sonst. Ich will dich nur, wenn du freiwillig und aus Liebe bei uns bleibst.‹ Das hat mich umgehauen. Und das war's dann. Ich kann dir gar nicht sagen, wie das mein Leben verändert hat. Das größte Abenteuer meines Daseins ist jetzt der nächste Ultraschall.«

Ultraschall. Da musste er bestimmt das nächste Mal auch mit hin. Sah man da überhaupt schon was? Er hatte keine Ahnung. Plötzlich hatte er das Bedürfnis, aus seiner Wohnung zu fliehen, hinaus in den sommerlichen Sonntag. Vielleicht wäre ein Motorrad doch keine schlechte Idee. Er würde in den Elm fahren und sich den Kopf frei blasen lassen von allen vorväterlichen Ängsten.

Mit ein paar Anteil nehmenden Sätzen beendete er das

Gespräch mit dem werdenden Vater und verließ fluchtartig seine Wohnung, selbstverständlich nicht, ohne seiner greinenden Majestät vorher das morgendliche Mahl zuzubereiten.

Bloß raus, hier vaterte es zu sehr.

*

Irgendetwas hämmerte an ihr Fenster. Sarah schlug die schweren Augenlider auf und blickte in ihrem dämmerigen Schafzimmer umher. Durch die schweren, zerschlissenen Samtvorhänge fiel ein heller Lichtstrahl, der davon kündete, dass der Tag bereits ohne sie begonnen hatte. Und wenn es nach ihr ging, konnte er auch ohne sie weitergehen, sie hatte kaum geschlafen in dieser Nacht. Nachdem die Gäste sich verabschiedet hatten, hatte sie noch bis morgens um drei mit Filo und Sascha in der Schlossküche zusammengesessen, die beiden bei Champagner, sie bei Kräutertee. Komischerweise hatte ihr der Champagner, eigens von Sascha aus Berlin herangekarrt, überhaupt nicht gefehlt, allein der Gedanke daran brachte ihren Magen in Schwingungen. Bäh. Das Hämmern vor ihrem Fenster hatte aufgehört, wahrscheinlich ein Vogel, der ein Korn aufgeknackt hatte. Leider hämmerte es in ihrem Kopf weiter, und sie konnte noch nicht mal eine Kopfschmerztablette nehmen. Und eine Herzschmerztablette erst recht nicht.

Sie dachte daran, wie Gio gestern über den Hof gegangen war, eine einsame Gestalt, die weg von ihr strebte, und die Tränen stiegen erneut in ihre Augen. Warum war er nur so? So distanziert, immer ein Stück von sich zurückhaltend. Wenn er bloß nicht so hübsch und charismatisch wäre! Allein diese eisblauen Augen! Vielleicht wäre es dann einfacher für sie, ihn loszulassen. Denn sie fürchtete, dass sie das musste. Sie konnte sich nicht vorstellen, dass er in den nächsten Tagen vor ihr stehen und sagen würde: Liebe Sarah, ich habe eingesehen, dass mein Leben ohne dich und unser Kind sinnlos wäre. Ha! Sie war nicht die Frau, die einen solchen Mann halten konnte, noch nicht einmal mit einem Kind.

Unwillkürlich legte sie eine Hand auf ihren Bauch und streichelte ihn. Armes, vaterloses Kind. Keinen Vater und eine Mutter, die sogar zum Verhüten zu dämlich war. Schluss jetzt mit dem Selbstmitleid. Entschlossen richtete sie sich auf und schwang die Beine aus dem Bett. Hilfe! Ein heftiger Schwindel warf sie gleich wieder auf die Matratze. Was denn noch?

Vorsichtig richtete sie sich erneut auf und blieb auf der Bettkante sitzen, bis der leichte Schwindel sich gelegt hatte. Wenigstens war ihr heute nicht übel. Kaum hatte sie es gedacht, hob sich ihr Magen und sie rannte auf nackten Füßen in den eisigen Flur, um die Toilette noch rechtzeitig zu erreichen.

Was für ein Leben. Ging das jetzt etwa die restlichen fünf Monate so weiter? Sollte das nicht nach drei Monaten vorbei sein mit der Übelkeit? Vielleicht nur, wenn man während dieser Zeit auch wusste, dass man schwanger war.

Sie putzte sich gründlich die Zähne und duschte gerade so heiß, dass sich die Haut noch nicht ablöste. Mal sehen, ob die anderen schon wach waren. Wie spät war es eigentlich? Sie linste auf ihre Armbanduhr, die auf der Ablage unter dem Spiegel lag. Halb elf! Du lieber Gott! Sie eilte, notdürftig in ein Handtuch gewickelt, über den Flur, um sich in ihrem Zimmer schnell Jeans und T-Shirt überzuziehen. Warum hatte sie denn keiner geweckt? Sie hatte auch überhaupt nicht gehört, dass Philipp aufgestanden war, das ging sonst nicht geräuschlos vor sich. Flüchtig fuhr sie sich mit einem Kamm durch die wirren Locken und band sie kurz entschlossen zu einem hohen Dutt auf dem Kopf zusammen. Das Sauerkraut unter Kontrolle zu bringen, hatte sie jetzt keine Zeit. Hastig, um das Frühstück mit ihren Freunden nicht zu verpassen, rannte sie auf den Flur in Sascha hinein.

»Gütiger Gott, Frau! Kann ein armer, kranker Mann nicht in Ruhe leiden, ohne dass du ihm deine Ellenbogen in den ohnehin lädierten Magen rammst?« Sascha hielt sich theatralisch den Bauch und wankte in Richtung Badezimmer. »Geh und richte mir ein Katerfrühstück, aber pronto! Ich brauche gaaaanz viel Elektrolyte!«

Sarah blickte grinsend hinter ihrem Freund her, der es anscheinend gestern Abend nicht mehr geschafft hatte, sich aus seiner knallengen Lederhose und dem weit ausgeschnittenen schwarzen Hemd zu schälen, das eine sorgfältig rasierte, braune Brust sehen ließ. Selbst in diesem Zustand sah er noch aus wie frisch von der Bühne eines Nachtclubs gesprungen. Beneidenswert.

Sie öffnete die Küchentür und war überrascht, Filo und Asta bereits vor einem vollständig gedeckten Tisch zu finden, angeregt in ein Gespräch vertieft. Philipp tollte mit Muffin im Hof herum, durch das riesige Sprossenfenster nach draußen konnte Sarah ihn lachen hören. Glücklicherweise half ihm die Hündin, seine Angst zeitweise zu vergessen.

»Na, du Langschläferin?« Asta lächelte ihr zu und stand auf, um ihr eine Tasse Kaffee einzuschenken. Filo biss in ein vor Marmelade triefendes Croissant und schloss genüsslich die Augen. Wie immer sah ihre Freundin aus wie aus dem Ei oder der Vogue gepellt, eine weiße Jeans auf schlanken Hüften und eine lässig geknotete blassblaue Bluse ließen sie frisch wie ein Sommermorgen aussehen. Seufzend ließ sie sich auf den Stuhl neben Filo sinken und drückte ihr einen Kuss auf die glatte Wange.

»Na, Miss Perfect? Kannst du nicht wenigstens übernächtigt und schlampig aussehen, so wie ich?« Sie griff ebenfalls nach einem knusprigen Croissant.

»Sehe ich doch! Guck mal meine Augenschatten, furchtbar! Daran merke ich, dass ich nicht mehr 20 bin.« Filo deutete auf ihr makelloses Unterlid und zuckte resigniert mit den Schultern.

»Jaja, siehst aus wie ein altes Weib.« Genüsslich ließ sich Sarah die Mischung aus fettigem Buttercroissant und Astas selbst gemachter Kirschmarmelade auf der Zunge zergehen. Mmmmm. Das heilte fast ihr wundes Herz. Leider nur fast.

»Wie geht's dir denn, mein Schatz?« Asta setzte sich und schaute ihre Nichte besorgt an. »Hast du überhaupt geschlafen?«

»Doch, allerdings erst in den frühen Morgenstunden irgendwann. Und habe natürlich von Gio und dem Baby geträumt.« Schnell nahm Sarah einen großen Schluck Kaffee und verschluckte sich.

»Das wundert mich nicht, ist ja auch eine belastende Situation.«

Sarah zuckte mit den Schultern. »Ich versuche mich damit abzufinden, dass ich die Tradition der Familie zur Alleinerziehung fortführen werde.« Ihre Stimme brach und sie hasste sich dafür. Aber sie war nun einmal in Giovanni verliebt und das konnte sie auch nicht abstellen, so wie er anscheinend. Wenn er denn jemals solche Gefühle für sie aufgebracht hatte, was sie eher bezweifelte.

»Nun warte erst mal ab«, Asta strich ihr sanft über den Unterarm, »nicht immer gleich vom Schlimmsten ausgehen.«

»Was soll's, Sarah!« Filo schüttelte ihren Pagenkopf zurück und beugte sich vor. »Du brauchst Gio nicht, du hast Asta, Luise und Sascha und mich, wir melden uns hiermit als Pateneltern an und helfen dir mit, das Kind zu verkorksen. Wer braucht schon Männer?«

»Iiich!« Sascha wehte, frisch getuned, zur Küchentür herein. »Kinder, Kinder, irgendjemand hat mir definitiv zu viel Champagner eingeflößt, oder die Brause aus dem KaDeWe ist nicht mehr das, was sie mal war.« Stöhnend ließ sich Sarahs alter Freund auf einen der antiken Küchenstühle sinken und griff nach der Kaffeekanne.

»Oder du bist nicht mehr das, was du mal warst.« Filo lächelte boshaft und zerzauste Saschas kunstvoll arrangierte Haarpracht.

»Lass das! Du weißt, wie ich das hasse! Sascha zog den schwarzen Schopf mit der pinkfarbenen Strähne im Pony hastig zurück und schaute missbilligend in Filos Richtung.

»Eitler als jede Frau«, stichelte Filo.

»Ja und? Eitelkeit hält jung, während du ein boshaftes altes Weib geworden bist, von Seiffen!«

Sarah lachte. »Manche Dinge ändern sich nie, ich fühle mich stark an unsere Berliner WG-Frühstücke erinnert, bloß, dass ich damals nicht schwanger war.«

»Und ich noch schöner, auch wenn das kaum möglich ist.« Sascha streckte seine Zunge in Filos Richtung heraus und nahm sich ein Croissant.

»Warum hast du denn den hübschen Gio gestern nach

Hause geschickt, Sarahchen? War das nicht kontraproduktiv?« Er zog eine fein gezupfte Braue hoch und blickte Sarah fragend an.

»Nein. Ich wollte nicht, dass er nur aus Höflichkeit hier herumhängt und ich die ganze Zeit zu ihm schiele, in der Hoffnung, aufkeimende Liebe zu seinem ungeborenen Kind in seinen Augen zu lesen.« Sarah schenkte sich schnaubend noch einen Kaffee ein, den Asta ihr sanft entzog.

»Einer reicht.«

»Ach ja. Mein Gott, was darf ich denn noch alles nicht? Kein Kaffee, kein Alkohol, kein Zucker, kein Sex. Aber den werde ich ja sowieso nicht haben.« Sarah gestattete sich noch eine kleine Prise Selbstmitleid. »Und dann nehme ich noch nicht mal ab von dieser Askese, sondern zu.«

»Du fragst die Falschen, hier hat keiner ein Kind bekommen bisher. Aber dennoch habe ich aus eingeweihten Kreisen gehört, dass Sex während einer Schwangerschaft durchaus in Ordnung ist. Wenn es technisch noch möglich ist.« Filo blickte nachdenklich aus dem Fenster.

Asta lachte. »Walrösser haben ja auch Sex, also warum nicht?«

»Danke. Können wir mal das Thema wechseln? Die Frage stellt sich doch momentan gar nicht, da der potenzielle Sexpartner flüchtig ist.« Sarah hatte plötzlich die Nase voll von dem Geplänkel.

»Ich muss hier raus. Hat jemand Lust auf einen Ausflug? Vielleicht nach Braunschweig, ein Eis essen?«

»Nehmen wir Gio mit?« Sascha deutete auf den Hof, auf dem ein schwarzer Porsche vorfuhr.

Giovanni war hier? Was konnte das bedeuten?

*

Beck wusste eigentlich gar nicht, wohin er wollte. Aber hatte er das jemals gewusst? Ziellos fuhr er aus Braunschweig heraus und fand sich im Elm wieder, dessen lichtgrüne Buchenwälder beruhigend auf sein aufgewühltes Gemüt wirkten. Er fuhr in einen kleinen Waldweg, parkte und stieg aus. Ein Waldspaziergang sollte doch klärend wirken, hatte er mal irgendwo gelesen. Dann würde er jetzt den ersten Waldspaziergang seit ... keine Ahnung, hatte er überhaupt schon einmal einen gemacht? Entschlossen schritt er aus, das feine, hellbraune Leder seiner kürzlich in Mailand erworbenen Schuhe ebenso entschlossen ignorierend. Was zählten schon Schuhe, wenn es um eine Lebenskrise ging?

Er atmete tief ein und war überrascht, wie diese frische, nach feuchter Erde und Blättern duftende Luft tatsächlich sein Hirn zu entnebeln schien. Plötzlich schien alles nicht mehr so schwer, so ausweglos. Er bekam also ein Kind. Millionen von Menschen bekamen täglich Kinder, ohne deshalb in eine Krise zu geraten. Er bekam ein Kind von einer Frau, die ihm so gut gefiel wie eigentlich noch keine zuvor. Von einer Frau, bei der er sich zu Hause fühlte, mit der er sich wohlfühlte. Er mochte sogar ihre Familie, das war ein absolutes Novum, bisher hatte er immer vermieden, die Familien seiner diversen Kurz- und Langzeitgefährtinnen überhaupt nur kennenzulernen. Aber dennoch – bei der Vorstellung, dass da in ein paar Monaten ein Säugling aus Sarahs Bauch kommen und seine ungeteilte Aufmerksamkeit fordern würde, wurde ihm schwindelig. Aber hatte nicht Hartmut gerade gesagt, dass es ihm nicht anders ginge? Dass er eine Heidenangst verspüre bei dem Gedanken an sein ungeborenes Kind? Vielleicht war das einfach normal und man wuchs dort hinein? Irgendwie?

Er schritt weiter aus und stutzte, als er in der Ferne ein Weinen vernahm. War es ein Weinen? Oder ein Tier? Da kauerte einer am Wegesrand, oder waren das zwei Menschen?

Da winkte doch jemand! Er beschleunigte seinen Schritt und eilte auf die zwei Personen zu, die sich im Näherkommen als eine junge Frau und ein Kind entpuppten.

»Oh, Gott sei Dank!« Die Frau richtete sich auf und strich sich verschwitzte lange braune Haare aus der Stirn. »Leonie ist gestürzt und kann nicht auftreten und ich schaffe es einfach nicht mehr, sie zu tragen!«

Beck wandte sich dem kleinen Mädchen zu, dessen rosafarbenes Kleid verschmutzt von einem Sturz war. Die Kleine wandte ihr tränennasses Gesicht Beck zu und schluchzte auf.

»Ich bin hingefallen und mein Fuß tut so weh!«

Beck hockte sich neben die Kleine. »Ich schau mir deinen Fuß mal an, ist das in Ordnung?«

Das Mädchen nickte und streckte ihren in einer ebenfalls rosafarbenen Sandale steckenden nackten Fuß aus, dessen Knöchel schon angeschwollen war.

»Sind Sie Arzt?« Die junge Mutter schaute Beck hoffnungsvoll in die Augen.

»Nein, ich arbeite bei der Kripo, habe eine gute Erste-Hilfe-Ausbildung.« Er lächelte ihr beruhigend zu und tastete den Fuß des Mädchens ab. »Soweit ich es beurteilen kann, ist er nicht gebrochen, das ist doch schon mal was. Wo steht Ihr Auto?«

Die Frau deutete in die Richtung, aus der er gekommen war. »Dort hinten, an der Straße.« Er erinnerte sich dunkel, dass auf der anderen Seite des Weges ein Kleinwagen gestanden hatte, mit einem Wolfenbütteler Kennzeichen, so etwas registrierte sein Kripohirn mittlerweile selbstständig. »Ein blauer Polo?«

Die Frau nickte. »Ich wünschte, wir wären nicht so weit gegangen, aber Leonie wollte unbedingt zur Fütterungsstelle, obwohl ich ihr immer wieder gesagt habe, dass dort im Sommer keine Tiere hinkommen. Seit wir im Winter dort mal zwei Rehe gesehen haben, ist sie wie besessen davon.« Sie lächelte entschuldigend.

»Dann wollen wir mal sehen, dass wir euch heil zu eurem Auto zurückbringen, nicht wahr, Leonie? Komm, ich nehme dich huckepack.« Er griff vorsichtig um die Taille und Kniegelenke des Mädchens und setzte sie sich auch die Hüften. »Halt dich gut fest, leg deine Arme um meinen Hals.« Die Kleine war federleicht, wie alt sie wohl sein mochte? Wieder einmal wurde Beck klar, wie wenig er von Kindern wusste.

Leonie kicherte verlegen, als er lostrabte, die besorgte Mutter immer an seiner Seite.

»Ich bin so unendlich dankbar, dass Sie uns entdeckt haben, ich weiß gar nicht, was wir gemacht hätten ohne Sie. Es war unverantwortlich von mir, mit meiner Tochter in den Wald zu gehen, ohne den Akkustand meines Handys vorher zu kontrollieren.« Die Frau schüttelte den Kopf über sich selbst. »Das passiert mir auch nicht noch mal, das können Sie mir glauben. Es ist nicht immer einfach, an alles zu denken, wenn man allein ist mit einem Kind.«

»Sind Sie alleinerziehend?« Beck schubste das Kind auf seinem Rücken vorsichtig noch ein wenig höher.

»Ja, mein Mann hatte dann doch keine Lust auf Familie. Er …« Sie brach ab, wahrscheinlich mit Rücksicht auf das Kind.

»Papa wollte lieber noch nicht erwachsen sein«, krähte eine helle Stimme von seinen Schultern.

»Leonie!« Die junge Frau gab ihrer Tochter einen tadelnden Klaps auf den Rücken.

»Das sagt Oma immer«, verteidigte sich die Kleine, »dass Papa kein Kind haben kann, weil er selbst noch eins ist.« Spitze Knie bohrten sich in Becks Rücken, dem es inzwischen so vorkam, als trüge er seine persönliche Norne der Zukunft auf dem Rücken.

»Bitte entschuldigen Sie, wir sollten Sie wirklich nicht auch noch mit unseren Problemen belästigen.« Die Mutter des Kindes lächelte ihn an.

»Das macht nichts.« Beck lächelte zurück und war froh, als die beiden Autos in Sicht kamen, sein Wagen war Gott sei Dank auch noch da, sein geliebter schwarzer verlängerter Penis, so hatte Ayana seinen alten Porsche immer genannt.

Er half der Frau, die Kleine sicher in ihrem Kindersitz unterzubringen, und wartete, bis sie ihren Wagen auf die Straße bugsiert hatte und mit einem letzten Winken davonfuhr. Geschafft. Fast vermisste er den kleinen, warmen Mädchenkörper auf dem Rücken, der sich so vertrauensvoll an ihn geschmiegt hatte. War es so? War man ein Leben lang der Retter und Beschützer für so ein kleines Wesen und tat alles dafür, dass dieses kleine Wesen sorglos und unbeschadet aufwachsen durfte? Was für eine Riesenverantwortung! Da konnte man doch einfach nur versagen.

Lieber versagen, als es gar nicht erst versuchen. Nur wer wagt, gewinnt. Einer der Lieblingssprüche seiner Großmutter. Und sie hatte recht. Hätte er nicht gewagt, seinem Berliner Schickimicki-Leben den Rücken zu kehren, seiner Karriere, seinen Freunden, die gar keine waren, läge er jetzt wahrscheinlich schon mit einem Herzinfarkt im Krankenhaus. Und seine Nonna würde begeistert sein über den Familienzuwachs, so viel stand fest. Wenigstens eine.

Hätte er nicht gewagt, seinem Vater die Stirn zu bieten und den vorgespurten Weg zum plastischen Chirurgen mit Promiklinik zu verlassen, würde er jetzt den Hannoveraner Damen die Stirn liften und wie sein Vater 20 Stunden täglich in der Klinik verbringen. Obwohl – der hatte ja jetzt den Absprung auch geschafft, hatte den ehrgeizigen Weg, den er sich selbst Jahrzehnte lang auferlegt hatte, verlassen.

Und er würde es wagen, zu diesem Kind, das da in Sarahs Bauch wuchs, Ja zu sagen, das wusste er plötzlich mit einer unfassbaren Klarheit. Was sonst? Wollte er wirklich so weitermachen, mit einem Leben, in dem es keinen Menschen gab, der ihm wirklich am Herzen lag und dem er wirklich wichtig war? Hartmut hatte recht, der Preis für Freiheit war ein Leben ohne Liebe. Und er würde ihn nicht mehr zahlen, er würde ins eiskalte Wasser springen, in der Hoffnung, geläutert wiederaufzutauchen, als ein neuer Mensch, ein Vater.

Plötzlich konnte er es nicht mehr abwarten, zu Sarah zu kommen, er startete seinen Porsche und gab Gas, auf seinem Weg zum Schloss, in dem seine Familie auf ihn wartete.

*

Konnte das alles wahr sein? Konnte es wirklich wahr sein, dass sie hier saß unter der alten Linde im Schlosshof, Hand in Hand mit Giovanni, der ihr soeben mitgeteilt hatte, dass er willens sei, sich aktiv an Erziehung und Aufzucht ihres Kindes zu beteiligen?

Asta hatte ihr ein »Na siehst du« ins Ohr geflüstert und sie in Richtung Flur geschubst, als Giovanni aus seinem Wagen gestiegen und über den Hof in ihre Richtung geeilt war. Ihr Magen hatte sich wie ein Stein angefühlt und sie hatte befürchtet, ihr Frühstückscroissant auf die schwarz-weißen Mosaiksteine in der Halle zu erbrechen. Warum war er so schnell zurückgekommen? Das hatte doch nur Schlechtes bedeuten können.

Und nun hatte er ihr erzählt, dass er mutig sein, sich für Familie und die Liebe entscheiden wollte. Die Liebe! Das hatte er gesagt! Sie bekam das breite Grinsen, das ihr ganzes Sein erhellte, gar nicht mehr vom Gesicht. Am Küchenfenster tauchte Sascha auf, dann Filo, die ihn wegzerrte.

Giovanni lachte. »Deine Lieben können es wohl gar nicht abwarten zu hören, was wir hier besprechen. Ich könnte dich ja ein bisschen anschreien, zur allgemeinen Erheiterung.«

»Untersteh dich! Das würden sie sofort als willkommene Aufforderung sehen, auf den Hof zu stürzen und uns auszuquetschen, was nun Sache ist. Ach, Giovanni, hast du wirklich ausführlich genug nachgedacht? Es ist eine weitreichende Entscheidung für die nächsten 20 Jahre, nicht, was mich, aber was das Kind betrifft.« Und was mich betrifft, hoffentlich auch. Sarah seufzte. Noch nicht mal in einem solch frohen Moment konnte sie die Zweiflerin in ihr zum Schweigen bringen. Was, wenn … Das sollte sie sich auf die Stirn tätowieren lassen.

»Ich weiß. Wenn ich daran denke, dass ich in 20 Jahren 59 Jahre alt bin, kahlköpfig und kurz vor der Rente, und das Kind auf die Uni geht, wird mir ganz anders.« Giovanni strich sich durch das noch volle hellblonde Haupthaar und grinste Sarah an.

»Ja, bloß nicht so weit denken. Ich bin schon froh, wenn ich das Kind heil aus dem Bauch habe. Oder doch nicht? Dann geht der Stress ja erst richtig los.« Sarah strich sich über die kleine Wölbung unter ihrer Hose.

»Gott, ja! Du willst bestimmt, dass ich bei der Geburt dabei bin, oder? Hoffentlich stehe ich das durch, ich kann kein Blut sehen.« Giovanni lachte.

»Und dann bist du bei der Kripo?« Sarah sah ihn kopfschüttelnd an. »Männer.«

»Das ist was anderes, die Leute kenne ich ja nicht, die da bluten. Ich habe mir mal eine Fingerkuppe abgeschnitten, wenn damals Ayana nicht so geistesgegenwärtig gewesen wäre, sie in Eis zu packen und mich schnellstens in die Klinik zu fahren, wäre jetzt einer meiner Finger deutlich kürzer als die anderen. Ich selbst war zu nichts zu gebrauchen, wäre fast in Ohnmacht gefallen. Ich sage dir, ohne mich bist du eigentlich besser dran bei der Geburt.« Er schüttelte den Kopf.

Ehe Sarah etwas erwidern konnte, schwang die schwere Schlosstür auf und Filo schritt graziös heraus, um sicherzugehen, dass der böse Kriminalkommissar ihrer Freundin nichts zuleide getan hatte.

»Alles klar bei euch?« Filo nickte Giovanni kühl zu und schaute Sarah fragend in die Augen.

»Alles klar«, kam Giovanni Sarah zuvor, »du siehst hier den zukünftigen Chauffeur, Turnbeutelträger und Sparschweinfüller von Sarahs … von unserem Kind.« Er lachte etwas kläglich.

Filo kicherte. »Du Armer! Der Angstschweiß steht dir sichtbar auf der Stirn.« Sie tätschelte ihn flüchtig auf den Arm und hob dann den Blick über den Hof.

»Nanu, was ist denn mit Philipp los?«

Sarah fuhr herum und sah ihren Schützling in gebeugter Haltung über den Hof kommen, er wischte sich im Gehen mit dem Unterarm über die Augen, offensichtlich weinte er.

Sie stand auf und lief zu ihm, das eigene Glück verschwand hinter dem offensichtlichen Unglück von Philipp.

»Was ist los? Ist etwas passiert?« Sie wollte Philipp an sich ziehen, doch er schüttelte den Kopf und stieß sie von sich.

»Lass mich.« Er wollte an ihr vorbei Richtung Park flüchten, doch sie erwischte seinen Ärmel und hielt ihn fest.

»Ist was mit Angelina? Hast du dich mit Farid gestritten?« Sie hob sein Kinn und zwang ihn, sie anzuschauen.

Mit tränenüberströmtem Gesicht sah er Sarah an.

»Angelina. Sie ist tot.« Sein heftiges Schluchzen erschütterte den ganzen schmächtigen Jungenkörper und Sarah zog ihn instinktiv an sich.

»Tot? Aber …«

Philipp nestelte sein Handy aus einer Hosentasche und hielt es Sarah hin. »Hier. Sie hat mir geschrieben.«

Sarah nahm mit zitternder Hand das Gerät entgegen und tippte auf den Bildschirm. Eine WhatsApp-Nachricht tauchte auf.

Lieber Philipp,
wenn du das liest, bin ich tot.

»Giovanni!« Ihr Schrei hallte von den Schlossmauern zurück.

Alarmiert eilte Beck herbei, warf einen Blick auf das Handy und nahm es Sarah aus der Hand.

»Wann kam die Nachricht, Philipp?« Fragend richtete er seinen Blick auf den weinenden Jungen.

»Ich habe sie eben gelesen.« Philipp wischte sich mit

einem Ärmel über das tränennasse Gesicht. »Ist Angelina jetzt wirklich tot?«

»Ich weiß es nicht.« Beck überflog den Rest der Nachricht und schüttelte resigniert den Kopf.

»Ist das die Nummer deiner Schwester?«

Philipp nickte. »Ja. Und als ich ihr geschrieben habe, kam immer nichts zurück, die Nachrichten sind gar nicht angekommen.« Seine Stimme brach erneut und er verbarg sein Gesicht in den Händen. Sarah zog ihn an sich und sah Beck verzweifelt an.

»Was wirst du jetzt tun?«

Beck deutete stumm auf Philipp und schüttelte den Kopf.

»Ich muss los, wir reden später weiter, okay? Alles wird …« Er brach ab.

Sarah nickte. Nein, für Philipp wurde nichts gut. Und sie konnte erst später darüber nachdenken, was ihr eigenes Leben für eine Wende genommen hatte, über ihr kurzes Glück hatte sich nun der Schatten des Todes gelegt. Wie sollte sie diesen Jungen hier trösten? Es gab keinen Trost.

Sie dachte zurück an die kurze Nachricht und kämpfte selbst mit den Tränen. Warum nur war das Leben oft so grausam?

Lieber Philipp,

wenn du das hier liest, bin ich tot. Sei nicht zu traurig, aber ich bin so unglücklich. Dort, wo ich dann bin, wird es mir besser gehen. Niemand außer dir liebt mich und in der Schule lachen alle über mich. Ich werde trotzdem immer bei dir sein.

Deine Angelina

*

Beck eilte zu seinem Wagen, warf sich auf den Fahrersitz und holte sein eigenes Handy heraus.

»Beck hier. Wagner? Angelina Krüger hat sich bei ihrem Bruder gemeldet, sieht nach Ankündigung eines Selbstmordes aus, wir müssen sofort eine Suche starten, das Handy orten. Ich habe versucht, eine stille SMS zu schicken, aber das Handy ist schon wieder aus. Können wir feststellen, woher die Nachricht gekommen ist, von welchem Ort?«

»Nein, ich glaube, das geht nicht, verdammt! Und keinerlei Anhaltspunkt, wo wir suchen könnten?«

Beck schüttelte den Kopf. »Nein. Ich fahre noch mal zu ihrer Freundin, die muss doch etwas wissen! Vielleicht hat sie eine Idee, wo ihre Freundin sich versteckt halten könnte. Haben wir schon was wegen der Haaranalyse?«

»Yup. Ist ihr Haar. Gerade gekommen, bin im Büro. Irgendwie lässt dieser Fall mir keine Ruhe, muss immer an Nessie denken, wenn sie verschwunden wäre, dann …« Er räusperte sich. »Ich war auch noch mal im Speicher heute Morgen, natürlich nichts. Aber wir wissen jetzt, dass sie dort war, sich dort versteckt hat. Ich habe schon versucht, die Hafenverwaltung zu erreichen, um zu fragen, wie das Mädchen dort hineingelangt sein könnte, natürlich keiner zu erreichen am Sonntag.« Wagners heisere Stimme ließ keinen Zweifel dran, was er von Menschen hielt, die am Sonntag auf der faulen Haut lagen.

»Ja, das ist die Frage. Sie muss durch jemand anders dort Zugang erhalten haben, anders ist es ja gar nicht möglich. Und wir haben den Schlüssel, allerdings gibt es ja noch einen zweiten, der liegt im Büro im Hafen. Die Sekretärin sagte aber, außer ihr und dem Eigner des Speichers und dem Chef der Hafenverwaltung habe niemand Zugang zu dem Schlüssel. Aber natürlich lag er relativ offen in ihrer Schreibtischschublade. Doch wer sollte den Schlüssel entwenden?«

»Eben. Es kann also eigentlich nur eine der drei Personen gewesen sein, zumindest ist das naheliegend.« Wagner ließ hörbar ein Feuerzeug klicken, offenbar steckte er sich eine Zigarette an. Beck wünschte wieder einmal, er hätte nie aufgehört, jetzt war definitiv ein Moment für eine Fluppe. Er wurde Vater und hatte sich mit seiner Freundin versöhnt. Nach der Geburt würde er sich eine dicke Zigarre gönnen, so viel stand fest! Nach der Geburt, oh Gott.

»Hallo? Sind Sie noch da?« Wagners Stimme ließ genervten Unwillen hören. Dass sein Chef öfter einmal geistig wegtrat, regte ihn immer wieder auf.

»Was? War gerade abgelenkt.« Beck räusperte sich.

»Wer der Eigner des Speichers ist! Sie haben das doch überprüft!« Wagners Augenrollen war fast sichtbar.

»North Wind Holdings.« Beck blickte über den Hof, auf dem Sascha, Sarah und Filo immer noch unter der alten Linde saßen und lachten. Da wollte er hin. Mitlachen. Wie hatte er nur einen Moment denken können, er wolle lieber allein sein?

»Eißen.«

»Was?«

Wagner hob die Stimme, um sich seinem unterbelichteten Vorgesetzten verständlich zu machen.

»North Wind Holdings gehört von Eißen. Julians Vater.«

Da schau an.

KAPITEL 10

Die baumbestandene Straße im Malerviertel lag in sonntägliche Ruhe gebettet, nur von ferne wehten Klänge heran, die daran erinnerten, dass es Leben gab in dieser Stadt. Das Raffteich-Open-Air-Festival hatte gestern begonnen. Er hielt einen Moment inne und lauschte. Lang vergessene Erinnerungen an laue Sommerabende tauchten auf, trunken vor Glück und Bier, in den Armen ein Mädchen, die Luft voller Rockmusik und der Sommer unendlich. Und jetzt trat er in zwei Tagen selbst auf einem solchen Festival auf. Dafür hätte er mit 25 seine rechte Niere gegeben. Aber jetzt? Waren sie nicht viel zu alt dafür? Dieser Wincent Weiss konnte die junge Generation begeistern. Ob sie das auch schafften? Er gab sich einen Ruck und erinnerte sich an den Grund seines Hierseins und die Dringlichkeit seines Anliegens.

Höflich trat er einen Schritt zurück, nachdem er die edle messingfarbene Klingel an der ebenso edlen dunklen Eingangstür des Hauses der von Eißens gedrückt hatte, und wartete.

Ein schrilles Gekläff im Inneren zeigte an, dass zumindest die Hunde sein Begehr, eingelassen zu werden, vernommen hatten.

Ansonsten nichts. Als er gerade noch einmal klingeln wollte, öffnete sich die Tür wie von Geisterhand.

Aus dem Dunkel des Flurs tobten die flachgesichtigen Hunde heran, die er schon beim letzten Besuch kennengelernt hatte. Doch ehe er seinen Fluchtgedanken in die Tat umsetzen konnte, trat hinter der Tür eine Vision hervor, die wenig visionär die Hunde mit einem Fußtritt in Schach hielt.

»Kusch!« Die Vision wandte Beck ein klassisch schönes, vollkommen falten- und makelloses Gesicht zu und lächelte gewinnend. »Entschuldigung, schlecht erzogen, mein Fehler. Was kann ich für Sie tun?«

»Beck, Kriminalpolizei.« Beck ließ sie einen Blick auf seinen Ausweis werfen und wartete.

»Sie sehen gar nicht nach einem Kriminalbeamten aus«, sie schüttelte das lange schwarze Haar zurück, »eher wie ein Model. Und ich muss es wissen, ich war selbst mal eins.« Ihre rauchige Stimme verriet den Hauch eines Akzents, den er nicht genau zuordnen konnte. Spanisch?

Erzählte sie das jedem nach einer Minute Bekanntschaft? Wahrscheinlich, weil es schon so lange her war, dass sie es selbst kaum noch wusste. Denn auch, wenn das attraktive, exotisch anmutende Gesicht der Dame nicht durch den Hauch einer Falte gefurcht wurde, so war dennoch sichtbar, dass sie nicht mehr in ihrer Jugendblüte stand. Vielleicht verrieten sie die müden Augen, die aus dieser makellosen Maske schauten. Wenn er einen Sohn wie Julian von Eißen hätte, würde er auch müde schauen.

Er folgte ihrer einladenden Handbewegung ins Innere des Hauses und bemerkte erleichtert, dass sich die wuscheligen Plattgesichter verzogen hatten. Er mochte seine Hose. Die Frau war so hochgewachsen, dass er sich fragte, ob sie etwa größer war als er selbst. Das ging ja gar nicht. Am liebsten hätte er sich auf die Zehenspitzen gestellt.

Das Angebot eines Kaffees lehnte er ab. »Ich war vor einigen Tagen schon einmal da, vielleicht hat Ihr Mann es

Ihnen erzählt, es geht um das Verschwinden einer Mitschülerin Ihres Sohnes Julian, Angelina Krüger.«

Frau von Eißen nickte bestätigend, anscheinend hatte der Gatte berichtet.

»Ist Ihr Ehemann heute zu Hause? Ich müsste dringend mit ihm sprechen.« Becks Blick irrte unwillkürlich zur Tür.

Frau von Eißen schüttelte bedauernd den Kopf. »Sonntagabend ist er immer beim Golf, da sehe ich ihn selten vor zehn Uhr im Sommer, er nimmt mit seinen Freunden dann gern noch ein, zwei Drinks im Club.«

»Ist Julian zu Hause?« Er hoffte es sehr.

Die Schönheit nickte. »Ja, der ist da. Eigentlich wollte er zu dem Raffteich-Open-Air, aber sein Vater und er hatten mal wieder Krach und nun gab's Hausarrest und Hausaufgaben. Mein Mann hat Angst, dass Julian seinen Abschluss nicht schafft. Er soll mal BWL studieren und das Geschäft übernehmen.«

Das »Geschäft« war eine riesige Textilkette, deren Filialen in ganz Deutschland und auch Europa verteilt waren. Da musste Klein-Julian sich warm anziehen, wenn er das gebacken kriegen wollte. Da sein Vater jedoch zu den Sponsoren des Open Air gehörte, hätte der Knabe garantiert gratis zuhören können. Nicht, dass diese Familie es nötig hatte, irgendetwas gratis zu bekommen.

»Soll ich ihn holen?«

»Später. Ich würde gern erst mit Ihnen sprechen.« Beck lächelte charmant, wie er hoffte.

Sie strich sich den engen schwarzen Rock glatt und sah ihn erwartungsvoll an.

»Angelina hat sich vor einigen Tagen in einem Speicher aufgehalten, der, wie ich jetzt erfuhr, zu den Immobilien der North Wind Holding gehört.« Er sah sie abwartend an.

»Ach ja? Uns gehören einige Immobilien in Braunschweig, das wird ja wohl ein Zufall gewesen sein.« Sie nahm einen Schluck aus ihrer Kaffeetasse und schaute zu Boden.

»Es könnte natürlich ein Zufall sein, wenn nicht Ihr Sohn Julian zufällig ein Klassenkamerad von Angelina wäre. Das ist mir ein bisschen zu viel Zufall.« Beck ließ etwas Strenge in seiner Stimme klingen.

»Ja, aber dazu kann ich gar nichts sagen! Normalerweise hat auch Julian keinerlei Zugang zu den Immobilien der Holding, er ist ein Kind.«

Beck dachte an den durchgestylten Schwarm aller Mädchen und lächelte fein. »Das würde er Ihnen jetzt wahrscheinlich übel nehmen.«

Sie lachte auf. »Allerdings!«

»Kennen Sie Angelina? Was halten Sie von ihr? Und ihrem Verhältnis zu Ihrem Sohn?«

Frau von Eißen blickte ihn aus dunklen Augen an, die ihn entfernt an Sarah erinnerten. Aber zurzeit erinnerte ihn alles an Sarah und sein … Kind. Er schluckte.

»Angelina ist ein nettes Mädchen, das einmal zu einer großen Schönheit erblühen wird, und spätestens dann wird mein Sohn bitter bereuen, dass er sie behandelt hat wie seine kleine lästige Schwester.« Frau von Eißen strich sich eine schwarze Locke aus dem Gesicht und zuckte die schmalen Schultern.

»Eine kleine Schwester, mit der man mal ins Bett geht, wenn gerade nichts Besseres da ist?« Beck versuchte sich die Abneigung gegen den Jungen nicht allzu sehr anmerken zu lassen.

»Ach Gott, so sind sie halt in dem Alter.« Erneutes Schulterzucken.

»Haben Sie in den letzten Tagen Angelina hier im Haus oder irgendwo zusammen mit Ihrem Sohn gesehen?«

Frau von Eißen überlegte. »Ja, sie war irgendwann vor Kurzem da, ich meine, am Wochenende. Leo war auch da, Julians bester Buddy. Angelina hat es nicht gepasst, dass er da war. So was merkt man als Frau.«

»Am Wochenende? Wann am Wochenende?« Beck verfluchte sich, dass er am Sonntag nicht auch noch die Mutter vernommen hatte.

»Ich weiß nicht genau. Samstag? Sonntag? Nein, warten Sie, es war am Sonntag, das weiß ich genau, weil ich es eilig hatte, wollte zu meinem Charity-Event und stieß mit Angelina zusammen, als sie gerade klingeln wollte. Sie wollte Julian bei den Hausaufgaben helfen, angeblich. Die Kinder neigen dazu, einen für debil zu halten, sobald man die 30 überschritten hat.« Frau von Eißen strich sich kokett eine schimmernde Strähne aus dem Gesicht und sah Beck erwartungsvoll an.

Sollte er jetzt sagen, dass sie keinen Tag älter als 30 aussah? Solche Komplimente war sie sicherlich gewöhnt als schöne Frau eines reichen Mannes, aber wie 30 sah sie trotzdem nicht aus. Irgendwie alterslos, weder jung noch alt.

»Wissen Sie noch, um welche Uhrzeit das war?« Beck ohrfeigte sich innerlich. Nachlässige Polizeiarbeit, die ein Mädchenleben kosten konnte. Er war zu sicher davon ausgegangen, dass das Mädchen weggelaufen war, am Anfang,

Frau von Eißen überlegte. »Ich denke so, kurz nach fünf, ich musste um halb sechs bei der Veranstaltung sein.«

»Haben Sie eine Erklärung dafür, dass Ihr Sohn mir bei seiner Vernehmung sagte, Angelina sei nicht hier gewesen?«

Julians Mutter stutzte und runzelte mühsam die allzu glatte Stirn. »Nein? Was soll das denn? Wahrscheinlich hat er gedacht, er bekommt Ärger mit seinem Vater, wenn seine Freunde schon wieder hier abhängen, obwohl er sich um seine Schulaufgaben kümmern soll. Er wusste ja nicht, dass ich sie getroffen habe, bevor ich ging. Dummer Junge.«

Beck dachte, dass dieser Junge so einiges war, aber nicht dumm. »Würden Sie sagen, dass Angelina zu seinen Freunden zählt?«

»Ja, ich denke schon, sie war jedenfalls oft hier, auch wenn er ihre spezielle Zuneigung nicht erwidert, so kann er doch freundschaftliche Gefühle für sie haben. Zweifeln Sie daran?« Frau von Eißen richtete ihre dunklen Augen fragend auf Beck.

Beck nickte energisch. »Ja, das tue ich, nach allem, was ich bisher gehört habe. Ich würde jetzt gern mit ihm sprechen, bitte.«

Die Frau nickte und erhob sich anmutig aus ihrem Sessel. Beck blickte ihr nach, während sie zur Tür ging, um ihren missratenen Sohn herbeizurufen. Die Modelkarriere war angesichts der endlosen Beine und der überschlanken Taille gut vorstellbar, wahrscheinlich lebte sie nach einer strengen Diät. Vielleicht sollte er mal fragen, nach welcher. Er hatte da beim Duschen einen verdächtigen kleinen Bauchansatz entdeckt, jetzt wurde es ernsthaft Zeit, dass er endlich mal Sport machte und regelmäßiger aß. Schließlich bekam er ein Kind, da war es nicht mehr egal, ob er gesund war. Sein Magen zog sich abrupt zusammen, wie immer, wenn er an dieses ominöse Kind dachte, das da in Sarah wuchs.

Schritte vor der Tür, Julian kam. Beck richtete sich auf

und sah dem Jungen entgegen, der hübsch wie ein Mitglied einer Boygroup – gab es die überhaupt noch? – durch die Wohnzimmertür trat.

»Sie wollen mich sprechen?«

Beck schüttelte den Kopf, ein Zeichen für die Mutter, die durch eine Geste anfragte, ob sie auch eintreten dürfe.

»Ja.« Beck wartete, bis sich die Tür hinter der Mutter des Jungen wieder geschlossen hatte, und wies auf den ihm gegenüberliegenden Sessel.

Der junge Mann setzte sich sichtbar widerwillig und saß unbehaglich auf der vordersten Kante des mit blauem Samt bezogenen Sessels.

»Warum haben Sie mir erzählt, dass Angelina am Sonntag nicht hier war? Sie wissen sicher, dass Falschaussagen gegenüber der Polizei strafbar sind? Zumal Sie ja volljährig sind.«

Der Junge setzte ein gewinnendes Lächeln auf, das in Beck heftigen Widerwillen erzeugte. Er fragte sich, warum er eine solche Abneigung gegen den Knaben gefasst hatte, er hatte weit üblere Menschen vernommen im Laufe seiner Jahre bei der Kripo. Vielleicht, weil er den verwöhnten Söhnen aus wohlhabendem Hause in seinem Internat ähnelte, besonders einer hatte Beck zugesetzt und Julian erinnerte entfernt – sehr entfernt – an diesen Jungen, unter dem Beck damals sehr gelitten hatte.

»Na ja, mein Vater war dabei. Der hat was gegen meine Freunde und dass ich mit ihnen abhänge. Wenn es nach dem geht, sitze ich jeden Tag bis Mitternacht und lerne, bloß kein Spaß. Ich wollte Sie eigentlich anrufen und es hinterher richtigstellen, aber dann habe ich es vergessen.« Er zuckte die breiten, durch regelmäßigen Sport gestählten Schultern. Er sah schon sehr gut aus, der Junge, und

Beck konnte verstehen, warum ein unerfahrenes Mädchen auf dieses Aussehen hereinfiel.

»Vergessen. Weil so viel Wichtigeres in Ihrem Leben vorgeht als das Verschwinden einer Klassenkameradin.« Beck schüttelte den Kopf.

»Sie ist nicht meine Klassenkameradin, Mann, ich bin einen Jahrgang über ihr. Und Klassen gibt es sowieso schon ewig nicht mehr.« Der Junge lächelte überlegen. Falls er erreichen wollte, dass sich Beck wie ein Greis fühlte, so hatte er Erfolg.

»Jaja, das ist jetzt nicht von Belang. Angelina war also hier, dies ist eine sehr entscheidende Information, die Sie uns vorenthalten haben. Was das für Konsequenzen für Sie hat, sehen wir noch.«

Mit leichter Genugtuung sah Beck, wie der Junge erbleichte. »Bitte sagen Sie meinem Vater nichts, sonst bekomme ich Ausgangsverbot bis zum Abi.« Der junge Mann sah Beck flehend an.

Beck ignorierte die Bitte. »Wann ist Angelina gegangen am Sonntag?«

Julian überlegte. »Ich schätze mal, so gegen sieben, acht. Sie sagte, sie müsse jetzt los, weil sie sonst Ärger kriege.« Er lachte abschätzig. »Falls ihre Alte überhaupt gemerkt hätte, dass sie weg ist.«

»Sie wollte also nach Hause?«

Julian nickte. »Klar, wohin denn sonst?«

»Nun, dort ist sie, wie Sie wissen, nie angekommen. Also hat sie es sich entweder anders überlegt oder es ist ihr etwas zugestoßen.« Beck sah Julian streng in die Augen. »Es ist also jedes Wort, das sie zu Ihnen sagte, von enormer Wichtigkeit.«

»Mann, ich achte selten auf das, was Angie sagt, es ist

eh immer dasselbe. Meine Mutter ist Scheiße, ich will zu meinem Vater, du und Carina, ihr seid die Einzigen, mit denen ich darüber reden kann, blablabla. Garantiert ist sie zu ihrem Vater gefahren, haben Sie da schon nachgesehen?«

Beck nickte. »Ja, haben wir, und nein, da ist sie nicht, sonst wäre ich wohl kaum hier. Gehen Sie bitte in sich und sagen mir genau, was sie gesagt hat, als sie ging.«

»Habe ich doch gesagt! Dass sie nach Hause musste, weil ihre Mutter sonst Ärger gemacht hätte!«

»Hm. Sie haben ihr nicht zufällig geholfen, nicht mehr nach Hause zu müssen?« Beck ermahnte sich innerlich zur Geduld.

»Was? Was soll das denn heißen?« Der Junge riss die blauen Augen auf.

»Nun, Angelina wurde gesehen, wie sie am Hafen in Richtung eines alten Speichers ging, und dieser Speicher gehört rein zufällig Ihrem Vater.«

»Was? Aber das ist … vollkommener Schwachsinn! Ich habe Ihnen doch gesagt, dass ich mit Angie nicht groß was am Hut hatte, niemals hätte ich mich in ihre Angelegenheiten gehängt.« Aufgebracht sprang Julian auf und rannte im Zimmer umher.

»Setzen Sie sich bitte wieder.« Beck wartete, bis Julian seiner Aufforderung Folge geleistet hatte.

»Sie haben also Angie nicht geholfen, im Speicher unterzukommen? Ziemlich komischer Zufall, dass wir dort jedoch eindeutige Hinweise gefunden haben, dass sie sich dort aufgehalten hat! Wenn Sie ihr keinen Zugang verschafft haben, dann war es wohl Ihr Vater!«

Julian schüttelte den Kopf. »Nein, ich …« Er brach ab, sichtlich aus dem Konzept gebracht.

»Ich erinnere Sie noch einmal in aller Deutlichkeit, dass

eine Falschaussage gegenüber der Polizei eine Straftat ist und mit fünf Monaten bis zu drei Jahren Freiheitsentzug geahndet wird.« Beck legte eine eisige Kälte in seine Stimme, die schon häufig Wirkung bei Vernehmungen gezeigt hatte.

»Okay. Also, ich geb's zu. Angie hat mir leidgetan und ich habe ihr versprochen, dass ich ihr helfe abzuhauen. Sie ... sie wollte erst mal verschwinden und dann zu ihrem Vater.«

»Warum nicht gleich zu ihrem Vater?« Beck ahnte den Grund schon.

»Weil ihre Mutter das sofort verhindert hätte, sie hat das Sorgerecht. Angie hat sich eingebildet, wenn sie erst mal verschwindet, sucht ihre Mutter nicht lange und gibt auf. Sie wollte wenigstens die Chance haben, zu ihrem Vater zu gelangen und mit ihm einen Plan zu entwerfen.« Er zuckte die Schultern. »Ich habe ihr gleich gesagt, dass das Schwachsinn ist, aber sie war wie besessen davon. Und da habe ich halt gesagt, sie kann im Speicher übernachten. Wir haben da mal Party gemacht, und mein Vater hat vergessen, den Schlüssel wieder an sich zu nehmen.«

»Kann Ihr Freund Leon das bezeugen? Ich nehme an, er war dabei, als Sie dieses großartige Vorhaben geplant haben?« Beck glaubte dem Knaben keine Minute, dass er Mitleid mit Angelina gehabt hatte, es musste etwas anderes dahinterstecken. Andererseits konnte er sich nicht vorstellen, dass Angelina es geschafft hätte, ihren Schwarm zu etwas zu bewegen, was der nicht wollte. Steckte vielleicht Carina dahinter? Hatte die Hübsche mehr Einfluss auf Julian?

Julian nickte heftig. »Ja, das kann er!«

»Dann rufen Sie ihn mal gleich an, in meinem Beisein,

er soll sich auf den Weg machen. Hierher, sofort.« Beck wollte den beiden Freunden keine Gelegenheit geben, irgendwelche Absprachen zu treffen, die den Verbleib des Mädchens weiter verschleierten.

»Vorher kommen wir aber zur wichtigsten Frage. Wo ist Angelina jetzt?«

Julian zuckte die Schultern. »Keine Ahnung, ungelogen. Sie war plötzlich verschwunden, ohne was zu sagen. Wahrscheinlich wollte sie mich nicht weiter mit reinziehen und ich habe natürlich gedacht, sie ist auf dem Weg zu ihrem Vater, und das glaube ich eigentlich immer noch.«

»Wann war sie verschwunden?«

»Ich weiß nicht genau, Leon war als Letzter beim Speicher, und da war sie weg. Das muss Mittwoch oder Donnerstag gewesen sein.«

Beck überlegte. Das konnte stimmen, am Donnerstag hatten Wagner und er eine auf die Rübe bekommen. Aber von wem? Wer haute ihnen eins über den Schädel, wenn Angelina sowieso schon weg gewesen war? Oder war sie womöglich gar nicht weg gewesen? Hatte sie noch im oberen Stockwerk gehaust, während er und sein Kollege wie zwei Deppen in die Falle gelaufen waren? Aber in wessen »Falle«? Er war schon ziemlich gespannt auf diesen Leon.

»Rufen Sie bitte jetzt Ihren Freund an.« Er wies mit dem Kinn auf das aus der Hemdtasche des jungen Mannes schauende Handy.

Der tippte nur einmal auf sein Telefon, offensichtlich war der Freund eingespeichert, man telefonierte öfter miteinander. Aber die telefonierten ja nicht mehr, die chatteten. Wenn man Sarah glauben durfte, in Wortfetzen wie Steinzeitmenschen. He, Bro, Bock auf abhängen? Yup.

»He Bro, kannste mal schnell rüberkommen? Die Polizei ist hier wegen Angie, die wis…« Er brach auf Becks entscheidende Handbewegung hin ab.

»Keine Informationen bitte, bevor er hier ist.« Beck stand auf und Julian drückte mit einem Achselzucken seinen Freund weg.

Beck setzte sich wieder und freute sich auf die Minuten angespannten Schweigens, die vor ihm lagen, bis dieser zweite Knabe eingetroffen war. Wahrscheinlich genauso ein verwöhnter Bengel. Gab es eigentlich noch normale Kinder? Oder war er einfach schon so alt, dass er wie alle Alten vor ihm die Verwöhntheit und Ignoranz der Jugend beklagte? Würde sein Kind auch einmal so … so oberflächlich, ihm fremd werden? Würde er in der Lage sein, es zu verstehen und eine Beziehung zu ihm aufzubauen? Schwer vorstellbar, er hatte ja noch nicht einmal eine enge Beziehung zu seiner Katze.

*

Sarah sank auf den Küchenstuhl und lachte. »Ich kann's gar nicht glauben! Hoffentlich überlegt er es sich nicht doch noch anders, wenn ich immer fetter werde. Oder wenn das Kind ein Schreikind wird. Oder wenn …«

»Hör auf!« Filo hielt sich die Ohren zu. »Freu dich doch mal! Er hat sich für dich und das Kind entschieden und ich habe gesehen, wie er dich ansieht. Wie die heilige Mutter Gottes. Der liebt dich, Sarahlein, glaub mir. Auch wenn er es vielleicht selbst noch nicht so recht weiß. Ein Mann wie Giovanni lässt dich nicht sitzen, der wird auch sein Kind lieben, da bin ich mir sicher.«

»Na ja, ich mir nicht so. Ich bin mir ja noch nicht mal sicher, ob ich selbst das Kind lieben kann.« Sarah seufzte.

»Stell dir mal vor, es gefällt mir nicht! Vielleicht wird es so ein nervtötender Klammeraffe, oder was ist, wenn es nicht gesund zur Welt kommt?« Sarah hielt sich den Kopf. Sie fühlte sich der Situation an sich schon nicht gewachsen, was, wenn das Kind eine Behinderung hatte? Rund um die Uhr ihre Fürsorge brauchte? Sie womöglich ihren Job aufgeben musste, oder …

Asta strich ihr über die rotbraunen Locken. »Ich glaube, das ist ganz normal, diese Angst, keine gute Mutter sein zu können. Deine Mutter hatte das auch. Du erinnerst mich gerade sehr an sie in der Zeit ihrer Schwangerschaft, da saß sie genau hier an diesem Küchentisch und fragte mich, ob ich mir sie als Mutter vorstellen könnte. Sie hatte auch Angst, obwohl sie schon lange mit deinem Vater zusammen war und beide dieses Kind, dich, gewollt hatten, unbedingt. Beide hatten Sorge, dieser Verantwortung nicht gerecht zu werden. Aber ein Mann, der eine streunende Katze bei sich aufnimmt, der wird sein Herz auch seinem Kind nicht verschließen, da sei mal sicher.«

Sarah musste lachen. »Eine streunende Katze, netter Vergleich. Aber du hast recht, wahrscheinlich treiben diese Sorgen alle werdenden Eltern um. Ich fühle mich immer noch wie das Mädchen, das früher hier gelebt hat und sich fragt, was es mit seinem Leben anfangen soll. Irgendwie frage ich mich das immer noch. Und nun wurde mir zumindest eine Entscheidung abgenommen, vom Universum oder von Giovannis Supersperma.«

Sascha lachte auf. »Oh Gott, das kriege ich nie wieder aus dem Kopf!«

Asta lächelte. »Ja, meistens nimmt das Leben uns die Entscheidungen ab, wenn wir uns nicht entscheiden können. Und es ist selten das, was man in diesem Moment gewählt hätte. Sieh mich an, mit 22 Jahren plötzlich Mutter eines kleinen, traurigen Mädchens, das war garantiert nicht das, was ich mir vorgestellt hatte in der Phase meines Lebens, und doch war es, abgesehen vom Tod meiner Schwester, eine solche Bereicherung, die ich mir nie hätte träumen können. Du bist meine Tochter geworden, eine, die ich nie hätte selbst gebären können.«

»Die du nie hättest selbst gebären können?« Sarah blickte erstaunt auf ihre Tante. »Du meinst, weil du nie den passenden Partner gefunden hast?«

»Nein, Sarah. Ich kann keine Kinder bekommen.« Asta lächelte sie an und nahm sich einen Toast.

»Aber ... Das hast du nie erzählt!« Sarah versuchte vergeblich, diese ungeheuerliche Information zu verarbeiten. Wie musste es für ihre Tante jetzt sein, dass sie selbst schwanger war und auch noch herumheulte, wie furchtbar das alles war?

»Warum sollte ich? Die Frage stellte sich ja tatsächlich nie, weil ich nie einen Mann kennengelernt habe, mit dem ich eine Familie gründen wollte. Vielleicht war es so vorbestimmt, damit ich dir eine Mutter sein konnte, und nun werde ich Oma. Ist doch alles gut.«

»Und dann wäre da ja noch Giovannis Kollege, der sexy Wagner-Jagger, nicht wahr?« Filo zwinkerte Asta zu. »Da brauchst du nicht rot zu werden, so schlecht ist der gar nicht, hat was.«

Sarah blickte zu ihrer Tante, deren Wangen sich tatsächlich rosa färbten. Guck an.

»Also bitte! So ein Notstand ist bei mir nicht ausgebrochen, dass ihr mir gleich den erstbesten Junggesellen andichten müsst, der herumläuft. Ich habe vielleicht nicht die Liebe meines Lebens gefunden, aber Mangel an

Männern in meinem Bett hatte ich nun auch nicht.« Asta schnaubte und wandte sich ab, um den Tisch abzuräumen.

»Aber ich habe gesehen, wie er dich anguckt und wie du ihn anschaust, liebste Asta.« Sascha formte ein Herz mit seinen Händen. »Da glitzerten Elfensternchen zwischen euch.«

»Elfensternchen!« Asta lachte laut auf. »Das waren Wagners Glimmstängel! Ich und ein Raucher, so weit kommt es noch.« Sie schloss die Kühlschranktür mit größerem Nachdruck als unbedingt nötig.

»Vielleicht gibt er es für dich und deine wunderschönen blauen Augen ja auf?« Sascha blies imaginären Rauch in Astas Richtung. »Ich habe auch aufgehört zu rauchen, als ich mit Joschka, meinem Fitnesstrainer, zusammen war.« Sascha rollte verträumt die grünen Augen gen Decke und seufzte theatralisch.

»Joschka, oh Gott! Den hatte ich vollkommen verdrängt.« Filo stöhnte. »Diese Riesenmischung aus Schwarzenegger und Brad Pitt! Außerdem hast du nicht aufgehört, du rauchst immer noch.«

»Nur nach dem Sex, liebste Giftspritze.« Sascha schlug elegant die Beine übereinander.

»Dann hast du aber verdammt oft Sex.« Filo rollte mit den Augen.

»Habe ich. Nur kein Neid.« Sascha warf seiner Freundin eine Kusshand zu.

Sarah lachte amüsiert. Wie gut, dass die beiden sie immer wieder aus ihren Selbstzweifeln rissen!

Sie stand auf, um Asta ein wenig zu helfen, als ein scharfer Schmerz in ihrem Unterleib sie auf den Stuhl zurücksinken ließ. Sie presste eine Hand auf ihren Bauch und stöhnte auf.

»Was ist?« Asta warf die Butter auf den Tresen und eilte an Sarahs Seite. »Du bist kreidebleich!«

»Ich … ich weiß nicht.« Sarah keuchte. »Es tut weh. Vielleicht ist mit dem Baby was nicht in Ordnung.« Sie brach in Tränen aus.

Filo sprang auf. »Wir fahren sofort ins Krankenhaus, keine Frage. Ich hole mal eben den Wagen.« Sie rannte aus der Küchentür.

Asta hielt Sarahs Hand und sah sie besorgt an. »Tut es noch weh? Wie fühlt es sich an?«

»Wie ein Messer in meiner Gebärmutter.« Sarah schluchzte auf. »Ich glaube, ich blute. Das darf doch nicht wahr sein!«

*

Leon entpuppte sich als ein Riesenbaby mit blauen Kulleraugen und einem muskulösen Körper, den sein Outfit aus Jeans und schwarzer Lederjacke kaum beherbergen konnte. Um die Schultern hätte ihn selbst Arnie persönlich beneidet, dachte Beck und schwor sich wieder einmal, seinem monatlichen Mitgliedsbeitrag für eine bekannte Fitnesskette endlich Taten folgen zu lassen. Der junge Hüne trat neben seinen Freund und ließ diesen zart und klein aussehen. Der Prinz und sein Bodyguard.

»Was ist denn so eilig?« Neugierig ließ Leon seine Augen zwischen Julian und Beck hin und her gleiten. »Meine Freundin bringt mich um, sie hat Karten für Wincent Weiss.« Ein Augenrollen deutete an, dass das nicht unbedingt die Musikrichtung war, die der junge Mann bevorzugte.

»Scheiß auf die Raffteich-Konzerte, ist eh immer nur Schrott.« Julian zuckte die Schultern.

»Du sitzt doch an der Quelle, sag deinem Vater doch, er soll mal ordentliche Bands engagieren, nicht immer diesen Mädchenmist!« Leon stieß seinen Freund vor die Schulter und lachte.

»Mein Vater engagiert die nicht, wie oft soll ich dir das noch sagen? Er sponsert das Ganze nur, damit alle seine fetten Werbebanner überall ertragen müssen.« Julian schüttelte die Hand seines Kumpels genervt ab.

Beck beschloss, das Vorgeplänkel zu beenden, und erhob sich. »Beck, Kriminalpolizei. Leon Gerber?«

Die Augen seines Gegenübers flackerten, aber das war Beck gewohnt, wenn er die Zugehörigkeit zu seiner Gilde vermeldete. Niemand sprach gern mit der Polizei, auch nicht das unschuldigste Jungfräulein. Das hatte nichts zu bedeuten.

»Ja. Warum?« Leon kratzte sich nervös an der breiten Stirn.

»Wann haben Sie Angelina Krüger das letzte Mal gesehen?« Beck trat einen Schritt näher, was er sofort bereute, da er zu dem Jungen aufsehen musste. Nicht besonders einschüchternd für den Knaben.

»Was? Ich … Keine Ahnung.« Die Augen des Jungen irrten zur Seite, zu seinem Freund und Anführer.

»Dann denken Sie nach.« Beck warf Julian einen warnenden Blick zu.

»Ich … am Sonntag.« Der Junge schwitzte. »Sie … sie hing mal wieder bei Julian ab und ich kam, um ihn zu retten.« Er lachte schwach.

»Aha. Wie spät war es?« Beck zog eine Augenbraue hoch. Jetzt wurde es interessant.

Der junge Riese zuckte mit den massigen Schultern. »Keine Ahnung, vielleicht sieben? Aber genau weiß ich es nicht, man guckt ja nicht ständig aufs Handy.«

»Nein? Ich dachte, genau das tun Menschen in Ihrem Alter? Und danach haben Sie sie nicht mehr gesehen?« Beck wartete.

Leon sah auf den Boden und schüttelte den Kopf. »Nö.«

»Tja. Das ist seltsam, Ihr Freund hier sagt etwas anderes.«

Leons Kopf schnellte hoch und er sah seinen Freund erstaunt an. Der zuckte mit einer Schulter.

»Was ... was hast du erzählt?« Dicke Schweißperlen traten auf Leons Stirn.

Julian von Eißen breitete die Arme aus und schwieg.

Beck bedeutete Julian mit einer Geste, den Raum zu verlassen, was dieser, nicht ohne einen vielsagenden Blick in Leons Richtung, tat.

»Ja, was könnte denn Julian erzählt haben, Leon? Haben Sie, wenn Sie genau überlegen, Angelina nicht vielleicht doch nach dem Sonntag noch einmal gesehen?«

Leon Gerber fühlte sich sichtlich unwohl und konnte Beck nicht in die Augen blicken. »Ich ... Sie hatte Ärger zu Hause und da ... meinte Julian, vielleicht könnte sie erst mal ...« Er brach ab und sah Beck flehentlich an. »Ich hab versprochen, nichts zu sagen, zu niemandem! Angelina selbst wollte es so!«

»Sie sprechen mit der Kriminalpolizei, Junge, und es geht um ein vermisstes Mädchen, da gelten keine Versprechen mehr. Tun Sie sich selbst einen Gefallen und machen Sie den Mund auf! Falschaussagen und Behinderung der Polizeiarbeit sind Straftaten!« Beck legte erprobte Schärfe in seine Stimme.

»Na ja, Julian hat ihr den alten Speicher am Hafen angeboten, der wird nicht mehr benutzt und wir hatten noch den Schlüssel. Wir wollten nichts Böses tun, ehrlich!« Leons babyblaue Augen warben um Verständnis.

»Ach ja? Aber nun ist sie ja nicht mehr dort, die Angelina. Wo ist sie denn jetzt?«

Leon breitete die Arme aus. »Ich weiß es nicht, ehrlich! Ich ... Sie war dann auf einmal weg. Vielleicht hat sie sich nicht mehr sicher gefühlt oder ist zu ihrem Vater gefahren.«

»Vielleicht hat sie sich nicht mehr sicher gefühlt, nachdem die Polizei ihr auf die Schliche gekommen ist?«

»Ja, vielleicht.« Der Junge sah zur Seite.

»Aber warum denn? Nachdem Sie der Polizei ordentlich einen über den Schädel gegeben haben, war doch erst mal alles wieder paletti?« Beck verschränkte die Arme vor der Brust.

»Was? Nein! Wieso sagen Sie das? Ich habe niemanden auf den Schädel geschlagen.« Der junge Mann kam erregt einen Schritt auf Beck zu.

»Nein? Wer war es denn dann?«

»Keine Ahnung! Ich jedenfalls nicht. Wir haben Angelina da hingebracht und danach war ich nicht mehr dort. Da war keine Polizei!« Aufgeregt fuchtelte Leon mit den Armen.

»Haben Sie, nachdem Sie Angelina dort abgeliefert haben, noch in irgendeiner Form Kontakt mit ihr gehabt?« Beck ließ die Sache mit dem Angriff erst einmal ruhen.

»Nein, nichts! Ich habe mir da gar keinen Kopf gemacht, dachte, die schläft da ein paar Tage und dann fährt sie zu ihrem Vater.« Leon öffnete die Arme in einer resignierten Geste.

»Wer hat sie mit Essen versorgt? Wer hat ihr den Schlafsack gebracht, den sie dort offensichtlich hatte? Hatte sie

Geld? Ihr Freund sagte, Sie seien als Letzter bei ihr gewesen? Wann war das?« Beck fühlte, dass hier zunächst nicht weiterzukommen war, er musste sich den anderen Knaben noch mal vornehmen.

»Den Schlafsack haben wir mitgenommen, als wir sie zum Speicher gebracht haben, es ist Julians. Ob sie Geld hatte, keine Ahnung! Ich habe an der Tanke noch ein paar Müsliriegel gekauft, damit sie nicht einkaufen musste, und habe ihr die gebracht. Das muss Mittwoch gewesen sein oder Donnerstag. Julian rief mich an, er hatte keine Zeit. Sie wollte ja unbedingt erst mal untertauchen, bevor sie zu ihrem Vater reiste. Aber als ich mit den Riegeln ankam, war sie schon weg.« Der Junge zuckte mit den Achseln, offensichtlich fand er, er habe seine Schuldigkeit in diesem Fall mehr als getan.

»Gut. Ich möchte noch mal mit Ihrem Freund sprechen, warten Sie bitte solange draußen.« Beck ging an Leon vorbei und öffnete die Tür, vor der Julian von Eißen stand wie ein Schüler, den man vor den Klassenraum geschickt hatte, weil er den Unterricht gestört hatte.

»Kommen Sie bitte herein.« Beck nahm den stummen Blickaustausch der beiden jungen Männer schweigend zur Kenntnis.

»Wann haben Sie Angelina Krüger das letzte Mal gesehen, Herr von Eißen?« Beck blieb vor dem Kamin stehen.

»Das habe ich doch schon gesagt.« Julian von Eißen wagte eine genervte Attitüde, er fühlte sich anscheinend sicherer als vorher. »Am Sonntag, als wir sie in den Speicher gebracht haben!«

»Und am Donnerstag ist Ihnen eingefallen, dass sie nichts zu essen hat? Bisschen spät für die Erkenntnis, oder?«

»Wir hatten am Sonntag noch Chips und so gekauft, das reichte erst mal. Sie hat auch voll rumgestresst, dass sie ja keiner sieht und so. Noch nicht mal Carina sollte was wissen!«

»Aha. Dennoch leuchtet mir Ihr Plan nicht ganz ein. Was sollte dieser Zwischenaufenthalt in diesem Speicher bewirken? Selbst wenn sie damit ihre Spuren verwischen wollte, damit ihre Mutter sie nicht gleich bei ihrem Vater wieder einsammelte, musste Ihnen doch klar sein, dass ihr Verschwinden erst recht die Polizei auf den Plan bringt! So hatte sie doch noch weniger Chancen, unbehelligt zu ihrem Vater zu gelangen?«

Julian zuckte mit den Schultern. »Sie hat gedacht, ihre Mutter sucht nicht nach ihr. Die war immer so mit sich beschäftigt. Angie glaubte, wenn sie einfach weg wäre, würde ihre Mutter die Sache auf sich beruhen lassen.«

Beck dachte an die Tatsache, dass Sarah und nicht Angelinas Mutter sie vermisst gemeldet hatte, und schwieg einen Moment.

»Aber das ist doch Unsinn, Julian, und das wissen Sie auch. Spätestens in der Schule wäre ihr Fehlen nach einigen Tagen aufgefallen und die ganze Suche wäre ins Rollen gekommen. So jung und naiv sind Sie doch nicht mehr, dass Sie sich das nicht überlegt haben.«

»Ja, das habe ich Angie auch gesagt, dass ihre Lehrer sie vermissen würden, aber sie wollte nicht auf mich hören. Ich weiß nicht, vielleicht wollte sie ja, dass alle nach ihr suchen? Ein bisschen Aufmerksamkeit? Darüber habe ich aber jetzt erst nachgedacht.« Der Junge sah Beck eindringlich an. »Es hat sich doch nie einer um sie gekümmert, verstehen Sie?«

Richtig, du aber auch nicht. Beck ließ sich auf die Empathienummer nicht ein, die kam eindeutig zu spät. Irgendetwas war hier faul, aber ganz sicher.

*

»Du bist eben über eine rote Ampel gefahren!« Sascha kreischte entsetzt direkt in Sarahs Ohr.

Asta hielt Sarahs Hand. »Wir hätten einen Krankenwagen rufen sollen, das hier ist ja die reinste Höllenfahrt! Wie geht es dir, Sarah? Immer noch Schmerzen?«

Sarah schüttelte den Kopf. »Nein, momentan geht es. Ich weiß nicht, ob die Blutungen aufgehört haben.« Asta hatte ihr mehrere Monatsbinden auf einmal verpasst, bevor sie alle ins Auto gesprungen und ins Krankenhaus gefahren waren. Sie war heilfroh, dass sie nicht im Krankenwagen lag, es war auch so schon wie ein Albtraum. Ob sie das Kind jetzt verlor? Wäre das nicht sogar die beste Lösung? Nein! Sie wollte das Baby, sie liebte es ja schon! Schützend legte sie eine Hand auf ihren Unterbauch. Bleib drinnen, bitte, Kleines. Mama will dich! Bitte nicht gehen, bleib bei mir! Tränen traten in ihre Augen, gerade als Filo endlich direkt vor dem Eingang der Klinik hielt und Sascha wie James Bond aus dem noch fahrenden Wagen sprang. »Einen Rollstuhl, einen Rollstuhl, bitte! Wir haben hier eine Schwangere mit Blutungen!«

Trotz ihrer Angst musste Sarah lächeln, als sie ihren Freund mit wehenden Rockschößen über der Lederhose auf eine Gruppe blau gekleideter Pfleger und Krankenschwestern zusegeln sah. Anscheinend wirkte sein dramatischer Auftritt, denn einer löste sich aus der Gruppe und rannte hinein, um sofort wieder mit einem Rollstuhl in Sarahs Richtung zurückzukommen, ein weiterer folgte ihm.

»Kommen Sie, ich helfe Ihnen in den Stuhl.« Asta und der Pfleger bugsierten Sarah mit vereinten Kräften in den Stuhl und brachten sie in die Notaufnahme, Sascha im Schlepptau.

Angesichts der vielen wartenden Menschen stöhnte Asta entsetzt auf, doch der Pfleger beruhigte sie. »Das hier hat Vorrang, Sie kommen sofort auf Station, die Aufnahme füllen wir da aus, die junge Frau muss liegen.«

Sarah fühlte sich nicht jung, sondern furchtbar, wie in einem surrealen Traum, und sie hatte noch nicht mal ein Nachthemd mit. Irgendwie verschlimmerte das die Lage.

Eine große Schiebetür schwang lautlos zur Seite und sie fand sich auf einem Bett wieder, an Monitore angeschlossen. Überall piepte es und eine junge, sehr hübsche Ärztin mit dunklem Teint eilte durch eine weitere Tür in den Untersuchungsraum.

»Guten Tag.« Sie lächelte freundlich und ließ blendend weiße Zähne blitzen. »Ich bin Dr. Jamudih. In der wievielten Woche sind Sie?«

»Äh, ich, also im vierten Monat, ich kann das mit den Schwangerschaftswochen noch nicht.« Unsicher blickte Sarah zu der Ärztin auf.

»Haben Sie einen Mutterschaftspass dabei?« Die Frau lächelte beruhigend.

»Ich … Ja, ich glaube schon.« Suchend sah sich Sarah nach ihrer Handtasche um, in der Asta schon nach dem Pass suchte. So etwas hatte sie ja jetzt, einen Mutterpass. Hoffentlich hatte er sich nicht schon erledigt. Sie schluchzte auf.

»Nicht weinen, ganz ruhig bleiben, Blutungen sind nichts Ungewöhnliches während der ersten Monate.« Die Ärztin tätschelte Sarahs Hand. »Aha, 15. Woche etwa. Haben Sie Schmerzen?«

»Ja, als es losging, wie ein Messer im Bauch. Jetzt nicht mehr. Und dann kamen Blutungen. Bedeutet das … dass ich das Kind … verliere?« Sarah wusste plötzlich mit absoluter Klarheit, dass der Verlust des Babys keine Lösung, sondern etwas absolut Furchtbares wäre.

Die Ärztin, die inzwischen das Ultraschallgerät angestellt und den Stab bereits mit Gel bestrichen hatte, schüttelte den schwarz belockten Kopf. »Nein, nein, das muss es nicht heißen. Oft treten in den ersten Monaten noch hormonelle Störungen auf.« Sie fuhr mit dem Gerät über Sarahs Bauch und blickte aufmerksam auf den Monitor.

»Da ist Ihr Baby ja, sehen Sie? Da ist der Kopf.«

Sarah sah den Kopf ihres Kindes ganz deutlich und lächelte. Unfassbar.

»Das Herz schlägt, kräftig und gleichmäßig, Ihrem Kind geht es gut, hören Sie?« Die Ärztin drehte an dem Gerät und sah Sarah an.

»Oh, Gott sei Dank!« Asta brach in Tränen aus.

Ja, Sarah hörte den Herzschlag. Gleichmäßig und ziemlich schnell, war das normal? Oder war ihr Baby aufgeregt, weil sie aufgeregt war?

»Der Herzschlag ist etwas schneller als unserer, das ist normal, alles ist normal. Sie können sich beruhigt auf Ihr kleines Mädchen freuen. Herzlichen Glückwunsch.«

»Mädchen?« Sarah setzte sich überrascht auf. »Kann man das denn schon genau sehen?«

»Ja, ziemlich sicher. Die Kleine präsentiert sich gerade

sehr günstig. Hundertprozentig noch nicht, aber ich denke schon. Wollten Sie es nicht wissen? Entschuldigen Sie, ich dachte …« Die Ärztin biss sich auf die volle Unterlippe und sah Sarah zweifelnd an.

»Nein, nein, ich … ich habe mir noch gar nicht überlegt, ob ich es wissen wollte, ehrlich gesagt. Es ist gut, ich bin nur so durcheinander.«

Die Ärztin nickte. »Kein Wunder, nach der Aufregung. Sie bleiben auf jeden Fall einen Tag zur Beobachtung hier, auch um zur Ruhe zu kommen.«

Asta wischte sich die Tränen von den Wangen. »Ich bringe dir eine Tasche, ich finde das vernünftig, ruh dich aus, nach diesem Schock.«

»Wollen Sie noch mal sehen? Die Kleine dreht sich voll zu uns, es ist alles sehr deutlich erkennbar, hier die Augen, die Händchen, und hier zwischen den Beinen nichts … also … Moment mal!« Die Ärztin riss die Augen auf.

»Was? Was ist?« Sarah setzte sich beunruhigt auf, doch die Ärztin drückte sie sanft zurück und lachte auf.

»Herzlichen Glückwunsch noch einmal!«

»Wieso, was soll … das heißen?« Verwirrt sah Sarah von der Ärztin zu Asta, die ebenfalls lächelte.

Asta drückte Sarahs Hand. »Du bekommst zwei Kinder, mein Schatz. Du bekommst Zwillinge.«

Was wird Giovanni sagen, war alles, was Sarah denken konnte.

*

Wenn das die Jugend von heute war, dann wollte er keine Kinder. Zu spät fiel Beck ein, dass er ja gar keine Wahl mehr hatte, was das betraf. Oh Gott.

Diese achselzuckenden, haar- und seelenlosen Bubis konnten einem jedenfalls den Glauben an die Zukunft der Menschheit endgültig verderben. Gab es sie denn nicht mehr, die Kinder und Jugendlichen, die schmutzig und ungekämmt gegen alles rebellierten, was ihre Eltern aufgebaut hatten, die alles besser machen wollten? Er dachte an seine Jugend im Internat, in der jeder mit der ungewaschenen Kopie eines Kurt-Cobain-Pullovers herumgelaufen war. Wahrscheinlich würden diese Jungs hier den Pullover sofort einer Altkleidersammlung übergeben. Er hatte seinen immer noch, als Erinnerung an die Leiden des jungen Beck.

»Hatten Sie den Eindruck, dass Angelina selbstmordgefährdet war?« Er blickte die beiden jungen Männer aufmerksam an.

Er hatte spontanen Protest erwartet, doch die Jungen blickten zu Boden und antworteten nicht.

»Heißt das ja?« Beck wurde heiß, als er daran dachte, dass vielleicht irgendwo gerade ein Mädchen sein Leben aushauchte, während er versuchte, aus diesen Lackaffen irgendetwas zu ihrem Verbleib herauszubekommen. Die IT hatte schon durchgegeben, dass sie die WhatsApp-Nachricht nicht hatten zurückverfolgen können, da das Handy sofort nach dem Versenden offline gegangen war. Ein Suchtrupp durchsuchte momentan den Braunschweiger Hafen, immer noch der einzige Anhaltspunkt seit dem Verschwinden des Mädchens vor einer Woche. Eine Woche! Eine Woche, in der das Mädchen noch gelebt hatte und sie wie die Vollidioten von einer falschen Spur zur nächsten getrottelt waren. Er fuhr sich durch die Haare und zwang sich zur Konzentration.

»Also? Hatten Sie den Eindruck?«

»Warum fragen Sie?« Die beiden jungen Männer sahen sich an.

»Die Fragen stelle ich hier und Sie haben meine noch nicht beantwortet.« Beck hätte am liebsten einen von beiden, oder besser beide, geschüttelt, bis sie den Mund aufmachten.

Julian von Eißen atmete tief durch. »Um ehrlich zu sein, ja, den Eindruck hatten wir. Da musste man auch gar kein Psychologe sein, um das zu merken, sie hat es ja öfter gesagt. Gerade jetzt erst wieder, damit wir ihr helfen zu verschwinden.«

»Was gesagt?« Beck musste sich zwingen, nicht zu brüllen.

»Dass sie sich umbringen wollte. Sie hat gesagt, wenn sie weiter bei ihrer Mutter leben müsste, würde sie sich lieber umbringen.«

»Das hat sie gesagt? Warum? Weil ihre Mutter zu viel trank und sich nicht um sie und ihren Bruder kümmerte? Ist das Grund genug, sich umzubringen? Da müssten sich Millionen von Kindern umbringen.« Beck hatte immer mehr das Gefühl, hier kostbare Zeit zu verschwenden.

»Na ja.« Julian von Eißen zuckte einmal mehr mit seinen Schultern. »Da liefen wohl auch noch andere Sachen, die Mama nahm es wohl auch nicht so genau mit den Kerlen.«

»Aha. Heißt?« Beck wusste, was jetzt kam.

»Die ging mit jedem ins Bett und ließ sich bezahlen, ne Nutte.« Julians Grinsen erreichte seine Augen nicht. »Das wusste jeder an der Schule.«

»Woher?« Beck war angespannt und hätte am liebsten auf eine Vorlauftaste gedrückt, um das Gespräch zu beschleunigen, aber er wusste, dass das nicht ging, er musste Raum geben, wenn er etwas erreichen wollte.

»Die hatte mal was mit dem Vater von einem aus unserer Schule, der hat es herumerzählt. Angelina war das sehr peinlich und sie hat nur geheult, als das rauskam.« Leon Gerber durfte auch mal was sagen.

»Verständlich, oder?« Beck trat einen Schritt nach vorn. »Wann war das?«

»Letztes Jahr oder so.« Die beiden sahen sich an.

»Und dann bringt sie sich ein Jahr später deshalb um? Oder denkt darüber nach?« Beck zog eine Braue hoch.

»Dann kam ja noch das mit dem Nacktfoto.« Leon feixte und Becks Hand ballte sich zur Faust.

»Ach ja. Wer hat das denn verbreitet?« Beck wusste es ja, aber er wollte es von diesen beiden Prachtexemplaren hören.

»Na ja, okay, ich. War nicht so toll, ich weiß.« Julian setzte ein entschuldigendes Lächeln auf, das bei Beck Brechreiz auslöste.

»›Nicht so toll‹ ist leicht untertrieben. Finden Sie es nicht selbst etwas pervers, dass das Mädchen sich ausgerechnet an die Menschen um Hilfe wandte, die dafür gesorgt haben, dass es an der gesamten Schule unmöglich gemacht wurde?« Beck begegnete den Blicken der beiden mit steinerner Miene.

»Ja, schon. Aber ich hatte mich ja entschuldigt. Sie hat mich halt total genervt mit ihrer Anhänglichkeit und da …«

»Da haben Sie zu dieser üblen Maßnahme gegriffen, wohl wissend, dass es dieses Mädchen ohnehin schon sehr schwer hatte und Ihnen vertraute? Einfach, weil Sie es konnten?« Beck trat noch einen Schritt auf von Eißen zu und dieser wich zurück an die Wand.

»Ich habe doch gesagt, dass es nicht toll war, das sehe ich ja ein! Aber ich konnte es ja dann nicht mehr rückgängig machen und das war auch der Grund, warum ich ihr dann helfen wollte.« Von Eißen war deutlich blasser als noch vor Minuten.

»Helfen, vor den Folgen Ihres Mobbings zu fliehen, wie großmütig!« Beck trat wieder zurück.

»Ja, ich weiß.« Julian von Eißen ließ den Kopf hängen, aber Beck nahm ihm die Rolle des zerknirschten netten Jungen nicht ab.

»Wo ist Angelina? Wollen Sie, dass sie sich umbringt? Wollen Sie schuldig werden am Tod eines 16-jährigen Mädchens, das Sie liebt und Ihnen vertraute?« Beck wurde laut.

»Nein! Das will ich nicht! Aber ich weiß nicht, wo sie ist, das müssen Sie mir glauben!«

Beck blickte zu Leon Gerber, der den Kopf schüttelte. »Ich weiß es auch nicht, wirklich, ich schwöre es!«

»Wissen Sie denn, wo sie sein könnte, wo könnte sie vom Speicher aus hingegangen sein? Sie kennen sie doch gut, wo könnte sie sich verstecken?«

Beide schüttelten den Kopf. »Keine Ahnung, wirklich. Vielleicht weiß Carina etwas, so dicke waren wir nun mal nicht mit Angelina, auch wenn sie es gern gehabt hätte.« Der Narziss blitzte wieder durch die Fassade des reuigen Sünderleins.

»Halten Sie sich zur Verfügung.« Beck wusste, wenn er nicht weiterkam.

Als er auf die Straße trat, wehten die Klänge vom Raffteich-Konzert zu ihm herüber, das Vorprogramm lief anscheinend schon. Sein Herz weitete sich, eine Erinnerung kam auf, Sommerabend, Festival, ein Mädchen im Arm, ein Bier in der Hand und alles schien möglich. So fühlte es sich an, wenn man jung war.

Nur nicht für Angelina. Für sie war vielleicht nichts mehr möglich.

KAPITEL 11

Beck hielt im Halteverbot vor dem freudlosen Mehrfamilienhaus im westlichen Ringgebiet und hoffte, die Kollegen von der Streife würden heute Sonntagsruhe halten.

Er drückte, diesmal zielsicher, auf die Klingel mit dem irreführenden Namen Glückstadt und zuckte zusammen, als unmittelbar darauf eine helle Stimme nach seinem Begehr fragte. Atemlos eilte er die Stufen empor und fand sich keuchend vor einer geöffneten Wohnungstür wieder, in der Carina Glückstadt mit einem Strahlen auf dem Gesicht stand, als hätte nicht gerade ihre Freundin vielleicht schon ihren letzten Atemzug getan. Aber das wusste sie ja noch nicht. Er schluckte.

»Ich muss dich dringend noch einmal wegen deiner Freundin Angelina befragen, ist deine Mutter da?«

Carina schüttelte den Kopf. »Nein, die ist bei meiner Oma im Altenheim, kommen Sie rein. Haben Sie sie immer noch nicht gefunden?« Aufrichtige Besorgnis lag in ihren großen blauen Augen. Sie ging ihm voraus in ein kleines, sehr aufgeräumtes Wohnzimmer. Zwei beigefarbene Sofas wetteiferten mit einer dunkelbraunen Schrankwand um die Aufmerksamkeit des Betrachters, an der Wand gegenüber hing der obligatorische Riesenflachbildschirm. Wie hatte sein Vater diese Art Einrichtung immer abschätzig genannt? Gelsenkirchener Barock. Eine Spitzengardine ließ den Verkehr des Neustadtringes nur erahnen, rosa und lila Alpenveilchen rundeten das Bild einer spießigen Gemütlichkeit ab.

Carina nahm auf einem der plüschigen Sofas Platz und wies mit der Grazie einer Talkmasterin auf das zweite.

»Deine Freundin hat eine besorgniserregende WhatsApp-Nachricht an ihren Bruder geschickt«, fiel Beck gleich mit der Tür ins Haus. Für Vorgeplänkel war jetzt keine Zeit.

»Besorgniserregend?« Ängstlich riss Carina ihre Augen auf. »Was soll das heißen?«

Wortlos zeigte Beck ihr die an sein Handy weitergeleitete Nachricht.

Unwillkürlich schnappte Carina nach Luft und schlug eine Hand vor den Mund. »Oh Gott, nein, Angie!«

»Wo könnte sie sein, Carina? Jetzt bitte keine Ausflüchte! Wenn du etwas weißt, sag es! Es geht um ihr Leben, vielleicht ist es schon zu spät!«

»Diese Schweine!« Das Mädchen brach in Tränen aus. »Daran sind Julian und Leon und ihre ganze Clique schuld!« Sie schluchzte bitterlich in ihre Hände, die ihr Gesicht bedeckten.

Beck dachte daran, dass die jungen Männer das Foto von ihr erhalten hatten und dass dieser bittere Verrat der einzigen Freundin Angelina wahrscheinlich den Rest gegeben hatte. Aber dies anzumerken, führte ihn jetzt wahrscheinlich nicht weiter, jetzt ging es einzig und allein nur noch darum, Angelina zu finden, so schnell wie möglich.

»Wo könnte sie sein, Carina? Wo könnte sie sich verstecken? Weißt du etwas darüber?«

»Ich weiß es nicht! Wirklich nicht!« Carina sprang auf und sah Beck aus tränenfeuchten Augen an. »Ich habe sie vor einer Woche das letzte Mal gesehen, das schwöre ich! Als sie zu Julian wollte!«

Beck bedeutete ihr, sich wieder hinzusetzen.

»Aber Freundinnen chatten doch andauernd, oder?

Einiges spricht ja dafür, dass Angelina vor Kurzem noch gelebt hat. Und da soll sie sich in einer für sie so aufregenden Woche nicht bei dir gemeldet haben?« Beck sah die Blondine eindringlich an.

Carina schüttelte den Kopf. »Nein, hat sie nicht.« Sie sah Beck nicht an.

»Dann darf ich dich sicher um dein Handy bitten, damit ich diese Aussage überprüfen kann?«

Carina riss den Kopf hoch. »Mein ... mein Handy?«

»Dein Handy. Wenn du nichts von ihr gehört hast, dann müsste der letzte Chat ja von Sonntag oder Samstag sein.« Beck wartete.

»Ich ... weiß nicht ... Dürfen Sie das denn? Es gibt doch einen Datenschutz?« Ein Anflug von Trotz schob die Unterlippe des Mädchens nach vorn.

»Ich darf das, ich bin von der Kripo und deine Freundin ist in Gefahr, schon vergessen?« Beck streckte fordernd seine Hand aus.

Zögernd griff Carina nach dem vor ihr liegenden Handy, das in seiner glitzernden Schutzhülle eher an ein Weihnachtsgeschenk erinnerte als an ein Telefon.

»Ich ... Na gut, ich habe noch mal was von ihr gehört.« Sie griff nach dem Handy und hielt es fest.

Beck platzte der Kragen. »Was bildet ihr euch eigentlich ein? Glaubt ihr wirklich, dass eure Teenagerspielchen wichtiger sind als ein Menschenleben und die Arbeit der Kriminalpolizei? Her damit, aber sofort!«

Eingeschüchtert durch seinen Wutanfall gab das Mädchen ihm schweigend das Telefon.

»Passwort?« Beck war so wütend, dass er kaum das Handy ruhig halten konnte.

Das Mädchen flüsterte etwas mit tief gesenktem Kopf.

»Was?« Beck hätte ihr am liebsten das Glitzerding an den Kopf geworfen.

»Julian.« Angelinas Freundin brach in Tränen aus.

*

»Ich sage dir doch, mir geht es gut! Philipp braucht mich jetzt, er kann in dieser Situation nicht bei Farid bleiben, es ist alles ein absolutes Chaos!« Sarah nickte nachdrücklich mit dem Kopf. »Ich will nicht in diesem Krankenhaus bleiben, die Ärztin hat selbst gesagt, dass Blutungen in den ersten Monaten völlig normal sind und das Kind – die Kinder …« Sarah brach ab und schlug sich vor den Kopf. »Oh Gott, Giovanni hat sich gerade mit einem abgefunden, da muss ich ihm sagen, dass es zwei sind!« Sarah blickte verzweifelt im Wagen umher. Sie hatte sich selbst entlassen, weil sie fürchtete, verrückt zu werden, allein mit ihren Gedanken von ihren Freunden im Krankenzimmer zurückgelassen.

»Wie soll ich ihm das nur beibringen, ich bin die einzige Frau auf der Welt, die trotz Pille Zwillinge zustande bringt.« Sarah seufzte. Zwei Kinder! Zwei schreiende Säuglinge, für jede Brust einen, haha.

»Du und Giovannis Supersperma.« Sascha giggelte.

»Ja, für dich ist das lustig, Sascha, du verschwindest morgen früh wieder nach Berlin und lässt mich sitzen mit meiner Brut! Wahrscheinlich lässt du dich nie wieder blicken, wenn die beiden erst mal geboren sind.« Sarah schniefte.

»Hör mal! Ich bin nicht der Vater des Kindes, also lasse ich dich auch nicht sitzen.« Sascha amüsierte sich köstlich.

»Sag Giovanni doch, rate mal, welches Geschlecht unser Kind hat! Und wenn er dann rät, rufst du: beide!« Filomena trug ebenfalls zu ihrer Unterstützung bei. Womit hatte sie nur diese Freunde verdient?

»Dann denkt er, wir kriegen einen Zwitter! Außerdem sind es wahrscheinlich zwei Mädchen.« Vor Sarahs geistigem Auge tauchten zwei Barbies auf, zwei Dreiräder, zwei rosa Kleider, zwei rosa Himmelbettchen – wer sollte das bloß alles bezahlen? Und wer dachte heute noch so reaktionär in Rosa? Sie würde diese Mädchen hoffnungslos versauen.

»Giovanni ist reich genug, um Drillinge durchzukriegen.« Sascha war auch immer noch beim Thema.

»Ja, beruf's noch!« Sarah konnte darüber nicht lachen. Hörte das denn überhaupt nicht mehr auf mit diesen Hiobsbotschaften? Wollte das Schicksal sie und Giovanni mit aller Gewalt auseinanderbringen? Ein Säugling war ja schon ein Prüfstein für jede Beziehung, aber zwei? Und auch noch ungeplant?

Asta tätschelte ihr den Rücken. »Was soll's, Sarah, dann bist du auf einen Rutsch durch mit der Familienplanung. Ich hoffe bloß, dass das mit Angelina nicht ein schlimmes Ende nimmt, das wäre einfach …« Sie schüttelte den Kopf.

»Ja. Ich kann mich überhaupt nicht mit meinen Babys beschäftigen, solange wir nicht wissen, was da los ist. Wenn Giovanni sie bloß rechtzeitig finden könnte!« Sarah schwirrte der Kopf vor lauter Sorgen. Wer war sie denn, dass sie sich um eine Zwillingsschwangerschaft sorgte, wenn da draußen irgendwo ein Mädchen von Gott und der Welt verlassen vielleicht gerade sein Leben aushauchte? Wenn das ihre Tochter wäre … Ein Schluchzen stieg in ihrer Kehle empor.

»Meinst du nicht, dass es besser ist, Philipp bei Farid zu lassen, wenigstens bis morgen?« Asta tippte Sarah von hinten auf die Schulter. »Da hat er etwas Ablenkung und du bist doch auch vollkommen durcheinander.«

»Keine Ahnung, Asta, ich weiß es nicht, ich weiß gerade überhaupt nichts. Wir sind vorhin so überstürzt aufgebrochen, ich möchte wenigstens noch mal mit ihm sprechen und ihn fragen, ob er zu mir kommen oder bei seinem Freund bleiben will.« Sarah zuckte mit den Schultern. »Es ist so oder so eine schreckliche Situation und er braucht seine Mutter, sonst niemanden. Aber die liegt ja immer noch im Krankenhaus.«

»Die muss aber informiert werden. Unbedingt. Das übernehme ich, vielleicht hat es auch schon die Polizei getan, keine Ahnung.« Asta stieg aus dem Wagen und half Sarah beim Aussteigen. »Ob du mal bei Giovanni …«

»Nein! Den rufe ich jetzt nicht an, die Ermittlungen laufen auf Hochtouren. Mit dem spreche ich in Ruhe, wenn wir wissen, was los ist. Und sollte … sollte das Schlimmste eingetreten sein, werde ich garantiert nicht mit meiner frohen Botschaft kommen, das hat auch noch ein paar Tage Zeit.« Sarah atmete entnervt auf.

»Das halte ich für vernünftig.« Filo kam an Sarahs andere Seite und nahm ihren Arm. »Das eine hat erst mal mit dem anderen überhaupt nichts zu tun, eure Babys sind etwas Tolles, denke ich, und das sollte alles nicht überschattet werden von … von …« Filo suchte nach schonenden Worten für etwas, was nicht sein durfte.

»Jetzt lasst mich doch mal los, was soll denn Farids Mutter denken?« Sarah schüttelte ihre beiden Helferinnen ab und klingelte an der Haustür des hübschen Fachwerkhauses, in dem Farid mit seiner Mutter und deren Lebensgefährten lebte.

Die Tür wurde von einer hübschen Blondine geöffnet, hinter der Philipp hervorschaute.

»Er wartet schon auf Sie und sorgt sich.« Die Frau blickte bedauernd zwischen Sarah und Philipp hin und her.

»Philipp, mir geht's gut.« Sarah lächelte den blonden Jungen an. »Möchtest du mit mir nach Hause kommen oder lieber bei Farid bleiben?« Eigentlich hoffte sie, er würde bei seinem Freund bleiben wollen und sie zumindest eine Weile von dieser drohenden Tragödie Abstand halten können.

»Ich will zu dir.« Philipp hob sein blasses Gesicht zu ihr empor und ihr Herz zog sich schmerzhaft zusammen. Warum tat das Schicksal diesem Jungen, der noch nie etwas Böses getan hatte, so etwas an? Das war doch vollkommen ungerecht, die Kinder mussten für die Taten ihre Eltern büßen. Sie dachte an die zwei Kinder in ihrem Bauch und presste die Lippen zusammen. Bitte, lieber Gott, hilf mir, dass ich es besser mache als Katja.

*

Du hast also gewusst, dass sie in dem Speicher übernachtet hat.« Beck blickte von Carinas Telefon auf.

Sie nickte mit gesenktem Kopf, die langen blonden Haare lagen schützend vor ihrem Gesicht.

Beck scrollte weiter im Chat nach unten. *Die Polizei war hier, Leon hat sie bewusstlos geschlagen, ich habe Angst. Ich wollte das nicht! Ich muss hier weg. Ich weiß noch nicht, wohin, ich möchte sofort zu meinem Vater, aber Leon und Julian wollen mich erst woanders hinbringen, um meine Spur zu verwischen, sagen sie. Aber ich habe doch gar nichts getan? Jetzt gibt das bestimmt einen Riesenärger!*

Carina hatte geantwortet: *Spinnen die? Wo wollen die dich denn hinbringen? Hau ab da! Geh zum Bahnhof und fahre nach Berlin, dein Vater wird dir schon helfen, aber setz deine Kapuze auf, sonst erkennt dich noch jemand, die suchen dich doch.*

Ein letzter Satz von Angelina: *Ich glaube, du hast recht, ich hau ab, ich hätte das gleich tun sollen. Ich traue ihnen nicht mehr. Wenn du wüsstest, was ich herausgefunden habe.*

Carinas Antwort deckte sich mit Becks Gedanken: *Was hast du denn herausgefunden?*

Aber Angelina hatte nicht mehr geantwortet, auch nicht auf die mehrfach wiederholte Frage ihrer Freundin nach ihrem Verbleib. Hatte sie nicht antworten wollen? Oder können?

Beck hob den Blick. »Weißt du, ob sie danach zu ihrem Vater gefahren ist?«

Carina schüttelte heftig den Kopf. »Nein, ich habe danach nichts mehr von ihr gehört.

»Hast du irgendeine Ahnung, wohin sie Angelina gebracht haben könnten?«

Carina hob das tränenüberströmte Gesicht und schüttelte erneut den Kopf. »Ich weiß es nicht, wirklich.«

Beck atmete entnervt aus. »Sie schreibt, sie hätte etwas herausgefunden. Über Julian und Leon. Weißt du etwas darüber?«

Wieder ein heftiges Kopfschütteln. »Nein, nichts. Ich habe mir schon das Hirn zermartert, was es sein könnte, ich habe keine Ahnung! Ich würde Ihnen alles sagen, glauben Sie mir doch! Ich will doch nicht, dass Angie …« Sie brach ab und begann zu schluchzen.

Beck stand auf und schüttelte den Kopf. »Arme Angelina, sie hatte wohl auf dieser Welt keinen wirklichen Freund. Denn dir war es ja auch wichtiger, dass du Julians Freundin wirst, nicht wahr? Wenn du nicht gewesen wärst, hätte Angelina nicht fliehen müssen, sondern würde zu Hause sicher in ihrem Zimmer sitzen.« Beck zögerte. Was brachte das noch, der Kleinen Schuldgefühle zu machen?

Er hatte dafür keine Zeit. Und dennoch. »War es dieser Kerl wirklich wert, ein Foto zu verbreiten, das deine Freundin dir im Vertrauen geschickt hat? Und wie furchtbar für sie, dass sie auch hinterher niemanden hatte, außer der Verräterin selbst, an den sie sich in ihrer Verzweiflung wenden konnte. Kannst du dir vorstellen, wie einsam sie sich gefühlt haben muss?«

Carina schlug die Hände vor das Gesicht und schluchzte laut. »Ich weiß es doch! Ich habe mich auch bei ihr dafür entschuldigt und Julian gesagt, dass ich ... dass ich nicht mehr mit ihm ins Bett gehe. Ich bereue es, das tue ich wirklich.« Sie schluchzte so sehr, dass Beck ihre Worte kaum verstehen konnte.

Er setzte zu einer Antwort an, brach aber ab. Er hatte genug gesagt. Ohne ein weiteres Wort verließ er die Wohnung, zückte sein Telefon und beorderte Wagner und eine Streife in das östliche Ringgebiet, in die Fasanenstraße, in der die glücklichen Eltern des jungen Schlägers Leon wohnten. Nach Wagners aufgeschlossener Reaktion zu schließen, würde die Beule auf Wagners Hinterkopf in Bälde gerächt werden. Er selbst machte sich erneut auf den Weg in das Malerviertel mit dem festen Vorsatz, den Aufenthaltsort von Angelina innerhalb einer halben Minute aus diesem widerwärtigen jungen Schnösel herauszu...bekommen.

Auf seinem Weg ein paar aufgeschreckte Spaziergänger und einige hochgelbe Ampeln hinterlassend hielt er wenige Minuten später mit rauchenden Reifen vor der noblen Villa der Familie von Eißen.

Noch ehe er die von Buchsbäumchen im Kübel gesäumte Treppe emporeilen konnte, öffnete sich die schwere Eingangstür, in deren Öffnung die Dame des Hauses sichtbar wurde, offensichtlich gewandet für einen gesellschaftlichen Termin. Ihr weißes Sommerkleid, sicher nicht von der Stange, und ihr weißes Handtäschchen gaben ihrer südländischen Erscheinung etwas Brautähnliches, Sommerleichtes, das so gar nicht zu der Stimmung in Becks Herzen passen wollte. Er hätte sie umbringen können, dafür, dass sie von Angelinas Schicksal so unberührt schien.

»Nanu, Herr Kommissar? Schon wieder.« Ein strahlendes Lächeln ließ schneeweiße Zähne blitzen, passend zum Kleid. Der laue Sommerabend, die immer noch vom Raffteich herüberwehenden Klänge des Konzertes wirkten unpassend angesichts der Tragödie, die sich in Angelinas Leben und aller, die sie liebten, gerade abspielte.

Beck nickte knapp. »Ich muss nochmals mit Ihrem Sohn sprechen, es sind neue Fakten aufgetaucht.« Er ließ unerwähnt, dass er diese Fakten schon letzten Sonntag hätte kennen können, hätte er Carinas Handy untersucht, hätte, hätte.

Frau von Eißen wandte sich zurück ins Haus und bedeutete Beck, ihr zu folgen.

»Julian! Komm bitte herunter, der Kommissar ist noch mal da!«

Beck folgte ihr erneut durch den Flur in das von milder Abendsonne erleuchtete Wohnzimmer und hörte hinter sich schnelle Schritte die breite geschwungene Treppe heruntereilen.

Er wandte sich um und richtete sich an den jungen Mann, ohne sich zu setzen.

»Wir wissen, dass Ihr Freund mich und meinen Kollegen niedergeschlagen hat, wahrscheinlich in Ihrer Anwesenheit.« Ein scharfes Einatmen Frau von Eißens ließ ihn die Hand heben, auch um die Erwiderung, zu der der Junge ansetzte, zu unterbinden. Wahrscheinlich wieder eine Lüge.

»Wir wissen auch, dass zu diesem Zeitpunkt sich entgegen Ihrer Aussagen Angelina noch im Speicher befunden hat. Das heißt, Sie haben das Mädchen anschließend an einen anderen Ort gebracht, weil ihr Aufenthaltsort aufgeflogen war. Ich mahne Sie dringend, jetzt die Wahrheit zu sagen, damit der Straftat, einen Polizeibeamten tätlich angegriffen zu haben, nicht auch noch weitere folgen.«

Ein Schlüssel knirschte im Schloss, der Herr des Hauses kehrte vom Golfplatz zurück.

Von Eißen trat in den Hausflur und blieb überrascht an der Treppe nach oben stehen. »Was ist denn hier los? Herr Beck? Ist etwas passiert?« Die zwei mopsgesichtigen Hunde kamen aus dem oberen Stockwerk herangestürmt, um den Herrn des Hauses zu begrüßen und nebenbei Beck mit irrem Gekläff mitzuteilen, dass er hier nicht erwünscht sei. Immerhin ließen sie seine Hose in Ruhe.

Beck seufzte ungeduldig. »Ihr Sohn hat uns leider in wesentlichen Dingen die Unwahrheit erzählt. Das Mädchen ist am Donnerstag noch in Ihrem Speicher am Hafen gewesen und danach wahrscheinlich an einen anderen Ort gebracht worden, nachdem Ihr Sohn und sein Freund mich und meinen Kollegen niedergeschlagen haben.« Während Julians Vater entsetzt die Augen aufriss, wandte sich Beck wieder an den Jungen. »Also? Wo ist sie?! Ich erwarte Ihre Antwort, sofort.«

Julian legte beteuernd eine Hand auf die Brust und setzte zum Sprechen an, als sein Vater ihn unterbrach. »Was hast du getan, Julian? Bist du wahnsinnig geworden? Hast du eigentlich überhaupt irgendwelche Moralvorstellungen? Du …« Er trat auf seinen Sohn zu und hätte ihn sicherlich geschlagen, wenn Beck sich nicht in den Weg gestellt hätte.

»Bitte unterbrechen Sie mich nicht! Wo ist Angelina, Herr von Eißen?«

Julian hob beschwichtigend die Arme. »Ich gebe zu, dass ich gelogen habe über den Speicher, und ich schwöre Ihnen, ich wollte nicht, dass Leon Sie niederschlägt, damit habe ich nichts zu tun, er ist einfach durchgedreht, eine Kurzschlussreaktion, er denkt selten nach, bevor er was tut.« Julian zuckte gleichgültig mit den Achseln, während er seinen besten Freund auf dem Altar der Selbstrettung opferte. »Aber sie ist danach weggelaufen, ohne zu sagen, wo sie hinwollte, ich schwör's! Sie hat uns angeschrien, was wir getan hätten und dass wir Idioten seien, und dann ist sie zur Tür rausgerannt und weg war sie. Und wir sind dann auch abgehauen, weil wir Angst hatten wegen dem, was Leon getan hatte.« In Julians Augen schimmerten Tränen und er biss sich auf die blassen Lippen.

»Ich bereue das alles wirklich. Wir wollten doch nur Angelina helfen. Das ist alles aus dem Ruder gelaufen.« Julian schluckte und sah an Beck vorbei zu seinem Vater.

»Sie wollten Angelina so sehr helfen, dass Sie zwei Polizeibeamte niederschlagen? Ich glaube Ihnen kein Wort! Sie haben ja vorher auch nichts von dieser Fürsorge sehen lassen für dieses Mädchen. Also, was war so wichtig oder gefährlich, dass Sie in Kauf genommen haben, wegen Körperverletzung zweier Staatsbeamter angeklagt zur werden?« Beck atmete schwer, er hasste jede Minute, die er hier mit diesem verwöhnten Bengel vertat.

»Ich habe doch nichts getan! Das war eine Kurzschlusshandlung von Leon, der wusste doch gar nicht, dass Sie von der Polizei sind!« Julian legte einen flehenden Blick in seine schönen Augen.

»Na, dann ist es ja nicht so schlimm.« Julians Vater nahm Beck das Wort aus dem Mund.

»Ich stelle meine Frage noch einmal deutlicher. Was

wusste Angelina über Sie, dass sie Ihnen und Leon nicht mehr vertraute? Und wo ist sie? Es geht um Leben und Tod, mit Ihrem Schweigen verantworten Sie eventuell den Tod des Mädchens.«

Ein scharfes Einatmen an Becks Seite verriet, wie angespannt Frau von Eißen war.

»Vielleicht ist sie in diesem Moment schon tot! Wollen Sie das?« Beck blickte dem jungen Mann in die tiefblauen Augen und erschrak vor dem, was er dort sah.

Julian wollte, dass Angelina starb. Und er musste herausfinden, warum.

*

Sarah winkte Asta zu, die eben vom Hof fuhr, um Katja im Krankenhaus zu besuchen, und wandte sich dem Schloss zu. Sie stieg die große Steintreppe hoch und seufzte schwer. Was würde sie Philipp sagen? Sie hatte ihn erst einmal auf einen Gassi-Spaziergang geschickt mit Muffin, um ihn abzulenken.

Sie betrat die Schlossküche, die in warmes Sonnenlicht getaucht so heimelig und einladend aussah, als wollte sie die verstörenden Ereignisse des Tages Lügen strafen. Sarah setzte Milch für einen Kakao auf und sah in den Kühlschrank. Jede Menge Reste von gestern, aber sie brauchte nur eins: Schokolade! Ob ihre Kinder ihre Schokoladensucht erben würden? Sie nahm den Behälter mit Astas legendärer Schokoladentorte heraus, die sie für die gestrige Feier gebacken hatte, und schnitt sich gerade ein mehr als großzügig bemessenes Stück ab, als die Küchentür aufflog und ihre Berliner Freunde hereinließ.

»Ich will auch eins!« Filo ließ sich auf dem viktorianischen Samtsofa nieder, das vor dem großen Sprossenfenster der Küche im Gegenlicht seine Schäbigkeit geschickt verbarg.

»Friss nicht so viel, sonst denkt man bald, dass du vielleicht auch schwanger bist.« Sascha, charmant wie immer, ließ sich gegenüber an dem riesigen alten Holztisch nieder, der schon fast hundert Jahre in dieser Küche stand.

Sarah säbelte zwei ebenso reichlich bemessene Stücke ab und setzte sich zu ihren Freunden an den Tisch, als hinter ihr zischend die Milch überkochte.

»Verdammt! Jedes Mal!« Sie fuhr wieder hoch und eilte an den Herd, um die Schweinerei zu beseitigen. Stechender Geruch nach angebrannter Milch stieg auf und ihr wurde schlagartig so übel, dass sie aus der Küche rannte, um sich in der nächsten Kloschüssel zu übergeben. Na wunderbar. Das hatte heute ja auch noch gefehlt. Sie klopfte sich auf den Bauch und schaute nach unten auf die leichte Wölbung, hinter der sich ihre Zwillinge verbargen. »Könnt ihr mal aufhören? Wir mögen Kakao! Ihr mögt den bestimmt auch, wenn ihr erst mal da seid.« Sie putzte sich hastig die Zähne, während sich ihr Magen angesichts der zu erwartenden Kinderfluten in diesem Haus wieder leicht hob. Oh Gott. Hoffentlich schreckte das Giovanni nun nicht doch ab, Zwillinge waren ja wahrscheinlich schon für Paare eine Belastung, die Jahre zusammen waren. Man las es doch immer, über diese Mehrlingsgeburten, die Eltern brauchten alle Hilfe. Arbeiten konnten sie jedenfalls mit zwei Säuglingen nicht. Was sollte nur aus ihnen werden? Sie hatten doch nur ihr Einkommen, um diese Riesenbude einigermaßen am Laufen zu halten, und selbst das war nur ein Tropfen auf den heißen Stein.

»Sarah?« Filos Stimme drang durch die Badezimmertür. »Alles in Ordnung?«

»Ja, alles gut. Ich komme.« Sarah öffnete die Tür und umarmte ihre Freundin. »Filo, was soll bloß werden? Ich weiß gar nicht, wie ich das alles finanzieren soll. Ich kann doch mit zwei Babys nicht weiter arbeiten und auch nicht zwei Kinder bei Asta lassen, die hat schon mit meiner Aufzucht genug getan.«

Filo tätschelte den Rücken ihrer Freundin. »Soweit ich weiß, ist der Vater deiner Kinder mehr als gut situiert, du wirst das tun, was alle jungen Mütter tun, zu Hause bleiben, stillen und den Vater zahlen lassen. Was sonst? In zwei Jahren kannst du sie ja in eine Krippe geben und stundenweise wieder einsteigen in den Job. Das wird schon.«

Zwei Jahre. Zwei Jahre sollte sie Giovannis Weibchen sein, das sich von ihm aushalten ließ? So fühlte es sich an für sie. Seit ihrer Kindheit hatte niemand mehr für ihren Unterhalt gesorgt und selbst damals hatte sie durch Nachhilfeunterricht zur mageren Haushaltskasse beigetragen. Sie fühlte sich nicht wohl mit der Vorstellung, finanziell abhängig von einem Mann zu sein, den sie vor einem halben Jahr erst kennengelernt hatte.

»Na komm, hör auf zu grübeln. Das ist schon anderen Frauen passiert und du wirst das auch schaffen. Lass uns lieber überlegen, was du Philipp erzählst, der ist gerade hereingekommen.«

Sarah zuckte mit den Schultern. »Was soll ich ihm sagen? Ich weiß es nicht, im Grunde weiß er genauso viel wie ich. Ich kann ihn nicht beruhigen, bevor ich was von Giovanni gehört habe, und das werde ich wahrscheinlich frühestens am späten Abend. Ich will ihn weder zu sehr vertrösten noch ihm Angst machen.«

»Sag ihm einfach, dass Giovanni alles Menschenmögliche versucht, um Angelina zu finden und heil nach Hause zu bringen. Mehr kannst du nicht tun.« Filo nahm Sarah am Arm und führte sie zurück in die Küche, in der nun auch Philipp am Tisch saß und Kakao trank, den Sascha anscheinend zustande gebracht hatte. Muffin lag schwanzwedelnd unter dem Tisch, um sich herum schlammige Spuren, die vermuten ließen, dass sie im Schlossteich gebadet hatte.

»Meine Güte, Philipp, konntest du ihr nicht die Pfoten abwischen, bevor du sie hereinlässt?« Sarah setzte sich seufzend.

»Die war zu schnell, sorry.« Bedrückt blickte Philipp auf den Fliesenboden und dann zu Sarah.

»Gibt es was Neues von meiner Schwester?« Er schluckte und blinzelte schnell.

Sarah schüttelte den Kopf. »Leider nein, nichts. Aber Giovanni tut alles, um sie zu finden, das weißt du.« Sie nahm seine kalte Hand und drückte sie beruhigend. »Noch ist nichts verloren, Kopf hoch.«

Plötzlich kam ihr ein Gedanke. »Sag mal, Philipp, hast du vielleicht eine Idee, wo Angelina sich verstecken könnte? Hatte sie vielleicht einen Ort, an den sie gern ging, von dem keiner wusste oder so?«

Philipp schüttelte den blonden Kopf und runzelte die Stirn. »Ne, keine Ahnung.« Er hielt inne. »Höchstens … Ach ne, das glaube ich nicht.«

»Höchstens?« Alarmiert richtete sich Sarah auf und ließ die Kuchengabel auf den Teller fallen.

»Na ja, sie haben manchmal Party gemacht, in so einer Garage irgendwo. In Braunschweig. Die gehörte irgendwem von ihrer Clique. Ich weiß aber nicht genau, wo das ist.«

Sarah merkte, wie ihr Blutdruck stieg. »Denk nach, Philipp, das könnte wichtig sein! Gar keine Ahnung? Hat

Angie irgendwas gesagt, was ein Anhaltspunkt wäre, wo diese Garage ist?«

»Keine Ahnung, irgendwo außerhalb muss das sein. Sie hat mal gesagt, dass der Bus nachts nicht fährt und dass sie deshalb nie richtig mitfeiern kann. Weil sie nicht nach Hause kommt und dann Ärger kriegt.« Er zuckte mit den mageren Schultern. »Sonst weiß ich leider nichts. Glaubst du, dass sie da ist?« Er sah Sarah fragend an.

»Ich weiß es nicht, Philipp, aber es wäre eine Möglichkeit, ich rufe sofort bei Giovanni an, dass er dem nachgeht, versucht herauszufinden, wo diese verdammte Garage ist.«

Mit zitternden Händen wühlte sie in ihrer Handtasche nach dem Handy, das ihr zweimal fast aus der Hand fiel, bevor sie endlich das Freizeichen hörte.

»Giovanni? Ich habe vielleicht einen Hinweis, aber leider nur sehr vage, für einen möglichen Aufenthaltsort von Angelina.«

Sie erklärte ihm, was sie erfahren hatte, und legte wieder auf. Ihr Herz war schwer, doch sie lächelte Philipp ermutigend zu, der sie besorgt anblickte. »Wenn ich nur wüsste, wo die Garage ist. Bestimmt hat sie sich doch da versteckt, oder? Das wäre doch möglich? Kann Giovanni die Garage denn auch ohne Adresse finden?«

Sarah legte ihm einen Arm um die Schultern und zog ihn an sich. Armer Kleiner. Was der mit seinen zehn Jahren mitmachen musste, war schon für einen Erwachsenen kaum auszuhalten. Aber für ein Kind ohne den stützenden Rückhalt von Eltern? Unerträglich. Aber war Kindheit jemals einfach gewesen? Ihre sicher nicht. Dieses Ausgeliefertsein, die Entscheidungen anderer hinnehmen zu müssen, sich aus wenigen Informationen, die man von den Erwachsenen aufschnappte, ein furchterregendes Bild zu basteln, das durch ausweichende und beschwichtigende Bemerkungen der Großen immer dunkler wurde, nein, das war nicht einfach. Und in welchem Kinderleben gab es kein Trauma, keine Ängste, keine Schrecken?

Nur, dass der Schrecken einer Schwester, die ihrem Leben mit 16 ein Ende setzte, Philipps ganzes Leben überschatten würde. Davon konnte sich niemand erholen. Sie betete zu Gott oder wem auch immer, dass Angelina noch lebte, wenn Giovanni sie fand.

Wenn er sie fand.

*

»Wo ist diese Garage?« Beck nagelte Julian mit seinem Blick fest.

»Ich weiß nicht, was der Kleine meint! Ehrlich!« Julian schaute, ohne zu blinzeln, in Becks Augen. Lügen konnte der.

»Doch, das wissen Sie. Und ich rate Ihnen dringend, uns die Adresse dieser ›Partygarage‹ freiwillig mitzuteilen, Sie haben die Polizeiarbeit schon mehr als genug behindert, reichlich für eine fette Strafanzeige.« Irritiert schaute Beck flüchtig zu Julians Vater, dessen amüsierter Gesichtsausdruck nicht zur Situation passen wollte. Gönnte der seinem Sohn den Knast? Beck wunderte hier gar nichts mehr. Julians Blick dagegen flackerte und er sah zu Boden.

»Sie können weiter schweigen, dann frage ich eben Carina, die sagt es mir mit Sicherheit, denn die hat doch noch einen Funken Empathie für ihre Freundin.« Er zückte sein Handy, um seine Drohung in die Tat umzusetzen. »Nur, dass Sie dann meine Arbeit einmal mehr erschwert haben.«

»Ich …« Schweißperlen traten auf Julians Stirn. »Ich weiß wirklich nicht, was er meint, sorry.«

Beck wartete und ignorierte die Äußerung. »Carina? Beck hier. Wo liegt die Garage, in der ihr ab und zu Partys gefeiert habt? Eure Clique?«

»Halt die Schnauze, Carina! Das geht keinen was an! Angelina ist da nicht, das hat überhaupt nichts mit ihrem Verschwinden zu tun!« Julian überschrie Carinas Entgegnung, während sein Vater ihn zurückzog und ihn scharf zur Ordnung rief.

»Was sagtest du? Querumer Forst?« Er lauschte ihrer Wegbeschreibung und nickte, den Blick auf Julian gerichtet, der in sich zusammengesunken schlaff im Griff seines Vaters hing. Diese Garage schien wichtig zu sein. Er bereute, allein gekommen zu sein, und gab kurz auf der Dienststelle die Adresse durch, um die Umgebung durch zwei Beamte abzusichern, bis er eintraf. Und diesen hübschen Knaben hier, den würde er mitnehmen. Dessen Reaktion auf das, was er dort vorfand, würde äußerst interessant sein. Wagner war noch in der Fasanenstraße beschäftigt, also würde Beck allein fahren. Für den kurzen Weg nach Querum konnte er Julian allein handeln, der würde wohl kaum aus dem fahrenden Wagen springen. Oder doch? Sollte er doch einen Beamten zur Begleitung anfordern? Er rollte innerlich die Augen über diese erneute Verzögerung und tätigte den entsprechenden Anruf.

»Ich nehme Ihren Sohn mit, unsere Beamten fahren ihn nach der Ortsbesichtigung wieder nach Hause. Ein Kollege wird gleich hier sein, um uns zu begleiten.« Beck steckte das Handy wieder in seine Sakkotasche.

»Aber … was soll das denn? Dürfen Sie das überhaupt? Mich einfach mitnehmen?« Julian sah mit Hilfe suchendem Blick zu seiner Mutter, von seinem Vater erwartete er offensichtlich keine Unterstützung.

»Herr Beck, muss das denn sein?«, sprang Julians Mutter denn auch wie gewünscht ein. »Er ist doch vollkommen fertig, das sehen Sie doch.« Sie richtete ihre dunklen Augen bittend auf Beck. Plötzlich sah sie aus wie eine alte Frau, eingefallen, verhärmt. Kein Wunder.

»Ja und ja«, beantwortete Beck die Fragen von Mutter und Sohn. »Auf geht's.«

Er bugsierte Julian auf den Rücksitz seines Dienstwagens und setzte die Kennleuchte auf das Dach der Limousine. So ging's schneller. Er fing im Rückspiegel den Blick des Jungen auf und erstarrte angesichts des geballten Hasses, der ihm entgegenschlug. Huh. Die Jugend von heute war auch nicht mehr das, was sie mal gewesen war.

In diesem Moment bog ein Streifenwagen in die von Platanen gesäumte Straße und hielt direkt hinter seinem. Hier gab es sogar Parkplätze, da nur wenige Auserwählte sich überhaupt eine Wohnung in dieser Straße leisten konnten.

Ein uniformierter Beamter stieg aus und beugte sich zu Beck, der das Seitenfenster heruntergelassen hatte. »Wollen Sie selbst fahren?«

Beck nickte, wies den Beamten auf den Rücksitz neben Julian von Eißen und fuhr an, noch eh die Tür sich geschlossen hatte. Nun aber los, es gab keine Zeit zu verlieren. Er stellte die Kennleuchte an und bog auf die Gliesmaroder Straße ein. Natürlich war die Ampel rot und vor ihm wieder einer, der nichts checkte. Wahrscheinlich Rückspiegelblindheit. Er fuhr so dicht auf, dass der Fahrer die Leuchte gerade noch sehen konnte, und stellte die Sirene an. Vor ihm keine Reaktion, wahrscheinlich die Musik auf Anschlag, das sollte verboten werden. Ob er aussteigen und dem Fahrer eine Ansage machen sollte? Es war ihm sehr danach, aber der Schnellmerker fuhr nun doch noch zur Seite, sein Gehirn hatte wohl endlich irgendwelche irritierenden Signale erhalten. Er brauste vorbei, als plötzlich etwas hart an seine Schläfe schlug und ihn die Kontrolle über den Wagen verlieren ließ. Das ist nicht gut, konnte er noch denken, als alles um ihn im Dunkeln versank.

*

»Ich weiß es doch nicht! Ich erreiche Giovanni nicht und außerdem kann ich ihn nicht andauernd anrufen, während er ermittelt. Er wird es uns heute Abend schon erzählen!«

Sarah sank entnervt auf einen Küchenstuhl.

»Heute Abend sind wir aber nicht mehr da, Süße, manche Menschen müssen arbeiten!« Sascha zwinkerte Sarah zu und blickte auf den Schlosshof. »Obwohl wir dich ungern hier zurücklassen, schwanger und mit einem unglücklichen Kind an der Backe. Kommt Philipps Mutter eigentlich irgendwann noch mal klar? Du hast doch jetzt wirklich eigene Sorgen.« Er strich sorgfältig über seine pinkfarbene Ponysträhne und sah Sarah fragend an.

»Erst mal, diese Leute hier müssen morgen auch arbeiten, schließlich bin ich noch lange nicht im Mutterschutz, und zweitens, keine Ahnung. Vielleicht weiß Asta mehr, wenn sie aus dem Krankenhaus zurück ist.« Sie seufzte. »Ich gestehe, ich hätte wirklich gern mal meine Ruhe, aber das Schicksal mag mich nicht gechillt auf dem Sofa. Diese Kinder werden schon mit einem Burn-out auf die Welt kommen.« Sie zeigte auf ihren Bauch.

Filo schenkte sich einen Kaffee ein und setzte sich neben Sarah. »Wenn du mit Mutter Katja Krüger meinst, dann sage ich dir, dass die noch nie klargekommen ist und auch nicht klarkommen wird. Hätte sie ein normales Mutter-Tochter-Verhältnis gehabt, dann wüsste sie, wo ihre Tochter sich so rumtreibt, und Giovanni müsste nicht in Braunschweig herumsuchen wie nach der Nadel im Heuhafen.« Filo schnaubte verächtlich.

»Ach, ich weiß nicht, Filo. Ich glaube nicht, dass andere Mütter immer wissen, wo sich ihre pubertierenden Töchter aufhalten. Asta wusste auch nicht alles von mir, Geheimnisse zu haben, gehört doch zur Abnabelung und zum Coolsein. Mir waren mit 16 meine Freunde auch viel wichtiger als Asta, bloß nichts tun, was einen als Mamakind dastehen lässt. Zum Beispiel wollte ich immer so cool sein wie du, Filo, da hätte ich auch Asta nach Strich und Faden belogen, wenn das irgendwas genutzt hätte.« Sarah versetzte ihrer Freundin einen leichten Schlag gegen die zarte Schulter.

»Tja, warst du aber nicht und wirst du auch nicht sein.« Filo streckte ihr die Zunge heraus und wies auf den Schlosshof. »Da kommt die Belogene und Betrogene.«

Astas blauer Kombi bog in den Hof ein und Sarah lächelte unwillkürlich. Ihre Asta, Fels ihrer Jugend, Ersatzmutter und wichtigste Frau in ihrem Leben, jetzt und immer. Immer hatte sie sich auf Asta verlassen können, und wenn sie sich ab und zu klarmachte, wie jung Asta gewesen war, als ihre Mutter und Astas Schwester gestorben war, wusste sie, wie außergewöhnlich das war. Asta hatte ihre eigene Jugend mit 22 über Bord geworfen und sich um sie gekümmert, ohne Sarah auch nur einmal merken zu lassen, dass sie lieber tanzen gegangen wäre. Sarah hoffte, dass sie, da sie so viel Liebe und zuverlässigen Rückhalt erfahren hatte, dies auch ihrer Tochter … ihren Töchtern geben konnte.

Die Küchentür ging auf und ließ Asta herein, mit rosigen Wangen, ob vor Aufregung oder Eile, konnte Sarah nicht sagen.

Sie richtete sich gespannt auf ihrem Stuhl auf. »Na? Was sagt Katja?«

»Viel. Aber sie wusste es schon, von der Polizei. Zu ihrer Ehre muss ich sagen, dass sie sofort rauswollte, aber die Ärzte sagen, dass sie immer noch so klapprig ist, dass ein erneuter Zusammenbruch zu befürchten wäre. So hat sie es mir erzählt. Sie ist sehr besorgt und macht sich Riesenvorwürfe, dass sie sich nicht eher um Angies Verschwinden gekümmert hat.« Asta zuckte mit den Schultern. »Ich habe ihr gesagt, dass es wahrscheinlich eh nichts genutzt hätte. Ansonsten nichts von Interesse, außer vielleicht, dass Angelina heute Abend eigentlich auf das Konzert von Wincent Weiss wollte. Dieser Julian hatte ihr und ihrer Freundin Karten besorgt, der Vater sponsert wohl die Raffteich-Konzerte. Aber geht man auf ein Konzert, bevor man sich ...« Sie brach ab und sah unwillkürlich über ihre Schulter nach Philipp, der aber mit Muffin wieder hinaus in den Park gegangen war.

»Wahrscheinlich nicht. Aber wer kann schon in die Tiefen einer Teenagerseele sehen?« Sarah dachte nach. »Man müsste mal schauen, ob die Karten noch da sind. Ich habe ja den Schlüssel zu Katjas Haus.«

»Du willst Katjas Haus durchsuchen? Willst du das nicht lieber Giovanni überlassen?«

Sarah schüttelte den Kopf. »Der ist unterwegs in Braunschweig und kümmert sich um diese Garage, das ist wahrscheinlich viel wichtiger als die unwahrscheinliche Möglichkeit, dass Angie vorher auf das Konzert ihres Idols geht. Man müsste ihre Freundin anrufen, aber ich weiß noch nicht mal den Nachnamen. Ich schau erst mal in

Angies Zimmer, ob diese Karten noch irgendwo herumliegen, bevor ich etwas zu Giovanni sage. Er hasst meine Einmischerei sowieso, nennt mich immer seine Miss Marple.«

»Aber ohne deine Einmischerei hättet ihr euch nie kennengelernt«, wandte Filo ein.

Sarah lachte kläglich auf. »Das wünscht er sich wahrscheinlich gerade.« Sie stand auf. »Sehe ich euch noch, wenn ich zurück bin?«

»Ich komme mit, vier Augen sehen mehr als zwei.« Filo erhob sich ebenfalls und legte ihrer Freundin die Arme um die Schultern. »Und weißt du was? Ich rufe im Kaufhaus an und nehme mir für morgen ein paar von meinen hundert Überstunden, ich möchte bei dir bleiben, bis das geklärt ist. Giovanni hat wenig Zeit für dich momentan und Asta hat immer so viel mit Haus und Hof zu tun. Was meinst du?«

Sarah fühlte, wie ihr Herz sich hob, und atmete tief aus. »Ach, das wäre einfach toll, etwas Ablenkung, und ihr könnt mich immer so gut wieder auf den Teppich bringen.«

»Das finde ich gut, Filo«, unterstützte Asta ihr Vorhaben. »Sarah braucht jemanden, der sie zum Lachen bringt und ihr zeigt, dass das Leben für sie weitergeht und eigentlich viel Schönes für sie bereithält, das vergisst sie manchmal.« Sie strich ihrer Nichte liebevoll über den Arm.

»Obwohl mich hier ja niemand fragt, ob ich bei meiner Arbeit entbehrlich bin, sage ich jetzt mal, ich finde es auch gut.« Sascha blickte strafend auf Filo. »Immerhin sind wir mit meinem Auto da, schon vergessen, Fräulein von und zu Seiffen?«

»Es gibt Züge, Sascha.« Filo verdrehte die Augen. »Aber klar, mit dir ist es noch besser.« Sie warf ihm eine Kusshand zu.

Sascha schnaubte und goss sich noch einen Kaffee ein. »Jetzt haut schon ab und macht euch mal zur Abwechslung nützlich. Ich halte hier die Stellung, falls Philipp einen Mann braucht.«

»Wo ist hier denn ein Mann?«, konterte Filo und floh kreischend aus der Küche, als Sascha sein Barett nach ihr warf.

Sarah lachte amüsiert. Dafür liebte sie ihre Freunde, dass sie vermochten, mit Leichtigkeit und Gelächter die Dunkelheit aufzuhellen, die sich seit ihrer Kindheit immer wieder wie der Schatten eines dunklen Flügels über ihre Seele senkte.

Katjas Haus sah noch vernachlässigter aus als bei Sarahs letztem Besuch, als fehlte ihm, da es von seinen Bewohnern verlassen worden war, das Leben. Blind blickten ihnen die kleinen Fenster entgegen und ein vertrockneter Kranz schlug verloren in der leichten Sommerbrise gegen die Tür.

Der Flur lag klar und dunkel vor ihnen, nachdem Sarah die Tür geöffnet hatte, nichts brachte die Heiterkeit des Sommers mit zur Tür hinein. Eiligen Schrittes durchquerte Sarah den Flur und öffnete die Tür zu Angelinas Zimmer, das sonnendurchflutet mädchenhafte Heiterkeit verströmte, so als sei seine Bewohnerin nur mal kurz nach draußen gegangen. Das Kätzchen kam miauend aus der Küche gelaufen, als hoffte es, dass seine Vertraute wieder da war. Asta und Philipp kamen jeden Tag, um es zu füttern und mit ihm zu spielen, aber auf Dauer war das auch kein Zustand für das Tier. Aber sie konnte es nun wirklich nicht mit nach Hause nehmen, mit zwei Hunden im Haushalt. Wenn es noch lange hier allein sein musste, müssten sie jedoch eine andere Lösung finden. Ob Giovanni …? Er hatte doch schon eine Katze? Aber nein, das hier war ein Baby. Sie hob die kleine Katze hoch und streichelte sie. »Du vermisst sie, nicht wahr?«

Filo hatte schon die Schublade des kleinen Schreibtisches geöffnet, der vor dem Fenster stand, das auf den kleinen Garten schaute. Hier hatte Angelina gesessen und von Julian geträumt, über den Verrat ihrer Freundin geweint.

Sarah setzte die Katze ab und schaute unter das Bett. Außer Staubflocken nichts. Wahrscheinlich hatte die Polizei auch einiges mitgenommen, was Hinweise über Angelinas Verbleib versprach. Sie öffnete den Kleiderschrank, auf dem in Lebensgröße ein niedlicher Popstar prangte, Adriana Grande, wenn Sarah sich nicht täuschte. Ein wenig bekam sie ja mit, was und wer so unter den Kids in Mode war. Auch ihre Grundschüler waren schon mehr in der Popwelt zu Hause als in Bullerbü. Traurig eigentlich, die Kindheit war heute noch kürzer als früher.

Sie schaute in die Schuhkartons, die unten im Kleiderschrank standen, aber außer Schuhen befand sich nichts darin, keine geheimen Liebesbriefe oder sonst etwas, was Hinweise über Angelinas Leben gab. Sie sah durch die bescheidenen Pullover- und T-Shirt-Stapel, die erstaunlich ordentlich und aufgeräumt wirkten für einen 16-jährigen Teenager. Da hatte ihr eigener Schrank aber anders ausgesehen. Nichts, hier waren keine Karten.

Sie wandte sich Filo zu, die den Kopf schüttelte. »Nichts. Wir können ja noch in den anderen Räumen gucken, aber warum sollte Angelina ihre Konzertkarten in einem anderen Raum aufbewahren? Unwahrscheinlich. Also hat sie sie mitgenommen. Hatte sie vor, dieses Konzert zu besuchen? Oder waren sie einfach in ihrer Tasche und sie hat sie nicht herausgenommen?«

Sarah zuckte mit den Schultern. »Keine Ahnung. Aber

ich sollte jetzt wohl doch bei Giovanni anrufen und ihm das erzählen.« Ein Mädchen zwischen 18.000 Besuchern zu finden, gehörte bestimmt zu Giovannis leichtesten Übungen. Er würde sie lieben.

*

»Giovanni! Giovanni Beck!« Seine Mutter rief ihn zum Frühstück, aber er war so müde. War es denn schon morgens? Es war noch so dunkel. Er bewegte sich und stöhnte. Irgendetwas tat furchtbar weh.

Er konnte die Augen nicht öffnen, die Lider waren so schwer. »Giovanni!« Etwas Helles drang durch seine Lider. Hatte seine Mama die Vorhänge aufgezogen? Er hasste das. »Giovanni!« Etwas Nasses klatschte in sein Gesicht. Was tat sie denn? Konnte er nicht einfach hier liegen bleiben und weiterschlafen? Er war so entsetzlich müde. »Giovanni!« Unbarmherzig drang die helle Stimme weiter durch seine Müdigkeit, die sich schützend und weich zwischen ihn und die Wirklichkeit gelegt hatte.

»Aufwachen, Giovanni!« Das war nicht seine Mutter. Er blinzelte. Wer kam so früh in sein Zimmer? Er öffnete die Augen und schloss sie gleich wieder. So hell. Aber er musste nachsehen, wer da war.

Er öffnete die Augen und sah den blauen Himmel. Wo war er?

»Herr Beck, Sie hatten einen Unfall, bleiben Sie ruhig liegen.« Eine junge blonde Frau beugte sich über ihn. »Ich bin Rettungssanitäterin und versorge Sie. Sie haben eine Kopfverletzung und ihr Arm ist ausgekugelt oder gebrochen. Ich versuche jetzt, ihren Arm freizulegen. Bleiben Sie bitte ruhig liegen.« Sie drückte ihn sanft zurück, als er versuchte, sich aufzurichten. Schon wieder Kopfschmerzen. Was war nur los mit ihm? Warum hatten es alle auf seinen Kopf abgesehen?

»Julian! Wo ist Julian von Eißen?« Er setzte sich ruckartig auf, was die Sanitäterin fluchen ließ.

An den Krankenwagen gelehnt, sah ihm der junge Polizeibeamte entgegen, der mit ihm im Wagen gesessen hatte. Den hatte er ganz vergessen. Er trug einen Verband um den Kopf, offensichtlich war er nicht der Einzige mit Kopfproblemen hier.

»Julian von Eißen ist geflüchtet, Herr Beck. Er hat von hinten ins Steuer gegriffen und dadurch ist der Wagen an einen Brückenpfeiler gekracht. Wir haben Glück gehabt. Ich konnte ihn nicht aufhalten, ich war auch bewusstlos. Offenbar ist der Knabe der Einzige, der noch gehen konnte nach dem Aufprall. Dumm gelaufen.« Der junge Mann lächelte schief und sah Beck unter seinem Verband bedauernd an.

»Verdammt! VERDAMMT NOCH MAL!« Beck schrie auf, als sein Arm mit einem fruchtbaren Schmerz wieder in seine ursprüngliche Position sprang.

»Sorry, ich weiß, das tut weh, aber nichts gebrochen, Sie haben wirklich Glück gehabt, Herr Beck, großes Glück. 20 Zentimeter weiter und Sie würden hier nicht mehr sitzen und mich verfluchen.«

Beck tat der Arm höllisch weh, der Kopf nicht minder. Ja, so fühlte sich Glück an. Und dieser Mistkerl war entkommen. Die Garage! Er ignorierte die Folter in seinem Schultergelenk und stand auf. Er brauchte seinen Wagen. Suchend blickte er hinter sich und sah seinen Dienstwagen seitlich an den Pfeiler der Eisenbahnbrücke auf der Gliesmaroder Straße gerammt. Der fuhr wohl nicht mehr. Was für ein verdammter Mist.

»Ich brauche einen Wagen! Und eine groß angelegte Suche nach Julian von Eißen.« Er griff in seine Jackentasche. Das Telefon war auch weg.

»Wo ist mein Handy?« Er ging auf den Wagen zu und ignorierte die aufgeregten Rufe der Sanitäter.

Der Wagen sah schlimm aus. Wie gut, dass niemand auf dem Beifahrersitz gesessen hatte, der hätte das wohl nicht überlebt. Wagner wusste gar nicht, was für ein Glück er gehabt hatte. Er blickte durch das Fahrerfenster und sah sein Handy oder das, was davon übrig geblieben war, im Fußraum des Fahrers liegen, die Scheibe war kaputt. Das auch noch.

Ein kräftiger Griff an seiner Schulter ließ ihn aufstöhnen. »Himmel!«

»Bitte kommen Sie hier weg, es ist Benzin ausgelaufen, die Feuerwehr hat zwar gesichert, aber es ist dennoch gefährlich.« Der Sanitäter führte Beck sanft, aber nachdrücklich zurück zum Rettungswagen.

»Sie fahren jetzt erst mal mit zum Krankenhaus und dann …«

»Nein! Auf gar keinen Fall fahre ich jetzt mit ins Krankenhaus, ich muss weiter in dem Fall ermitteln, es geht um das Leben eines jungen Mädchens! Ich habe keine Zeit für irgendwelche Röntgenaufnahmen oder was auch immer!« Er schüttelte unwillig den Griff des Sanitäters ab und ging auf den Beamten zu, der ihm bereits wortlos ein Funktelefon entgegenhielt. Guter Mann, dachte mit.

Beck nahm es entgegen und wählte unverzüglich die Nummer der Dienststelle, nannte Adresse und Begehr und rief direkt danach bei Wagner an. Als dessen gewohnt knurrige Stimme durch den Hörer drang, wären ihm fast die Tränen gekommen. Mein Gott, er war vollkommen durch und sein Kopf schmerzte wie verrückt, hoffentlich war da noch alles an seinem Platz. Es fühlte sich nicht so an. Er gab Wagner die Adresse der Garage durch und hob sich die Fragen nach Leon für später auf. Erst einmal musste er sehen, was es mit dieser mysteriösen Garage auf sich hatte. Und ob Angelina da lag, tot oder lebendig. Er schüttelte den Kopf, als die junge Sanitäterin versuchte, ihn doch noch zu einem Krankenhaustrip zu überreden, und bat sie um eine Schmerztablette. Zum Arzt konnte er immer noch, falls dieser Schmerz nicht nachließ.

Ein Streifenwagen kam mit quietschenden Reifen um die Ecke gebraust und hielt hinter dem Rettungswagen. Offensichtlich hatte man die Dringlichkeit seines Anliegens verstanden. Er winkte den Sanitätern kurz zu und stieg zu den beiden Beamten in den Wagen. Endlich wieder auf dem Weg, er wusste gar nicht, wie viel Zeit er verloren hatte.

Die Blicke der Kollegen ließen durchblicken, dass er etwas derangiert aussah. Er klappte den Spiegel am Beifahrersitz herunter und schrak zusammen. Um Gottes willen, er sah aus wie ein Zombie. Eine große Platzwunde prangte auf seiner Stirn, getrocknetes Blut vermischt mit einer Jodtinktur erhöhte die Dramatik und sein rechtes Auge begann zuzuschwellen. Er würde ein Bombenveilchen bekommen. Er klappte den Spiegel wieder hoch und versuchte an der roten Ampel nach unten zu blicken, damit er die junge Mutter mit Kinderwagen auf dem Fußgängerüberweg nicht zu Tode erschreckte.

Die Fahrt durch die befahrene Berliner Straße kam ihm endlos vor, in dieser Stadt war keine Ampel auf die andere abgestimmt, zum Auswachsen. Er wies die Beamten an, die Kennleuchte mit Sirene anzustellen, und endlich ging die Fahrt voran. Er fühlte sich benommen und irgendwie nicht wirklich in der Realität verankert. Der Traum, in dem seine Mutter nach ihm gerufen hatte, wirkte noch nach und er vermisste sie plötzlich wieder. Als sei sie erst gestern und nicht schon vor 20 Jahren gestorben. Er schluckte den Tränenkloß herunter und konzentrierte sich auf den Weg.

Der Querumer Forst lag idyllisch im Sonnenschein und lud zu einem netten kleinen Spaziergang ein. Sie überholten eine ältere Frau mit einem kleinen Hund, die sich irritiert nach der Sirene umdrehte.

Der Fahrer bog in einen schattigen, nicht asphaltierten Weg ein, der zu einem lang gestreckten Gebäude mit mehreren Garagen führte. Der vor dem Unfall angeforderte Streifenwagen stand brav bereit und harrte seiner. Wahrscheinlich hatten die sich inzwischen 'ne Pizza bestellt. Bei dem Gedanken knurrte sein Magen und erinnerte ihn daran, dass er wie immer weder gefrühstückt noch zu Mittag gegessen hatte. Er ignorierte den hungrigen Wolf unter seinen Rippenbögen und sah sich um. Es sah nach einer Werkstatt oder einer kleinen Produktionsstätte aus, von was auch immer. Noch ehe der Wagen ganz gehalten hatte, stieß Beck ungeduldig die Beifahrertür auf und stieg aus. Er ging auf die erste Garage zu und rüttelte an dem Metalltor. Einen Schlüssel hatte er nun natürlich nicht mehr, der war mit dem Unfallverursacher dahin. Warum hatte er den nicht an sich genommen? Er schickte dem Flüchtigen einen Fluch hinterher und winkte die Beamten mit einer Handbewegung herbei. »Öffnen Sie bitte das Tor, wenn nötig, alle Tore.«

Er blickte die Reihe der vier Garagen entlang bis hin zu dem kleinen Gebäude, in dessen vorderem Fenster ein Büro erkennbar war, jedenfalls stand ein Monitor auf einem Schreibtisch. Niemand arbeitete dort. Es stand ja auch kein Auto vor der Tür, es sei denn, die waren alle in den Garagen. Mit einem Knall sprang das Schloss des Garagentors auf und der uniformierte Kollege schob es hoch. Er ließ einen anerkennenden Pfiff hören, als ein von Chrom blitzender Oldtimer sichtbar wurde, ein Mercedes Cabrio, aus den 50er-Jahren, schätzte Beck. Hinter dem Wagen und um ihn herum stapelten sich Kisten über Kisten. Angelina war hier nicht.

Er bat die Kollegen, die anderen Garagen ebenfalls zu öffnen, und sah sich in dem Raum um. Neugierig inspizierte er gerade eine Kiste, als Wagners Auto in den Hof preschte. Wie immer war es ein glücklicher Zufall, dass niemand in seinem Weg herumstand. Ein Irrer, dieser Mann. Trotzdem war Beck unglaublich froh, dass er kam. Wagner war zwar absolut nervtötend, aber auch absolut effizient und geerdet, was er ihm gegenüber natürlich niemals zugeben würde.

Wagner schlenderte heran, die unvermeidliche Kippe zwischen den schmalen Lippen, und ließ ein anerkennendes Zischen hören, als der den Oldtimer bemerkte.

»Scharfes Teil! Wem gehört er?«

Beck wies auf das Nummernschild. BS-JE 111. »Na, wem wohl? Mich wundert nur, dass er dieses Schmuckstück in Querum versteckt und ihn nicht neben Papis Porsche abstellt.«

Wagner zuckte mit den Schultern. »Wahrscheinlich kein Platz, diese alten Garagen aus den Dreißigern im Malerviertel, da passt ja mit Mühe ein SUV rein.« Er sah seinen Chef genauer an und zuckte zusammen. »Der Brückenpfeiler war wohl stärker! Sollten Sie nicht lieber zum Arzt gehen, Sie sehen aus wie vom Bagger überfahren!«

Beck lachte und zuckte zusammen, als sein Kopf ihm befahl, damit aufzuhören. »Ja, so fühle ich mich auch.«

Er öffnete die Kiste, die er sich bereits herangezogen hatte, und stutzte. Eine Kiste voller Rolex? Er nahm eine der aufwendig verpackten Luxusuhren heraus und schüttelte den Kopf. Das war zwar gut gemacht, aber dennoch Fake. Das hier waren definitiv keine Rolexuhren. Ansonsten hätte hier ein Wert von einer Million Euro allein in dieser Kiste herumgestanden. Vertickte dieser Knabe Roleximitate? Aber wozu? Er war doch Sohn stinkreicher Eltern!

Beck öffnete eine weitere Kiste. Lacoste-Poloshirts in diversen Farben, sehr gute Imitate, aber dennoch Imitate. Da Beck selbst einige Originale besaß, wusste er das genau.

Die Kollegen winkten. Wagner und Beck folgten ihrem Ruf und betraten die nächste Garage, in der ganz offensichtlich tatsächlich gefeiert wurde. Eine hervorragende Stereoanlage, die Beck selbst zu teuer in der Anschaffung gewesen wäre, ein Designergrill einer Marke, die eines jeden Mannes Traum war, Scheinwerfer, Bierkästen, Champagner, echter, dieses Mal kein Imitat, ein amerikanischer Kühlschrank, der mehrere Tausend Euro kosten musste, und einige schicke Gartenstühle gaben ein nettes Ambiente für feiernde Teenager ab. Die Partydatsche eines Milliardärssohns. Angelina war hier nicht und auch in den weiteren Räumen war kein Mensch, dafür Kisten, Kisten, Kisten. In der letzten Garage befand sich eine Art Fotostudio, mit ziemlich professionell wirkender Ausstattung bis hin zu einer Kamera von Rollei, für die ein Berufsfotograf lange sparen musste. Was sollte das alles? Und wo war Angelina? Er bereute, nicht um eine zweite Tablette gebeten zu haben, und griff sich an den schmerzenden Schädel. Wo war eigentlich Wagner? Er blickte sich um und sah den Kollegen aus dem Hauptgebäude winken.

Er verließ den Garagenhof und betrat das kleine Flachdachgebäude, das unbewohnt roch und schon länger keine Putzfrau mehr gesehen hatte. Wagner winkte ihn in das Büro, das er vom Hof aus gesehen hatte.

Drei Computerplätze wiesen auf irgendeine Bürotätigkeit hin, die hier ausgeübt wurde. Wagner deutete auf den Schreibtisch vorne an der Tür, auf dem ganze Stapel von Ausdrucken lagen. Beck nahm eins auf und blickte auf bunte Logos, offensichtlich Versuche, Firmenamen in ein ansprechendes Äußeres zu bringen. Darunter lagen weitere Blätter mit anderen Logos. Luxus-Outlet, einmalige Gelegenheit, Ausverkauf von High-End-Ware, Diamond-Shop und andere.

Er blickte auf und sah Wagner verwirrt an. »Was denken Sie? Hat unser Julian sich hier eine Firma aufgebaut? Dieser verwöhnte Bengel?« Er konnte auf dem zugeschwollenen Auge kaum noch was sehen und denken sowieso nicht. Er wollte nach Hause zu Mama.

»So kann man es nennen.« Wagner schnaubte. »Ich denke, der hat hier über gefälschte Internetshops Schrott verkauft, wahrscheinlich hat das Taschengeld nicht gereicht.« Er lachte höhnisch.

»Unfassbar.« Beck sank auf den Bürostuhl und rieb sich den schmerzenden Kopf. »Und dann lassen die die Logos hier offen rumliegen, damit jeder sie sehen kann?«

»Jeder hat sie nicht gesehen, aber vielleicht Angelina?« Wagner warf seine Kippe aus dem offenen Fenster.

Beck sprang auf, was er sogleich bereute. »DAS ist der Grund, warum er ihr geholfen hat, warum er sie versteckt hat! Sie wusste zu viel über seine Machenschaften!«

Wagner nickte. »Das denke ich auch.«

»Jetzt haben wir den Grund, aber wissen immer noch nicht, wo sie ist. Ich werde noch wahnsinnig. Und dieses kleine Arschloch weiß garantiert, wo sie ist. Was hat denn die Unterredung mit Leon ergeben?« Beck blickte Wagner mit seinem verbliebenen Auge fragend an.

»Nicht viel. Er schwört weiterhin, dass er Angelina seit ihrer Flucht aus dem Speicher nicht mehr gesehen hat. Wenn Sie mich fragen, hat der so eine Angst vor diesem Julian, dass wir den foltern könnten, und der würde nichts sagen. Erstaunlich, was dieser kleine Mistkerl für einen Einfluss auf seine Freunde hat. Dabei ist er einen Kopf kleiner als dieser junge Schwarzenegger.« Wagner zuckte mit den Schultern.

»Verdammt! Jetzt haben wir dieses Diebesnest, aber das Mädchen immer noch nicht. Ich hatte wirklich gehofft, dass es sich hier aufhält.«

»Das hat sie bestimmt auch. Aber nicht unbedingt heute.« Wagner drehte sich zum Fenster. »Was rennt der denn so?«

Beck blickte auf und sah den einen der beiden Beamten, mit denen er gekommen war, sehr schnell in ihre Richtung laufen.

Er blickte Wagner irritiert an und ging zur Tür.

»Herr Beck! Julian von Eißen! Sie haben ihn!«

KAPITEL 12

»Langsam mache ich mir Sorgen.« Sarah blickte ihre Tante an und schüttelte den Kopf, Sie hatte wider besseres Wissen zweimal bei Giovanni angerufen und er hatte nach mehreren Stunden nicht zurückgerufen. Diese Ungewissheit war furchtbar. Sie litt mit Philipp, der umherschlich wie ein kleines Gespenst. Sie hatte ihn gefragt, ob er Farid einladen wolle, aber er hatte nur stumm mit dem Kopf geschüttelt. Mutter im Krankenhaus und die Schwester vermisst, vielleicht tot, wie sollte er da auch Lust zum Spielen haben?

»Giovanni wird schwer beschäftigt sein, Sarah, der hat keine Zeit, deine Anrufe zu beantworten. Der wird sich schon melden.« Asta lächelte ihr beruhigend zu und räumte den Tisch ab. In der Halle hörte sie Sascha und Filo herumblödeln, die ihre Reisetaschen wieder hereingetragen hatten. Ach, was wäre das nett, noch ein Abend mit ihren liebsten Freunden, aber die Suche nach Angelina lag wie ein dunkler Schatten über allem, was Sarah dachte oder tat.

Sie erhob sich abrupt, sie musste an die frische Luft. »Ich geh mal ein Stück mit Muffin und Marilyn, sag den anderen, ich bin bald zurück.«

Sarah eilte über den Hof und pfiff nach Muffin, die freudig mit dem Schwanz wedelnd herbeigeeilt kam. Wenn jemand eine Leine in der Hand hatte, verhieß das nur Gutes in ihrem Hundeleben. Die Glückliche, die machte sich um nichts Sorgen im Gegensatz zu ihr selbst, sie war eigentlich eine einzige wandelnde Sorge. Sie konnte sich an keinen einzigen Moment in ihrem Leben erinnern, in dem sie sorglos gewesen war, noch nicht einmal als Kind. Sorgen um die Mutter, um den Vater, um Asta, um das Geld fürs Studium, Sorge, ob die Entscheidung, Berlin zu verlassen, die richtige gewesen war, Sorge um das Schloss, Sorgen, Sorgen, Sorgen. Und das würde jetzt, da die Kinder unterwegs waren, gewiss nicht besser werden. Kinder! Sie bekam zwei Kinder, oh Gott. Ein flaues Gefühl machte sich in ihr breit ob der Last der Verantwortung, die da auf sie zukam.

Bedrückt öffnete sie das Tor zum Seitenflügel und rief nach Luise, deren helle Stimme aus dem Salon antwortete.

»Komm rein, wird ja auch Zeit, dass sich mal einer von euch bei mir blicken lässt. Sind denn Filo und Sascha noch da?« Luise lagerte wie meistens auf ihrer Lieblingsottomane und trank Tee aus einer zierlichen Porzellantasse. Im Fernseher flimmerte eine der Herzschmerz-Soaps, die Luise so gerne sah, obwohl sie laut eigenem Bekunden kein Herz besaß. Von wegen.

»Na, Mädel? Was ist los? Immer noch nichts Neues von Angelina?« Luise klopfte einladend auf den mit gestreiftem Chintz bezogenen Sessel neben ihr.

»Ich wollte eigentlich mit Marilyn und Muffin los, muss mir mal Wind durch das Hirn blasen lassen, ich werde noch verrückt von all dem Grübeln. Ich brauch einfach mal ein bisschen Zeit in Ruhe mit Giovanni, damit wir alles durchsprechen können. Und dass es Zwillinge sind, weiß er noch gar nicht.« Sie schlug die Hände vor ihr Gesicht und stöhnte. »Was, wenn er mich nicht liebt? Gesagt hat er es mir nie. Und ich glaube, dass er noch sehr seiner wunderschönen Ex-Freundin nachtrauert, ich habe bei ihm ein Foto gesehen, da kann ich nicht mithalten.« Bleiern kehrte die Sorge zurück in Sarahs Gemüt.

»Mädchen, Mädchen, dein schlechtes Selbstbewusstsein ist wirklich etwas, was du endlich mal angehen musst, da haben Asta und ich entschieden versagt. Du bist klug, tüchtig und bildhübsch, ein Glücksgriff für jeden Mann, glaub es endlich mal! Dass er dich liebt, sehe ich an seinen Blicken. Für ihn geht die Sonne auf, wenn du einen Raum betrittst.« Ihre Tante warf eine zusammengeknüllte Serviette nach ihr und schüttelte den platinblonden Kopf.

»Ach, ehrlich? Ja, das zu glauben, habe ich so meine Probleme. Wie du sagst, ist Giovanni schön, reich und weltgewandt und ich bin eine zur Molligkeit neigende Provinzpflanze, er könnte jede haben, warum sollte er also mich lieben?«

»Das musst du ihn fragen, nicht mich. Liebe geht nicht nach Schönheit oder Besitz, sonst ist es keine. Oder denkst du jeden Tag, den du Giovanni siehst, daran, wie schön er ist?« Luise nahm sich ein Krokantstück aus einer gläsernen Etagere, die Sarah schon längst leer gegessen hätte, stünde sie in ihrem Wohnzimmer herum. Aber die gertenschlanke Figur ihrer Großtante, unverändert seit 74 Jahren, kam nicht von ungefähr. Einen Seufzer unterdrückend schüttelte sie ihre Locken.

»Nein, eigentlich denke ich darüber gar nicht mehr nach, aber die Reaktionen anderer Frauen erinnern mich dann immer wieder an sein gutes Aussehen.«

»Siehst du, Schönheit ist nichts, was eine Beziehung zusammenhält, es ist eine nette Dreingabe, sonst nichts. Und jetzt scheuch die dunklen Gedanken aus deinem Kopf und nimm dieses verwöhnte Tier mit auf einen langen Spaziergang, es bekommt entschieden zu wenig Bewegung.« Sie hob die blütenweiße Malteserhündin von ihrem Schoß, die heftig dagegen protestierte, von ihrem bevorzugten Platz verwiesen zu werden.

Sarah ignorierte die Proteste und leinte die kleine Hündin an.

»Wir beiden Schönen werden jetzt mit unserem Glanz den Elm erhellen, Waldbaden nennt man das seit Neuestem, wenn man im Wald runterkommen will.« Sie lachte ihre Tante an, wohl wissend, was diese von modernen Etikettierungen hielt.

Prompt griff sich Luise auch an die zarte Stirn und stöhnte. »Was nicht noch alles? Und wenn ich mich beim Gemüseverziehen entspanne, dann ist das Kartoffelbaden, oder was?« Sie lachte spöttisch.

»Tust du ja nicht, Luise.« Sarah grinste. »Du in den Kartoffeln, das möchte ich mal sehen.«

»Das verhüte Gott oder wer auch immer.« Luise schnaubte entrüstet. »So alt kann ich gar nicht werden, dass ihr das noch erleben werdet.«

»Ne, das werden wir wohl nicht, da dieser Prozess ja schon recht weit fortgeschritten ist.« Kreischend flüchtete Sarah vor dem fliegenden Seidenkissen in die kleine Halle und zog Marilyn hinter sich her.

Ein Besuch bei Luise war doch immer wieder erheiternd, jetzt würde der Spaziergang im Wald den Rest der dunklen Wolken aus ihrem Kopf vertreiben.

*

Becks Kopf schmerzte heftig, als er die Stufen zum Polizeirevier emporeilte, in das man Julian von Eißen gebracht hatte. Konnte man durch einen Unfall einen Gehirntumor bekommen? Vielleicht hatte er sich ja auch die Schädeldecke gebrochen? Hinter ihm keuchte asthmatisch Wagner die Treppe hoch, auch nicht viel besser drauf, ohne Unfall.

»Der sagt uns jetzt, wo die Kleine ist, und wenn ich es aus ihm herausprügeln muss.« Wagner warf kurz vor der Tür die Kippe weg und betrat die Eingangshalle des Reviers.

Er bellte sein Begehr durch die Glasscheibe des Pförtners, während sich Beck den Kopf hielt und überlegte, ob er hier irgendwo eine Kopfschmerztablette bekommen konnte, oder noch besser eine Vollnarkose.

Ein uniformierter Beamter führte Beck und Wagner in ein kleines Büro, in dem gemeinsam mit einem weiteren Beamten ein ramponierter Julian von Eißen auf sie wartete. Eine schwere Prellung zog sich quer über seine Stirn und schillerte in allen Farben des Regenbogens, an der Haltung, mit der er seinen linken Arm schonte, war unschwer zu erkennen, dass auch dieser in Mitleidenschaft gezogen worden war.

»Ist der Arzt informiert? Sollte er nicht besser in ein Krankenhaus?« Beck wandte sich an den Beamten, der aufgestanden war, um die beiden Kollegen von der Kripo zu begrüßen.

»Ja, ist unterwegs. Der Sani meinte, Krankenhaus ist nicht nötig.« Der Beamte setzte sich wieder.

»Ich verlange einen Anwalt! Ich habe das Recht, mit meinem Anwalt zu telefonieren«, begehrte der junge Mann unverändert selbstbewusst auf.

»Jaja. Kommt noch. Erst mal werden Sie uns eine dringende Frage beantworten: Wo ist Angelina Krüger? Keine Ausflüchte mehr, bitte! Und hurtig!« Beck baute sich vor dem Jungen auf und bohrte seinen, wie er hoffte, stählernen Blick in die Augen seines lädierten Gegenübers.

»Ich weiß es doch nicht! Glauben Sie mir doch endlich! Sie ist abgehauen und danach habe ich nichts mehr von der gehört und gesehen! Kann ich jetzt mit meinem Anwalt sprechen?«

Beck ignorierte die Frage.

»Ich will Ihnen mal was sagen, junger Mann! Wir haben Ihr Warenlager in Querum gefunden und auch Beweise, dass Sie Internetbetrug betreiben, und zwar in großem Stil. Darauf stehen sechs Monate bis fünf Jahre Freiheitsentzug und ich kann Ihnen sagen, dass Ihnen im Jugendknast die Kollegen nicht so willig folgen werden wie Ihre Clique. Die mögen verwöhnte Jüngelchen aus reichem Hause nicht so gern. Wenn Sie Ihr Verbrechen jetzt noch krönen durch Behinderung von Polizeiarbeit, dann führen wir Sie zur Vernehmung durch den Staatsanwalt vor.«

Wagner war Beck mal wieder in die Parade gefahren, dieses Mal aber mit seiner innerlichen Zustimmung.

»Ich stehe noch unter Jugendrecht.«

»Das war die Jugendstrafe, die ich Ihnen erläutert habe. Ganz schön heftig, was? Fünf Jahre im Knast, ohne Ihr Cabrio, Ihre Champagnerpartys und was Sie sonst noch so wichtig finden. Das Essen soll da auch nicht besonders sein.«

Mit Befriedigung registrierte Beck, wie der junge Mann erbleichte.

»Wo ist Angelina? Sie hat von Ihren Machenschaften erfahren und hat Sie zur Rede gestellt, richtig? Wohin haben Sie sie verschleppt, Sie und Ihr sauberer Freund Leon?«

»Sie hat …« Julian brach ab und biss sich auf die blutige Lippe.

»Was hat sie? Zu viel gewusst? Und Sie wollten ihr gar nicht helfen, denn dann hätten Sie sie zum Bahnhof gebracht und in den Zug nach Berlin gesetzt! Sie wollten sie verschwinden lassen, damit sie nichts ausplaudert über Ihre kleinen Betrügereien! Warum haben Sie das eigentlich gemacht? Hat Papis Taschengeld nicht gereicht? Man sollte doch annehmen, dass Sie genügend Geld zur Verfügung haben. Egal, das ist jetzt nicht wichtig. Wo ist sie? Und lebt sie noch oder haben Sie sie schon umgebracht?« Beck war so wütend, er hätte den Knaben grün und blau schlagen können.

Von Eißen schoss vom Stuhl hoch und wurde sogleich von dem Polizeibeamten wieder zum Sitzen gebracht. »Wir haben sie nicht umgebracht! Sind Sie verrückt geworden? Ich sag es noch einmal: Ich weiß nicht, wo sie ist!« Der Junge schrie jetzt.

Beck überlegte, ob er dem jungen Mann sagen sollte, dass sie eine Nachricht von Angelina empfangen hatten, aber was würde das bringen? Der Mistkerl würde nur darauf herumreiten, dass er damit nichts zu tun hätte, wenn die Kleine sich umbringen wollte. Nein, gar nichts.

Er stand auf und winkte seinem Kollegen zu. »Kommen Sie, wir vertun hier unsere Zeit. Versuchen wir es noch einmal bei Carina, die ist kooperativer. Den Herrn hier lassen Sie jetzt mit Papis Anwalt telefonieren und dann nehmen Sie ihn nach der Untersuchung durch den Arzt in Gewahrsam, bis wir ihn morgen dem Haftrichter vorführen können.«

»Nicht heute? Ich denke, das wäre …« Der Beamte brach ab, als Beck den Kopf schüttelte.

»Morgen.« Der sollte ruhig ein wenig schmoren, vielleicht wäre ja dann morgen etwas aus ihm herauszubekommen. Nach dem Haftrichter würde Papi wahrscheinlich die Kaution stellen, vielleicht aber auch nicht. Wahrscheinlich war der eigene Vater noch mehr von den Machenschaften seines Sohnes angewidert als Beck, wobei dessen Abneigung kaum noch zu übertreffen war.

Er verließ vor Wagner den Raum, als dessen Handy schrillte. Konnte der Mann sich nicht mal einen ordentlichen Klingelton zulegen? Der Ton fuhr wie eine Säge durch seinen malträtierten Kopf.

»Wagner? Sarah! Nanu? Ach so, ja, sein Handy ist äh … nicht funktionstüchtig.« Wagner reichte ihm sein vorsintflutliches und versifftes Telefon und Beck nahm es erstaunt an sein Ohr.

»Sarah? Hast du versucht, mich zu erreichen? Ich … Was wollte sie? Zum Raffteich-Konzert? Meinst du, das hat sie unter diesen Umständen noch durchgezogen? Eher unwahrscheinlich, aber ich gehe dem selbstverständlich nach. Danke, bis bald.« Er drückte seine Liebste weg und wandte sich an den gespannt lauschenden Wagner. »Hier. Haben Sie eigentlich schon mal was von der Erfindung eines Smartphones und eines Wischlappens gehört? Angelina wollte auf ein Konzert am Raffteich, zu Wincent Weiss. Ihre Mutter wusste, dass sie zwei Karten hatte. Der muss in wenigen Augenblicken anfangen. Sarah hat die Karten gesucht, aber sie im Haus nicht gefunden. Sie schließt daraus, dass Angelina sie mitgenommen hat.«

Wagner schüttelte den Kopf. »Geht man auf ein Konzert, bevor man sich umbringt? Ein Teenager bringt das fertig. Aber in der Message stand doch: ›Wenn du das liest, bin ich schon tot‹. Dann geht man doch nicht noch auf ein Konzert!«

»Vielleicht wegen der Dramatik? Aber nach dem, was ich inzwischen über Angelina gehört habe, passt das gar nicht zu ihr. Sie war ja ein eher zurückhaltendes und fürsorgliches Mädchen. Die Nachricht ist eigentlich überhaupt nicht typisch für sie.«

»Vielleicht ist sie ja gar nicht von ihr? Schon mal daran gedacht?« Wagner zog eine Zigarettenschachtel aus dem Sakko und schob sich eine Zigarette zwischen die schmalen Lippen.

Beck blieb stehen. »Möglich ist es. Die brauchten ja nur ihr Handy … Los! Sie gehen zu Carina, quetschen Sie alles aus ihr heraus, was geht! Auf dem Konzert kann sie ja nicht sein, oder doch? Wir werden sehen. Und ich hole mir Verstärkung und fahre zum Raffteich. Ich freu mich schon, zwischen 18.000 Teenagern nach Angelina zu suchen. Aber was anderes haben wir momentan nicht. Ich lass das Foto noch schnell vergrößern und vervielfältigen.« Er kehrte zurück in das Büro, das er gerade verlassen hatte, und gab die Kopien in Auftrag.

»Vielleicht haben wir ja wirklich Glück und finden sie dort, bevor sie sich etwas antut. Wenn es denn überhaupt stimmt. Vielleicht tanzt sie ja vor der Bühne und hat gar nicht an Selbstmord gedacht.« Beck glaubte selbst nicht daran und nickte, als er Wagners Gesichtsausdruck sah.

»Jaja, ich weiß. Aber ganz ausschließen können Sie es auch nicht.«

»Nein. Wenn ich auch nicht glaube, dass Angelina sich umbringen wollte, so glaube ich auch nicht, dass sie noch lebt. Leider.«

*

Sarahs Füße hatten sie nicht in den Elm geführt, sondern vor Katja Krügers Haustür. Sie war besessen. Was wollte sie hier? Alles war untersucht, die Katze war beschmust und gefüttert, die Karten hatten sie nicht gefunden, es gab keinen Grund für sie, hier zu sein. Die Hunde rannten am Haus vorbei in den verwilderten Garten des kleinen Fachwerkhauses und sie fischte resigniert den Schlüssel aus ihrer Tasche. Irgendetwas zog sie hierher, als könnte sie durch ihre Anwesenheit in Angelinas Zuhause ihr Leben und ihre Rückkehr heraufbeschwören. Dabei war sie wahrscheinlich schon tot. Giovanni sagte nichts, aber sie merkte, dass er nicht an eine lebende Angelina glaubte. Tränen wollten aus ihren Augen treten, doch sie drängte sie zurück. Nicht schon wieder. Diese ständige Heulerei schadete bestimmt ihren Kindern, die kamen schon depressiv auf die Welt.

»Seid unbesorgt, Mama heult nicht immer, so schlimm ist das Leben nicht, kommt ruhig raus. Aber noch nicht jetzt.«

Sie betrat Angelinas Zimmer, in dem immer noch der Hauch eines sehr süßen, sehr blumigen Teenagerparfüms hing.

Sie setzte sich auf Angelinas Bett und streichelte die kleine Katze, die maunzend angelaufen kam. Die würde sie heute mitnehmen, die war jetzt hier tagelang schon allein, so ging das nicht. Vielleicht war sie alles, was von Angelina geblieben war, sie sollte Philipp Trost spenden. Sie blickte auf den kleinen Schreibtisch, der vor dem Fenster in den Garten stand, und seufzte. Hier hatte das junge Mädchen gesessen und geweint, mit all dem Herzschmerz und der Verlassenheit, die nur Teenager in dieser Tiefe empfinden konnten. Selbstmordgedanken und das Gefühl, von aller Welt unverstanden und verlassen zu sein, gehörten in diesem Alter fast dazu.

Sie erinnerte sich an ihren eigenen Kummer, vor allem nach dem Tod des Vaters, aber auch schon vorher. Er war ja schon vorher nicht mehr da gewesen, vollkommen zerstört durch den viel zu frühen Tod ihrer Mutter. Ihre Teenagerzeit war überschattet durch Tränen und Tod, durch ein Gefühl, gar nicht richtig zu leben. All die Freuden der frühen Jugend hatte sie eigentlich nur mitgemacht, aber nicht gefühlt. Tanzstunde, Partys, der erste Kuss, die erste große Liebe. Ihr Herz war wie versteinert gewesen und so hatte sie getan, als sei sie verknallt in einen Jungen aus der Parallelklasse, hatte es fast selbst geglaubt. Die Einzige, die ihr Gefühl hatte erreichen können, war Asta gewesen. Wie war es wohl Angelina gegangen, mit so unreifen Eltern, der Vater nicht anwesend und die Mutter beschäftigt mit Männern, Alkohol und sich selbst? Sie musste sich vollkommen einsam gefühlt haben, noch mehr allein als Sarah damals. Sie konnte sich gut vorstellen, dass die unglückliche Liebe zu Julian von Eißen und der Skandal um ihr Nacktfoto, das anscheinend an der ganzen Schule herumgereicht worden war, sie in den Selbstmord getrieben hatten. Da war niemand gewesen, dem sie sich hätte anvertrauen können, selbst ihre beste Freundin hatte sie verraten. Sie war ganz allein.

Die Tränen stiegen wieder in Sarahs Augen auf und sie blinzelte. Wer so unglücklich war, der schrieb doch Tagebuch? Sie hatte es jedenfalls getan, bücherweise hatte sie sich ihren Kummer von der Seele geschrieben, so traurig und herzzerreißend, dass sie die Tagebücher heute noch nicht lesen mochte. Sie lagen sicher verwahrt auf dem

Dachboden und da würden sie wohl liegen bleiben, bis sie starb. Sie wollte sich wirklich nicht noch einmal in diese depressiven Tiefen herabziehen lassen, aus denen sie eigentlich erst ihr Weggang nach Berlin befreit hatte.

Die Polizei hatte kein Tagebuch gefunden, vielleicht trug Angelina es ja bei sich? Sie hatte ihr Tagebuch damals an einer ganz verrückten Stelle versteckt, wo sie sicher sein konnte, dass Asta es nicht mal beim Saubermachen fand. Sie hatte Asta durch ihre Traurigkeit und die Sehnsucht nach ihrer Mutter, die sich in ihren Tagebüchern widerspiegelte, nicht kränken wollen, obwohl sie sonst nur wenige Geheimnisse vor ihrer Tante gehabt hatte.

Ob Katja wohl überhaupt etwas von den Vorgängen in der Seele ihrer Tochter gewusst hatte? Hatte sie gewusst, wie traurig sie war, wie ausgegrenzt sie sich gefühlt hatte, wie sie verraten worden war? Hatte sie ihr Kind in den Arm genommen, es gewiegt und getröstet, gesagt, dass alles wieder gut werden würde und dass sie, ihre Mutter, immer hinter ihr stehen würde? Schwer vorstellbar.

Sie setzte sich die Katze auf die Schulter und ging durch den Flur in das Badezimmer. Eine verrückte Idee, aber vielleicht hatte ja Angie dasselbe Versteck für ihr Tagebuch wie sie selbst damals? Sie betrat das kleine, nach Schimmel riechende Badezimmer, das in einem Albträume erzeugenden Grün gekachelt war. Auf dem kleinen Spiegelbord zahllose Proben und billige Cremes einer bekannten Drogeriekette. Am mit Kätzchen bedruckten Duschvorhang kroch der schwarze Schimmel hoch, eine Badewanne gab es nicht. Zögernd trat Sarah an die ungepflegte Toilette und ruckelte am Deckel des Spülkastens, der ihr sofort in die Hände fiel. Der hätte auch mal abgewischt werden sollen, schon seit Längerem. Sie blickte in den Spülkasten und schrak überrascht zusammen, was die Katze auf ihrer Schulter mit einem Quietschen quittierte.

Da lag ein kleines Buch, unfassbar, damit hatte sie nicht ernsthaft gerechnet. Sie nahm das Buch heraus – Hilfe, hätte sie Handschuhe anziehen sollen? Zu spät.

Mit Buch und Katze eilte sie zurück in Angies Zimmer, in dem es wenigstens nicht nach Schimmel roch.

Sie ließ sich erneut auf Angelinas Bett nieder und schlug die letzte Seite des Tagebuchs auf, die beschrieben worden war.

Ich bin so glücklich. Julian liebt mich. Endlich hat er erkannt, wie gut wir zusammenpassen und dass Carina nicht seine Seele, sondern nur sein Aussehen und seinen Einfluss liebt.

Ich kann ihn bestimmt ändern, dann wird er einsehen, dass er all dieses Zeug nicht braucht, wenn er wirklich geliebt wird. Bestimmt kann er dann damit aufhören, noch mehr Geld zu wollen. Julian weiß gar nicht, wie liebenswert er ist, er denkt, alle lieben ihn nur wegen seines Geldes oder seiner Partys. Seine Clique hat ihn da reingetrieben, auch Carina. Aber ich werde ihm zeigen, was wahre Liebe ist. Mit mir wird er glücklich werden, ich fühle es, ich weiß es. Am Sonntag treffen wir uns, das erste Mal als Paar, und dann sage ich ihm, dass ich mit ihm auf das Wincent-Weiss-Konzert gehen will, nicht mit Carina. Nie wieder mit Carina. Jetzt bin ich nicht mehr allein.

*

Beck fluchte, als er den sich stauenden Verkehr auf der Hannoverschen Straße sah, er hatte gedacht, der Anreiseverkehr für das Konzert wäre schon vorbei. Wincent

Weiss musste in wenigen Minuten beginnen. Er kurbelte das Fenster herunter und knallte die Signalleuchte auf das Dach des Dienstwagens, hinter ihm stellten die drei Streifenwagen den Alarmton an. Viel bringen würde das wahrscheinlich in den nächsten Minuten nichts, bis die alle rechts und links herangefahren waren, war Weihnachten. Er stöhnte, der Beamte auf dem Beifahrersitz neben ihm öffnete die Wagentür und stieg aus. Beck verfolgte, wie er von Wagen zu Wagen ging und die Fahrer vor ihm anwies, so weit wie möglich zur Seite zu fahren, um eine Gasse für die Polizeiwagen zu bilden. Eine Rettungsgasse der anderen Art. Beck schüttelte den Kopf. Und dann war es wahrscheinlich alles für die Katz, weil das Mädchen überhaupt nicht hier war. Er manövrierte seinen Wagen in das Stückchen, das sein Kollege frei gemacht hatte, und mahnte sich zur Geduld. Er wäre am liebsten ausgestiegen und zu Fuß auf das Raffteichgelände gerannt, aber das hätte noch länger gedauert, vor allem bei seinem Fitnessstand.

Endlich war der Weg bis zum Madamenweg vollkommen frei und er konnte bei Rot über die Ampel nach rechts abbiegen, nachdem er einmal eine Vollbremsung machen musste, da ein Schläfer nichts gemerkt hatte. Kannte man ja schon. Es gab einfach zu viele Menschen auf dieser Welt. Dieser Eindruck verstärkte sich, als er sich dem Konzertgelände näherte und den vollkommen zugestellten Parkplatz sah. Na prima. Wagner hatte das Konzertmanagement angerufen und darum gebeten, dass der Weg für die Polizei vorbereitet wurde, davon war hier allerdings nichts zu bemerken. Er fluchte, als der Beamte neben ihm wieder einstieg.

»Bis wir hier durch sind, sind wir selbst gestorben, verdammt noch mal!«

Der junge Kollege deutete auf eine Gruppe schwarz gekleideter Security-Männer, die aufgeregt in ihre Richtung winkten. Da war tatsächlich eine Gasse für sie abgeriegelt worden in der kurzen Zeit, und Beck entschuldigte sich gedanklich beim Management. Sie fuhren durch Gruppen grölender Kinder, die anscheinend glaubten, die Polizei sei hier für ihren persönlichen Initiationsritus anwesend. Hauptsache, er bekam kein faules Ei auf seinen malträtierten Kopf. Sie fuhren die vier Wagen fast ineinander, um auf dem beengten Raum alle unterzubringen, und Beck wies die aussteigenden Beamten an, sich mit dem Foto unter die Kids zu mischen. Er selbst strebte, soweit man das Geschiebe und Gedrücke so nennen konnte, der Bühne zu. Heute gab es eine Vorgruppe der anderen Art, einen angegammelten Kripobeamten statt irgendeines der Braunschweiger Lokalhelden, die hier so im Vorfeld der großen deutschen Popstars auftreten durften, so wie er selbst nächste Woche. Wenn er seinen Blick über das jugendliche Publikum schweifen ließ, fragte er sich einmal mehr, ob sie mit ihrem Altherrenrock hier überhaupt richtig am Platze waren. Gott sei Dank mussten sie nicht heute vor diesem Teenie-Schwarm auftreten. Je näher er mit seinen zwei Kollegen der Bühne kam, desto häufiger musste er seinen Ausweis vorzeigen, um die murrenden jungen Leute dazu zu bewegen, ihren hart umkämpften Platz vorübergehend aufzugeben. Fast nur Mädchen hier vorne, Weiss musste ordentlich Schlag bei den U20 haben, vereinzelt Mütter daneben, die aufpassten, dass die Gören nicht mit einem Popmusiker durchbrannten. Er zeigte der Security an der Bühne seinen Ausweis und stieg die Metalltreppe empor. Seinen ersten Auftritt auf der Bravo-Bühne hatte er sich eigentlich anders vorgestellt.

Er ging zum Mikro und klopfte daran. Nichts. Er blickte zur weit entfernten Tontechnik am anderen Ende des Geländes und machte Zeichen, ihm den Ton anzustellen. Hinter ihm auf der riesigen Leinwand wurde schon Angelinas Bild eingeblendet, die Übermittlung des Fotos hatte wenigstens gut geklappt.

Einer der Security-Leute vor der Bühne sprach in sein Headset und kletterte dann zu Beck auf die Bühne. »Kann losgehen, Ton ist an!«

Beck räusperte sich. »Guten Abend. Bevor gleich Wincent Weiss auf die Bühne kommt, bittet die Kriminalpolizei Braunschweig um Ihre Mithilfe.«

Gelächter, Geraune, vereinzelte Zwischenrufe wurden laut. »Könnt ihr denn gar nichts alleine?« Buhrufe schlossen sich an, die jungen Menschen wollten Spaß, keinen Tod. Der Tod war weit entfernt von ihrer Jugend, war etwas, was nichts mit ihnen zu tun hatte.

»Dieses Mädchen hinter mir auf der Leinwand wird dringend gesucht. Sie wollte heute Abend auf dieses Konzert und befindet sich wahrscheinlich in akuter Lebensgefahr. Wenn Sie sie gesehen haben oder sie vielleicht gerade neben Ihnen steht, bitte ich Sie dringend, zu einem unserer Beamten, die hier überall auf dem Gelände zu finden sind, zu gehen und dies zu melden. Ich rufe das Mädchen selbst ebenfalls auf. Angelina, wenn du hier bist, melde dich bei mir oder einem meiner Kollegen, deine Familie befindet sich in großer Sorge um dich! Ich danke für Ihre Aufmerksamkeit.«

Totenstille hatte sich während seiner letzten Sätze eingestellt, nach seinem Dank jedoch brach ein Tumult aus Rufen, Fragen aus unzähligen Kehlen, die Beck ohnehin nicht hätte beantworten können, und entsetzten Aufschreien los. Er hoffte, dass dabei etwas herauskam, und platzierte sich gut sichtbar an den Rand der Bühne.

Ein adrett gekleideter Mann mittleren Alters kam aus dem Backstagebereich auf ihn zu. »Wie lange brauchen Sie noch etwa? Wir wollen vermeiden, dass uns die Kids aus Frustration über die Verzögerung die Bühne stürmen, viele von denen campieren hier seit heute Morgen, um einen guten Platz abzubekommen.«

Beck zuckte mit der Schulter. »Wir müssen ihnen zumindest so viel Zeit geben, dass sie sich von ganz hinten bis hier zur Bühne drängen könnten oder zu einem meiner Beamten. Eine Viertelstunde vielleicht?«

Der Mitarbeiter des Konzertmanagements nickte knapp und verschwand mit erhobenem Daumen wieder hinter der Bühne. Beck blickte über das Raffteichgelände, das er von hier oben gut einsehen konnte. Vorne die Schwimmbecken der Badeanstalt, dahinter die Teiche, umgeben von sehr viel Grün, vielen Bäumen und Rasenflächen. Eigentlich ein wunderschönes Gelände für eine Open-Air-Veranstaltung, aber er war bis heute noch nie hier gewesen. Warum auch? Die Bands, die hier spielten, waren im Allgemeinen nicht in seiner Altersklasse und er selbst leider nicht berühmt genug. Wenn er an seinen Auftritt mit den Kollegen nächste Woche dachte, wurde ihm mulmig. 18.000 Menschen!

Er wurde aus seinen wenig zuversichtlichen Gedanken gerissen, als vor der Bühne Bewegung entstand und zwei Mädchen von je einem Security-Mitarbeiter die Treppe zu ihm hochgeführt wurden. Niedliche Dinger und offensichtlich sehr aufgeregt.

»Hallo? Habt ihr das Mädchen gesehen?« Er wies den Beamten neben ihm mit einer Handbewegung an, das Gespräch zu protokollieren.

»Ja, wir kennen sie, sie geht auf unsere Schule, ein Jahrgang unter uns, Angelina!« Die Blondere von beiden konnte vor Anspannung kaum sprechen.

»Ja, richtig, aber habt ihr sie auch gesehen? Ganz ruhig, euch passiert hier nichts, wir sind froh, wenn ihr etwas für uns habt.« Beck lächelte beide Mädchen an, obwohl er wahrscheinlich nicht sehr Vertrauen einflößend aussah mit seinem Matschauge und der Wunde an der Stirn. Er hatte die letzten Stunden nicht mehr in den Spiegel geschaut, er sah höchstwahrscheinlich monströs aus.

»Ja! Aber nicht heute! Gestern! Beim Sido-Konzert! Also, nicht beim Konzert, sondern davor, bevor wir reingegangen sind!« Die Brünette war offensichtlich etwas ruhiger und konzentrierter als ihre Freundin und Beck wandte sich an sie.

»War sie allein? Wann etwa habt ihr sie gesehen?« Gestern schon, seltsam. Sie hatte doch aber Karten für dieses Konzert gehabt?

»Sie war nicht allein, ein Typ von unserer Schule war bei ihr, so ein großer Blonder, ich weiß nicht, wie er heißt! So gegen sieben?« Sie sah ihre blonde Freundin an und die nickte.

Leon. Beck schwirrte der schmerzende Kopf.

»Habt ihr mit ihnen gesprochen?«

»Mit ihr, der Typ war dann weg, keine Ahnung. Sie sagte, sie wohnt hier, wir haben uns gewundert, wie kann man denn in einer Badeanstalt wohnen?«

Das fragte sich Beck auch. Also hatten die beiden Mistkerle Angelina doch noch an einen anderen Ort gebracht. Aber wohin? Das Gelände hier war riesig! Gab es hier vielleicht einen Materialschuppen oder … Er unterbrach seinen Gedankengang, als das Handy des Kollegen klingelte.

»Ja?« Schweigen, während der Beamte die Worte des Gesprächspartners abwartete. Beck konnte Wagners knarrende Stimme deutlich ausmachen. Was war da los?

»Ich sag's ihm.« Der Kollege wandte sich ihm zu. »Die Großmutter von Leon Gerber hat eine Parzelle in der Schrebergartensiedlung hinter dem Raffteichgelände. Wagner ist unterwegs hierher.«

»Weiß man, welche?« Beck war schon mit einem Fuß auf der Treppe.

»Gleich vorn die erste rechts!«

Gleich vorn die erste rechts. Da war Angelina, Beck wusste es ganz sicher. Oder Angelinas Körper. Lebte sie noch? Er fühlte nichts außer seinem dröhnenden Schädel.

Bitte, lieber Gott oder wer auch immer, bitte, lass sie leben. Für Philipp und Sarah.

*

Beck hätte sich am liebsten den Weg frei geschossen, er kam nur langsam voran, keiner machte Platz für einen Fastvierziger, der hier nichts verloren hatte und außerdem aussah, als sei er unter die Straßenbahn geraten. Verdammte selbstsüchtige Jugend! Sein Schädel schmerzte und er wünschte sich, dass das hier endlich vorüber wäre und er zu Hause bei Sarah und … seinem Kind. Hinter ihm schnauzte der junge Kollege eine Gruppe kichernder, unter schwerem Hormoneinschuss stehender Mädchen an. »Beiseite, verdammt noch mal!«

Endlich waren sie am Ausgang angelangt und er hastete nun schneller weiter in der von Wagner angegebenen Richtung zum Schrebergartengelände.

Ein runder, verschnörkelter Bogen über dem Tor verkündete, das hier die »Goldene Aue e.V.« ihre Radieschen zog, die sich Angelina hoffentlich nicht bald von unten besah. Oder es schon tat. Er schüttelte den Kopf ob seiner fragwürdigen Assoziationen und blieb kurz vor der ersten Parzelle auf der rechten Seite des schmalen Betonwegs stehen. Ein etwas ungepflegter Gemüsegarten, dahinter ein braun verbrannter Rasen, auf dem eine kleine rote Laube stand, die an ein Schwedenhäuschen erinnerte. Die grüne Pumpe, die davor stand, war offensichtlich schon länger nicht mehr zum Einsatz gekommen, wahrscheinlich war die Großmutter zu alt, den Garten zu bearbeiten, und der Enkel hatte ja bekanntermaßen Wichtigeres zu tun. Ein alter Apfelbaum beschattete die Laube, unter ihm kündete eine kleine grüne Bank von besseren Tagen, an denen sich hier jemand nach getaner Gartenarbeit ausgeruht und entspannt hatte.

Er eilte durch dieses verwilderte Idyll und drückte die Klinke der Laubentür herunter.

Sein Herz hämmerte und Tränen stiegen in seiner Brust empor, er fragte sich, warum ihn dieser Fall so mitnahm, schließlich war es nicht das erste vermisste junge Mädchen, mit dem er zu tun hatte.

Die Tür schwang auf und er blickte auf den leblosen Körper des jungen Mädchens auf einer Holzbank, ein bleicher Arm war herabgesunken, die Hand berührte den Boden, eine rote, lockige Strähne verbarg ihr Gesicht, das halb zur Wand gedreht war. Ein sommerlich leichtes grünes Kleid mit Blumenmuster ließ lange Beine sehen, die ordentlich nebeneinanderlagen, wie aufgebahrt ruhte sie dort.

Mit einem schnellen Schritt war er an ihrer Seite, die Hand an ihrem weichen Hals. Lieber Gott, mach … ein

Puls! Da war ein Puls! Er schluckte aufsteigende Tränen hinunter und atmete tief aus. Gott sei Dank.

»Schnell, ein Notarzt und ein Krankenwagen! Sie lebt noch! Der Puls ist ganz schwach, Eile ist geboten!« Einer der Beamten, die hinter ihm in der Tür standen, erledigte sofort den entsprechenden Anruf.

»Angelina? Wach auf!« Er schüttelte sie und tätschelte ihr die Wangen. Keine Reaktion, sie war schon zu tief abgeglitten.

Er brachte den schlaffen Körper des Mädchens in die stabile Seitenlage, um ihren Kreislauf zu stabilisieren, und fand eine Decke, um sie zu wärmen und die Körpertemperatur aufrechtzuerhalten. Mehr konnte er nicht tun, nur beten, dass der Notarzt rechtzeitig eintraf. Wie lange sie wohl schon hier lag? Er sah sich suchend um und entdeckte ein Glas auf dem runden Tisch in der Mitte des kleinen Raumes stehen, leer. Er durchsuchte den Raum, fand aber weder leere Schachteln oder Fläschchen, die einen Hinweis auf das eingenommene oder verabreichte Mittel gegeben hätten.

Nebenan war anscheinend Wincent Weiss auf die Bühne gekommen, ein jubelnder Aufschrei ging durch die Fangemeinde. War das ihr Plan gewesen? Zu den Klängen ihres Lieblingsmusikers zu sterben? Denkbar wäre es.

Bitte bleib, Angelina. Nebenan wünschte sich Wincent Weiss 1.000 Meilen weg von hier und schloss die Augen, um frei zu sein.

Hoffentlich war Angelina nicht schon seinem Wunsch gefolgt.

EPILOG

Es gab schon wieder Kaninchen heute Abend. Diese Landbevölkerung war einfach zu dicht am Steinzeitmenschen. Beck schloss die Augen und verdrängte die aufsteigenden Bilder. Diesmal würde er es essen, er fühlte sich zu schwach für Karotten.

Er lag im abgedunkelten Schlafzimmer von Sarah und versuchte, sich von dem Tag zu erholen, strenge Anweisung aller hier lebenden Frauen. Er hatte nur mit Mühe verhindern können, dass diese Harpyien ihn ins Krankenhaus einwiesen, und hatte dafür eine Untersuchung durch den Dorfarzt über sich ergehen lassen. Immerhin hatte der seine Wunde versorgt und ihm seinen Kopf ordentlich verbunden. Zutiefst dankbar war er ihm für die starken Tabletten, die endlich den pochenden Schmerz genommen und ihn fast wieder in den Normalzustand versetzt hatten. Doch jetzt, da das Adrenalin des Tages abgeklungen war, fühlte er sich unendlich müde und erschöpft, obwohl er schon eine Hühnerbrühe und selbst gebackenes Brot verordnet bekommen hatte. Er blickte an den Himmel des wunderschönen alten Bettes, in dem Sarah, und manchmal auch er, schlief, und betrachtete die Engel, die dort mollig herumschwebten. Auf ihn mussten die noch ein wenig warten, auch wenn Julian von Eißen alles gegeben hatte, um ihn dorthin zu befördern.

Seine Gedanken glitten zu Angelina. Der Notarzt hatte sofort alle vor Ort möglichen Gegenmaßnahmen ergriffen, Beatmungsgerät, Kreislaufmittel, und war besorgt, aber nicht ohne Hoffnung gewesen. Sarah hatte versprochen, sofort Bescheid zu sagen, wenn ein Anruf von Wagner kam, vorher würde er wohl nicht wirklich entspannen können. Aber er sollte ja sowieso nur unter Aufsicht schlafen, da der Arzt eine Gehirnerschütterung vermutete.

Schnelle Schritte näherten sich seiner Zimmertür und er richtete sich gespannt auf, was er sofort bereute. So stark waren die Schmerzmittel wohl doch nicht. Er ließ sich wieder in die dicken Kissen sinken und sah Sarah entgegen, die ihren prachtvollen Lockenkopf gerade durch die Tür steckte.

»Warum schläfst du denn nicht?« Sie schüttelte tadelnd den Kopf und blickte ihn besorgt an.

»Ich kann nicht. Hast du was von Wagner gehört?«

Seine Liebste nickte und sein Herz setzte kurz aus, um mit einem schmerzhaften Doppelschlag wieder den Dienst aufzunehmen.

»Angelina ist wach, sie wird sich erholen.« Sarahs Stimme brach. »Philipp weiß schon Bescheid und Katja wird heute entlassen, sie hat darauf bestanden. Sie will für ihre Tochter da sein, wird ja auch mal Zeit.«

Gott sei Dank. Beck konnte nicht sofort antworten, er hatte Angst, dass er dann auch anfangen würde zu weinen wie Sarah, die sich eine Träne von der Wange wischte. Er räusperte sich. »Hat … hat Wagner schon mit ihr sprechen können?«

»Ja. Sie hat sich das Mittel nicht selbst verabreicht. Ihre letzte Erinnerung ist, dass sie mit Leo in der Laube saß und etwas getrunken hat. Der Arzt vermutet Schlafmittel mit K.-o.-Tropfen, die Untersuchung ist noch nicht abgeschlossen. Die wollten sie umbringen. Ihre Schulkameraden. Was sind das für Jungen?« Sarah blickte ihn mit ihren wunderschönen dunkelbraunen Augen an und er schüttelte den Kopf.

»Frag mich nicht, ich komme da auch nicht mehr mit. Verwöhnt und vollkommen empathielos. Wahrscheinlich zu viel Geld und zu wenig Liebe. Frag einen Psychologen.«

Dann hätte er selbst auch zum Mörder werden können, seine Kindheit und Jugend war nicht viel anders verlaufen als die des Julian von Eißen, allerdings war die Grausamkeit der Mitschüler nicht noch durch soziale Medien multipliziert worden wie bei Angelina. Wenn diese Kinder die Zukunft waren, dann würde der Planet wohl untergehen. Verantwortlich aber waren die Eltern, die keine Zeit hatten, weil sie dem Geld hinterherjagten, es vielleicht sogar mussten, um ihren Kindern ein sicheres Zuhause bieten zu können, und sie dann mit Markenklamotten und einem iPhone abspeisten. Kranke Welt.

Er zuckte mit der Schulter. »Wie geht es dir? Und unserem … Kind?« Noch immer brachte er das Wort kaum über die Lippen, aber ein Gefühl stieg in ihm hoch, das er noch nicht genau benennen konnte. Stolz? Worauf? Auf seinen Samen, der ein Ziel getroffen hatte, das er gar nicht treffen sollte? Liebe? Wohl kaum, schließlich war das Kind noch ein Wurm. Oder so was in der Art. Zugehörigkeit? Ja, das war es. Er fühlte sich zugehörig. Hier zu dieser Frau, diesem Ort, diesem Wurmkind.

»Weißt du was, Sarah? Ich liebe dich.« Die Worte stiegen aus seiner Brust empor und stürzten mit dem anschwellenden Gefühl aus seinem Mund, ehe er sie zurückhalten konnte.

Ein helles Strahlen ging über Sarahs Gesicht und ließ den Schatten der Sorge vollkommen verschwinden. »Ich liebe dich auch, Giovanni.«

»Ich wollte dir noch einmal sagen, wie leid mir meine erste Reaktion auf deine Babynachricht tut. Ich war einfach vollkommen geschockt. Und ich habe immer noch Angst, dass ich es versaue.«

Sarah nickte heftig. »Ich weiß. Geht mir genauso, das weißt du ja.«

Beck lachte. »Wir sind ja ein Traumelternpaar. Der arme Kerl.«

»Das arme Mädchen. Es ist … sind Mädchen, wahrscheinlich. Ganz sicher ist es noch nicht, zu diesem Zeitpunkt.«

»Ein Mädchen! Oh Gott, ich muss Hello-Kitty-Sachen einkaufen und so. Oder haben die Mädels das nicht mehr?« Beck lachte kläglich. »Moment. Hast du ›sind‹ gesagt? SIND? Bekommst du … bekommen wir etwa mehr als eins?« Becks Kopf begann wieder zu schmerzen. Er wurde zweifacher Vater? Oder etwa dreifacher? Dieser Tag war wohl eine Prüfung des Universums, wie viel er ertragen konnte. Nicht mehr viel.

Sarah nickte und sah ihn mit gesenktem Kopf an. »Zwillinge, Giovanni. Wir bekommen zwei Kinder auf einmal. Ich stand auch erst unter Schock. Und das trotz Pille. Das müssen Granaten sein, diese Mädels.« Sie lachte schwach und sah ihn abwartend an.

»Du meine Güte. Das haben wir ja gut hinbekommen. Ein doppelter Treffer. Ist das schlimm? Also, ich meine, wie findest du das? Ist doch bestimmt sehr anstrengend, oder, vor allem für dich?«

Sarah zuckte mit den Achseln »Asta meinte, dann ist die

Familienplanung gleich abgeschlossen, ein Abwasch, und im Grunde sehe ich das auch so, auch wenn es in unserem Fall so etwas wie eine Familienplanung gar nicht gab.«

Beck schwieg und sah seine Freundin an. Nein, eine Familienplanung hatte es nicht gegeben und er hätte so etwas bestimmt nie geplant, eine Familie. Aber nun war sie über ihn gekommen, seine Nonna würde sagen, es sollte wohl so sein. Das Gefühl, das vorhin schon in ihm aufgestiegen war, wurde stärker und er lachte. Lachte und lachte, bis Sarah einfiel und sie beide sich die Seite beziehungsweise den Kopf hielten.

Was für ein Tag! Angelina würde leben und seine zwei Töchter auch.

Das Schicksal war doch manchmal eine Wundertüte.

ENDE

Hauptkommissar Giovanni Beck ermittelt:

1. Fall: Elmfeuer

ISBN epub 978-3-8392-9498-2

2. Fall: Elmsühne

ISBN epub 978-3-8392-9496-8

3. Fall: Elmflüstern

ISBN 978-3-8392-0479-5